デオナール
アジア最大最古のごみ山

くず拾いたちの愛と哀しみの物語

ソーミャ・ロイ
山田美明 訳

MOUNTAIN TALES

Love and Loss in the Municipality of Castaway Belongings

Saumya Roy

柏書房

デオナール

アジア最大最古のごみ山

くず拾いたちの愛と哀しみの物語

MOUNTAIN TALES

Love and Loss in the Municipality of Castaway Belongings

教授でもあり詩人でもあった祖母に。祖母はこんな詩を残している。

友よ、きみは見たことがあるか？

インクのように黒い雨雲に覆われた山々の頂に

雪のように白く輝く雲がときどき現れるのを。

そして、おじのプラシャント・カントに。

おじは目が見えないのに、光り輝く雲の見つけ方を教えてくれた。

目次

序　11
一　ファルザーナー　17
二　最初の住民　29
三　子どもたち　49
四　管理不能　67
五　壁　77
六　ギャング　91
七　不運　107
八　火災　123
九　裁判　139
一〇　立入禁止　149
一一　傷　161
一二　シャイターン　177
一三　十八歳　191
一四　闇ビジネス　203
一五　理想　215
一六　惨事　225

一七　ナディーム　241
一八　約束　255
一九　カネ　271
二〇　選挙　287
二一　オーカー判事　297
二二　結婚　305
二三　変化　315
二四　延命　329
二五　大丈夫　339

あとがき　353
謝辞　365
原注　i

【凡例】

・本書は以下の日本語訳である。Saumya Roy , *MOUNTAIN TALES: Love and Loss in the Municipality of Castaway Belongings* (Profile Books Ltd, 2021)

・原注は通し番号を章ごとに入れて巻末にまとめた。原書の脚注は左ページの欄外に示した。

・各章タイトルと本文中の写真は、著者の了承を得た上で独自に付したものである。

・ヒンディー語とマラーティー語のカナ表記は、現地の発音に忠実になるよう極力注意を払った。ただし「ムンバイ」のように「ムンバイー」と発音すべき単語でも、日本語として一般に定着している名称については、慣習的な表記を優先した。また「デオナール」は現地では「デーヴナール」と発音されるが、本書では英語表記の Deonar に従った。アドバイスをいただいた小磯千尋氏に、この場を借りて感謝申し上げる。

・原書は、本文中の会話を現地の言語で表記したのち、英語でその意味を併記している。その「翻訳」の際に、言語間でニュアンスの違いが生じている部分が何カ所かあった。なるべく原語の意味を尊重したが、日本語としての自然さも優先したため、必ずしも完全に意味が一致していないことはご了承いただきたい。

ごみ山の町の概略図

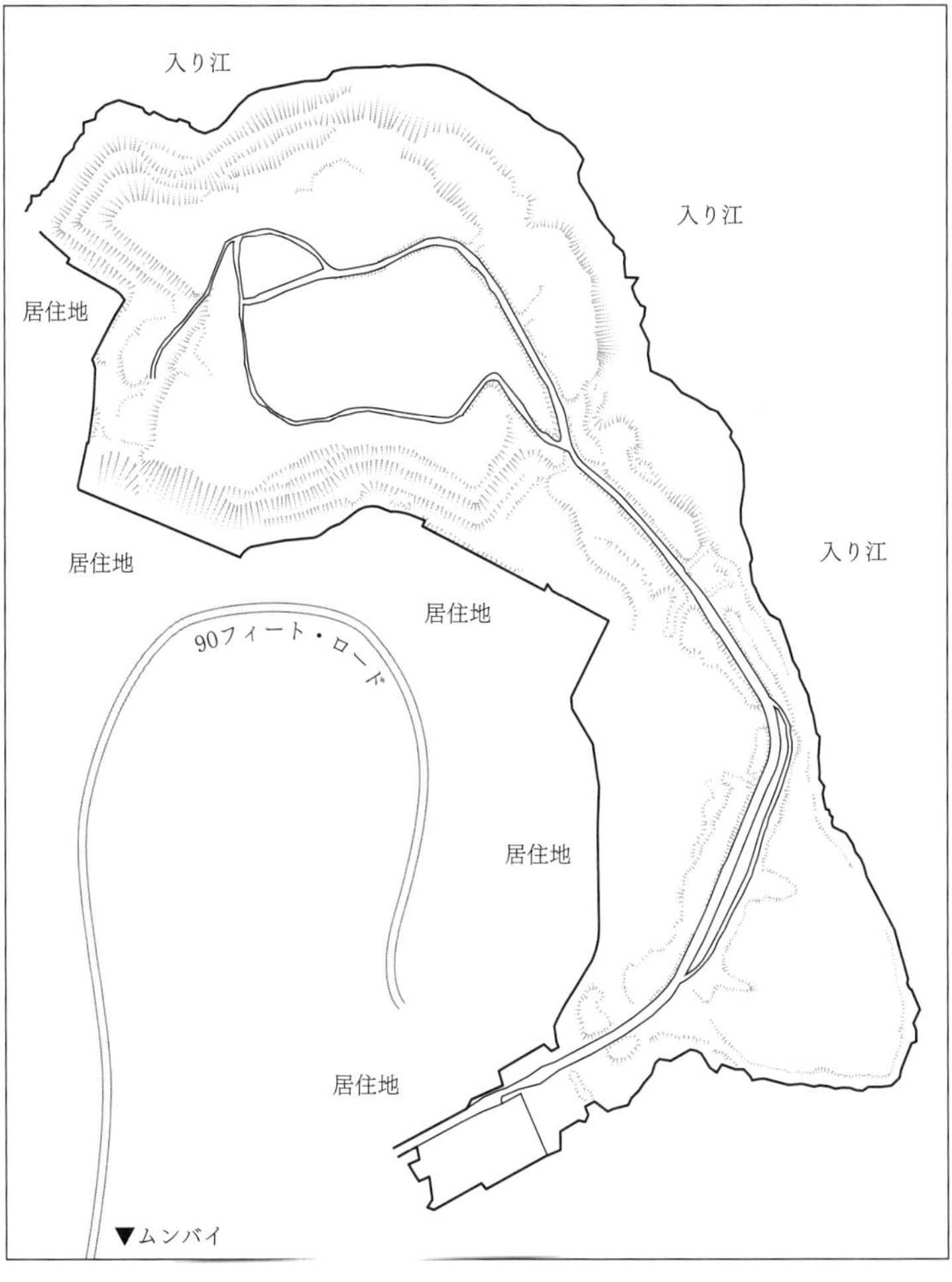

入り江
入り江
入り江
居住地
居住地
居住地
居住地
居住地
90フィート・ロード
▼ムンバイ

主要登場人物一覧

ごみ山

ハイダル・アリ・シェイク……デオナールごみ集積場のくず拾い。ファルザーナら九人の子どもの父親。

シャキマン・アリ・シェイク……ハイダル・アリの妻。ファルザーナらの母親。

ジェーハーナー・シェイク……シェイク家の長女。九人きょうだいの最年長。

ジャハーンギール・シェイク……シェイク家の長男。上から二番目の子ども。

ラキラー・シェイク……ジャハーンギールの妻。三人の子どもの母親。

アーラムギール・シェイク……シェイク家の次男。ごみ収集車を運転する。

ヤースミーン・シェイク……アーラムギールの妻。二人の子どもの母親。

サハーニー・シェイク……シェイク家の次女。

イスマーイール・シェイク……サハーニーの夫。ごみ山の周辺で雑用をしている。

アフサーナー・シェイク……シェイク家の三女。ごみ山を離れた唯一の子ども。裁縫師をしている。二人の子どもの母親。

ファルザーナー・シェイク……シェイク家の四女。九人きょうだいの六番目。

ファルハー・シェイク……シェイク家の五女。ファルザーナーと一緒によくくず拾いに行く。

ジャンナト・シェイク……シェイク家の六女。

ラムザーン・シェイク……………シェイク家の三男。九人きょうだいの最年少。

バドゥレー・アーラム……………ハイダル・アリのいとこ。シェイク家の屋根裏に住んでいる。

モーハッラム・アリ・シッディーク……くず拾い。夜に働き、ごみ山から貴重品を見つけ出すのがうまい。

ヤースミーン・シッディーク……モーハッラム・アリの妻。五人の子どもの母親。

ヘーラー・シッディーク……シッディーク家の長女。ごみ山の路地から高校に通っている数少ない少女の一人。

シャリーブ・シッディーク……シッディーク家の長男。よく学校を休んでくず拾いに行く。

サミール・シッディーク……シッディーク家の次男。

メーハルーン・シッディーク……シッディーク家の次女。

アシュラー・シッディーク……シッディーク家の三女。

サルマー・シェイク……………くず拾い。三〇年以上前に二人の子どもを連れてごみ山にやって来た。

アスラム・シェイク……………サルマーの長男。シヴァと結婚して息子四人と娘一人をもうける。

アーリーフ・シェイク……………アスラムの四人の息子の一人。

ヴィーターバーイー・カーンブレー……このごみ山での最古のくず拾いと言われる。一九七〇年代半ばから夫と子どもたちとともにごみ山の麓で暮らすようになった。

ナーゲーシュ・カーンブレー……ヴィーターバーイーの長男。一〇歳のときにごみ山でくず拾いを始める。

バビーター・カーンブレー……ヴィーターバーイーの娘。

ラフィーク・カーン……ごみ商人。ごみ収集車の運転もする。

アティーク・カーン……ラフィークの弟。ごみ商人。

裁判所

サンディープ・ラーネー医師……ごみ山の麓近くの高級住宅地に暮らす医師。二〇〇八年に、ごみ山を閉鎖しない市を侮辱罪で告訴した。

ダナンジャイ・チャンドゥラチュール判事……ボンベイ高等裁判所でラーネー医師の訴訟を担当した。

ラージ・クマール・シャルマー……ごみ山に近い緑豊かな地区で生まれ育った住人。二〇一五年一二月にごみ山の改善を求めて訴訟を起こした。

アバイ・オーカー判事……デオナールごみ集積場に関する訴訟を数年にわたり担当した。

序

デオナールごみ集積場でごみを拾い集める人々に初めて会ったのは、二〇一三年の夏のことである。私はそのころ、ムンバイ*でマイクロファイナンス〔貧困層や低所得者層への融資サービス〕を扱うNPO財団を運営しており、そのオフィスに少額の低金利融資を求めて彼らがやって来るようになったのだ。話によると彼らは、ムンバイの市街地の端にあるごみ山でお金になるごみを集め、それを売って暮らしているという。私は彼らのあとについて、そこへ行ってみた。融資を受けて何をするのか知りたかったというのもあるが、何よりもその奇妙な場所をこの目で見たかった。以前から話には聞いていたが、ほとんどのムンバイ市民《ムンバイカーズ》同様、実際に見たことはなかったからだ。やがて私はそこに、誰の目にも見えるところにありながら誰の目にも見えていない広大なごみの町ができていることを知った。ごみ山の高さはすでに三六メートル

*本文内ではこの市の名称を、ボンベイと呼ばれていた時代の記述についてはボンベイ、一九九五年に名称がムンバイに変更されたあとの記述についてはムンバイと記すことにする。

を超え、一方をアラビア海へと続く入り江に、もう一方をごみ山に沿って延びる居住地に囲まれていた。

こうして、デオナールごみ集積場とそこに暮らす住民との八年以上にわたる長いつきあいが始まった。私は、このごみ山の影のなかで展開される四家族の生活や仕事を追い続けた。そのなかでもとりわけ注目したのが、一〇代の少女ファルザーナー・アリ・シェイクだ。彼女は、ムンバイ市で明滅する欲望とともに成長を遂げたごみ山にも劣らないほど、信じられないような人生を歩んでいた。本書は、そのファルザーナーの物語であり、彼女の家族やその近隣の人々の物語である。その執筆を許可してくれた彼らに感謝したい。

私はやがてこのごみ山を、くず拾い《ピッカーズ》の人たちと同じ目で見るようになった。都会で使い捨てられた幸運を授け、そこで色あせた富をもたらしてくれる存在である。だから、市のごみの管理を目的とする公判があるたびに、今度こそはこの山も移動させられるのではないかと心配しながら、何百時間と審理を傍聴した。また、人づてに聞いた噂を確かめようと、記録や資料を収集した。ごみ山を歩くようになって間もないころ、あるくず拾いから「以前ごみはここへ列車で運ばれてきたんだ（Kachra train ni yaycha）」という話を聞いた。それは、このごみ山にまつわる多くの伝説や暮らしと同じように、まるで非現実的な気がした。ごみのためだけに列車が運行する？　ところがそれは本当だった。数年後にオックスフォード大学の歴史に名高いボドリアン図書館で、実際にボンベイのごみが列車でデオナールに運ばれてきたという植民地時代の記録を見つけたのだ。

デオナールのごみ山地区は、他に類を見ない独自の世界を生み出していた。だが、世界中どこへ行っても、やはり刹那的だが揺るぎない欲望の力により、デオナールに似たごみの山がつくりあげられている。記者をしているある友人は、モスクワ郊外にある「ごみのエベレスト」に関する記事を書いていた。デリーにあるごみ山は、タージ・マハルに匹敵する高さだと言われている。この山は雪崩《なだれ》を起こし、何人もの人がその犠牲になった。ちょうど私が、そこよりは安定しているデオナールのごみ山を調査していたころのことである。同じように雪崩を起こしたごみ山は、コロンボやアディスアベバ、深圳《シンセン》にもある。ニューヨークの有名な都市伝説の一つに、市内のごみを積んだ荷船《にぶね》が、どの州にもごみ処理を受け入れてもらえず海岸沖にいつまでも浮かんでいるというものがあるが、実際に私は以前、休日を返上してこの荷船を市に帰港させ、そのごみで新たなごみ山をつくったという元市職員に会ったことがある。

数年間ごみ山を歩いてわかったのは、デオナールのごみ山地区から生まれる物語がまるで非現実的な気がしたとしても、その大半は現実だということだ。似たような物語は、どの都市でも何らかの形で起きている。ごみの塊《かたまり》はもはや海にまで浮かび、島をつくってさえいる。私はいまでは、これらのごみ山を、絶えず欲望を追いかけてモノで心を満たそうとする現代生活の産物だと考えるようになった。その欲望の追求により、この山は長く大きくなるばかりだ。そこで生活手段を手に入れているくず拾いたちがいるというのに、私たちは、いまだ満足することなくさらに多くを求め、自分のごみがつくりあげている世界を見ようとしない。

14

以下に記すのは、デオナールのごみ山地区や、その長い影のなかで暮らす人々に関する物語であると同時に、どこにでもある物語である。

デオナールごみ集積場（著者撮影）

一　ファルザーナー

四月のある暑い日の午後、ファルザーナー・アリ・シェイクはごみ山の平地でめぼしいものを探していた。頭上の太陽がじりじりと照りつけ、視界に入るけばけばしい色を揺るがす。腐ったエビのにおいが、ごみの山から立ち上《のぼ》る。ファルザーナーはごみ収集用の長いフォークを突き立て、半透明の魚のうろこや、パリパリと音を立てるエビの殻《から》、動物の内臓や糞《ふん》をかき分け、いましがたこの平地にばらまかれたばかりの割れたガラスびんをすくい上げた。

　煙や熱気を巻き上げながら、ブルドーザーがガラスごみを押しのけていく。周囲に広がるごみの風景が一瞬ぼやけ、腐りかけた肉の悪臭に焦げくさいにおいが混じり合う。ごみをあさる鳥たちがそばに舞い降り、動物のはらわたを探す。ファルザーナーはガラスに目を光らせ、それを回収しようと、ごみの山にフォークを突き刺す。彼女はいつも「ジンガー（jhinga）」で働いているわけではない。ジンガーとはごみ山のこの一画の通称で、「エビ塚《づか》」を意味する。そこには、ムンバイの食肉処理場や広大な港湾地区から出るごみが廃棄される。その日の午後、ファルザーナーは妹のファルハーとともに、足場の悪い坂道をくねくねと登ってくるごみ収集車を追って、そこまで来たのだ。

ファルザーナーは大きな袋を引きずりながら素早く手を動かし、そのトラックからばらまかれたガラスびんやそのかけら、生理食塩水バッグを袋に入れていった。トラックは病院から来たらしい。病院のごみは高く売れる。やがて彼女のまわりのあちこちに人が集まり、やはりガラスを探し始める。だが一七歳のファルザーナーは、背が高く、運動神経がよく、怖れを知らない。その目は、ペットボトルや電線、ガラス、洋銀（器具や機械によく使われる合金）、端切《はぎ》れを見つけるのに慣れている。ほかの人が手を伸ばすよりも先に、目的のものを拾い上げていく。

ふと目を上げて、ファルハーが近くでごみを拾っているのを確認する。もうそろそろ、父親が弁当を持ってやって来る時間だ。そう思いながら、またごみの山にフォークを突っ込む。すると、重みのある青いビニール袋が出てきた。きっとなかに、小さなガラスびんがいっぱい入っているに違いない。そういうものはたいてい高く売れる。ハエがたかる生温かい斜面にしゃがみ、袋のひもをほどき、そっと袋をひっくり返す。だが、繊細なガラスびんが太陽の光をきらめかせ、カチカチと音をたてながらこぼれ出てくるものと思っていたのに、実際には一個の大きなガラスびんがごとりと落ちてきただけだった。身をかがめ、何が入っているのかを確かめてみると、腕や脚、つま先、はげた小さな頭が水のなかでからまり合っているように見える。眉根を寄せてもう一度よく見て、思わず悲鳴をあげた。まわりにいた友人が集まってきて、手足が詰め込まれたびんをじろじろ眺める。

ファルザーナーはふたを開け、中身を取り出してみた。彼女の骨ばった大きな手のひらより少し大きいだけの、女の赤ん坊だ。市街地からはほかの消耗品と一緒に、死んだ赤ん坊（たいていは女児）が定期的にこのごみ山に送られてくる。女児を産んだことを家族に告げられず、生まれたばかりの子どもをごみ箱に捨ててしまう母親がいるのだ。くず拾いをしていると、そんな子どもを掘り当てることがときどきある。だが今回は違った。ファルザーナーが女児を引っ張り出すと、二人の男の赤ん坊も一緒に出てきた。腹の部分が、女の赤ん坊とつながっている。きっとこの三人は、そのままでも別々に切り離されても生きていけず、一緒に死んだのだろう。ファルハーもこんなことを口にした。月食があると子宮内の胎児が分裂したり奇形になったりするという話を聞いたことがある。この赤ん坊も三つ子として生まれるはずだったんだよ、と。

ファルザーナーは両腕を伸ばし、死んだ赤ん坊をあやすような仕草をした。そしてそっと抱きかかえると、崩れやすい斜面を慎重な足取りで下りていった。その背後には、揺れ動く廃船のような山がそびえている。ムンバイから出る廃棄物でつくられ、泥をかけて固められた山だ。

友人たちもそのあとを追ってきたので、ファルザーナーは一緒に隣のごみの頂《いただき》に向かった。その頂から眺めると、ごみの山は少しカーブしながら、めまいがするほど遠くまで延びている。この山は全体として見ると、三日月のように長い弧を描いている。その弧の内側をえぐるように、ごみでつくった家が並び、三日月の外縁に沿って、入り江がきらきらと輝いている。この入り江はアラビア海につながり、いくつもの島から成るムンバイ市の一画を縁取っている。フアルザーナーのようなくず拾いは、このごみ山を「カーディー（khaadi）」と呼ぶ。ヒンディー語で「入り江」という意味だ。なぜそう呼ばれるようになったのかは誰にもわからないが、高みからこの山を見下ろすと、悪臭を放ちながらうねるこのごみの流れの上に自分が浮いているような気になる。その流れはまるで、はるか遠くにかすかに輝く、無限に広がる青い海へとつながっているかのようだ。ファルザーナーは、盛り上がっては沈み込むごみ山をさらに歩いていった。

やがて入り江のそばまで来ると、ごみ山の斜面が水路になだれ込む手前にある柔らかい砂地に、友人たちがごみ収集用のフォークで穴を掘り始めた。すると周囲の家から、くず拾いが数人出てきた。その家は、支柱の上に建てられている。干潮時にはごみの上で暮らせるように、満潮時には波をかぶらないようにするためだ。彼らはそばまで来て赤ん坊を目にすると、ファルザーナーの友人たちが穴を掘るのを手伝った。潮は満ちつつあり、優しい波が少しずつ近づいている。破れた布やビニール袋が水のなかを漂ったり、マングローブ林の枝にぶら下がったりしている。入り江のほうからそよ風が吹き抜け、古木の枝に茂った葉やそこにからまったビニールがカサカサと音を立て、ファルザーナーの服がはためいた。

穴ができあがると、この浅い墓に赤ん坊を寝かせた。友人たちがその亡骸《なきがら》を砂で覆い、祈りの言葉をささやく。ファルザーナーはよく友人と連れ立って午後遅くにここへ来て、満ち潮のなかを歩いたり泳いだりした。悪臭のするこの山の向こうに夕日が沈むまで、ここにいるのが好きだった。その時間には、周囲がくすんだピンク色に輝き、波がメタリックな光沢を帯びる。

この山がいちばんきれいに見える瞬間だ。

その後、ごみの頂をいくつも超えて急いで元の場所に戻ると、父親が腹をすかせて待っていた。人気《ひとけ》のない斜面に立っていたひょろりと背の高いハイダル・アリ・シェイクは、娘たちの姿を見つけると、たばこのやにで黄ばんだ歯を見せて顔をほころばせた。娘二人と父親は一緒に座って食事をした。娘は二人とも、サルワール・カミーズ〔南アジアの民族衣装〕の上に綿の上着を羽織り、泥やごみで衣服が汚れないようにしていた。緩く束ねた長い髪はスカーフで覆っていたが、収まりきらない髪の房がいくつかはみ出している。ファルザーナーは思春期らしく神経質で無口だったが、一五歳のファルハーは、まだ幼さの抜けない顔に絶えず笑みを浮かべ、父親が家から持ってきた弁当を食べながら、さきほどの冒険について話をした。すると父親は、珍しく素っ気ない態度で、二度とその墓場のそばへは行かないよう二人に注意した。

「ああいうのはつきまとって離れなくなるからな（Ye sab cheez chhodta nahi hai)」

ハイダル・アリがこのごみ山の懐《ふところ》に引っ越してきたのは、ファルザーナーが生まれる数カ月前のことだった。もともとはビハール州のある村の出身だが、一〇代のころにムンバイにやって来た。それから数年間は、刺繍職人の助手として働いた。刺繍台の上にピンと張った布にレースのような模様をあしらう、あの延々と続く静かな時間が好きだった。刺繍台の下で体を丸めて眠ると、半分仕上がった花や、伸び上がる蔓《つる》、まだ翼のない鳥などの模様が、自分の顔や手足に影をつくった。だが、シャキマンという女性を妻に迎え、多くの子宝に恵まれるようになると、これまでの人生を形づくってきた刺繍工房を出て、新たな仕事を探さずにはいられなくなった。

以前から、仕事が決してなくなることのない山があるという話は聞いていた。大都市ムンバイが消費したあらゆるものの残骸が最終的に行き着く場所、その都市圏の端にある広大なデオナールごみ集積場である。そこでは、公共機関がごみを堆肥《たいひ》にしたり、焼却したり、リサイクルしたりすることは一切ない。ごみはそこにいつまでも残り、その上にさらにごみが追加されて、悪臭を放つごみの山がさらに大きくなっていくだけだ。ハイダル・アリが聞いたところによれば、この山は、そこで働く最高齢のくず拾いよりも前から存在し、インドのどのごみ山よりも大きい。面積は一・三二平方キロメートルに及び、[1] 高いところでは、その高さは三六メートルを超える。[2] いわば、ムンバイの正規住民の刹那的な欲望が生み出した記念碑である。

ハイダル・アリの友人たちは、日がな一日その斜面をはいまわり、集めたごみを転売業者に売っている。それが、リユースやリサイクルの材料になる。彼らが集めたビニールやプラスチックの残骸は、圧縮されてシートに、あるいは引き伸ばされて繊維になる。ガラスびんは、別の飲み物の入れ物になる。金属は溶かして、新たな機器の部品になる。端切れは、おもちゃやキルトのなかに詰めたり、縫い合わせて衣服を仕立てたりする。その友人たちの話によれば、この斜面でなら、けっこうな額を稼ぐこともできれば、その端に、増え続ける家族のための家を建てることもできる。この山は、くず拾いを養い、その生活を支えてくれるばかりか、一財産を築ける宝物さえ内に秘めており、競争心や野心を抱かせずにはいられない場所だという。

そこで一九九八年、ハイダル・アリは家族とともに、ごみ山から下りてくる排水路と、その麓《ふもと》に沿ってカーブするように走る路地とが交差する場所に引っ越した。この路地は「バンジャーラー・ガッリー」(「ジプシーの道路」の意)と呼ばれている。移住者が去ったのち、そのあたりに市内の流れ者が住み着くようになったからだ。ファルザーナーは、その数カ月後に生まれた。さらに二人の娘と一人の息子が続き、合計九人の子どもが、絶えず形を変える麓の丘の上に建てた家で暮らすようになった。

当初ハイダル・アリは刺繍の注文を請け負うことにしていたため、シャキマンだけがドゥパッター［インドなどで女性がかぶるスカーフ］でファルザーナーを背中にくくりつけ、ごみの山に分け入っていた。だが、自分で仕事を見つけるのは難しく、間もなく妻のあとを追って、うねり立つごみの山へ通うようになった。最初のころは、立ち上る臭気に嘔吐《おうと》した。骨ばった手ににおいがつき、何かを食べると、ごみのにおいまで体内に取り込んでいるような気がした。そのため食欲がなくなり、飢えでめまいがした。積み重なったごみが視界のなかで揺らいだ。数日間食べることも眠ることもできず、もともとやせていた体がさらにやせ細った。

ハイダル・アリはやがて、手と食欲を守る方法を見つけた。崩れやすい斜面に立ち、片方の足で慎重にバランスをとりながら、もう片方の足の指でごみの端切れをつかむのである。片方の膝を曲げ、脚を持ち上げ、爪先で布をつかみ、シャキマンが開いて持っている袋にそれを入れる。だがそんな曲芸をしていれば、バランスを崩して泥まみれのごみのなかにうつぶせに倒れてしまうこともたびたびあった。まわりには、同じようなくず拾いがたくさんいる。早く見つけたものを拾わないと、ほかのくず拾いに取られてしまう。そのため結局は、足で布をつかむ方法をあきらめ、手を使って素早く拾う方法に戻すほかなかった。間もなく手や足は、ガラスや金属のごみで切り傷やあざだらけになった。だがその間に、ごみを求めて追いかけてくる野良犬や鳥をかわす術《すべ》を学んだ。また、カーキとオレンジに塗られたトラックが来れば、そこを重点的に探すことも覚えた。そのトラックは、市街地から回収した虫の食った衣類や雑貨を、そびえ立つごみ山の平地に絶えず吐き出していた。

　この父親が子どもたちによく話していたように、この乱雑に広がるごみ山を物色していると、そこにないものは何もなかった。壊れた携帯電話、ハイヒール、壊疽《えそ》にかかって切断された人間の手足など、ムンバイ市民の生活に意味を与えるあらゆるものが、最終的にそこにたどり着く。そのためくず拾いたちは、こうしてここに送られて手荒に埋葬されている人間や物品の霊が、吹きさらしの斜面のあたりをうろついていると信じていた。以前、ハイダル・アリがごみのなかから見つけたウルドゥー語の本を聖職者に届けたところ、こんな話を聞かされた。人間をつくった神は、精霊も生み出した。そのなかには、シャイターン（shaitan）と呼ばれる悪霊もいる。[3] 見えることも聞こえることもないが、それでも確かに存在するその精霊は、人間の卑《いや》しい本性、際限なく高まりゆく欲望の現れだと言われている。それは人間にとりつき、惑わし、堕落させる。

　聖職者はさらに、シャイターンは不潔なくぼみに潜《ひそ》み、煙のない炎から立ち現れるとも告げた。腐りゆくごみの層が積み重なったこの山の内部ではいつも、人知れず火がくすぶっている。

実際ハイダル・アリは、山の内部で燃えている火から立ち上る煙や、煙もなく舞い踊る炎を見たことがある。あるときには、あちこちに炎が突然噴き出し、ごみの頂をいくつも超えて雷光のように移動しては、渦巻く煙を放ちながら舞い踊っていた。そのときには、この移動する火に囲まれ、捕らわれそうになったという。くず拾いたちはみな、こう信じていた。シャイターンはこの山に現れる。半ば満たされた欲望があきれるほど積み重ねられ、炎や煙に覆われたこの山に。シャイターンはそこから立ち現れ、新たな家族や若者たちにとりつこうと待ち伏せしているのだ、と。

ハイダル・アリのまわりには、シャイターンが潜む小道を横切ったためにごみ山の斜面で転倒したという友人もいれば、ある斜面には近づくなと警告する友人もいた。ごみ山の麓の丘にプラスチックの廃材や端切れを使って建てたみすぼらしい家に、イスラム神話のカービース(khabees)と呼ばれる背の高い精霊が空中に浮遊した状態で現れ、家賃を請求したと主張する友人もいる。モーハッラム・アリ・シッディークという友人からは、こんな話を聞いた。斜面で回収してきた白い端切れの山に近づくたびに、自分に呼びかけてくる女性の声がする。よく耳をすますと、そのきれいに折り畳んだ端切れの山のなかから、自分の経帷子《きょうかたびら》を返してくれと訴えていたという。

ハイダル・アリの子どものなかで、この山をいちばん気に入っていたのはファルザーナーだった。ファルザーナーは、その麓で生まれた最初の子であり、歩き方を覚えたのも、麓の丘のなだらかな斜面だった。家から外へ出られるようになるとすぐに、よちよちとごみ山へ出かけるようになり、そうなるともう、いくらごみ山のほうには行くなと言っても聞かなかった。シャキマンはよく夫に頼んで、ファルザーナーを連れ戻してもらった。トラックがごみを空けるところにファルザーナーが居合わせたら、ごみのシャワーに埋もれてしまう。子どもが犬にかまれたとか、よちよち歩きの幼児がごみの崖や斜面から転げ落ちたという話もある。ハイダル・アリが探しに出かけると、ファルザーナーはたいてい、廃棄された自動車の泥除けにぶら下がっていたり、ごみのなかに埋もれたおもちゃを掘り出したりしていた。泣き叫ぶ娘を家に連れて帰ると、ハイダル・アリはまた斜面へと仕事に戻った。だがファルザーナーは、すぐにまた父親のあとを追うのだった。

それからの数カ月間、ファルハーとファルザーナーにとってあの赤ん坊を埋葬した日は、こっぴどく叱られた日として記憶に残ることになった。その日家に帰ると、いちばん上の兄のジャハーンギールが二人を待っており、怒りに満ちた顔でこう怒鳴った。「おまえらは男にでもなったつもりか？　他人の赤ん坊を埋めただと？（Mardaani ho gayi hai? Bache gaad rahi hai?）」。そう言うと、ファルザーナーより八歳年上のジャハーンギールは、返事も待たずにファルザーナーとファルハーの頬をひっぱたいた。兄はさらにこう続けた。なぜおれを呼ばなかった？午後にはおまえたちのそばにいただろう？　おれが何とかするか市の役人に頼むから、おまえたちはこういう問題に首を突っ込むな。そんなことをしたって何もいいことはない、と。

ファルザーナーは何も言い返せなかった。涙で息が詰まりそうだった。それに、ジャハーンギールに盾突くのはやめたほうがいい。感情的で力も強い兄が怒りを爆発させるに違いないことは、家族全員が知っている。

大人になる一歩手前のその長い夏の間、ファルザーナーはその後も仕事を続けた。斜面の上に漂う煙、絶えず燃え上がる炎、その刺激的なにおい、雨雲が近づいて湿り気を帯びつつある熱気のなか、もやがかかったごみ山地区の周辺を監視するためにやって来た、新たな警備員の目をかいくぐりながら。

もうすぐすべて終わる。そのころファルザーナーは、父親に涼しげな顔でそう言った。焼けつくような太陽は、土砂降りの雨が続く長い雨季《モンスーン》に取って代わる。そのときには、燃えるごみ山も水浸しになって火も消える。それに、間もなくラムザーン（ほかの地域では一般的に「ラマダン」と呼ばれる）も始まる。ラムザーンとは、日の出から日の入りまで断食《だんじき》を行ない、夜の大半の時間を食事にあてる聖なる月である。その断食が始まる三日前の二〇一六年六月二日、ファルザーナーは一八歳になる。

ハイダル・アリはのちに、こう思うようになった。死んだ赤ん坊が入ったガラスびんをファルザーナーが見つけた、あのうだるように暑い長い夏のどこかで、知らないうちにこの山の悪霊が娘にとりついたのだ、と。

二　最初の住民

デオナールのごみ山の影は、ハイダル・アリが知っている以上に長く、そこから脱け出すのは当人が思っている以上に難しい。ハイダル・アリはよく、同じ路地沿いの数軒先の家に暮らすヴィーターバーイー・カーンブレーに、ここから脱け出すのに手を貸してほしいと頼んでいた。初めてこの女性を見たときは、ごみ山の上に立ちのぼる灰色の雲が、宝石色のサリー〔南アジア地域の女性が着用する民族衣装で、長さ五メートル前後の一枚布〕をまとい、到着するごみを追いかけているのかと思った。くず拾いたちに聞いた話では、彼女はこのごみ山の最古参であり、そこに山ができる前からいたらしい。だが彼女自身は、このごみ山のガスのなかに漂うある伝説を口にする。それによれば、このごみ山は最高齢のくず拾いよりも古くから存在するという。たいていの伝説に言えることだが、これらの伝説には真実の部分もあれば、そうでない部分もある。

「一八九六年七月六日の朝、強烈な悪臭があった。この島の北部一帯、特にマトゥンガや空き地を横切る塩の交易路から北にかけての地域で、硫化酸素でも発生したかのようである。においは北へ行けば行くほど強くなるようだった」。当時ボンベイの衛生官だったT・S・ウェール医師は、市行政長官がロンドンに毎年几帳面に送っていた行政報告書のなかに、そう記している。[1]

現段階では、セーウリー地区一帯でネズミの移動が確認されており、においの原因は死んだネズミの腐敗によるものと思われる。実際、郊外でネズミの死骸が大量に発見された。今朝、私が警視総監と一緒に、道路経由でのボンベイへの往来を調査する準備のため、たまたま島の北部へ行く用事があった折に、その原因の解明を試みた次第である。においはきわめて不快であり、広範囲にわたる空気を汚染していた。

ウェールの記述はさらに続く。「九月と一〇月の夕方には青白いもやが頻繁に観測され、しばらくボンベイでは観測されなかった虹も観測された。（中略）この時季には腫《は》れものが大流行した。九月九日には強い風が吹き、雨季の嵐を思わせる空模様となった。その日の夜に雨が降り、そのすぐあとに、西部の渚《なぎさ》でネズミの死骸が見つかった」

その数日後、数名の住人が発熱に襲われ、市のインド人居住区で開業している医師アカシオ・ヴィエガスが診察に呼ばれた。だがヴィエガスは、小さな赤い腫れ以外、高熱や倦怠感の原因を特定できなかった。[2] 患者は翌日、熱が急激に上がり、ヴィエガスが診断を下す前に死亡した。ヴィエガスは腫れものから抽出した体液をもとに、この病気が腺ペストであることを突き止めた。やがて新聞に、疫病による死者が増えているという記事が出まわり始めた。

一六世紀にポルトガルからイギリスに委譲されたボンベイは、以前は岩だらけの漁業の島に過ぎなかったが、そのころになるとアヘンや綿の貿易により、大英帝国のなかでもきわめて重要かつ大規模な貿易港へと発展していた。イギリス人はそこに砦を築き、水路を埋め立てて島々をつなぎ合わせ、それにより生まれた縦長の土地に、インド風の装飾を施した堂々たるヨーロッパ風建築物を建てた。こうして砦の内側で、そよ風香る熱帯のロンドンのような地区が発展し、イギリス人がそこで暮らすようになると、その外側を走る路地沿いはやがて、仕事を求めて全国から押し寄せてくるインド人移住者でいっぱいになった。すると、それにつれてごみが増え、感染症が蔓延した。ウェールは間もなく、疫病により一日で数百人が死んだという報告を受け取るようになった。それを受けてフランスは、インド人旅行者の入国やインドの商品の輸入を制限した[3]。

市政府は当初、インド北部で開催されていた祭りから帰ってきた巡礼者たちにより、疫病がボンベイに持ち込まれたのだと考えた[4]。だがのちの行政報告書には、疫病は中国の雲南省に由来し、それが香港からの貿易船を介して伝わったとある。それが、あふれるごみのなかを動きまわるネズミにより、砦の外側の路地に運び込まれたのだ[5]。ボンベイの住民が数年前からごみを捨ててきたマハーラクシュミーのごみ集積場は、次第にふくれあがってその周囲の家々に迫り、悪臭やネズミや疫病を放ち、近隣の住民を病に追い込み、交易活動を危機に陥れた。だが、ウェールが考案した疫病対策は、植民地政府とボンベイ住民との対立をもたらすことになる。

ウェールはこう記している。「効果が期待できる対策は一つしかない。それは隔離である」[6]

植民地政府軍は、ボンベイにやって来る旅行者を野営地に収容した。そして砦の周囲の細い路地に入ると、そこに並ぶ家々の瓦屋根を破壊して暗い家のなかに光を入れ、数カ月分もの食糧を蓄えた穀倉を空にするとともに、排水路や下水道に海水を流し込んで清掃した。だがその海水は家々に逆流し、それとともにネズミの死骸やごみなど、排水路が流し去ってくれるはずのあらゆるものを返してきた。兵士たちはまた、各家を捜索してその住人を外に並ばせ、リンパ腺の症状がないか検査した。患者がいれば、その持ちものを焼き払い、家を石灰で塗り固めて隔離し、家族を数週間病院に収容した。[7] 疫病による犠牲者の墓は生石灰や石炭で覆い、病原菌を保有するノミをなかに閉じ込めた。

ボンベイは恐怖と流言に支配された。戸棚のなかに病人を隠す住民は多く、患者が病院に連れていかれるのをナイフを突きつけて阻止する場合もあった。病院へ運ばれても、一人で死ぬことになるだけなのではないかと思っていたからだ。[8] ある患者は、走っている救急車から飛び降り、かなり歩いたところで、のちに死体となって発見されたという。[9] ウェールは年次行政報告書にこう記している。「彼らは何となく、救急車で運ばれる衝撃で死んでしまうのではないかと思っていたようだ。こう言う人たちもいた。『あなたがたは私たちを狂犬のようだと考え、狂犬のように殺そうとしている』と」[10]

ある晩遅く、ボンベイ市行政長官のP・C・H・スノウが、植民地政府と住民との広がりゆく溝を超え、インド人が居住する路地に足を踏み入れると、知らないうちに人口が増えていることに気づいた。いわばすし詰め状態であり、疫病の感染がさらに速度を増しかねない状態にあったのだ。ある部屋には大人の男性一九人と女性二一人、子ども一七人が隣り合わせで寝ていた。スノウはこう記している。「実際のところ、そこは部屋というより、閉ざされた壁に挟まれた、前面にドアがあるだけの通路だった。（中略）この部屋の外で何をしたところで、このなかにいる悲惨な人々のためにはならないだろう」[11]。やがて、市の余剰予算も底をつくと、疫病はさらに広がる一方となり、移動が制限されていた市中心部の端にも触手を伸ばしてきた。スノウの記録には、患者が譫妄《せんもう》状態で中心部の通りを歩いたり、道路脇で横になっている姿が目撃されたとある[12]。そういう患者のなかには、また動きだす者もいれば、ずいぶん前から死んでいる者もいた。新聞の記事によれば、年末までに毎週一九〇〇人以上が疫病で死んだという。建設されたばかりのヴィクトリア駅は、ボンベイを離れる住民でいっぱいになった。

さらに疫病対策を強化しようとすると、一八九六年一〇月一四日、スノウのもとにインド人住民からの書簡が届いた。そのような対策を実施すれば、ボンベイを離れる住民の波はいっそう高まるばかりだとの内容である[13]。すでにボンベイから逃げ出した患者により、近隣の古都プネーなどにも疫病が広がっていた。ボンベイでもプネーでも、残った人々は、自分の家や家族、あるいはそのしきたりを植民地政府や兵士がおろそかに扱うと、たいていは暴力で抵抗した。

一〇月三〇日の夜遅く、スノウとウェールは市設市場《いちば》の向かいにある石造りの堂々たるオフィスで、警視総監のH・G・ヴィンセントと会った。普段の市場であれば電灯を灯してにぎわっているところだが、いまは店も早い時間に閉まり、近隣の暗い路地は怒りに満ちた群衆でふくれあがっている。オフィスではヴィンセントが、疫病対策の撤回を求めていた。さもないと暴動が起きるかもしれない。ヴィンセントもウェールも、ハラールコーリー（Halalkhore）と呼ばれるごみ清掃人が群衆と一緒にボンベイから逃げてしまうのではないかと心配していた。スノウは当時の状況をこう記している。[14] このままでは、「大規模なパニックと市からの集団脱出《エクソダス》」が発生するおそれがある。「ボンベイはあと数日もすれば、日課の公衆衛生業務を担う人手がいなくなり、下水やごみ、汚染でひどい悪臭が充満し、とても住める場所ではなくなる。とても疫病予防対策などしていられない」。三人の幹部はその晩、患者に対する隔離措置を撤回した。

それに代わり三人は、市内にモザイク状に集まるコミュニティごとに、独自の収容所、病院、埋葬場所を設けさせるとともに、市内に増加するごみの排除に注力することにした。これにより、不満と病気とを両方とも一掃しようとしたのだ。ボンベイ市は今回の腺ペストに限らず、以前からマラリア、はしか、おたふく風邪、水疱瘡《みずぼうそう》、天然痘、コレラ、結核などの病気と格闘していた。

一八九七年初頭、植民地政府は辺鄙《へんぴ》な海辺の村デオナールに、三・三三平方キロメートルにわたる湿地が広がっているのを知り、そこにボンベイのごみを送る計画を立てた。すでにごみがあふれ返り、ネズミの巣窟《そうくつ》になっていたクルラーやマハーラクシュミーに代わる土地である。同年五月、政府はその土地を、アルデシー・クルセートジー・カーマーという所有者から買い取った。[15]

一八九九年六月七日、「カチュラー（cuchra）」（「ごみ」の意）列車がボンベイ市のごみを満載し、デオナールへの運行を始めた。それまで運行できなかったのは、その近くを通る旅客列車の乗客が悪臭に悩まされるのではないかとの懸念から、鉄道工事が遅れたためだ。[16]市政府は労働者を雇い、貨車《かしゃ》からごみを搬出して広大な湿地に埋める仕事をさせた。現地は半ば海中に沈んでおり、低木が点在するほかは、雑草が延々と生い茂っているだけの場所だった。市の行政報告書にはこうある。「ごみのなかには、割れたガラスやさびた鉄が大量にあり、貨車からごみを搬出する労働者はよく足にけがをした。たいていはかなり深い傷である」。そのため、ごみを搬出する作業が遅れ、列車が市街地に帰るのも遅れた。労働者たちはまた、発熱したり、眼《がん》感染症にかかったりすることもあった。線路の端に近い土地がごみでいっぱいになり、そこから遠く離れたところへ新たなごみを捨てに行かなければならなくなると、仕事はさらにきつくなった。だが労働者たちは徐々に、ごみやけがに対処する術を学んでいき、やがて二五両編成の列車が一日に二回運行するようになった。

その後、海水が流入したりごみが入り江に流出したりするのを防ぐため、デオナールの敷地の端に堤防が張り巡らされ、ボンベイ市のごみやその亡霊がその内側を満たし始めた。[17]その年の行政長官の報告書にはこうある。市政府は、二三年後には湿地がごみで満たされ、そこから土地が現れることを期待している。その土地は、農民に貸与すれば一〇万ルピー以上の利益になるなど、「市の価値ある資産」になる。農民は、腐った生ごみで豊かになったこの土地を耕し、拡大する都市の新たな末端を形成していく。「この方法により、健康を害する広大な湿地はごみにより埋め立てられ、実り豊かな農地へと転換できると思われる」と。[18]

ボンベイが発展を続けるにつれ、そのごみは遠く離れたデオナールの湿地を徐々に埋めていった。すると、市街地からごみが一掃されるとともに、疫病も去った。市政府は道路を掘り返しては排水路を整備し、下水道を延ばし、道路を広げ、海風の通り道をつくり、増えゆく移住者のための住宅を建てた。道路の下には、かつてのごみが埋まっていた。もはやそのごみの上にこの新たな街が築かれてから、四〇年ほどが過ぎていた。その後もカチュラー列車はごみを運び、およそ九〇年にわたり、ボンベイからはがれ落ちた表皮をあの場所に送り続けた。そこは、誰の目にも見えるところにありながら、誰の目にも見えないままだった。このシステムは、街とごみとの間に、不安定ながらも平穏な関係を維持するのに貢献した。だが、一世紀以上のちに再び破綻することになる。

一九六〇年、ボンベイは新たに誕生したマハーラーシュトラ州の州都になった。市街地は急速に発展し、その端は次第に、ごみを土台にしてつくられた農地にまで迫り、やがてはそれを飲み込んでいった。こうしてデオナールの土地は、植民地政府がインドを去ってから一〇年以上のちに、当初の計画を実現した。ときには雨により、その土地の端からごみが流されて海まで運ばれ、またボンベイへと戻ってくることもあったが、こうして欠けた部分は新たなごみですぐに埋め戻された。

その数年後、まだ若い母親だったヴィーターバーイー・カーンブレーがボンベイにやって来た。一九六〇年代半ばに夫とともに移住してくると、ある舗道沿いにプラスチック板とサリーで家を建てた。ボンベイの中心部、国営テレビ放送の新設スタジオやその雲にも届きそうなアンテナ鉄塔から通りを隔てた向かい側の場所である。天井を覆った布が風でうねってまくれ上がると、ひょろ長いアンテナ鉄塔が見え、街の灯が入ってきた。この鉄塔が、自宅に帰るときの目印になった。彼女は裕福な家庭で皿洗いを、夫は雑用をこなした。やがてこのテレビ塔が見える家で娘が生まれた。ヴィーターバーイーは、このボンベイで夢を実現するつもりだった。

ヴィーターバーイーのような移住者は次第に増え、スノウが数十年前に記していた共同住宅からあふれ出し、市の線路や延びゆく水道管、あるいは歩道や車道に沿って居住地を広げていった。だが市政府は、移住者たちを追い出す野心を抱いていた。

ある日ヴィーターバーイーは市から、一区画の土地を提供するという通達を受け取った。それにより、即座に地主の地位を手に入れられるという。この通達は、彼女にとってかけがえのない宝物になった。間もなく子どもや夫を連れ、家財道具とこの土地分配証書を持ち、市が手配したトラックに乗り込んだ。だがトラックは市街地を通り過ぎてどんどん離れていくばかりで、やがては塩田《えんでん》やマングローブしか見えなくなった。最終的に彼女が目にしたのは、悪臭のするごみ捨て場のなか、チョークの線で囲われた瓦礫《がれき》だらけの一区画だった。そこが彼女の土地だった。きちんとした家を持つというヴィーターバーイーの夢が、目の前で崩れ去った。

ほかの人たちは彼女とは違い、デオナールに彼らを移住させようとする市政府の企《たくら》みにしばらく抵抗していた。それまでの数年間、市街地にあったヴィーターバーイーの家の周辺に広がっていた布とプラスチック製のコミュニティは、何度も火災の被害にあった。住人たちはそのたびに、消えかけた残り火のなかで家を建て直そうとしたが、市政府はこの機会を利用して住民をデオナールに定住させようとした。だが住民のなかには、訴訟を起こし、火事は市当局が意図的に起こしたものだと主張する者も大勢いた。この地区を開発業者《デベロッパー》に引き渡し、アパートやオフィスビルを建設する意図があったのではないかと思われたからだ。[19]それでも結局これらの移住者は、ボンベイに広がるコンクリートの夢によりその場を追われ、失意のうちにトラックでデオナールに連れて来られた。彼らがごみを運んでくる列車と同じように定期的に運び込まれると、それとともに市街地は広がり、彼らの家を超えて発展していった。

　だが、市当局がごみや移住者を十分に排除できたわけではない。その当時の新聞報道には、ボンベイの車道や歩道はいまだに、ごみや人、貧相な家であふれ返っており、そんな家はあまりにもろく、雨季の暴風に吹き飛ばされてしまいそうだ、とある。市街地の通りには一日の間にごみがうずたかくたまり、ハエやカがわき、悪臭がして住民をうんざりさせていた。カチュラー列車は朝に一回、夜にもう一回発車していたが、沿線の住民はその時間になると、迫り来る悪臭を防ぐため窓を閉めた。市当局はカチュラー運輸隊を創設し、牽引車《トラクター》やトレーラー、ロバを利用して老朽化した列車による運搬を補完した。こうして夜も昼も一日中、デオナールの湿地をごみで埋めた。

　市当局は、移住に抵抗する人々に向け、この土地の端を、貧困層のための計画的コミュニティだと宣伝した。新聞には、広い道路やコンクリート製の住宅に関する記事が掲載された。それによれば、番号づけされた建物、舗装された道路、一〇人ごとに一つのトイレ、小規模な事業に使える大きな工房もあるという。[20]

だがヴィーターバーイーもほかの人も、新聞に書かれたような家を手にすることはなかった。彼女が手に入れたのは、瓦礫だらけの一画だけだった。隣の区画にはみ出してけんかになることがないように、チョークで境界線が引かれた土地である。そこには、遠く離れた市街地から出たごみのにおいだけが充満していた。彼女の記憶によれば、当時は数年後のいまよりもっと悪臭がひどかったという。だがそれは単に、彼女が悪臭に慣れてしまっただけなのかもしれない。悪臭はもはや、これまでに被った多くの傷とともに、彼女に染みついていた。そこには、ボンベイという街が夢をかなえるために捨てたものの亡霊がぎゅうぎゅうに詰め込まれていた。

こうした移住により、ごみ集積場の両端にあった花いっぱいの湿地はそれぞれ、ロータス・コロニー（「ハスの居留地」の意）とパドマ・ナガル（「ハスの町」の意）という地区になった。そしてこの両地区をつなぐように小さな集落が発展し、その中心部が奥にふくらんで、ごみ山の三日月形のカーブができあがった。市街地からロータス・コロニーにやって来ると、その奥にバーバー・ナガルがある。これは、かつて人気《ひとけ》のない湿地を放浪していた神秘主義者たちにちなんだ名称だ。その隣にラフィーク・ナガル（ラフィ・ナガルとも呼ばれる）があるが、そこからごみ山のカーブに沿って、どこからニランカール・ナガルになり、その後サンジャイ・ナガルになるのかは、誰にもわからない。サンジャイ・ナガルは、三日月形のごみ山のいちばん奥の懐の部分にあたる。この名称は、デリーのスラム街を解体して現代的な都市の開発に貢献した一九七〇年代の政治家サンジャイ・ガーンディーにちなんでいる。ファルザーナーの家族が暮らしているバンジャーラー・ガッリーはそこにあり、実際に何度も解体されている。その隣にはシャンティ・ナガル（「平和の町」の意）があるが、その名称が何に由来するのかは誰も知らない。その裏には壁があり、壁の向こうではトラックが絶えずうるさく走りまわっては、山の上にごみを吐き出して帰っていき、まるで「平和」とは縁がない。その隣にパドマ・ナガルがあり、ここでごみ山の町は終わる。その周囲には、ハインガン・ワーディー（「ナスの集落」の意）やバンドラ・プロット（バンドラという郊外の高級住宅地から来た住民に与えられた土地だったため、そう呼ばれるようになった）などの地区がある。いずれも、その地区が田舎だったころの特徴や、流入してくる住民がかつて住んでいた魅力的な地区名に基づいた名称が与えられている。

これらの地区が成長してきたころから、ごみ集積場は有害なガスを発するようになった。そこから出ていくものは何もない。ただやって来るだけだ。ボンベイが「夢の都市」として知られるようになる間に、デオナールはそのごみが無秩序に広がる共同墓地《ネクロポリス》と化した。有害な影響を及ぼす常識外れの世界である。その悪臭を放つ空気と水だけが、見えないところでボンベイの空気や水と混じり合っていた。

ヴィーターバーイーが仕事を求めて市街地に戻りたければ、カチュラー列車の悪臭漂う無蓋《むがい》貨車に乗っていくのがいちばん手っ取り早かった。だが彼女もほかの人たちも、貨車から出る汚くみすぼらしい富を選《え》り分け、それをたくさん集めて売りに出す仕事を始めた。ヴィーターバーイーは、ごみ集積場のいまだぬかるむ一帯を歩きまわり、泥のなかから突き出た動物の死骸につまずき、その亡霊に出会いながら、貴重品を探した。振り返ると、長男のナーゲーシュやその妹がついてきているのが見えた。見捨てられた彼らは、街が吐き出したあらゆるもので生活を築いていった。

一九九二年、涼しい冬の風がごみ山に吹きつけていたころ、ボンベイで暴動が勃発した。そのきっかけになったのは、インド北部にあるイスラム教の礼拝堂《モスク》バーブリー・マスジードがヒンドゥー教徒に破壊された事件である。ヒンドゥー教徒は、この礼拝堂がヒンドゥーの英雄ラーマの生誕地の上に建てられたものと思い込んでいたからだ。ごみ山地区の路地では、この暴動がどこよりも激しかった。ヒンドゥー教徒だったヴィーターバーイーは、そのとき初めて、まわりの隣人がみなイスラム教徒だったことを知った〔インドの宗教別人口比を見ると、およそ八割がヒンドゥー教徒であり、イスラム教徒、キリスト教徒、シク教徒などが少数派として続く。こうした人口比から、多数派のヒンドゥー教徒とその他の教徒との間で対立が生じることがある〕。彼女は家のなかに閉じこもり、数週間にわたり隣人をヒンドゥーの暴徒からかくまった。暴徒が警察に扮装している、近所の人が行方不明になった、死者がごみ山の斜面に投げ捨てられている、その死者のなかに生者が隠れている、といった噂が飛び交った。やがて家から外に出てみると、近所の人々のなかには、けがをして帰宅する者もいれば、行方不明の親戚の終わりのない捜索を始める者もいた。

そのころになるとヒンドゥー教徒の人々は、この界隈に漂う分断された空気を感じ取り、この地区から離れ始めていた。一部の人々は入り江を渡り、新たに開発されたニュー・ボンベイ市や、遠くはあるが高級化されていたボンベイ市の周辺地域に移り住んだ。それまでボンベイの街は、あらゆるものが支え合って存在していた。さまざまな言語が混じり合って「ボンベイ語（Bombayese）」が生まれ、料理もさまざまなスタイルが融合していた。それがこの暴動を機に、住み分けが進んだ。少数派のイスラム教徒たちは遠方の僻地へ移動し、そこで堅固なコミュニティを築くことになる。だが、そこにも行けない人々は、ごみ山のそばにやって来て、その周囲の路地のすき間を埋めた。

ハイダル・アリがごみのなかから見つけたウルドゥー語の本を届けた聖職者たちは、こんな話をしていた。シャイターンは社会の外縁にある廃墟や山、汚れたくぼみに住んでいるが、人がその場に落ち着いて暮らし、それらの場所をきれいにして光をもたらせば去る、と。聖職者の一人はこうも言っていた。「ごみにまみれた不浄な生活をしているとシャイターンを招き寄せることになる（Naapaki mein rehna to Shaitan ko neota dena hai）」。だが、どこにも行くあてのない人たちは、ごみ山の影やその麓の路地にやって来ては、そこでくず拾いとして暮らした。そこは、いくら人で埋まっても落ち着くことのない場所だ。ヴィーターバーイーもまた、見捨てられた富を探す仕事にはまり込み、そこにとどまった。

ヴィーターバーイーが初めて私たちの財団のオフィスにやって来たのは、二〇一三年四月のある暖かい日の午後のことだった。ローンを組んで、くず拾いでは手に入れられないものを買いたいのだという。彼女が、この財団にローンを申請した最初のごみ山の住人だったのではないかと思う。財団とは、ムンバイの最貧困層の事業を支援する低金利の少額融資を提供するため、二〇一〇年夏に私が父と設立した組織である。私はそれまで一〇年近く記者として働いていたが、そのうちに、インドの急成長する経済やそれに伴って発展するスラム街やごみの問題について書いているだけでは飽き足りなくなった。インドの経済を活性化させているのは、新たな機器を購入したり、休暇をとったり、結婚式を挙げたりする人々や、そのためにローンを組む人々だ。しかしその一方で、電話でローンの勧誘を行なう銀行員は、相手がスラム街やイスラム教徒の居住区《ゲットー》の住人だとわかると、すぐに電話を切ってしまう。[21]

私たちは、市内のサーヤン地区の住宅街のなか、延々と並ぶ洗濯物の列が途切れるあたりにオフィスを構えた。最初は、聞こえてくるものと言えば、裏の線路上を通り過ぎる列車の音だけだったが、財団の活動の噂が広まると、ムンバイの魚売り、果物売り、屋台の店主、弁当屋、靴屋、仕立て屋がオフィスに詰めかけるようになり、その声が列車の音をかき消すほどになった。私はそんななかで、にんにくを家庭ごみと交換して売り払う業者や、市内の靴の大半をつくっている業者に会い、徐々にこれまでの考え方を改め、数年前から暮らしている街を違う側面から見るようになった。そんなつましい仕事（たいていはいくつも掛け持ちしていた）でどうやって利益をあげているのかと尋ねると、ぽかんとした顔で見られた。彼ら自身にもよくわかっていないのだ。

この財団の活動を通じて会った人々のなかでも、とりわけ私を魅了したのが、あの夏の日の午後に現れたヴィーターバーイーだった。彼女は、私が座っていた薄手のマットレスのそばにしゃがむと、薄くなった傷跡でいっぱいの手や脚を見せてくれた。そこには、増え続けるごみのなかで過ごしてきた四〇年以上に及ぶ歴史が刻まれていた。もはや髪の色もすっかり抜けている。だが、その銀色に縁取られた目は、見捨てられた宝物を追い求めるスリルで輝いていた。ヴィーターバーイーが持つ力強いエネルギーを感じ、拡大を続けるごみ山での長い生活を垣間見て、もの憂げな午後を過ごしていた私の心は一気に華やいだ。

だが、そんな奇妙な仕事でローンを返済できるのかどうかが心配だった。手で拾い集めたものを売るだけなら、このローンをどう役立てるというのか？　私はマラーティー語でそう尋ねた。すると彼女はすぐに、「ごみが減るなんてことある？（Kachra kadhi kami honar ka?）」と返してきた。自分はムンバイでもっとも急成長を遂げている産業で働いていると述べ、自分やほかのくず拾いが仕事をしている果てしないごみの山を案内してあげるとも言った。このローンは、それを使って自分では拾えないものをほかの人から買って、業者に売るのだという。こうして彼女はすぐさま、デオナールという特殊な世界へと私を導いてくれた。彼女がやって来るまで、私はそこについてほとんど何も知らなかったが、やがてほかの人たちと同じように、その場所にのめり込んでいくことになる。

ヴィーターバーイーはローンを組んだすぐあとに、娘のバービターを連れてきてまたローンを組ませた。その数週間後には小柄な体の後ろに、やせこけた肩やくぼんだ目が印象的なハイダル・アリを、車庫を改装してつくった細長い待合室に引き連れてきた。彼女はそれまでに、近所に暮らすハイダル・アリやモーハッラム・アリ・シッディーク、アフタブ・アーラムに声をかけ、息子のナーゲーシュとともにローンを引き受けるグループをつくっていた。このグループのなかで週一回の支払いができない者がいたら、ほかの誰かが支払うというのである。

ハイダル・アリは、私の向かい側、薄いマットを敷いた床の上に座り、弱々しく伸びをした。そして顔に太陽の光を浴びながら、「私の故郷の村はラールーの生まれ故郷の隣だ（Hamara gaon, Laluji ke bagal ka hai）」と話し始めた。ラールーとは、ビハール州の元州首相ラールー・ヤーダヴのことである。ヤーダヴはユーモア感覚に富み、よく自分をネタに屈託なく笑うことで知られていた。ハイダル・アリのローン申請書に目を通していた私は顔を上げ、「その人を知っているの？（Aap jante the?）」と尋ねた。すると頭を横に揺らして、知らないと言う。私はもう一度「その人に会ったことはある？（Mile the?）」と尋ねた。するとまた頭を横に揺らし、骨ばった顔に笑みを浮かべた。私はそれを見て、それこそこの男性が自分について伝えたかったことなのだと理解した。数ページにわたる申請書は個人情報で埋め尽くされているが、そういうことを記入する欄はない。私はそれ以来、ハイダル・アリをユーモアや屈託のない笑いと結びつけるようになった。

ヴィーターバーイーやその家族とは違い、ハイダル・アリはこのごみ山での仕事を続けるつもりはないと言っていた。黄緑のフロアマットに両手をついて身を反らせ、赤くなった手のひらにマットの縞《しま》模様の跡がついているのにも気づかないまま、ごみ山の麓にやって来た経緯や、そこから脱け出す夢を語った。ローンを使って、若いころに働いていたような刺繍工房をつくりたいのだという。生まれ故郷の村から刺繍の職人を呼び寄せて婚礼衣装をつくり、市街地で委託販売する。そうしてごみ山から離れ、家族の生活を向上させていくことを願っていた。

ハイダル・アリがごみ山の縁に暮らし始めてから数年後の二〇〇〇年代初頭、デオナールは世界最大規模と思えるほどのごみ山の町になった。公式には、何かがそこから運び出されることもなければ、処理されることもない。市街地でふくらみ続ける欲望にあおられ、ごみ山は二〇階建てのビルほどの高さになり、市街地はすでに、もっと小規模なゴーラーイーやマーラードのごみ集積場を超えて広がっていた。マーラードのごみ集積場が開発業者の手に渡ると、開発業者はすぐにそこを、コールセンターや娯楽産業の会社のオフィスを収容する、ガラスとクロムめっきで覆われたビルで埋め尽くした。するとたちまち、そこで働く会社の幹部が頭痛に襲われ、そこで使用されているコンピューターがさびついた。のちに聞いた話では、「シックハウス症候群」というものらしい。学者の知見によれば、ごみ集積場を急遽閉鎖したとしても、そこから出るガスは数年間収まることはない[22]。むしろそれは、そこに建てられたビルに充満し、そのなかの人間や機器に害を及ぼす。

ムンバイ市は次第に行き詰まっていった。マーラードのごみ集積場が閉鎖されると、それまでそこに廃棄されていたごみもデオナールに運び込まれるようになった。するとデオナールのごみ山のまわりに、市街地で見捨てられた人々がますます集まってきた。ごみ山の奥深くへ分け入り、生活の糧となるごみを拾い集める人は増える一方だった。ごみ山は汚れた空気や煙を吐き出すため、市当局は薬草の成分を利用した消臭剤や殺菌剤を噴霧《ふんむ》してそれに対処した。市街地の車道や歩道からごみを一掃しなければ、かつて植民地政府が報告していたような伝染病が、想像もできない規模で襲いかかってくるかもしれない。だがごみ山はすでに、長らくその存在を無視してきた市街地にまで押し寄せようとしていた。これ以上高くなれば、一部が危険な地滑りを起こして崩壊するおそれがある。ムンバイにやって来る飛行機が、その頂に衝突する可能性さえある。だが市当局は何の解決策もないまま、ごみ収集車がますます長い列を成し、ますます高くなるごみ山の上に絶えずごみを運び続けるのを黙認していた。

三　子どもたち

ファルザーナーが覚えている最初の記憶は、数日ごとに自分の家が倒壊して泥だらけのごみと化し、またすぐに家が建ち上がる光景である。ハイダル・アリは子どもたちに、自分が仕事で家を離れている間に立ち退きを迫る市職員を見つけたときの対処法を教えていた。ファルザーナーも手伝って家のなかのものを外に出すと、ごみ山で拾って家の支柱にしていた竹の棒の結び目をほどくのだ。そして外に出て、くすくす笑いながら見守っていると、やはりごみ山で拾って壁代わりに使っていたプラスチック板やブリキ板が、どさりと音を立てて倒れる。

ファルザーナーが二歳になった三カ月後の二〇〇〇年九月、インド環境省は廃棄物の管理に関する法令を制定した。[1] 最高裁判所が全国で巨大化するごみ山を憂慮し、環境省にごみの管理を要請したからだ。そのなかでも、めまいがするほど巨大化していたのがデオナールである。この法令のなかには、ファルザーナーの家族のような不法侵入者をごみ山地区から排除する条文もあった。それを受け、この法律の執行を担う市当局は、立ち退き推進活動を強化した。それが、この数年間断続的に行なわれていた。

だが市職員が帰ってしまうと、くず拾いたちはすぐにまた新たな家を建てた。市街地から絶えず運ばれてくるごみを追いかける仕事が、非合法だがやめられない依存症《アディクション》と化していた。つぶれたペットボトルを人間と同じぐらいの大きさの塊になるまで集めれば、何とかその日一日を乗り越えられる。ハイダル・アリが聞いた話によれば、あるくず拾いは手のひらサイズのエメラルドを見つけ、生活を一変させることができたという。なかには、ホウディ（houdhi）と呼ばれる池くず拾い《ポンド・ピッカーズ》もいた。斜面にごみを囲む土手を築き、その囲いのなかを水で満たして濡れた砂をふるいにかけ、市街地のごみに混じっている金くずを集めるのである。ハイダル・アリは、自分の仕事やこの地区について、「誰かのごみが、ほかの誰かのくずになる（Kisi ka kachra kisi ka bhangaar hota hai）」と説明していたが、それは無限にやって来て、山をさらに大きくしていた。くず拾いたちはそれを集めて売り、その上に寝て、それを食べ、それを吸い込んでいた。

　五年前の一九九五年、ボンベイは名称をムンバイに変更した。社会主義政権時代にごく狭いスペースに大勢の人を詰め込んでいた箱型の共同住宅は、ゲーテッド・コミュニティ〔周囲をゲートやフェンスで囲み、安全性や防犯性を高めた居住区域〕に生まれ変わった。そこにはダストシュートなど、先進国の利便性がもたらされた。遠く郊外にまで広がったこのコミュニティには、シーダー（ヒマラヤスギ）やオークウッド（オークの森）、バーチ（カバノキ）など、蒸し暑い気候のムンバイには見られない木にちなんで命名されたビルやショッピングモールやジム、複合型映画館が立ち並び、インドの経済成長とともに発展するムンバイを、新たなもので埋め尽くした。だが、そこから生まれるごみはデオナールのごみ山に運ばれていくばかりで、それを再利用するのはくず拾いたちだけだった。

高まりゆく都会の欲望は、さまざまなものをごみ山にもたらした。精製水の入ったペットボトル、見たこともない食べ物が半分残った弁当箱、汚れたおむつ、新たな機器用の配線などだ。都会の人々はまた、シャンプーや染毛剤、ケチャップの小袋もよく利用する。こうした消耗品は、世代を超えてものを受け継ぐことに誇りを抱いていた家庭にさえ、新たな喜びや楽しみを提供した。ガラス製や金属製の容器は、ホイルや紙、プラスチックを層状に圧縮してつくった箱やビニール製の袋に取って代わられた。それらは、中身が空になると捨てられたが、ごみ山にはいつまでも残った。虚しさ、悲しみ、あこがれ、欲望はすべて、新たなものを購入・所有することで埋め合わされた。

一方、ごみ山地区を見ると、トラックからますます多く吐き出されるようになったごみのなかには、ごみでしかないものもあればお金になるものもあった。のんびりとしたハイダル・アリがセメントの床材のかけらしか見つけられない間に、やはり私たちの財団から融資を受けている友人モーハッラム・アリは、最近ムンバイの家でよく使われるようになった長い大理石の板材《いたざい》を見つけた。都会でふくらんだ富はごみ山に流れ込む。ハイダル・アリもモーハッラム・アリも、その上げ潮に乗っていた。それでも、さほど熱意のないハイダル・アリがほとんど成果を出せない一方で、運と意欲を味方につけたモーハッラム・アリは、ムンバイの使い古された貴重品を手中に収めている。その結果、二人の生活やその子どもたちの生活は正反対の方向へ向かうことになった。

ファルザーナーがまだ幼く、はいはいやよちよち歩きをしていたころ、家のなかは宝石色の端切れの山でいっぱいだった。シャキマンやハイダル・アリや年長の子どもたちは、ごみ山の斜面でこれらの端切れを集め、とてつもなく大きな荷にまとめると、それを首から吊り下げ、目の前でぶらぶらさせながら、麓へと運んできた。都会の仕立て屋の工房から出た形の悪い端切れを集めて家のなかにつくられた布の山は、間もなく売りに出され、枕やキルト、おもちゃの詰め物になった。すると家の床にはまた、新たな色の端切れの山ができあがる。ファルザーナーは家にあるこの山で人生の第一歩を踏み出し、その背後にそびえる巨大なごみ山を歩く練習をした。

ハイダル・アリは、斜面に年長の子どもが見当たらないときには、自分がファルザーナーの頭に、そばで見つけた帽子代わりになるものをかぶせてやった。ファルザーナーは泥を運んでは、バンジャーラー・ガッリーに向かってごみ山から下りてくる排水路を埋めていた。あるいは、色あせた緑やオレンジ、銀色のガラスが点々と埋め込まれたセメント板や、一九七〇年代から八〇年代にかけてムンバイの共同住宅の床材に使われていた黒い石材のかけらを運んだりもしていた。ときには市の警備員に追いかけられ、追いつかれまいと不安定な斜面を走って下る間に転んだり、床材のかけらを落としたりすることもあった。こうして家に持ち帰ったごみ山のかけらは、売りに出されるか、家の下に広がるぬかるんだ湿地を埋めるために放り込まれた。

やがてファルザーナーは、近くにあるウルドゥー語話者の女児が通う市立小学校に入った。毎朝、姉のアフサーナーや妹のジャンナトと一緒に学校まで歩いていった。だが午後になり、入り江から内陸のほうへ微風が吹き始め、ごみ山のにおいが家のなかに入ってくると、彼女は斜面に引き寄せられた。ごみ山の頂に立って海のにおいや、自由に吹き荒れる海風を吸い込みながらあたりを見わたし、そこで仕事をしている姉のサハーニーやジェーハーナー、妹のファルハーの姿を探す。そうしていると間もなく、心のなかがごみ山のことでいっぱいになり、ますますごみ山へと引き寄せられていく。結局こうして彼女は午後を、姉妹たちと一緒に入り江で泳いだり、端切れを集めたりして過ごし、父親がごみ山の端に築いた端切れの山はさらに大きくなっていく。

ハイダル・アリは、ごみを吐き出すトラックの周囲で激しい争奪戦が繰り広げられているなかでさえ、まるで目に見えないイヤホンから聞こえる甘美な音楽に合わせて体を揺らしているかのように、のんびりと仕事をしていた。実際、年上のくず拾いからこう言われたことがある。「ここでは絶対に誰も飢えない（Khaadi mein koi bhooka nahi jaata）」。そのため、ますますのんびりした態度に拍車がかかった。だが、斜面で集めた端切れの山に今日一日の分を追加しに帰宅すると、その山はすでに、自分が仕事に出かける前よりも大きくなっていた。つまり、子どもたちが家計を維持していたのだ。それを考えれば、子どもたちをこの斜面から引き離すことはできなかった。

学校へ通ったことがなかった長男のジャハーンギールは、妹たちをごみ山から引き離して学校に通わせるべきだと、よくハイダル・アリと口論した。ジャハーンギールは、父親が手に入れられない見捨てられた富を、むさぼるように追い求めた。このうわついたごみ山依存症にはまればはまるほど、妹たちがそうなるのを防ぎたいという気持ちが募った。そのため、いつも妹たちを斜面から追い払い、ごみ山に面している五階建て校舎の学校へ向かわせた。だが学校はすでに魅力を失い、ごみ山の忌まわしい魅力を引き立てるばかりだった。妹たちは結局、翌日の午後にはごみ山に戻り、トラックを追いかけていた。

ファルザーナーはやがて、手足がひょろ長い少女に成長していった。姉たちは彼女のことを「脳みそが半分しかない（aadha dimaag）」と言っていたが、それはそびえ立つごみ山のことでいつも頭がいっぱいだったからだった。ごみ山の頂が高くなると、雨季ごとに雨が斜面を流れ落ちる勢いも増し、斜面のごみが家のなかにまでなだれ込んできた。ある日、ファルザーナーが騒々しい雨音を聞きながら眠りにつき、朝起きてみると、自分のサンダルがすぐそばに浮いていた。斜面から流れ落ちてきた見覚えのないものも一緒に浮かんでいる。彼女は寝ぼけながらサルワールを膝上までまくり、近所の家にまで漂っていった自分の本や靴を取り戻しに、水をかき分けて出かける。

そんな日は学校に行かず、ぐちゃぐちゃと音を立てる斜面を上り、姉や妹たちと一緒にひどいにおいのする木製の厚板《あついた》を引きずって持ってくる。するとジャハーンギールや、九人きょうだいの三番目にあたる次男のアーラムギールが、家の壁にその厚板を取りつけてくれるので、そこに濡れた家財道具を積み上げた。夜には、その厚板の上にはい上がり、家財道具に囲まれて寝た。下では、ごみ山に満ちた水がばしゃばしゃと揺れていた。雨がやむと、母親と一緒に家のなかの水をかき出し、濡れた家財道具や、水浸しになった売り物のごみを外に出し、細い路地をのぞき込んでいる太陽の光にあてて乾かした。そのなかには水が浸み込んだノートもあり、これまでに学んだあらゆる内容がにじんでいた。

勉強の遅れを取り戻そうとしても無駄だった。同じ路地に暮らしている数歳年上の友人ヤースミーンからはよく、「あの子の頭には牛のフンが詰まってる！（Vaise bhi uske man mein gobar bhara tha)」と言われた。か弱い感じに見えるが遠慮なくものを言うヤースミーン（のちにアーラムギールの妻になる）は、休日しか帰ってこなかった。ごみ山から離れて学校に通ってほしいと願う両親が、グジャラート州のマドラサ（イスラム神学校）に入学させていたからだ。そのためヤースミーンは、のちにハイダル・アリの依頼を受け、ファルザーナーにコーランの読み方を教えることになる。それまでファルザーナーは、コーランのことなどみじんも考えたことがなかった。その頭を満たしていたのは、ごみ山だけだった。それは、ファルザーナーの友人たちも変わらない。生徒たちは、学校を脱け出してはごみ山へ向かった。

モーハッラム・アリの美しい娘へーラーは、横柄で短気なところがあったが、遠い市街地の中学校に通う、この路地では数少ない少女の一人になった。ファルザーナーより二歳年上なだけで、ほとんどくず拾いをした経験はない。午後にファルザーナーが仕事に出かけると、アラビア語やコンピューター、衣類の仕立ての授業に出かけるヘーラーの姿を見かけた。いずれも母親が選んだ授業である。ファルザーナーは当時を思い出して言う。「あそこの家はいつもきれいだった（Unke ghar mein safai kitni thi)」。

この路地で、ごみ山の空気に誰よりも元気づけられていたのが、おしゃれで背の高いモーハッラム・アリだった。ファルザーナーも、この人物がごみ山から富を手に入れているという話を聞いたことがあった。父親は、ごみを集める才能に恵まれたこの男を「シャイターン・シン(Shaitan Singh)」と呼んでいた。「ミスター・トラブルメーカー」という意味である。モーハッラム・アリは、少人数の集団から成る夜勤のくず拾いの一人であり、このごみ山でもっとも熱心なトレジャーハンターと言っていい人物だった。ごみ収集車は夜中も絶えずやって来るが、高い支柱に固定されたわずかばかりの照明を頼りに、薄暗い斜面を探しまわるのは、誰よりも怖れ知らずの者たちだけだ。斜面を歩くたびに、ガラスや金属のぎざぎざの破片が皮膚を切り裂く。トラックから吐き出されるごみが、黒い塊になって襲いかかってくることもある。それでもモーハッラム・アリは、後ろ前にかぶった野球帽に懐中電灯を固定し、月明かりのもと、くず拾いをした。夜であれば、昼間に勃発するような争奪戦はない。

月が明るい夜には、入り江や水路、塩田が、ごみ山を囲むガラス製の縁のように見える。ごみ山の頂に立つと、遠くに見える漁船と一緒に、入り江に浮かんでいるような気分になる。天気のいい夜は、漁船は一晩中そのあたりで底引き網を引いている。モーハッラム・アリは、彼らも仲間だと思った。頭を左右にゆっくりと動かし、懐中電灯で貴重品を照らし出す。こうして夜の静寂と闇のなかで、ごみのなかに埋まった銀製のヒンドゥー教の女神像や、札束をくるんだ枕カバーを見つけた。

仕事を終えて帰るころになると、これから仕事に出る午前勤のくず拾いによく会った。ハイダル・アリもその一人だ。彼らはモーハッラム・アリに軽口を叩き、自分たちにも何か残しておいてくれと頼んだりする。だが太陽が中天《ちゅうてん》まで昇るころになると、モーハッラム・アリはまたごみ山に戻り、絶えず到着するトラックを追いかけた。ごみ山への熱情を恋愛関係にたとえ、一緒に暮らしているうちに好きになっていくようなものだという。「誰かと一緒に暮らしていると、そいつに愛着がわくだろ？　この山に愛着を抱くようになったのも、それと同じさ。山がおれを呼ぶんだ（Ek insaan ke jaisa lagaav tha. Khaadi hum logon to bulati thi)」

ハイダル・アリが本人から聞いた話によれば、モーハッラム・アリの父親は、インド北部の故郷の村で、聖人の霊廟のムジャーヴァル（mujawar）をしていたらしい。ムジャーヴァルとは、いわば「管理人」である。生家には、すでに色あせてしまってはいるが濃密な色彩の装丁が施された、かびくさい本が無数にあった。だがモーハッラム・アリも父親も、かすかに読める価格の表示（数ペニーだった）以外、そこに書かれている言葉を何一つ読めなかった。父親は、自分の父親から受け継いだ儀式を執り行なっていた（蔵書にはその内容が記されていたのかもしれない）。祈りの言葉を唱えると、信者をトランス状態に陶然《とうぜん》と誘い込む煙やそのにおいとともに、声が部屋に満ちあふれる。そして、それらすべてが消えるころには、奇跡を求めて遠方から祈りを捧げに来た信者たちの病は、たいていい癒えていたそうだ。モーハッラム・アリは父親の洗練された所作や、代々受け継いだ儀式の作法を学んでいた。だから自分のそばには悪霊が寄りつかず、ごみ山の宝物を手に入れられるのだという。こうした逸話のせいで、シャイターン・シンの伝説はますます路地に広まった。

モーハッラム・アリの幸運にあやかろうと、ジャハーンギールも夜勤を試みたことがあった。まだ一〇歳のころである。だが宝物どころか、思いを遂げられないまま死んだ女性の霊《チュダイル》(chudail)に出会っただけだった。その霊は、白い服をまとい、両足だけを後ろに向け、ほとんど誰もいない暗い斜面の上に、少しだけ浮いていたという。ジャハーンギールはその後、昼勤に戻ると、不良グループにいる年上の少年たちとつきあい始め、たばこを覚え、少年たちが吐く汚い言葉を浴びせかけるようになった。

やがてジャハーンギールは、生計の足しになるお金を持ってくるようになった。父親は息子に、何をしてお金を手に入れているのかは尋ねなかった。ファルザーナーがごみ山の周囲で聞いた噂では、兄はごみ山の縄張りをめぐるギャング間の熾烈な抗争に加わっていたという。ジャハーンギールは、こうしてお金を出せば家庭内で発言権を持てると思っていたようだが、ハイダル・アリはそうは思っていなかった。

二人は何ごとにつけても衝突したが、問題の大半はファルザーナーについてだった。姉のサハーニーはすでに学校を中退してごみ山で働いており、そのころには九歳のファルザーナーと二歳年上のアフサーナーが、学校に通っている最年長の子どもになっていた。男の子どもたちは学校に通ったことがない。アフサーナーは自ら学校を続けたいと言っていたが、ファルザーナーも学校に行かせ、ごみ山から離れた生活をさせたほうがいいとジャハーンギールは言い張った。聖職者から聞いた言葉を繰り返し、「こいつらを汚れさせてはいけない（Paak saaf rahein）」と訴えた。それでもファルザーナーは、午後になって学校が終わると、毎日ごみ山の斜面に向かった。

モーハッラム・アリの妻ヤースミーンやその子どもたちが、ごみ山で仕事をすることはほとんどなかった。ヤースミーンは午後になると家で、カーター（kata）ショップで買った中古のテレビで料理番組を見ていた。カーターとは、くず拾いたちが集めてきたごみを無数のカテゴリーに分類して、その重さにより量《はか》り売りしている店舗である。賞味期限切れでごみ山にやって来たバッターミックス（衣《ころも》用生地の粉）を友人に分けてもらい、テレビで見たレシピを試したりもした。たとえば、ライスに冷凍豆を混ぜて炊きあげ、プラーヴ（pulao）〔スパイスの炊き込みご飯〕をつくった。娘のヘーラーと一緒に、ヨーグルトを混ぜたバッターをフライパンに垂らし、それをゆっくりと円形に広げていき、紙のように薄いパリパリのドーサー（dosa）〔クレープのようなもの〕を焼いた。型を借りてその生地を蒸してふくらませ、イドゥリー（idli）〔米で出来た蒸しパン〕をつくることもあった。

デザートに使うため、ヘーラーも友人に、グラーブ・ジャームン（gulab jamun）〔世界一甘いとされる球状のお菓子〕用のバッターミックスを集めてもらっていた。ごみ収集車から吐き出されるのを見かけたら、拾ってくるよう頼んでいたのだ。ヘーラーは友人たちと、ゆったりとした長い午後の時間をかけて、砂糖と水を加えて練ったバッターを丸くこね、それを油で揚げ、温かいシュガーシロップに浸した。そして、キツネ色に揚がったこのあつあつのグラーブ・ジャームンを口に放り込み、口からシロップを飛ばしながら噂話に花を咲かせ、笑い合った。残り物は、ときどき手伝いをする母の手の込んだ夕食に添えるためにとっておいたが、モーハッラム・アリが夕食に帰ってくることはほとんどなかった。

この男の運は上昇する一方だった。ある朝、ファルザーナーが登校の準備をしていると、友人がやって来て、モーハッラム・アリがごみのなかから金のネックレスを見つけたという話を伝えた。ハイダル・アリはそれを聞いて、驚いているようだった。ここ数日、モーハッラム・アリの姿を見ていなかったからだ。そこで、ごみ山から金を掘り出した話が本当なのかどうかを確かめに、モーハッラム・アリの家に出かけていった。モーハッラム・アリの話によると、一週間ほど体の調子が悪く、ずっと家にいたらしい。だが昨日の晩になってようやく熱が引いた。ちょうどそのころ家には、炊きたてのライスのまろやかで心地よいにおいが漂っていたが、ヤースミーンは、売れるごみを拾ってこなければ夕飯は出さないという。それが最後の食糧だったのだ。

モーハッラム・アリはにやりと笑って話を続けた。「おれは罵《ののし》られながら家を出ていったよ。何か拾ってこないとと思ってね！（Gaali de ke gaya to kuch to lana hi tha）」。端切れの詰まった袋など簡単に見つかるものを見つけ、早々に家に帰って食事にありつこうと斜面を上っていった。懐中電灯をつけ、フォークを適当に動かして斜面を掘り起こしていると、柔らかくてなめらかなものに当たった。そのまわりを掘って引っ張り上げると、黄褐《おう》色の革製の女性用ハンドバッグだった。

すぐにバッグのポケットのジッパーを開き、そのなかに広がる秘密の世界をまさぐった。女性が、中身を空にするのを忘れたままバッグを捨ててしまうこともあるからだ。モーハッラム・アリはこれまでにも、丸い手書きの文字で書かれた手紙や、香水の入った優雅な小瓶、洗えば白い端切れとして売れそうなイニシャルの入ったハンカチを見つけていた。ときには、厳しい家計状況の足しにされることなくこっそり隠されてきた、しわくちゃの紙幣が入っていることもある。

その晩も、ジッパーを手探りで探して内ポケットを開くと、懐中電灯の光に何かが反射した。花柄の彫刻が施された金のネックレスだ。ヒンドゥー教徒にとっては既婚女性の印である黒いビーズのひもがついている。モーハッラム・アリはそれをポケットに突っ込むと顔を上げ、この光り輝く掘り出し物を誰かに見られていないか確認した。周囲にはくず拾いたちが放つ光が躍っていたが、誰もが見捨てられた貴重品を探すのに夢中で、誰も自分には気づいていない。モーハッラム・アリは、ポケットに手を突っ込んだままその場を離れた。

家に着くと、ヤースミーンも五人の子どもも腹をすかせてうなだれていた。モーハッラム・アリは冷めた夕飯を脇にどけるとポケットから手を出し、このネックレスが本物の金なのか、この路地の女性が身に着けているような安物の金属製なのかとヤースミーンに尋ねた。だがヤースミーンにも区別ができなかったため、家族は期待と興奮のなかでその夜を過ごした。

それから数週間後にハイダル・アリは、モーハッラム・アリがカーターショップをオープンしたという話を聞いた。黄金を掘り当て、くず拾いたちが絶えず抱いている夢に近づいたのだ。その夢とは、小規模なごみ商人になるか、運がよければ、ごみ関連の仕事から足を洗って身を立てることだ。実際、モーハッラム・アリやハイダル・アリがのちに私に語ってくれたところによれば、彼らが私たちの財団から絶えず融資を受けているのはそのためだった。だがこの人たちは、毎週きちんと返済を行なうものの、さらに多額の融資を受けて、ごみ依存に拍車をかけている。実際、財団のオフィスには、デオナールのごみ山の周囲に暮らすくず拾いが増える一方だったが、彼らはいつもきちんと返済してくれる。私たちが融資をしているムンバイのスラム街のどこにも、そんなところはない。当初私はそれを、ひ弱そうだが怖れ知らずの女性の集金人のせいだと思っていた。その集金人は彼らにこう伝えていた。誰かが現金の詰まった自分のバッグに触れたり、集金すべきお金をすべて集められなかったりすると、遠く離れた私のオフィスでアラームが鳴る仕組みになっている、と。

だが、実際にごみ山に続く長く細い路地を歩いてみると、彼らの間にごみへの熱狂が渦巻いているのが感じられる。くず拾いたちが融資を受けるのは、自分の生活を形づくり、その熱狂を満たすごみをさらにかき集めるためでしかない。そのため、悪臭に満ちた力強いごみの魔手から逃れて新たな生活を築こうとする彼らの試みは、どこかつまずいているように見え、たいていは実際に失敗している。

融資を受けた相手にそのお金で何をしたのかと尋ねると、オープンしたばかりの、商品があふれるほどいっぱいのカーターショップを見せてくれる人もいれば、家の上にブリキ板でつくりつけた小屋を指し示す人もいた。そこを、ごみ山から脱け出す旅路の出発点にするつもりだという。垂直にとりつけた金属製の階段を上って日当たりのいいその小屋に入ってみると、ごみ山の麓の丘の上にあるその部屋から、都会のごみが生み出す景色が一望できた。体を屈《かが》めて窓から外を眺めると、干からびた紙切れやビニールが、そよ風の吹く斜面上を漂っているのが見える。部屋の一方の側には、あらかじめ裁断された布をシャツやジーンズに縫い合わせる仕事のために購入したミシンが並んでいるが、その半分ほどしか稼働していない。もう一方の側には、光り輝く靴に縫いつけるための靴底が積まれている。それらのほとんどは、目まぐるしく人々が行き交うムンバイの露店市で販売される。ハイダル・アリが自宅の上につくりつけた窓のない小屋も、明るい色の薄く透き通った布でいっぱいだったが、そこに働き手の姿を見かけることはあまりない。私が訪れるたびに聞くと、近いうちにこの布をスパンコールで覆うのだという。

私たちはその後よく、下の小暗い部屋に下りて話をした。ごみは際限なく増え続けてこの家を満たしてくれるかもしれないが、刺繍の注文を取るのは難しく、その仕事をやり遂げるのはさらに難しかった。せっかく刺繍職人を集めても、たいていはもっと給料のいい工房を求めて、ハイダル・アリの元を離れてしまう。次の祭りが終われば戻ってくる。ハイダル・アリは何カ月もずっと、祭りが一つまた一つと終わるたびに、そう言っていた。ジャハーンギールと次男のアーラムギールに根気のいる刺繍の技術を教え、子どもたちを助手に育てようと努力もした。

その数年間、アーラムギールは父親のうまくいかない刺繍の仕事を支えていたが、ジャハーンギールはごみ山のギャングのなかで出世を果たしていた。そのころになると、市当局が差し向けた警備員も警察も、ごみ山の斜面を適当に見まわるだけになり、くず拾いたちがこの見捨てられた世界で絶え間なくごみを追い求めるに任せていた。そのため、四年生になって小学校を卒業し、間もなく一〇歳になるファルザーナーは、長い夏休みの間を毎日ごみ山で過ごした。その後、ジャハーンギールに無理強いされた父親により中学校に入れられたが、新学期が始まってもファルザーナーはまだ家族と一緒に仕事に出かけた。

「あいつは家で何をするつもりなんだ？　勉強もせずに！（Ghar mein reh ke kya karegi? Padhne mein man nahi hai）」。ある日の午後、ごみがひしめく暗い家のなかに夫婦二人しかいなかったときに、ハイダル・アリがシャキマンにそうつぶやいた。

シャキマンは不満そうにこう答えた。ファルザーナーは外の調理場で洗い物を終え、ぴかぴかになったスチール製の浅い皿を慎重に棚に積み重ねているところだから、あなたの声が聞こえているはずだ、と。

すると、ハイダル・アリが声を荒げて言う。「この路地が安全だと思うか？（Apni galli koi theek hai kya?）」

「いいえ（Nahi）」とシャキマンは返すが、ささやくようなその声は、ちょうどいま外で皿が騒々しい音を立てて崩れ落ちたせいで、ほとんど聞き取れない。ファルザーナーがまた注意深く皿を積み上げ始めると、皿が家のなかに反射光を投げかけた。やがて皿は壁沿いに高く積み上がった。

だが、ハイダル・アリはこうも言った。「あいつも家計の助けになるかもな（Kharche mein madad kar sakti hai）」。工房はもうだめだから、と。

そのとき、ジャハーンギールが何かを取りに家に帰ってきた。その姿を見て、気の変わりやすいハイダル・アリは思わずかっとなり、ファルザーナーを働かせたくないのなら、おまえが自分で金を稼げと怒鳴った。当時一八歳だったジャハーンギールは、もう父親との口喧嘩をやめていた。こうして一〇歳のファルザーナーは、一日中斜面にたむろする違法なくず拾いの仲間に加わることになった。

四　管理不能

ファルザーナーが中学校を中退して一日中ごみ山で働くようになった二〇〇八年の夏、ごみ山の縮小やそこから発生する有毒ガスの抑制を求めてくすぶり続けていた論争が、とうとう沸点に達した。ごみ山地区に隣接する高級住宅街に暮らす医師サンディープ・ラーネーが、デオナール地区の縮小に取り組もうとしない市を、侮辱罪で告発したのだ。ラーネーは、この地区は改善を求める裁判所命令を受けながらも発展を続けるばかりだと訴え、その後の裁判所命令に応じて「廃棄物を覆うガスの膜を示す」写真も提示していた[1]。

その一五年前、ラーネーはごみ山の近くに循環器科の医院を開業した。そのころは、冠動脈疾患を患う高齢の患者が来るものとばかり思っていた。ところが実際に開業してみると、待合室は息苦しさを訴える子どもでいっぱいになった。ラーネーは毎朝起きるたびに、近くのごみ山から立ち上る煙を見ていたため、その煙が患者の肺に充満しているのではないかと考えた。一九九六年六月には近隣のマンションの住民が、ごみ山やその煙の改善を市に求めて訴訟を起こしていた。

住民たちは裁判所への請願書にこう記している。夕暮れ時になるとごみ山が燃えているのが見える。その黒い煙が一晩中漂って家のなかに入り、呼吸困難を引き起こしている。[2] 炎が上がり、煙がたなびく状態は、日の出まで続く。住民が耳にした話によると、ごみ商人がくず拾いたちに、ごみに火をつけさせているという。そうすれば、ビニールやプラスチック、紙や布など、あまり価値のないごみが燃えたり溶けたりして、売り物になる銅や銀、鉛などの金属（ごみのなかでもっとも高価なもの）が残るからだ。こうした燃焼により生まれる「浮遊粒子状物質」（有害化学物質の微粒子）が、ごみ山の周囲の空気に厚くたまり、その濃度は法定基準値の七倍に達している。[3] それが、くず拾いや近隣の住民の肺や血流に入り、内臓器官に深く根を下ろし、呼吸困難を引き起こしている。また、ごみの燃焼により、ごみ山の大気に許容量の二倍以上の鉛が含まれており、それを吸い込む子どもの知力に悪影響を及ぼしている、と。[4]

これに対する市の反応は、ごみ山は「自然発火」で燃えているというものだった。ごみは徐々に分解される過程でメタンを放出し、それが太陽の熱により発火するという。当局の資料には、こうした自然発火は、ごみの投棄がすでに終了したごみ山でも発生しているともある。つまり、集められたものが大量に蓄積しているところでは、発火は起きるものであり、それは当局の責任ではないということだ。ただし、当局はこうも述べている。夜に請願者の家のなかに入ってくる煙やスモッグは、くず拾いたちが金属を採集するためにつけた火や、家のそばを走る幹線道路の交通量の増加が原因となっている場合もある、と。

一九九六年の請願を受け、歴代の判事は市に、ほかの場所に現代的なごみ山地区を設置するよう要請した。そしてそれまでの間、年月を重ねて乱雑に広がったデオナールのごみ山地区に、廃棄物法の規定を適用しようとした。たとえば、ごみに泥をかぶせて圧縮し、崩れないよう固定するとともに、ごみの山を等間隔に配置するよう求めた。また、ごみ山のなかをうねる未舗装道路を舗装し、その道路沿いに街灯を設置し、その光の届かない周辺部では警備を強化するスケジュールを設定した。これは、くず拾いが入って火をつけないようにするためだ。さらには、消防車や放水車を巡回させ、絶えず現れる炎やそこから立ち上る煙を抑制しようとした。こうして裁判所は、ごみ山地区を変え、現代的な都市らしい場所にする取り組みを推進した。だが、ごみ山を育てているのは都市の欲望であり、ごみ山はその暗部を反映したものだった。

確固たる意志を持つ大柄のラーネーは、一九九六年に裁判所委員会の指名を受け、毎週水曜日にごみ集積場の仮設小屋に出かけ、ごみ山を廃棄物法の規定どおりに運営するプロジェクトを数年にわたり監視することになった。そのころに、ハイダル・アリやその家族など、違法なくず拾い集団が斜面を埋めつつあるのをよく目にした。

新たに配置し直されたごみの山は、市の事務所の近くから入念に形成された。その事務所があるのは、かつて市街地のごみを運んできたカチュラー列車の終着駅があったところである。事務所にいちばん近い最初の山は、臓物やくず肉のごみ専用とされた。そして、入り江の曲線に沿ってほかの山が並べてつくられ、そこに都会で廃棄されたほかのあらゆるものを受け入れ、その上を泥で覆った。最後の八番目の山の端は、絶壁となって入り江の水面に落ち込んでいた。

ラーネーの監視のもと、ごみ山地区に電柱や電線が配備され、街灯が設置されたが、街灯は点灯しなかった。話によると、くず拾いがドラッグ欲しさにそれを盗んだり、ごみの重みやトラックの横断により電線が切れてしまったりしたという。だがやがて、高い支柱に設置されたわずかばかりの街灯が灯り、夜勤のくず拾いに遠くから光を投げかけるようになった。

　市当局は廃棄物法の定めに従い、ごみ山の大気中の化学物質量を断続的に測定するようになったが、たいていはそのたびに大気の質は悪化するばかりだった。ごみ山の周囲で開業している医師の話では、患者の半数以上が呼吸器疾患で来院するという。喘息や気管支炎、持続性の咳などだ。くず拾いたちは胸を患い、通常の結核や薬物耐性結核を発症しやすくなっている。実際、ごみ山の周囲の路地には狭苦しい家が並んでおり、そのなかで空気感染が蔓延していた。くず拾いはまた、間質性肺疾患《ILD》を患うこともある。これは、肺の周囲の組織が硬化し、呼吸困難や咳により五年以内に死に至る病だ。[6] さらに、慢性閉塞性肺疾患《COPD》に苦しむ患者もいる。これは肺胞が衰弱し、気道がひどい炎症を起こす病気だが、間質性肺疾患患者よりは長く生きられる。とはいえ、いずれも治療法はなく、悪化するばかりである。こうした患者には酸素ポンプが処方されるが、患者にはそれを買う余裕もない。

　私がごみ山の陰に潜む健康問題を調査し始めたころ、ナポリの環境史家マルコ・アルミエロがこう語っていた。「問題は、病気の原因がごみのそばで暮らしている点にあるのかどうかがわからないことだ。専門家の調査が必要になる」。ナポリでも、マフィアがイタリア北部から有害な産業廃棄物を持ち込み、埋め立て地や人気《ひとけ》のない田舎道、あるいは農園に不法投棄していた。穏やかな地中海性気候が生み出す農産物で有名な、ナポリ近郊の農園である。車で通りかかった人たちは、遠くで電線の束が燃やされ、炎を上げているのをよく見かけた。なかにある銅を採取するためだ（ファルザーナーが細々と集めたものでしていたことと同じである）。そのためこのカンパニア地方は「炎の土地（Land of Fires）」と呼ばれていたが、そこは当時、一部のがんの発症率が全国平均の二倍も高く、「死の三角地帯（Triangle of Death）」との別称もあった。[7]

それから数年にわたりムンバイの法廷で審理が行なわれたが、市の弁護団の説明によれば、市当局はごみ山地区を市街地から遠ざけ、ごみが市街地の大気や水に漏出するのを防ごうと努力を重ねてきたという。だがごみ山は市街地に忍び込んだ。当局の推計では当時、デオナールごみ集積場には一三〇〇万トン近いごみがあった。廃棄物法は、ごみ集積場の下に床を設置するよう求めているが、これほどのごみの下にどう床を設置しろというのか？　また、ごみの山は一・三二平方キロメートルにわたり広がっている。そんなところにどう天井を設置し、市街地に吹き込む汚染された大気を封じ込めろというのか？　ごみの層の上では、壁をつくっても安定せず、いずれは倒れてしまう。弁護団はさらなる時間を要求した。

ラーネーはときどきこんな噂話を聞いた。市当局は裁判所の要請に応じ、世界のほかの都市で行なわれているように、ごみを焼却して電気を生産する試験を実施している、と。だがムンバイのごみは、雨で水浸しになっているうえに、腐った食料のせいでねばねばしており、焼却炉が正常に稼働しなかった。ごみ山地区は、それを縮小しようとする市の試みをまるで受け入れなかった。

細長い半島のような市街県〔ムンバイ市は南の市街県と北の郊外県から成る〕の空き地はすぐに埋まってしまう。一方、絶えず広がり続ける郊外県は、はるか遠くの場所までをも飲み込んでいる。だが、そのあたりをごみ集積場に使おうとすると、郊外に暮らす住民が悪臭に悩まされる可能性が高まる。住民たちは、何年も節約を続けて買ったマンションのまわりの空き地を、都会のごみで埋めてもらいたくなかった。農業に従事する人たちも、都会のごみで農地を汚染されたくなかった。そのため、市当局が見つける空き地はどこでも、その土地を要求する競争相手がいた。

一九九六年の請願から数年間、廃棄物法や裁判所命令に従う期限が過ぎてはまた設定されたが、デオナールのごみ山が移動することはなかった。廃棄物法はそのごみ山を違法としており、そこから出る煙があたりに害を及ぼしていたにもかかわらず、ハイダル・アリやその仲間など、やはり違法とされる者たちはいまだごみ山にあふれ、捨てられたものを拾い集める仕事をしていた。ハエの大群がその姿をかすませ、彼らを見張る警備員の目もどんより曇るなか、くず拾いたちは目に見えない存在となって、ムンバイの富のなれの果てを探し続けた。南を海に囲まれたムンバイ市街が北へと発展するにつれ、それに歩調を合わせてごみの山も発展し、そこから流れ出るガスも増えていった。

二〇〇六年になると、市当局は裁判所からの圧力を受け、民間のコンサルタントを雇った。このコンサルタントは間もなく、デオナール地区やより小規模なムルンドのごみ山問題の解決、およびゴーラーイーのごみ山の閉鎖に関する報告書をまとめた。そこにはこうある。デオナールの年季を経たごみは、豊かな堆肥になる。したがって、ごみを堆肥に変える工場をつくれば、ごみ山地区を縮小できる。ただしそのためには、この三つのごみ集積場に一〇五〇億ルピー（一四億七〇〇〇万ドル）以上を投じる（そのおよそ半分をデオナール地区の改修に充てる）必要がある、と。[8]これは、一世紀以上前にデオナールごみ集積場が設置されて以来、もっとも野心的なムンバイ市廃棄物管理プロジェクトになった。

二〇〇六年初頭、市当局はコンサルタントらとともに、このプロジェクトへの入札を募った。だが当局には、一民間会社が本当にデオナール地区を管理できるのかという不安があった。この地区ではくず拾いたちが斜面に群がり、その家が徐々にごみ山に入り込み、ギャングたちがごみをめぐって抗争を繰り広げている。[9]実際、デオナールの再生に入札した企業はいずれも技術的要件を満たしておらず、結局契約が成立することはなかった。ごみの投棄や違法なくず拾いは、その後も延々と続いた。到着するごみは、くず拾いが持ち去るごみより多いため、ごみ山はさらに高さを増し、入り江にあふれ出した。ごみ山地区はひそかにその規模を拡大していくばかりだった。

ごみ山が移動あるいは縮小するのを一〇年以上待ち続け、とうとう堪忍袋の緒が切れたラーネー医師は、二〇〇八年夏に侮辱罪を訴えて訴訟を起こした。それまでの一二年間、ムンバイの腐ったごみから生まれる有害な煙は増えるばかりだった。いまでは、ごみ山の周囲の地区にまで重く垂れ込め、呼吸器疾患による死者が全体の四分の一を占めている。ちなみに、ごみ山から離れた地区では、その数字は一パーセント以下である。ラーネーが提示した医学調査資料によれば、そのかすみには、発がん性化学物質であるホルムアルデヒドが大量に含まれていた。[10]また別の調査によれば、やはり発がん性化学物質であるベンゼンもごみ山の大気中に増加しており、世界中で見られるどの埋め立て地よりも数倍多いという。[11]その調査を行なったディーパンジャーリー・マジュムダールの話では、その濃度はいまだ、ほかの国が定めている基準値以下なのだが、これらの基準値は短期暴露を想定した値であって、くず拾いのようにほとんど一生涯ベンゼンなどのガスを吸い続けることを想定していない。マジュムダールはこれを慢性暴露と呼び、かなりの健康リスクがあるとして、こう述べている。「埋め立て地などの汚染物質から大気中に放出されるガスは、大気というキッチンで日光を材料に、危険性のあるさまざまな塵《ちり》やガスを生み出す。これら大気中で生み出された汚染物質は二次汚染物質と呼ばれ、重大な大気汚染に加え、気候変動を引き起こす場合さえある」。実際、ごみ山のガスのなかで暮らしている人々の平均余命はわずか三九歳であり、ほかのインド人の半分少々でしかない。[12]

その解決策を求めて、植民地時代に建てられた広大な裁判所のいかめしい廊下にラーネーが現れるようになると、ごみ山の改善に向けた審理が再開された。のちにラーネーは私にこう語っている。「私は何かに狙いを定めたら、あきらめないタイプの人間なんだ」。だが市当局は、さらなる時間を要求した。忍耐の限界に達したダナンジャイ・チャンドゥラチュール判事の判決には、怒りがにじんでいた。「無秩序かつ野放図なごみの投棄が続き、当裁判所の命令にもかかわらず、問題を軽減するための真剣な取り組みが一切なされていない」[13]

のちにハイダル・アリに、ごみ山の恐るべきガスに捕らわれているのはどんな気分かと尋ねてみると、骨ばった胸を突き出して「どこか悪いように見えるか？（Hamko kya hua hai?）」と聞き返してきた。ハイダル・アリはよく、この増え続けるごみの山で二〇年間働いてきたが、知り合いの誰よりも健康だと言っていた。だがごみ山の友人たちは、知らないうちに結核に侵され、衰弱して路地に引きこもり、若い子どもたちに仕事を代わってもらっていた。療養のため田舎の空気を吸いに出かけ、そのまま帰ってこなかった者もいる。ごみ山の斜面を上って仕事に行く間に、嘔吐しているくず拾いのそばを通り過ぎることもよくあった。肺を病んでいては、なだらかな斜面の上りにも耐えられないのだ。都会の宝物《ごみ》を追いかけるのに夢中で、かすみのなかに消え、いなくなった人がいることに誰も気づかない場合もある。しかしハイダル・アリもその友人たちも、この宝を生み出すごみ山地区やそこでの生活が、それらの病気と何らかの関係があるとは思っていなかった。

五　壁

朝になってごみ山の頂に仕事に出かけると、ファルザーナーはたいていまず、熟しすぎたトマトやナスを集めた。それらは、廃棄された食料に混じっている場合もあれば、雨を受けてそこから芽を出して生えてくる場合もあった。そして、かすみのなかから起伏に富んだ斜面に友人たちの姿が現れると、それらを投げつけ、服に黒々とした染みをつけてやった。友人たちは痛みやとまどいを感じながら振り返り、ファルザーナーを見つけると、急いで投げ返すトマトを探した。昨夜の間に運ばれてきたごみのなかを探し、スイカのかけらや卵を見つけては、それをファルザーナーにぶつけた。こうしてにぎやかなトマトの投げ合いが始まり、腐りかけた果実を手に、日当たりのいい不安定な斜面で追いかけっこをする。見捨てられたごみの山に漂うガスのなかで、笑いと光が屈折する。

ぶつけ合いが終わると、にわか雨の間に重く垂れ込めたじめじめした熱気のなかで、乾いた果肉が汗と混じって体に貼りつく。ファルザーナーは、ごみ山地区に配備された放水車の水漏れしているタップの下で、水を浴びる。一緒に仕事に出かけるほかの家族からは、この狙いを過《あやま》たない厄介な歓迎を、兄や姉にはしないよう注意されていた。ファルザーナーは、この山の日増しに濃くなるもやのなか、日増しに延びる影のなかで成長しながら、不屈の精神を育てあげてきた。私がのちに、その独立心や冒険心をどこで手に入れたのかと聞くと、のんびりとこう答えた。「ずっとこんな感じだよ（Main pehle se hi aisi thi）」

二〇〇八年六月、新学期が始まったころに、数カ月に及ぶムンバイの雨季も始まった。ファルザーナーはもう一日中ごみ山へ仕事に出かけていた。一〇歳になったその日も、黒い雨雲がごみ山の頂に立ち寄り、そこに居座っていた。そのとき、外側の斜面をトラックが近づいてくるのが見えた。古いごみで埋め尽くされて大量の泥で覆われた斜面は、萌え出る雑草でエメラルド色に輝いていた。

ファルザーナーは、風雨を浴びながら雲のなかを歩いていった。雲は、ごみ山の谷間を満たす水たまりのなかにも浮いている。水たまりの水も最初のうちは、高い値で売れる分厚いビニール製の牛乳パックのように透明だ。ファルザーナーは、ハスの葉の間に浮かぶ泡のように漂う、つぶれたペットボトルを回収した。

雨がごみ山地区を激しく打ち続けると、雑草が生い茂った緑の斜面は泥だらけになり、その頂上あたりは茶色の絵の具が溶け出したような色合いになる。ファルザーナーも、ももまで泥に浸《つ》かって歩いているうちに茶色になった。牛飼いが水浴びをさせたり草を食わせたりするために連れてきた牛の群れを避け、水たまりのなかに滑り込み、そこに浮かんでいるボトルや手袋、ガラス容器を拾う。泥水に覆われたまま一息ついていると、やはり泥を滴《したた》らせながら友人たちが現れる。ファルザーナーはもっと拾おうと、また水たまりに浸かる。

袋がいっぱいになると斜面を下り、ホウレンソウやキュウリなど、夕食用の野菜を収穫した。雨が浸み込んだごみのなかから生えているカボチャを探し、そこから芽を出したひょろ長い木に生《な》っているパパイヤを見つけた。ファルザーナーが聞いた話では、ごみのなかで育つ植物のなかには食用以外に使えるものもあるという。葉を傷口にこすりつけると傷が治る植物や、かむと気分がハイになる植物などだ。ハイになれば、それだけ長くごみ山で働ける。

雨季が去ると、ファルザーナーやその姉妹たちはディーワーリー〔一〇月もしくは一一月に五日間をかけて行なわれるヒンドゥー教の祝日〕を待ち焦がれる。この家族も、ごみ山地区の大半の人たちと同じイスラム教徒だったが、ディーワーリーはごみ山の斜面に、さわやかな冬をもたらすと同時に、サフランのめしべやカルダモンのかけら、ピスタチオのスライスや銀の装飾をちりばめたカラフルでクリーミーなお菓子を届けてくれる。数日にわたり、こうしたお菓子がごみ収集車から転がり落ちてくるのだ。都心の菓子職人たちは、この機会にお菓子を何百ポンドとつくり、「新鮮なクリームが酸化してしまいますので、当日中にお召し上がりください」との注意書きを添える。そのため、店舗で売れなかった商品がデオナールに運ばれ、ごみ山の上でディーワーリーのパーティが開かれることになる。お菓子などを手に入れるためにしかごみ山に来ないヘーラーは、のちにこう語っていた。「この山はどんな願いでもかなえてくれる(Hamara har shauk poora hua khaadi mein)」

やがて、つかの間のさわやかな冬が、果てしなく続く夏へと変わる。すると、ごみ山地区が燃えあがる太陽のもとで黄金色になる。ちらちら光る入り江に縁取られた波打つ斜面で、ごみが太陽に焼かれ、光り輝いては色あせる。植物はあっという間にしおれ、乾いた泥とごみの広がりだけが残る。そんな長く暑い日には、長時間の水浴びや、ずいぶん前に賞味期限切れになって白い箱に詰め込まれたまま捨てられたカップのアイスクリームだけが、彼女たちの救いになる。

ファルザーナーは、ごみを空けるトラックから色味の悪いライチが大量に落ちてくるようになると、夏の終わりが近いことを知る。そのうろこのような皮にかじりつき、歯で皮をはぐと、あごに果汁がしたたる。その中身を口のなかで転がして、黒い大きな種を吐き出し、半透明の白い果肉を飲み込むと、のどがひんやりとして、汗にまみれた夏の最後の澱《おり》が甘さで攪拌《かくはん》される。

ファルザーナーはそのころから急に、両親のように背が伸び、母親のように元気旺盛になった。その子馬のようなエネルギーを注ぎ込んで、絶え間なく都心からやって来るごみ収集車を追いかけた。トラックが車体を揺らしながらゆっくりと瓦礫やくずだらけの斜面を上り、やがてごみ山の上の平地にやって来ると、ほかのくず拾いたちと競争でトラックに手を伸ばし、トラックが停まってごみを空け始める前から、トラック後部の荷台の柵によじ登る。そして、落ちないよう柵の上端にのしかかって両手を荷台に突っ込み、誰よりも早くいちばんいいごみをすくい上げる。燃えているごみが上から落ちてきたときには、柵にしがみつきながら顔を背けたり身をよじったりする。薄いビニール袋がごみと一緒に詰め込まれているなかに、まだくすぶっているたばこの吸い殻があったりすると、燃えることがあるのだ。ファルザーナーは固ゆで卵やポテトチップスの袋を拾い上げると、姉妹や友人たちと車座《くるまざ》になって座り、軽食をつまんだ。食べきれない分は両腕に抱えて、妹や弟のいる麓の家へと運んでいく。

一方ハイダル・アリは、この娘とは違い、都市住民の欲望が溶け込んだ残りかすに、ある不安を抱いていた。そこから生まれ、ごみ山に居ついた悪霊の存在である。その霊が、誰にも気づかれないまま斜面をうろつき、娘たちを惑わすのではないかという心配が常にあった。ファルザーナーが聞いた話では、ハイダル・アリは以前、ごみ山が入り江と接するあたりの隅で、引き取り手のいない死体がいくつもダンプカーから転がり落ちていくのを見たことがあるという。ムンバイの火葬場から出た灰をごみ山の上に捨てているのを目撃したこともあるらしい。

ハイダル・アリは、ごみ山で過ごした数年の間につくりあげた自分なりのルールに従い、ジンガー（エビ塚）には近づくなとファルザーナーに注意していた。ジンガーとは、市の事務所のすぐ隣にある第一のごみ山である。隣の家の息子シャッビールはそこを「脂塚《あぶら》（charbi katilla）」と呼んでいた。動物の脂や糞や血だらけで、足元が滑りやすく危険だからだ。シャッビールに雇われていたある男が、その塚で凧を揚げていたところ、ぐちゃぐちゃしたぬかるみにはまり込んで抜けなくなり、ほかの人に引っ張り上げてもらわなければならなかったこともある。そこに家庭ごみが運ばれることはほとんどない。そのためハイダル・アリは、この塚の上を霊がさまよっていると思い込んでいた。そのおよそ八年後に、ファルザーナーはここで、胴体がつながった赤ん坊の死体を見つけることになる。姉のサハーニーは、コール〔アジアや中東の女性がメイクに使う化粧品〕で縁取ったアーモンド形の目を輝かせて笑みを浮かべながら、当時を回想する。「でもファルザーナーは、するなと言われたことをしないではいられない子だった（usko bolenge nahi karna hai, to Farzana ko karna hi hai）」

ときには、まだ誰もが寝ている早朝に、ファルザーナーの友人たちが家にやって来た。するとファルザーナーは、一緒に起きた姉妹や友人たちと一緒に、ごみ山の上の平地へと出かける。そこに、ムンバイの高級ホテルや空港から出たごみが運び込まれているので、ごみ山の頂に座ってホテルの朝食を食べるのだ。ヘーラーはのちに、結核でやせ細った一四歳の友人アーリーフを引き合いに出して、あそこで食べたパンはアーリーフみたいに細長かったと語っている。その細長いロールパンを、きれいに包装された空港の食器を使って切り、朝食用ビュッフェで廃棄された一回分の小袋のバターやジャム、ケチャップをたっぷり塗って食する。それからヘーラーは学校へ、ファルザーナーやその姉妹はごみ収集車を追いかけに出かける。

そのころになると、ムンバイ市民は次第に既製服を着るようになり、ごみ山の斜面で見つかる端切れが減ってきた。そのためファルザーナーは、父親から言われていた鮮やかな色の端切れよりも、プラスチックや銅線、洋銀を集めるようになった。路地に帰ってきては袋を空け、長い電線やきつく巻かれたコイルを分別した。それまでムンバイの家庭を埋め尽くしていた機器から回収したものだ。塩分の多い海風により腐食したり、購入したとたんに時代遅れになったりしたために捨てられたのだろう。電線は、燃やして銅を採取した。壊れたテレビやさびた天井ファン、ビデオプレーヤーは麻袋に詰め込み、破砕《はさい》音を和らげるために耳をふさぎながら、石をぶつけて壊した。そして破片をふるいにかけ、金属製のフレームなどを取り出した。

こうして、か細い銅線や洋銀を二ポンド〔およそ九〇七グラム〕ほど集めると（数日かかることもある）、うまくいけば三〇〇ルピーもの利益になる。白い端切れは、同じ二ポンド集めても数ルピーにしかならない。ファルザーナーは自分の収穫物を売り、その稼ぎを父親に手渡した。一方、ハイダル・アリの稼ぎはそれよりもはるかに少なかった。端切れのごみの供給が減ったうえに、もともとのんびり屋で、仕事中に出会った友人と長い間話し込んでいることもあったため、稼ぎは減るばかりだった。友人たちから聞いた話では、いまでは端切れは、仕立て屋の工房から直接、路地の商人の手に渡っているとのことだった。

ごみの山が大きくなるにつれ、それを移動させるのはますます難しくなった。二〇〇九年四月に行なわれた審理の際には、チャンドゥラチュール判事が、小柄だが頼もしい博識な市行政長官ジャイラージ・パータクに対し、デオナール地区に出かけて見捨てられたごみの世界を自分の目で見てくるよう要請した。[1] エンジニア出身で、経済学の博士号を取得したばかりのパータクは、側近の市職員を引き連れ、ラーネーが提示した写真にあった、あのガスに覆われたごみ山をまのあたりにした。ハイダル・アリやファルザーナーが仕事をしているごみ山である。パータクはチャンドゥラチュールへの報告書にこう記している。「この煙は、くず拾いがつけた火によるものではなく、ごみから発生するメタンガスによるものだという話を聞いた。その場に誰もいなくても、メタンガスが燃えて煙を出すらしい」

侮辱罪にまつわる判決が近づくなか、パータクはオフィスに戻ると、これまで熱心に収集していた偉人の言葉のなかから、心を鼓舞する言葉を探した。すると、アメリカの大統領セオドア・ルーズヴェルトがポケットサイズの日記帳に書き留めていた、こんな一句が見つかった。

「どんな決断のときでも、いちばんいいのは正しい決断をすることであり、次にいいのは間違った決断をすることだ。いちばんよくないのは何もしないことだ」

パータクのデオナール訪問から数カ月後、市がある計画で合意したとの告知があった。その数週間後、法廷で市の弁護団による説明があった。そのために部屋を暗くする必要があったが、ちょうどそのころから、天井の高い高雅な法廷にようやくエアコンが導入され始めた。これにより、それまでやかましい音を立てて審議の声をかき消していた羽の長い天井ファンが止まって静かになり、風を取り込むために長年開放されていた木製の老朽化した羽根板窓も、ようやく閉じられるようになった。

法廷に設置されたスクリーンに、新たなデオナール地区が映し出された。舗装された道路がごみ山の山肌を縫い、内部に閉じ込められた火を解放するための通気口がその頂から突き出し、ごみを堆肥に変える工場が稼働している。説明によれば、ごみ山の半分を脇に寄せて堆肥工場の用地とし、元気のないムンバイの庭や菜園に堆肥を提供する。また、乾燥したごみは燃やして、近隣の工場の機械を動かす電力を供給する。堆肥工場はごみ山のくず拾いたちに、市が提供する正規の仕事を生み出し、役職や年金、福祉をもたらす。この計画がうまくいけば、一世紀以上の歴史を通じて初めて、ムンバイ市のごみが堆肥となって、合法的にごみ山から出ていくことになる。

侮辱罪にまつわる判決がさらに間近に迫ったころ、パータクら市の幹部が、二年以上前の入札の際に最終選考に残った二社の入札内容を再検討してみた。すると、世界最大級の種子・肥料企業ユナイテッド・フォスフォラスのほうが、より技術的条件を満たしていた。そこで二〇〇九年一〇月、市は同社とデオナール地区再開発計画の請負契約を結んだ。ユナイテッド・フォスフォラスはすぐさま、パートナー企業二社とともにこの計画を推進する会社を設立し、タットヴァ（Tatva）と命名した。[2]

ハイダル・アリは当初、市の計画を聞いても不安を抱かなかった。くず拾いたちは、ごみ山の上でゆっくり腐っていく食品を集めて売ろうなどとは思っていない。それに、これまでごみ山はどんどん大きくなり、入り江のなかへとさらに広がっていく一方だった。都心の住民は今後も、くず拾いの需要も、市の計画の需要も満たせるほどのごみを提供してくれる。そう思っていた。

ごみ山には毎日、一〇〇〇台以上ものトラックが流れ込んできた。長い列を成すごみ収集車が車体を揺らしながらこのごみ山にやって来る間に、市街地の共同住宅や郊外ではさらにごみが蓄積され、ごみがごみとしての生涯を始める。ファルザーナーやその姉妹たちはごみ山の上に屈み、カーキとオレンジに塗られたトラックが下を通り過ぎるたびに、そのフロントガラスに貼りつけられたアルファベットを読み取る。そのアルファベットは、そのトラックがどの地区から来たのかを示している。そして、売り物になるごみをたくさん積んでいそうな裕福な地区からのトラックが来ると、急いで駆けつけ、すでにその周囲を囲んでいる泥だらけのくず拾いの渦の奥深くに滑り込んでいく。

ファルザーナーはよく、必要なものをすべて手に入れてしまうと、並木道のある地区で伐採された枝や割られた竹の棒を引きずりながら、次第に収まりゆく争奪戦の場から出てきた。そして姉妹たちと一緒に、あまり人のいない頂の上に穴を掘ってそれらの棒を立て、その上に麻布やビニール、干からびた長いヤシの葉をかけ渡し、照りつける太陽を避けられる小屋をつくった。ほかの少年たちと競争で、なるべく大きくて快適な小屋をこしらえるのである。

一〇代半ばに差しかかったころ、ファルザーナーはふと、トラックの到着を待つ空いた時間に、こうした小屋のなかでおしゃべりをする楽しさを知った。彼女たちは、ライスやインスタント麺を食べながら噂話に花を咲かせた。いずれも、トラックが運んでくるごみのなかから探し出し、自分たちでおこした小さな炎の上で苦労しながら調理したものだ。都会のごみには、ごみ山付近の市場では見かけたことのない細長い形の米があった。そんなときには、お金を貯めて買ったスパイスやひき肉と一緒にその都会の米を調理して、友人たちにふるまった。若い警備員たちも、そんなパーティに参加したり、焼けつくような太陽から逃れたりするために、よくこうした小屋にやって来た。そしてファルザーナーや友人たちに、もうすぐ自分たちの代わりに新しい警備員が来ることを教えてくれた。

間もなくごみ山で、新たな職員や警備員、機械類を見かけるようになった。市のスタッフは、デオナール地区の入り口にある事務所にこもり、ごみをトラックに積み、同地区の奥深くへと運んでいく作業をそこから監督していた。工場を建てる場所を確保するため、いくつかのごみ山が掘り起こされ、入り江の縁にある別のごみ山へと運ばれた。すると、ごみ山の周囲でさまざまな噂が飛び交い始めたが、どれが本当でどれが嘘なのかまるでわからなかった。くず拾いたちは、ごみ山地区縮小計画の遅れやさまざまな障害によりこれまで仕事を続けてこられたが、そんな生活ももうすぐ変わる。そう言われると、ハイダル・アリは深くくぼんだ目に驚愕の色を浮かべた。実際に目の前で、ごみ山は縮小を始めていた。

やがて、くず拾いたちの家とごみ山との間を分ける細いすき間がつくられ、そこに壁が建ち始めた。それは、ごみ山地区の境界を示していた。その内側のごみ山はタットヴァの土地であり、もはやくず拾いの土地ではないということだ。その代わりにタットヴァは、周辺の路地に小屋を設け、間もなく建設される工場の仕事を紹介した。ジャハーンギールをはじめ、ほとんどの若い男性は、ごみ山での生活を正当化してくれる市の仕事を手に入れようと、その仕事に応募した。彼らの目には、新たな夢が宿っていた。

だがタットヴァは、ファルザーナーたちが暮らしている悪臭漂う知られざる世界を体験して初めて、そこを管理するのがいかに難しいかに気づいた。実際、現場で作業を始めて間もなく、市当局に次のような報告書を提出し、支援を求めている。ごみ山は絶えずどこかで火災を起こし、煙を放っている。斜面は違法なくず拾いであふれ、牛や牛飼いに占拠されており、遠方の端のあたりは暴力的なギャングたちが分割支配している。さらに、ピーク時には一時間に二〇〇台以上のごみ収集車が到着し、タットヴァが依頼されている一日の処理量の二倍に及ぶごみを運んでくる。くず拾いやごみ商人たちは、それが自分たちのものだと思い込んでいる。そんなところで、どこからこの仕事に手をつければいいのか、と。

　ごみ山の外側にも暗雲が垂れ込めつつあった。タットヴァは創設以来ほぼずっと、落札状況をめぐる論争に巻き込まれていた。この騒動が州議会でも取り上げられるようになると、州首相が調査を命じた。

　それでもタットヴァは作業を続け、壁をさらに延ばして、くず拾いたちの侵入を阻止した。ファルザーナーは最初、壁に沿って歩いていき、壁の切れ目からなかに滑り込んで仕事をしていた。だが間もなく、そんな壁のすき間もなくなり、なかに入れなくなった。こうしてついに、ごみ山の周辺地区の仕事が行き詰まってしまった。裁判所命令や廃棄物法が、とうとうこの地区に適用されたのだ。

　もはやどうしようもなくなったファルザーナーは、数週間ほど壁の外側をうろついていた。やがて、絶えず壁のそばを歩いているうちに、壁の上端のごつごつした石に固定されているロープを見つけた。そして、ほかのくず拾いがそれを伝って壁を越えていくのを見て、自分も同じようにして壁の内側へ仕事に出かけた。そんなある日の午後、縮小していくごみ山のなかで、ファルザーナーは青いジーンズを見つけた。容赦ない日差しを浴びてごわごわになったズボンである。それを拾い上げると、自分にあててみた。以前、映画のポスターでこんなジーンズをはいた女優を見たことがあった。けたたましい音を立てて走るバスやリクシャー〔三輪タクシー〕に乗って、ロータス市場をゆっくりと進んでいたときのことだ。店舗や手押し車、屋台が次第に集まってできたこの市場は、まるでこの地区と都会とを結び、都会から新たな品物を運んでくるトンネルのような場所だった。ファルザーナーも普段はほかの姉妹同様、サルワール・カミーズを着て、長いドゥパッターで髪を覆っていた。それでも、そのジーンズを家に持って帰ると何度も洗い、たまに父親に連れられて家族で出かけるときのために取っておいた。ファルザーナーはその後も、壁をよじ登ってなかに入り、壁の内側のごみ山が小さくなっていくのを見守りながら仕事を続けた。

ラーネー医師も、壁が張り巡らされ、なかのごみ山が縮小していくのをまのあたりにした。のちに私にこう述べている。「私が求めていたことが全部実現しつつある。用地確保《ダンピング》のためにこの地所の一部が閉鎖された」。二〇一一年一月、ラーネーは訴訟を取り下げた。

同年八月、タットヴァの落札に関する調査報告書が提出された。それによれば、入札プロセスにいくつか重大な問題があるという。[3] これを受けて市当局は、タットヴァとの契約を再考もしくは破棄すべきかどうかを市行政長官に問い合わせたが、返答は一切なかった。むしろ暗雲は、ごみ山縮小計画や市が提供する正規の仕事のほうへと漂い始めていた。

銅を取るために金属線を削る男（著者撮影）

六　ギャング

二〇一一年の雨季が始まったころ、ジャハーンギールがごみ山で仕事をしていると、知り合いの男がやって来た。その人物の話によれば、恰幅のいいジャハーンギールのボス、ジャーヴエード・アンサーリー（シャーヌー・バーイーと呼ばれていた）が、刀を持ってジャハーンギールの家に向かっているという。ファルザーナーやサハーニーら弟妹を連れて家に急いで帰ってみると、家の壁代わりになっていたビニールシートを、シャーヌーが切り裂いている。やがて屋根が崩れるとシャーヌーは、それまで家をつくりあげていたプラスチックやビニールの瓦礫のなかに踏み込み、ごみ山から拾ってきて床材《フローリング》として下に敷いていた石材を引きずり出し、それを路地へ放り投げた。

　シャーヌーらごみ商人たちはそれまでもずっと、この地区のごみをめぐって争っていた。だが、タットヴァが工場建設に四苦八苦しているうちに、ごみ山がまた大きくなり始め、それにつれて周囲の路地も発展すると、そこでの生活が次第に、商人《トレーダー》ギャングたちが支配する闇の世界へと引きずり込まれていくことになった。商人たちは境界壁を壊してすき間をつくり、そこから奥へ入るとごみの山や平地を占拠し、トラックが空けていったごみを一網打尽にして売却した。くず拾いたちがそれぞれの場所で仕事をしていると、商人の手下たちが、ほとんど何の対価もなく袋の中身を要求し、それを自分たちのカーターショップで売って利益をあげることもあった。路地でも彼らから逃れることはできなかった。路地では商人たちが、電気やケーブルテレビ、水道へ違法に接続して住民に提供し、その利用料を請求していた。ごみ山やその周辺の地区、路地の支配権をめぐる商人たちの闘いは、日増しにエスカレートしていった。

路地に伝わる噂によれば、シャーヌーは数年前、ライバル関係にあるギャングの一員の殺人罪をかぶる代わりに、路地に隣接するごみ山のごみを扱う権利を手に入れたという。だが結局、裁判では殺人罪を立証できず、シャーヌーは無罪放免になった。すると、自分の縄張りを強化するための少数精鋭部隊の一員に、まだ一〇代だったジャハーンギールを加えた。そして殴打や悪罵《あくば》でジャハーンギールを鍛えあげ、ほかのくず拾いへの脅迫や、ほかのギャングとの刀を交えた抗争に従事させた。ジャハーンギールはのちにこう語っている。「シャーヌーがおれたちに何をしてくれた？　おれたちがあいつを育ててやったのに（Shanoo ne hamare liye kya kiya? Hamne uske liye kiya）」

だがシャーヌーは数カ月前から、ジャハーンギールが自分とはライバル関係にあるジャーヴェード・クレーシーにごみを提供していることに気づいていた。そのころごみ山で頭角を現してきていた人物である。ジャーヴェードの縄張りが徐々に自分の縄張りに近づいてくると、やがてシャーヌーは、ファルザーナーやサハーニーやファルハーも、ジャーヴェードにごみを売っているに違いないと考えるようになった。二〇一一年のあの日の夕方、シャーヌーが彼らの家を破壊していったのは、その罰だったのだ。その後、暗くなるにつれて雨が激しくなり、彼らの家は泥だらけの水たまりと化した。ジャハーンギールたちはそこに入り、膝まで水に浸かりながら、これまでにため込んだごみのなかから新しいビニールシートを探し出すと、それを自分たちの周囲に張り巡らせ、即席につくったこのもろい小屋のなかで寝た。

姉妹たちはその後シャーヌーを避け、こっそりくず拾いをしたが、ファルザーナーだけは姉妹たちと分かれて行動した。壁が修理されてすき間が埋められているときには、壁の周囲をうろついている少年たちに押し上げてもらって壁を越え、なかに入ると、少年たちと一緒にトラックを追いかけた。少年たちとビー玉遊びをしているところをジャハーンギールに見つかると、ファルザーナーはにこやかに笑みを見せてゲームをそこで中断し、すぐに戻ってくるからと言い残して兄と一緒に帰った。家に着くと、兄からベルトで引っぱたかれた。のちに彼女に聞いた話では、ジャハーンギールがぶつのは、自分が少年たちとつるんでいることがあまりに多いからだという。ファルザーナーはにこやかに「兄は私のことが大好きだから（Mujhe to vo bahut chahta hai）」とも語っていた。ジャハーンギールのそのような愛情表現は、シャーヌーから学んだものだった。

タットヴァは工場建設に二年の期間を与えられていたが、二〇一一年冬にその期限が切れた。だが市はいまだに、州政府から工場建設地を借用する許可を得ていなかった。工費の支払い期日が来ていたが、工場はまだ建設されておらず、支払いは遅れた。そのため交渉が繰り返された。二〇一二年五月と七月には、タットヴァが市当局に書面で、工場建設を開始するためには、この地区の広大な土地を借りる必要があると改めて訴えた。[1] そこで市当局は、州政府にやはり書面で、デオナール地区の土地をタットヴァへ貸与する許可を与えるよう要請した。だが州政府からの返答はなく、したがって市当局からタットヴァへの返答もなかった〔インドは連邦制を採用する共和国であり、中央政府と州政府からなる。州政府の官僚機構である地方行政機構の下には、都市自治体と農村自治体（パンチャーヤット）が位置づけられる〕。

二〇一二年一一月七日、シャーヌーが交通事故で死んだ。シャーヌーはそのころ、暴行を働いた商人から訴えられて市外追放となり、ナヴィ・ムンバイで暮らしていたが、親族や仲間は遺体を連れ戻し、デオナールの墓地に埋葬することにした。ごみ山からさほど遠くないところにある墓地は、貧しいイスラム教徒たちの遺体であふれ返っていた。彼らは、一九九二年の宗教暴動を受けてこの地にやって来た。日増しに大きくなるごみ山なら、ごみで家が建てられるうえに、仕事も無限にあるからだ。それより前の移住の波に乗ってここにやって来たあるギャングのボスは、かつて私に「盗んだ水に、盗んだ電気。貧乏人が望むものなんてほかに何がある？（Chori ka paani, chori ki bijli, aur ek gareeb ko chahiye kya）」と言っていたが、その答えは生きる場所と死ぬ場所だった。

新たにこの土地にやって来た人々は、ますます大きくなるごみ山を囲む入り組んだ路地を埋め、その端にある墓地で生涯を終えた。墓堀り人は、墓地の空いているところを探して、毎日流れ込んでくる死者を埋葬した。そんなときには、半ば腐った腕や脚、土に溶け出した肉体からいまだ伸びている長い髪を掘り起こしてしまうこともある。すると墓掘り人はあわてて塩やカリウムを振りまいて埋め戻し、ほかの場所を掘った。願わくは、普通なら四カ月で土に返る遺体が二カ月で消えていてほしかった。ごみの山には、病気と暴力という双子の悪がはびこっていた。そのため墓掘り人は、まだ十分に時間のたっていない墓を掘り起こして、そこに若い新たな遺体を埋めなければならない。近くの路地に暮らすある聖職者は、自分が担当した葬儀を思い返してこう述べている。「ここでは老齢で死ぬ者などいない（Yahaan boodha ho ke to koi marta hi nahi)」

シャーヌーの葬儀の日には、ごみ山の周縁からやって来たギャングのボスたちが、その日だけはこれまでのライバル関係を忘れ、手入れの行き届いていないデオナールの墓地に姿を見せた。彼らが見守るなか、シャーヌーの一〇代の手下たちが、繁茂《はんも》した低木や墓石、壊れたベンチなどをよけながらやって来て、葬儀を執り行なった。ギャングのボスのなかには去り際に、また連絡をくれとジャハーンギールに話しかける者もいた。ジャハーンギールはうだるような真昼の暑気のなか、前途を不安視してすっかり元気をなくしていた。友人のミヤー・カーン（バーブーと呼ばれていた）によれば、「シャツの襟を立てておけよ（Collar upar、「元気を出せ」の意）」と言われていたという。その日、バーブーはやせた体をさらに長く見せるかのように、髪をぴかぴかの角《つの》（seeng）のような形にきれいにセットしていたのだが、その角も顔の上にだらりと垂れていた。汗がシャツに浸み込み、背中に張りついていた。

シャーヌーが死ぬと、ジャハーンギールは新たな仕事を探さなければならなくなった。数週間後の一二月九日には二人目の子どもが生まれ、出費は増えるばかりだったが、応募していた工場の仕事は、タットヴァと市当局との交渉が遅れ、いつまで待ってもありつけそうにない。シャーヌーが率いていたギャングは、シャーヌーが追放された時点ですでに失速しており、当人が死亡すると完全に壊滅した。

そこでジャハーンギールは独立することにした。ごみ山の斜面でくず拾いたちからガラスを買い、警備員には賄賂《わいろ》を渡したり仲よくなったりして、広げられた壁のすき間から大量のガラスを持ち出すのを見逃してもらった。ファルザーナーら姉妹も、なるべく高く売れるように、割れたガラスの破片を洗ったり拭いたりした。そのころになるとごみ山では、ジャーヴェード・クレーシーや、そのボスであるラフィークとアティークのカーン兄弟が縄張りを広げていた。ジャハーンギールがジャーヴェードのカーターショップでそれを売ると、シャーヌーよりも高い値で買ってくれた。

カーン兄弟は子どものころ、一九七五年にこのごみ山にやって来た。当時はまだ、ごみ集積場と入り江との間に湿地林があった。弟のアティークによれば、そこへ引っ越してきた一〇歳のころは、沼に落ちるんじゃないかと不安で仕方がなかったらしい。「沼に落ちて死んだ人が何人もいたからな（Log daldal mein gir ke mar jaate the）」。それでも父親たちは、ゴムタイヤやビニールシートや段ボールを敷き、そこで暮らすことにした。ごみ山の端のほう、デオナールの湿地が広がるラフィーク・ナガル地区である。よく警察や市の職員が家を壊しにやって来たが、それでもそこに住み続けていると、しまいには市当局も定住を認め、やがて細い道路や、ごみの斜面の勾配に沿って傾いた保育園がつくられた。

カーン兄弟は、父親がそこで飲食店を始めるとその給仕をした。また、ごみ山から持ってきた土でマングローブが茂る湿地を埋め、その上にビニールシートの小屋をつくり、それを賃貸したり販売したりした。だがやがて、このあたりで稼ごうとするならごみを利用するしかないことに気づいた。そこで二〇〇五年ごろ、父親をうまく言いくるめて、ごみ山に面して走る道路沿いにカーターショップをオープンした。だがその道路沿いには、すでにカーターショップが無数に並んでいた。店主たちは、めぼしいごみを集めて頭の上に乗せ、斜面を下りてくるくず拾いを奪い合った。ライバルたちを蹴倒《けたお》し、ごみを手に入れるためなら何でもした。だがラフィークとアティークはそこへ、かつてないほどの暴力を持ち込んだ。

二〇〇九年一〇月、カーン兄弟のライバルだったカーディール・シェイクが、兄弟のカーターショップとごみ山との間を走る未舗装の細い路地で刺されて死んだ。数名の目の前で行なわれた蛮行だったにもかかわらず、誰も手出しできなかった。カーディールの母親は、ラフィークとアティークが息子を殺した罪で捕まるまで、遺体の引き取りを拒否した。だが警察が立件しようと目撃者を探しても、カーディールの殺害を直接見聞きした者が名乗り出ることはなかった。結局アティークは、警察が捜査をしていた一カ月間拘留されただけで釈放され、カーン兄弟こそがこのごみ山のボスなのだというイメージをつくりあげた。その後も脅迫や暴力に対する告発はますます増えたが、そのほとんどが立証できず、有罪判決を受けることはなかった。カーディール殺害の直後から、カーン兄弟の右腕だったジャーヴェード・クレーシーがごみ山の平地に現れるようになり、兄弟はごみ山の麓にある事務所で仕事をするようになった。カーン兄弟はその名前と命令とで、ラフィーク・ナガルの路地やその付近のごみ山で暮らす人々の生活を支配した。日のあたらないじめじめした裏道か、太陽の光を浴びて彼方まで波打つごみ山の斜面に面した家が並び、闘鶏《とうけい》のために集めた雄鶏《おんどり》や、泡を噴き出すソファ、日を遮るために奥に配置した扉の枠にもたれてうずくまる高齢のギャングたちが目につく、細い路地沿いの地区である。最終的には、ケーブルテレビ、水、ごみ、仕事など、この路地での生活を成り立たせているあらゆるものが、カーン兄弟らギャングに支配されていたという。ごみ山の麓にある彼らの広大な倉庫は、さらに拡大するばかりだった。

工場の建設が遅れるたびに、ごみ山は再び目に見えないものへと逆戻りする一方で、ごみ山や周辺の路地を支配するギャングの力が拡大していった。カーン兄弟は部下に、縄張りのパトロールをさせた。侵入者の映像を事務所に送るカメラも設置した。そんななかジャハーンギールは、ジャーヴェード・クレーシーとの仕事により儲けを増やしていた。妹のアフサーナーの結婚式のときには、ジャーヴェードがお金を貸してくれた。ジャハーンギールは相変わらずガラスを商人に売っていた。ガラスはさらに業者に売られ、そこで溶かされて新たな形に成形されたり、びんであれば新たな飲み物を再充填されたりする。ジャハーンギールはのちにこう語っている。「あいつは最高の人間だよ（Vo ek number ka aadmi hai）」

ジャハーンギールは新たに生まれた娘をシファと名づけた。「癒し」という意味だ。この子が自分の運勢をよい方向へ向けてくれたのだと思い込んでいたようだが、実際にジャーヴェードとのビジネスは急成長していた。翌年には、かつてシャーヌーに切り裂かれた自宅のビニルシートの壁を、高さ数フィートのレンガの壁に替え、その上に長いブリキ板を重ねて屋根もつけた。また屋根裏部屋をつくり、そこを妻のラキラーや娘二人と暮らす場所にした。だがラキラーは「この子が生まれて運命が変わったわけじゃない（Iske aane se na unki kismet badal gayee）」と述べている。ビジネスが発展すると、ジャハーンギールは一〇代のくず拾いを雇い、集めてきたガラスをきれいにする仕事をさせた。そして数週間おきに、弟や妹、雇い人をトラックの運転席に詰め込み、荷台に積んだガラスの破片をがちゃがちゃ鳴らしながら、都心の商人のもとへ売りに出かけた。自分がごみ山の収穫物を売りさばいている間、弟妹たちはチョウパティ・ビーチで遊んでいた。

ファルザーナーはそんなとき、サングラスをかけ、日よけ帽をかぶり、丈の長いチュニックにジーンズを身に着けていた。ごみ山と同じぐらい高い建物に囲まれた海に入って、水遊びをした。姉妹たちが風に運ばれてきた砂で城をつくり始めると、自分は緩やかにカーブする海岸線に沿って、砂に足を押しつけて足跡を残しながら、遠くのほうまで歩いていった。そこには、廃棄物を通してしか知らない世界があった。少し歩くたびに太陽を背にして振り返り、ごみ山から遠く離れた場所に来ていることを実感した。

午前半ばにビーチに到着すると、そこには、バックパックをぱんぱんにふくらませた大学生たちがいた。授業を脱け出してきたか、穏やかに進展しつつある恋愛関係を詮索好きな目にさらしたくないのだろう。午後になると、花柄のブルカ〔イスラム教の女性が着る全身を覆う服〕のようなリーダー（ridaa）やサリーを着た女性のグループが、ハンドバッグをぶら下げてやって来た。狭苦しいキッチンで慌ただしく働いた忙しい食事時《どき》のあとの、休憩時間なのかもしれない。また、宝石を身に着けた新婚旅行者やカップルはいつでもいた。ファルザーナーは、ビーチの端を縁取る木々から落ちるレースのような影が、彼らの上を移ろっていくのを見守っていた。その人たちはみな、ムンバイの窮屈な家庭から逃れるために、このにぎやかなビーチや、そのとても十分とは言えない影を求めてやって来るのだった。

ファルザーナーはつかの間、自分がこの人たちの世界で暮らしているかのような気がした。もので満たされた生活がある世界、ごみを集める側ではなくごみを捨てる側の世界である。ジャハーンギールがやって来て家に帰ろうとすると、ファルザーナーはいつも、もう少しいさせてと頼んだ。やがて、深まりゆくピンクの空が、そびえ立つ建物の輪郭を縁取り、海がきらきらと輝き、褐色の太陽がゆっくりとそこに溶け込み、光を失っていく。それを見送ったのちにトラックに戻り、都会のごみがあのごみ山に至るルートとほぼ同じ道をたどって、蛇行する道路を帰っていく。

このトラックの後ろを、解体された時代遅れのビルの残骸が、長く伸びる影のように追いかけていた。絶えず開発を続けるムンバイの建設産業が生み出す瓦礫の大半は、遠く離れた採石場に埋められることになっていた。さもないと、そこから出るセメントやアスベスト、さびた金属や化学物質が都心の大気のなかに漂い、住民の肺にたまって病気を引き起こすおそれがある。

だが噂によれば、カーン兄弟の兄ラフィークが、遠くの採石場まで運ぶ手間を回避する手段を提供していたという。採石場まで運んでいると時間もコストもかかる。通常は、解体されたビルの瓦礫が処分された時点でビル再建の許可が下りるため、時間がかかれば、それだけ新たな建設作業が遅れてしまう。そこにラフィークは目をつけたのだ。夜勤の市職員の証言によれば、夜中に都心からデオナールのごみ山へとトラックがやって来て、ごみ山地区の正規の入り口とは反対側の端に開けた壁の穴から、ごみ山のなかに侵入していた。[2] ごみ山の端に密かに築かれたコンクリートの瓦礫の山は、壁の高さを越えていたという。瓦礫の山があまりに高くなって不安定になると、そこに火をつけた。その後放水車で水を浴びせ、ブルドーザーで燃えた残骸を平らにならし、そこにまた瓦礫を積み上げるのである。これにより、都心の迅速な再開発が可能になり、ラフィークやアティークもかなりの利益をあげたと言われている。[3]

この破壊された境界壁のさらに先には、ムンバイの大手病院からのごみが来る広い地所があり、そこもアティークやジャーヴェードの縄張りとされていた。そこでは、兄弟の手下が許可したくず拾いたちが、生理食塩水のバッグやびん、厚手のビニール製の手袋を集め、それをボスが売りに出していた。また、兄弟の縄張り全域で、大した金にはならない薄手のビニールシートやレジ袋、ごみ袋が集められ、トラックに積み込まれていた。くず拾いたちが聞いた話では、これらのごみは遠くの町の工場に運ばれ、そこでプレス加工されて小さなプラスチック・ペレットになり、全国各地や海外に販売されるという。

ビルの瓦礫が廃棄される場所と医療ごみが集まる場所との間には、市が新たな墓地の建設を計画していた空き地があった。だがそこは、斜面をなだれ落ちる雨やごみにより、埋めたばかりの遺体が出てきてしまうのではないかとの懸念から、長年放置されたままの状態になっていた。すると、夜間にギャングたちが徐々にその場所にも手を広げ、やがてそこも解体されたビルの瓦礫で埋まってしまった。だが、数年後にアティークに会ったときに当時の話を聞いてみると、兄弟はカーディール殺害の濡れ衣を着せられたのちに、ごみ山から撤退したとのことだった。部下だった者たちが、兄弟の名前を勝手に使い、ごみ山で違法なビジネスを行なっていたのだという。

二〇一三年七月、タットヴァは再び書面で、ごみ山地区の土地の借用を市に要請した。そうすればこれを担保に工場の建設を始め、ごみ山閉鎖への道筋を描くことができる。[4] だがこの年の四月、マハーラーシュトラ州首相プリットヴィーラージ・チャウハーンが、市とタットヴァとの契約条件を精査する委員会の設置を告知していた。[5] この委員会により、ごみ山地区の土地を民間企業に貸与する許可を出せるかどうかが調査されている間、ごみ山は現状のまま放置されることになった。

ハイダル・アリがごみ山の麓から脱け出すための資金を求めて、初めて私のオフィスを訪れたのは、ちょうどそのころだった。それからは友人を連れてくるようになったが、ファルザーナーもよく一緒に来た。二人は、事務所の外にある細長い待合室で、淡い黄緑の壁に向かって座っていた。その壁には、穀物の種をまき、収穫・脱穀し、貯蔵する人々の姿を赤い棒線画で表現した、ワールリー画〔マハーラーシュトラ州ターネー県に暮らす先住民族ワールリーが描く壁画〕風の絵が描かれていた。それを見てファルザーナーは、あの眠気を催しそうな作業はいったい何なのかと父親に尋ねた。ハイダル・アリが生まれ育った家は土地を持っていなかった。そのため母親はよく、村の豊かな地主のために穀粒《こくりゅう》をついて籾殻《もみがら》を取る作業を行なっていたが、そんな作業をしても穀物が少量もらえるだけだった。ハイダル・アリはそんな生活が嫌で、一〇代のころにムンバイに出てきた。そしていま、言葉に詰まり、口ごもりながら、娘にその作業を説明しようとしている。ファルザーナーはその姿を見て、父親が捨ててきたあらゆるものを描いた絵を背景に、自分の写真を撮りたいと思った。

私がハイダル・アリとあまりに長く話し込んでいると（そんなことがよくあった）、ファルザーナーが事務所に顔をのぞかせて父親を急かした。仕事に戻らなければならなかったからだ。だがそのころの私は、彼女に対して、父親についてごみ山から離れたところに行きたいという気持ちはあるが、あまり長くはごみ山から離れていられない、不器用な背の高い少女という印象を抱いただけだった。当時は、ハイダル・アリの工房がうまくいっておらず、ファルザーナーやその姉妹たちやジャハーンギールがこの一家の家計を支え、滞りなくローンを返済していることに気づいていなかった。ほかのマイクロファイナンス事業者のなかには、ギャングが支配するごみ山周辺の路地を避けているところもあったが、私はそこで低金利ローンを提供している数少ない事業者の一人であり、だからこそ滞りなく返済してくれているのだと思い込んでいた。ジャハーンギールがいまでは、もっとも怖れられているギャングのなかで信頼の厚い副官にまで出世していたことも、当時は知らなかった。

二〇一三年九月、タットヴァは、ごみ山地区の土地を同社に貸与できず、同社のサービスに対価を支払わない市との間に紛争が発生したと宣言し、[6]この膠着状態を解決する紛争解決委員会の設置を市に求めた。同様の文書は、市のさまざまな事務所にも送付された。

一〇月、市当局はこれに書面で答え、両者の相違を解決する委員会を設置する意向を伝えた。するとタットヴァは、さらなる要望書を市の各事務所に送り、作業を開始できるよう速やかな委員会の設置を求めた。だが、これには何の返答もなかった。そこで一二月、タットヴァは、工場用地を更地にする作業費用の支払いを求めるとともに、いまだ土地を貸与できず工場が建設できないままになっている責任を追及すべく、市を提訴した。

その冬のある日の午後遅く、ジャハーンギールがごみ山でごみを買い取っていると、ほかのくず拾いから入り江のほうへ呼ばれた。燃え盛る斜面を下りていくと、マングローブ林の近くに小さな人だかりができていた。近づいてみると、すでにファルザーナーとファルハーが、砂地に乗り上げたボートのそばに立っている。ジャハーンギールが人々の間をかき分けてそばに行くと、色あせた黄色の日光を浴びて、そこだけが金色に輝いていた。花嫁衣装を着た中年の女性が、ボートの底でだらしなく手足を広げている。死体だった。

ファルザーナーは兄から見るなと言われたが、その場にくぎづけになり、女性の腕に並ぶ黄金のブレスレットから目を離すことができなかった。それは、生気のない皮膚の上で光を放っていた。やがて遠くからパトカーのサイレンが聞こえ、警察官数名が到着した。ごみが散らばった小道を越えてやって来ると、光り輝く女性を白いシーツで包んで運び去っていった。

それからの数週間、ファルザーナーは夜ごとジャハーンギールに、都会の富の墓場に流れ着いたあの女性について何か聞かなかったかと尋ねた。あの女性はどうしてあそこにたどり着いたのか？　誰が送り出したのか？　あの女性はあれほど貴重な装飾品を手に入れても、人生のむなしさを埋められなかったのだろうか？　ジャハーンギールはこう言っていた。誰かがあの女性を殺してボートに乗せ、それがこの地区まで漂ってきたのだと思う。ごみ山にたどり着くほかのものと同じように、婚礼用の宝飾品を身に着けたまま死んだあの女性も、誰の目にも見えるのに忘れられた存在として、この見捨てられた地区に流れ着いたのだろう、と。

七　不運

くず拾いたちの間では、高価なものがごみ山にたどり着くのは、それが以前の所有者に不運をもたらしたからだと言い伝えられていた。そのため、この捨てられた貴重品を手元に置いておくと、その不運が自分にもうつると思い、路地を歩きまわる質屋に、運を奪っていく掘り出し物をよく預けていた。

ごみ山の運勢は、それまではまだましだったが、二〇一五年になると本格的に下降線をたどり始めた。裁判所の内外で、市とタットヴァとの紛争が延々と続いた。一月には州政府の調査報告書が提出され、予想どおりの結論が出た。市は、州政府からごみ山地区の土地を貸与する許可が下りてからタットヴァと契約すべきだったうえに、入札プロセスにも不正があった、との内容である。[1] さらに、報告書が提出されて間もなく、再選されたばかりの州政府が、広がりゆくごみ山地区の土地の貸与を拒否した。その結果、堆肥工場を建設してごみ山を縮小する計画は立ち往生してしまった。くず拾いたちは、どこかほかの場所で、あの幻と消えた市職員の身分が得られる仕事の代わりを探さなければならなくなった。するとその努力のなかで、かつてごみ山の住民のなかで最高の運の持ち主と言われたモーハッラム・アリの運が、誰よりも真っ先に崩れ落ちていった。ごみ山からタットヴァの存在が徐々に消え失せていく間のどこかで、彼もまた姿を消してしまったのだ。

市当局はすでに数カ月前から、これまでの計画を練り直し、デオナールに新たな廃棄物発電所を建設する計画を進めていた。ごみ山地区は年内に閉鎖すべきだとする裁判所命令があったからだ。市がこの発電所を建設する資金や新会社を探し始めたころ、ごみ山に暖かい風が吹き寄せ、この時期に増える火災を悪化させた。数カ月間火災を抑えてくれる雨季は、六月まで来ない。

この年は、ごみ山地区に配備されている放水車が火災を抑えるまでに、一週間以上かかった。市当局はなす術もなく見守るだけだった。また市の通達によると、二月には市行政長官が、廃棄物発電所（あるいは市が民間会社と共同で所有するそのような工場）にはさまざまな問題やリスクがあると発言していた。こうして結局、新たな発電所を建設する計画は撤回された。[2]

現場では、ごみ収集車が列を成して次々と到着し、タットヴァがその積み荷をかき集めてほかの場所に移す作業が、五年以上にわたり続いていた。裁判所ではタットヴァが、未払い金の請求と、工場を建設できない問題に対する損害賠償の裁定のため、調停人の任命を要求していた。だが市の弁護団は、タットヴァは数年前から、許可が下りるのを待ちながらこの作業をしているではないかと反論した。つまり、タットヴァは工場が建設できなくても、ごみをほかの場所に移すだけで満足していると言いたかったのだろう。それに市は、この作業の分の費用はタットヴァに支払っていた。だが契約書には、調停については何も記されていない。いまではごみ山に、破壊された壁の破片が散らばっていた。それはもはや、すぐそばまでやって来ていた未来の思い出でしかなく、くず拾いたちが一生を過ごすごみのなかに沈み込もうとしていた。二〇一五年三月一九日、シャールク・カトゥワラー判事が市との調停を求めるタットヴァの請願を認め、同年冬に調停の手続きを始めることになった。

私は常々、無数の計画を持ち、ふるまいも上品で、幸運を味方につけているモーハッラム・アリが、私たちの財団のローンを利用しているくず拾いのなかで真っ先に、中流階級の仲間入りを果たすだろうと思っていた。応募していた工場の仕事の見込みがなくなっても、ローンを組みにやって来るたびに、くず拾いの仕事とは別に始めた新たなビジネスの話をしていた。そのころには、ごみ山でネックレスを発見したあとに始めたカーターショップのほか、部屋を貸して家賃を取ったり、石工の仕事を引き受けたりしていた。石工職人《カーリーガル》（karigar）になるにはちょうどいい時期だとも話していた。

毎日数十センチメートル分のごみが追加されると言われるごみ山と同じように、その麓に広がるコミュニティも絶えず拡大していた。ブリキ板の家の間には、それを見下ろす塔を備えたモスクができた。ロータス市場の小さな商店が、インターネットカフェや洋菓子店、病院に替わった。ファルザーナーに聞いた話では、甘いミルクがかかった、口に入れると綿あめのように溶けるデザートを販売するスイーツショップも現れたという。

だがモーハッラム・アリは、何年もごみ山で貴重品を手に入れてきたために、石工のゆったりとした単調な仕事に不慣れになってしまっていた。なかなか注文を期日どおりに仕上げることができない。そこで今度は、頻繁に生まれ故郷の村に戻ってはわずかばかりの土地を買い、ローンを組んでそこに何カ月もかけて家を建てていた。いまでは、彼の持ち前の輝きも薄く引き延ばされ、色あせ始めていた。ごみ山に戻ってきても、以前自分のカーターショップにごみを売ってくれていたくず拾いたちは、もうほかのカーターショップにごみを売っていた。私と会っているときにはそんな様子をみじんも見せなかったが、この男の幸運はもろくもその手から滑り落ち、増大する借金がそれに取って代わろうとしていた。滞りなく返済を行なってはいたが、絶えず融資が必要な新たな計画の話を繰り返し、財団から多額の融資を受けるのだった。

妻のヤースミーンは、夫がいない間に家庭を切り盛りするのに苦労し、自身も借金を重ねていた。モーハッラム・アリが以前見つけたあのネックレスが、よく目の前にちらついた。それを握りしめながら、これで生活が楽になると思ったあの夜のことを考えた。そして、あのネックレスはきっと、以前の所有者に不運をもたらしたから捨てられたのであり、それが自分の家族にもうつったのだと思い込むようになった。

父親の高い鼻や器量のよさを受け継いだヘーラーは、高校を中退した。一八歳になった数カ月後には、財団から融資を受けて中古のミシンを買い、カーテンを縫う仕事を始めた。長男のシャリーブは、(モーハッラム・アリは息子に、工場で働けるよう自動車の運転を覚えさせたかったのだが)一日中くず拾いをしていた。当時一五歳でまだ童顔だったが、突然背が伸び、髪を目までだらりと垂らしていた。かつてのヤースミーンは、学校へ送り出しても斜面でくず拾いをしているシャリーブをよく叱ったものだった。だがモーハッラム・アリが家を離れるようになると、シャリーブが稼ぐお金をあてにするようになり、以前は子どもたちをあれほどごみ山から引き離したいと思っていたのに、いまではシャリーブがごみ山に居つくのを黙認していた。

その代わりにヤースミーンは、シャリーブを夜間学校へ通わせようとした。だがシャリーブは、もう授業が始まっている時間に泥だらけで家に帰ってきて、母親があり合わせでつくった食事をむさぼるように食べると、床に長々と横になってしまい、ほとんど授業には出なかった。それでも、のちにヤースミーンが語ってくれたところによると、モーハッラム・アリが家を空け、債権者が戸口に現れるようになったため、シャリーブの収入が欲しくてたまらなかったという。シャリーブが笑みを見せる機会は次第に少なくなった。たまに見える歯もたばこで茶色に染まっていた。ヤースミーンは、シャリーブがたばこをかんでいる姿を見かけると目を背けた。空きっ腹で長い間仕事を続けるためにそれが必要なことはわかっていたから、どうしようもなかった。

ファルザーナーは、集めたごみを空けたり、ボトルの水を詰め替えたりするために自宅に戻ってきたときに、そこでヤースミーンが細長い縁飾りをまとめて、サリーやクルター〔インドの男性が着る襟のない長衣〕の裾に縫いつけている姿を見かけた。ジャハーンギールの妻ラキラーがそれをほかの女性に渡し、鉛筆で記された花柄模様にビーズを縫いつけてもらっている。そこでは、くず拾いたちが仕事に出かけたのちに、近所の女性たちが幼い子どもを連れ、これらの素材を持ち寄って集まり、噂話に花を咲かせながら作業を進めていた。ファルザーナーはそれを見て、わずか数ルピーにしかならないのにヤースミーンはなぜ、自分の身長よりも長い縁飾りの仕事なんかしているのだろうと思った。というのも、彼女の家族はこれまでずっと、この路地の誰よりも少し上の生活をしていたからだ。それでもヤースミーンは、ほとんどの午後をそこで過ごし、モーハッラム・アリがいない間は仕事をしていないといけないと隣人たちに話していた。

夫が戻ってきたころには、ヤースミーンはかなり追い詰められていた。モーハッラム・アリは自宅に帰ってくると、再び運が上向き、貴重品がまたこの手に転がり込んでくるのをいまかいまかと待ちながら、ごみ山の見捨てられた富をあさった。そんなときに父親から電話があり、末娘の結婚式の日取りが決まったという。末娘とは、モーハッラム・アリのお気に入りの妹だった。そこでモーハッラム・アリは、また生まれ故郷の村へ戻り、建てていたあの家を売って結婚資金をつくるとごみ山の路地に帰ってきたが、それからは少なくなる財産や増える借金との苦闘の連続だった。私の知らないところでほかの業者から金を借りては、われわれの財団からのローンを返済し、さらに財団から低金利融資を受けた。路地では債権者に見つからないよう身を隠して行動していた。そのため妻は、かつて息子たちを学校に行かせるのに苦労したのと同じように、今度は夫を仕事に行かせるのに苦労するようになった。

ヤースミーンはやがて、夫の代わりにビジネスを始めようと決意し、財団からの融資を受けて、九〇フィート・ロード沿いの市場でポテトバーガー（vada pav）の屋台を始めた。九〇フイート・ロードとは、ごみ山が形づくるカーブに沿って延びる、その道幅〔およそ二七メートル〕にちなんで名づけられた道路である。ヤースミーンが長女のヘーラーや次女のメーハルーンと一緒に、午後中ずっと目に涙をためながら、フライパンでジャガイモのパテや青トウガラシを炒め、それを油の染みた新聞紙に包んでモーハッラム・アリに渡す。そして市場が活気づく夕方ごろに、それをふわふわのロールパンにはさんで売るのである。モーハッラム・アリがいやいやながら、数年前にしばらくやっていたような屋台を出すと、友人たちがやって来て顔を出した。だがヤースミーンが様子を聞くと、夫は彼らにただで商品を配っているという。結局屋台はたたむことになり、ビジネスに失敗した経験とめまいがするような借金だけが増えた。ヤースミーンは財団への支払いに行き詰まり、もはや新たな融資を受けることもできなくなった。

そこでヤースミーンは、ラキラーに鼻ピアスを預け、それを担保に新たなビジネスを興す資金を貸してくれと頼んだ。そして、その資金を元手に野菜を買い集め、路地に現れつつあったさまざまな工房で働く靴職人や仕立て職人、刺繍職人に食事サービスを提供するビジネスを始めた。だが最初に顧客になってくれた刺繍職人は、やがて昼食用の弁当を勝手に持っていったり、自宅でモーハッラム・アリと一緒に夕飯を食べたりするようになり、二人で暗い路地に隠れては、ぼんやり輝く携帯電話を見ながらくすくす笑い合うような仲になった。それに、こうした職人たちからの支払いはすべて家族の食費に吸い取られてしまい、それ以上の顧客を増やすこともできず、結局はこのビジネスも頓挫した。ラキラーはその間ずっとあの鼻ピアスをつけており、ヤースミーンがそれを取り戻すにはどこかからお金を借りるほかなかった。

家ではモーハッラム・アリが、服に染みがついている、眠りにつくまで足をもまない、借金が着実に増えていると言っては、ヤースミーンに怒鳴り散らしていた。私が事務所でローンの支払い記録を調べてみると、驚いたことに、支払いが遅れている人のなかに彼の名前があった。このような状況のなか、ヘーラーは一九歳になっていた。路地に暮らす少女たちが結婚を認められている年齢を一年超えている。ラキラーの家では内職に励む女性たちがヤースミーンに、魅力的だが激しやすいヘーラーが行き遅れてしまう前に結婚相手を見つけてやったほうがいいと忠告していた。

そのなかの一人の話では、ムンバイ郊外の高級住宅地バンドラに親戚がおり、そこにまともな仕事につけそうな息子がいるという。ヤースミーンは自分の分とヘーラーの分の宝飾品を借り、モーハッラム・アリを連れてその家族に会いに行った。相手には、モーハッラム・アリは商人として成功した人物だと紹介した。いかにも上品そうな相手の主人は笑みを見せ、この縁談に乗り気な様子を見せた。この話がまとまれば、ヤースミーンが常々望んでいたように、ヘーラーをようやくごみ山の魔の手から解放できる。だがそのためには、手持ちのお金がもっと必要だった。

そこでヤースミーンはラキラーの家に寄り、彼女やハイダル・アリを誘ってビシー（bishi）を始めた。ビシーとは、非常時用に多額の現金を集めておくムンバイの地下金融システムである。ビシーに参加するメンバーは、毎月共有のつぼに一定の掛け金を収める。毎月メンバーの一人が、こうして集めた額からまとめ役への手数料を差し引いた額を引き出せる。引き出す人は、全員がつぼから引き出すまで順に交代する、という仕組みである。だが、ヤースミーンが持ちかけた話はもっとよかった。自分が月々の掛け金を集め、毎月利息を含め、その倍額を払い戻すという。ハイダル・アリは、増えた資金で刺繍工房を拡大できると考え、ビシーに参加した。ラキラーも、さらにビーズ刺繍の仕事を増やしたいと考えていたため、これに同意した。モーハッラム・アリはよく、ローンの支払いにあてようとその掛け金を要求したが、ヤースミーンはそれを拒否し、しばしば口論になった。

二〇一五年九月、タットヴァと市との調停手続きが始まる数週間前、市当局はタットヴァに契約終了を正式に事前通知した。二〇一六年一月二二日に契約を終了するという内容である。これによりタットヴァは、二五年の契約期間が始まってまだ六年しか経っていない二〇一六年一月三一日をもってデオナール地区を去ることが決まった。[3] その結果ごみ山地区は、市当局が新たな問題解決策を講じるまでの間、都会の悪臭ふんぷんたる暗部をさらに受け入れ、違法なくず拾い集団を働かせ続けることになった。

ある晩、ヤースミーンが掛け金を集めて家に帰ってくると、モーハッラム・アリがまたその掛け金を要求した。すぐに返すと言うが、ヤースミーンは拒否した。やがて暗い路地にまで響く夫婦の怒鳴り声が家のなかにとどろきわたり、子どもたちは外に出てやり過ごした。その後しばらくして家のなかにこっそり入り、床の上で寝ると、間もなく声は静かになった。翌朝、ヤースミーンは子どもたちのそばで寝ていたが、モーハッラム・アリの姿はなかった。シャリーブや次男のサミールにごみ山を探させたが、そこにもいない。ハイダル・アリに頼んで九〇フィート・ロードの市場も探してもらったが、そこはまだ人気《ひとけ》がなく、どの店も開いていなかった。

正午ごろ、ビシーのまとめ役がやって来ると、モーハッラム・アリの家のまわりに小さな人だかりができていた。まとめ役はその人だかりをかき分けて家に入ると、ヤースミーンに掛け金の回収に来たと告げた。ところが、木製の戸棚を開け、掛け金を隠しておいた衣類の下を見てみると、そこにあるはずの掛け金がない。ヤースミーンは衣類や、モーハッラム・アリがメーハルーンやその妹アシュラーのためにごみ山から持ち帰った壊れた人形などをひっくり返してみたが、無駄だった。モーハッラム・アリがお金を持って消えたのだ。

その数日後ハイダル・アリは、自分が支払った掛け金を返してもらおうとヤースミーンの家へと向かった。結局その金は、倍になるどころかどこかへ消えてしまった。だがその家に行ってみると、おんぼろのテレビや洗濯機、ヘーラーが購入したミシンなどが路地に運び出されているところだった。債権者がそれらを売って、回収できる分を回収しようというのである。ヤースミーンの部屋は、貸したお金や掛け金を返してくれと訴える人々でいっぱいだった。やがてヤースミーンは、彼らが押しかけてくる前に、外から家の鍵をかけてしまうようになった。

私たちの財団の融資担当者が帰ってきて話してくれたところによると、モーハッラム・アリは失踪し、ヤースミーンにも会えず、両方とも返済が止まってしまったという。

二〇一五年の冬には、それまで路地にあふれていた一攫千金の夢が、どうしようもない絶望へと変わった。夢の堆肥工場は実現する前に頓挫し、ごみ山の幽霊の仲間入りを果たしただけだった。タットヴァのスタッフは間もなくここを離れ、よそで働くことになる。デオナール地区へのごみ投棄の停止（あるいは、その地区の改善か別の現代的なごみ処理場の設置）に向けて裁判所が設定した最終期限は、数カ月前に過ぎていた。やって来るごみ収集車の車列は途切れることなく続き、シャリーブやサミールは家計を維持するためにそこで働くほかなかった。

ヤースミーンは、無料の市立学校に通っていた一二歳のメーハルーンを中退させ、家の仕事をさせると同時に、それまで私立の英語学校にいた八歳の末娘アシュラーを市立学校に転入させた。アシュラーは、母親が整えたくなるほど髪をぼさぼさにして、ノートもまっさらなまま帰ってきた（母親はそれに気づかなかった）。家庭が突然端から歪んでいくと、次第に言葉にも詰まるようになった。途切れがちに言葉を発するだけで、ときには緑色の目でじっと見つめるだけのこともあった。

アシュラーは授業にほとんど出ず、出ても落書きばかりしているという。[4] 新たな学校で三年生のアシュラーの担任をしていたシリーン・モハッマド・スィーラージが、電話でヤースミーンにそう伝えている。その数日後、ヤースミーンは学校を訪れた。子どもたちが水遊びをしたせいで濡れて滑りやすくなっている床に注意しながら、学校の廊下をゆっくり歩いていると、押し迫ってくるごみ山が教室の窓から見えた。校長室では、ブルカを着た教師二人が、この地区の学校を監督するために派遣された体格のいいコンサルタントと話をしていた。「子どもたちはまだペンで字を書くことも始めていないのに、インク消しだけは持ってきているんです(Pen se nahi likhte par whitener jeb mein rakhte hain)」と一方の教師が言うと、コンサルタントは心得顔でうなずいている。ごみ山の周辺にある学校の階段の吹き抜けで、生徒たちがインク消しを吸っているのを見たことがあるのだ。ヤースミーンは担任のスィーラージと相談して、アシュラーに補習を受けさせることにした。

アシュラーと同じクラスには、いとこのラールーがいた。ラールーは毎朝アシュラーを迎えに来て、一緒に学校へ通った。そのときにはいつも、青と白のストライプのスクールシャツを濃紺の半ズボンのなかにたくし込み、膝の下まである半ズボンをスクールベルトで締め、靴下を膝頭の上まで引っ張り上げて穿《は》いていた。クリップ式のネクタイを着け、オイルで髪をなでつけ、自分の体重より重そうなスクールバッグを肩から下げている。そんなラールーは、アシュラーが制服を探したり、腹痛を鎮めたりしている間、戸口で待っていた。そしてたいていは、しびれを切らして一人で学校へと歩き始めたころにようやくアシュラーが現れ、ヤースミーンが債権者に言うセリフでつくった小歌をうたい、排水溝を覆うぐらぐらする石の上をハエと一緒に踊るように歩きながら、学校へ向かうのだった。

放課後になるとラールーは、ごみ山でくず拾いをしたり、路地のところどころにあるあふれ出したごみ箱を物色したりして、父親が薬草の販売で得ている収入の足しにした。また母親(モーハッラム・アリの妹だった)に、銀行口座か身分証明書を学校に提示するよう説得した。学校に出席すると、市が一日に一ルピー銀行口座に振り込んでくれるため、教師からそう勧められたのだ。一緒に登校するときにアシュラーにもそう伝えたが、アシュラーは前を見つめているだけだった。

やがてヤースミーンは、ラールーが午後、アシュラーと一緒に帰ってこない日があることに気づいた。スィーラージに尋ねても、教室にはいないらしい。ラールーに聞くと、アシュラーは背の高いやせた男と一緒にどこかへ行ったという。債権者がアシュラーを誘拐しようとしているのではないかと心配になったヤースミーンは、それが誰なのか見てきてくれないかと頼んだ。するとラールーは、モーハッラム・アリだったと報告してきた。学校の外をうろついていた父親をアシュラーが見つけ、走り寄って抱きついていたとのことだった。モーハッラム・アリはアシュラーと一緒に近くを散歩したり、おやつを買ってやったりしていたが、二人が会っていることは内緒だと告げていた。それを知ったヘーラーは、モーハッラム・アリと一緒にラフィーク・ナガルの細い路地へ行くようアシュラーに指示した。

ヘーラーの指示どおり、アシュラーは父親を連れてその路地に入っていった。そこは、人間一人分ほどの幅しかなく、しかも覆いのない細い排水溝が通っており、ほかの人とすれ違うときには壁にぴったり身を寄せなければならないような道だった。路地の終点には、さほど遠くないところに、葉を茂らせた古木がじめじめした湿地から生えていた。モーハッラム・アリがそこを曲がってある部屋の鍵を開け、なかに入ると、子どものような小柄な女性がそのあとに入ってきた。モーハッラム・アリの説明によると、新たに妻にしたシャバーナーだという。モーハッラム・アリは、延々と待たされているごみ処理工場の仕事や、増大する借金の支払い、宝物を期待する友人たちから逃れるため、彼女を連れて家を出たのだ。翌朝、ヤースミーンとヘーラーとその友人たちは、アシュラーにラフィーク・ナガルの路地を案内してもらい、シャバーナーを散々に痛めつけた。ヘーラーが耳にした情報によれば、自分よりもずっと年下なのだという。彼女たちはその後、誰も待つ者がいない家へと帰っていった。

それからの数週間、アシュラーが帰宅すると、ヤースミーンはいつも薄いシングルのマットレスの上で体を丸めて寝ているか、ヘーラーに泣き言を並べていた。「私の借金のせいで出ていったのよ（Mere karze ki vajah se gaya)」と言い、ビシーの掛け金を集めたりして、モーハッラム・アリをその気にさせたりするんじゃなかったと語った。また、モーハッラム・アリの幸運を奪い、夫婦関係や家族の生活をめちゃくちゃにしたあんな金のネックレスなんか、見つけなければよかったと嘆いた。二人は借金を積み重ねて新たなビジネスを始め、再び運が向いてくることを期待した。だが借金は増えるばかりで、それが二人をよろめかせ、つまずかせ、破滅させた。ヤースミーンに言わせれば、すべてはあのネックレスのせいであり、残ったのは積み重なった借金だけだった。

二〇一六年一月のある日の午後、ヤースミーンが金策巡りから帰宅すると、ヘーラーが結婚証明書を取り出して見せた。自分の写真の横に、隣の路地で暮らすヴァーシムの写真が貼ってある。ヴァーシムは、戸口のすぐそばまでごみ山が迫り、その瓦礫を敷いて床にした家に住んでいた。学校に通っていたころからヘーラーのことが好きだったが、自分には手の届かない存在だと思っていた。実際、自分は中学校を中退したが、ヘーラーは高校に通っていた。自分はくず拾いをしていたが、ヘーラーは教師になりたがっていた。自分はごみ山で生涯を送る運命にあり、ヘーラーはごみ山から離れた生涯を送る運命にあると思っていた。ところが、彼女はごみ山に引きずり戻された。友人たちが次々と結婚するなか、南京錠をかけた家のなかで暮らし、怒りをぶちまけて債権者を追い払っていた。やがて二人は恋に落ち、ヤースミーンがしばらく家を留守にしている間に近くの区役所に行き、結婚証明書を手に入れたのだった。

だが双方の母親は、そんな内密の結婚が悪い噂を招くのではないかと心配し、ささやかながら披露宴を開くことにした。モーハッラム・アリはそれを聞くと、ヤースミーンに電話をかけ、祝儀を出せるほどの余裕はないが、パーティに出席させてほしいと頼んだ。だがヘーラーはその申し出を断った。あれほどごみ山から逃れようとしながら結局は逃れられなかった自分の姿を、父親に見せたくなかったのだ。

披露宴では、シンプルな赤いドレスを着た。嫁入り衣装はそれだけだった。ごみ山やその周囲の路地に初冬の宵闇《よいやみ》が迫るころ、ヴァーシムの家族がヤースミーンの家にやって来た。司祭が儀式を執り行なったのち、ささやかなパーティが始まった。家のなかでは、女性たちがおしゃべりに興じていた。家のなかに入りきれず、薄暗い灯りがともる路地にはみ出していたわずかばかりの男たちに、シャリーブが軽食を持っていくと、そのグループの端にモーハッラム・アリの姿がぼんやり見えたような気がした。シャリーブは家のなかへ戻ると、父はあそこで何をしているのかと母親に尋ねた。ヘーラーは二人の話を聞いていたが、笑みを絶やすことはなかった。シャリーブがソフトドリンクを持ってまた外へ戻ると、父親の姿は消えていた。

　夜が更けると、ヘーラーはヴァーシムの家へ移った。心のなかに巣食っていた失望を受け入れたのだ。こうして彼女の人生も、その冬ごみ山の麓にあふれていた数多くの打ち砕かれた希望と同じ道をたどった。都会のごみや富の呪いを振り払うのは、それほどに難しかった。

八　火災

二〇一六年一月二八日の未明、ヘーラーの結婚から三日後の夜のことだった。ハイダル・アリは夜明け前に目を覚ました。胸のあたりがひりひりする。目をこすり、寝ぼけながらまぶたを開くと、もやが見える。目を閉じて、また開いてみた。やはり暗闇のなかに薄いもやが浮いている。

シャツを羽織り、お気に入りの青チェックのルンギー〔スカートに似た伝統的なインドの衣服〕を穿いて子どもたちを起こした。注意して外の部屋まで歩いていき、少しでも静けさを取り戻そうと、やかましく騒いでいた家畜のヤギやニワトリを追い払う。アーラムギールと一緒に細い路地に出ると、そこにも煙が充満していた。煙は次々に湧き出しては前方へ流れていき、長らく見捨てられてきたこの地区の存在を都心へと伝えていた。

ハイダル・アリは、ここ最近バンジャーラー・ガッリーに増えてきた新たな移住者を悪しざまにののしり、その工房のどれかが爆発でも起こしたんだろうとつぶやいた。二人が手探り状態で、ぼんやりとしか見えない近所の人たちにぶつかりながら路地を抜け、ごみ山の端まで来てみると、そこは光であふれていた。炎が夜空を明るく照らしている。見わたすかぎりのごみ山を炎が荒れ狂い、その上で黒い煙が渦を巻いている。燃えていないところなどどこにもない。アーラムギールはそう思ったという。

すでに駆けつけていたジャハーンギールによると、前日の午後から火がくすぶっているのが見えていたらしい。だが、夜に入ってどんどん大きくなる炎を見ながら、ジャハーンギールもアーラムギールもほかの誰も、どこに電話すればいいのかわからなかった。タットヴァは、ごみ山から長い期間をかけて撤退しているさなかだった。三日後には契約も終わる。もはや警備員の姿も見かけなかった。

ごみ山の端に集まった群衆のなかからアーラムギールが聞いた話では、火災はごみ山地区のいちばん奥にある八番目の山から起きたという。大半がカーン兄弟の縄張りとなっている場所だ。そこは、入り江がその周囲を囲むように蛇行しており、その夜は海からの風がうなりをあげて吹き込み、それにあおられて火が広がった。ハイダル・アリやアーラムギールが到着した午前三時までに、炎はごみ山地区の大半を駆け巡っていた。

通報を受け、市職員がタットヴァに連絡を入れると、タットヴァの職員が手元にあったブルドーザーや地ならし機を使って火を消そうと努力しているという。だが、時間がたつにつれて火が広がり、ごみ山の奥深くにまで入り込むと、もはや見守ることしかできなくなった。そこで断固たる措置をとるべく、夜勤の市職員が、タットヴァに消防車の出動を要請する文書を作成した。[1] だが、のちに上司に報告しているように、雲のない空に煙が充満して、携帯電話の電波が届かない状態になっていたうえ、タットヴァのスタッフが現場のどこにいるのかがわからず、結局その文書を届けられなかったという。

見守るくず拾いたちの前に、とても入り込めそうにない煙の壁が立ちはだかっていた。空が白熱し、やがて赤く染まると、市職員たちは固形廃棄物管理部の上司に連絡をとり、放水車や消防車の出動を要請した。それらは午前七時一〇分ごろにようやくごみ山地区に入り、炎をあげるごみの間を縫うようにゆっくりと登っていった。[2]だが、煙で前が見えなくなって立ち往生していたごみ収集車が、道をふさいでいた。消防士たちの話によると、これほどの煙が漂っているなかでも、くず拾いたちは仕事をしていた。煙のなかで哀れっぽく泣く犬の声も聞こえたという。

消防士たちは外へ出るとホースを伸ばし、炎へと向けたが、そのあたりは放水を始める前から自然に鎮火していた。ほかの場所の炎も、ホースからの放水を受けて勢いを失い、あとは、ごみ山内部の秘密の通路を伝い、魔法のように遠く離れた頂に現れる炎のみとなった。だが、まかれた水は斜面を流れ落ちるばかりで、高さ三六メートルを超えるごみ山の内部で燃え盛る炎を抑えることはできない。消防士たちは、ほかになす術がないまま、立ち上る炎や煙のなかで放水を続けた。風に巻きあげられる煙のせいで消防士たちが体の不調を訴え、四人が病院に運ばれた。

その日の朝、アシュラーは、五階の教室の窓から煙にかすむごみ山を眺めていた。家では、明るくなる前に咳の発作に襲われて目を覚ましたヤースミーンに起こされた。アシュラーは半ば寝ぼけながら、病気になったみたいだと訴えた。のどや目がひりひりして、学校に行けそうにない。だがヤースミーンも不快感を覚えていたため休むのをあきらめ、アシュラーはもやのなかを、ごみにつまずき、ヤギにぶつかりながら歩いて学校へ向かった。

階段を上って自分の教室へ行くと、海風を受けて煙が教室のなかに吹き込んできた。眼下のみすぼらしい町が煙に覆われ、教室にも焦げた強いにおいが充満している。結局この日は早々に休校となり、アシュラーは間もなく帰宅した。生徒たちが咳と涙目に苦しみ、下で活動する消防車の騒々しい物音に落ち着きをなくしていたからだ。教師たちは、炎が鎮まった翌日に本日分の授業の埋め合わせをすることにして、早々に授業を打ち切った。

だが煙の雲は、大きさを増してさらに広がるばかりだった。ごみ山地区には地下水貯蔵タンクもなければ消火栓もなく、[3] おびただしい量の有害な煙が湧き上がり、どこからともなく炎が現れては舞い踊った。ムンバイの消防局長プラバート・ラハングダレーがのちに語っていたところによれば、世界中の埋め立て地でこのような火災が起きているという。そのころになると、ごみ山に次第に近づき、いまではその周囲を半ば取り囲むように立ち並んでいる高層ビルの住人たちも、胸に不快感を覚えて夜どおし咳に苦しみ、目覚めるたびに周囲に漂う紗《しゃ》のようなとばりをまのあたりにした。彼らの住まいやオフィスはめまいがするほどの高所にあったが、高さとは関係のない理由でめまいを覚えるのだった。

やがてごみ山の煙は、さらに都心へと漂い流れ、バンジャーラー・ガッリーとは別世界の地へたどり着いた。ムンバイ市民は、ガラスに覆われた高所のオフィスから、巨大なオフィスビルの輪郭がぼやけ、渦巻く煙のなかに浮かんでいるさまを写真に撮った。そしてその画像に、目覚めてみるとそこは悪夢のディストピアだったという説明文を添え、ソーシャルメディアに投稿した。

テレビのニュースでも、都心にかかる未知の霧が報じられた。その際に紹介されたNASAの衛星画像には、ごみ山から濃い白煙が湧き起こり、それが入り江からの突風にあおられ、細い指の形をした市街県の奥深くにまで運び込まれ、都市を覆い隠している様子がとらえられていた。誰の目にも見えるところにありながら誰の目にも見えなかったデオナールのごみ山が、一一〇年の時を経てムンバイに戻ってきた。あらゆる住民の生活や記憶の燃えかすを運んできたのだ。

市はそれまで、カーキとオレンジに塗られたごみ収集車を増やしては、ごみを回収させていた。ムンバイ市民が一生分の稼ぎで購入したマンションや、平日に仕事をする見晴らしのいいだだっ広いオフィス、週末に出かけるショッピングモールや複合施設の外に積み上げられたごみである。都市は毎日生まれ変わるたびに、その残骸を黒いビニール袋にあふれんばかりに詰め込んだ。すると、ごみ収集車が街角に並んだその袋を積み、すぐさまデオナールのごみ山へと運び去り、そこにごみを静かに蓄積していった。だが都市住民はある日、夕闇が迫るころ、市街地の遠くの端に炎が光り輝くのを見た。悪臭と煙で肺が痛み、目が涙であふれた。五〇台以上の消防車や放水車がごみ山に集まったが[4]、炎は広がるばかりだった。

ごみ山の煙が市街県を覆った翌日、火をつけた容疑で三人の少年が起訴された。ある女性が暗闇のなか、この少年たちが燃え盛る炎から逃げ去るのを見たという。タットヴァの過失に対しても訴訟が起こされたが、こちらはのちに誤りだったとして取り下げられている。

火災は勢いが衰えず、やがては州政府の悩みの種になった。街頭でもメディアでも、野党の政治家や住民たちが州政府の無策に抗議した。衰えることのない火災への放水により、飲料水の供給に影響が出ているとも言われていたが、炎が鎮まる気配はなかった。

ごみ山から出る有害な雲がムンバイ市街を覆うと、インド政府が新たに導入した大気質指数《AQI》によるムンバイの大気汚染レベルは、三四一を記録した。ちなみに許容限界値は二〇〇である。[5]この数値は、ごみ山の周囲ではさらに高かった。燃えたごみの粒子が空気中を漂い、浮遊粒子状物質（もっとも有害な大気汚染物質）の一立方メートルあたりの濃度が一九二マイクログラムという状態が続いた。こちらは、許容レベルのおよそ二倍である。本来は八〇マイクログラム以下に抑えるべき窒素酸化物も、九七マイクログラムに達していた。[6]これは、太陽光により化学変化を起こして広範囲にわたるスモッグを生み出し、ごみ山の周囲の住民に呼吸困難を引き起こすとともに、すでに弱っている肺をさらに痛めつけた。当時ムンバイ市民は、なるべく室内で過ごして外気を避けるよう推奨されていたが、そんな勧告は、ごみ山周辺の路地に暮らす人々にはほとんど効果がなかった。医師の報告によれば、煙による呼吸困難、肺のひりひり感、咳、めまい、吐き気、発熱、涙目を訴える患者は、市全域に見られたという。

この事件により、間もなくムンバイで開催されるグローバル投資家会議にも暗雲が垂れ込めてきた。二〇一六年二月一三日から始まる、きらびやかなムンバイを売り込んで投資を呼び込むための会議である。市政府や州政府はこのために数カ月前から、普段は埃《ほこり》っぽいこの街を清掃し、きれいに飾りたてていた。渋滞の激しいムンバイの道路を車で走っていると、細長い中央分離帯が、新たに設置された紫やピンク、白のペチュニアで埋め尽くされているのを見かけた。その花が、街灯から吊り下げられたバスケットからもあふれ、車のフロントガラスの前に垂れ、ごみ山で炎をあおっているあの海風に吹かれて大きく揺れていた。また、車線間の安全地帯には、伝統的なインドの石油ランプの特大電化版とも言うべき照明が配置されていた。街に投資家を迎え入れる際に点灯するのだという。

そのほかのオープンスペースは、実物より大きなライオンの像で埋め尽くされていた。カラフルなレゴブロックでつくられたライオンもいれば、さびたナットやボルトでつくられたライオンや、よじれた機械部品でつくられたライオンもいる。渋滞でいっこうに動かない車が動きだすのを待つ間、こうしたライオンを探すのはいい気晴らしになった。実際、交通量がはなはだ多いある交差点で上を見上げると、赤いライオンが描かれた看板があったりした。これらのライオンはいずれも、ゆっくり歩いているような姿をしている。これは、インド政府の新たな製造業振興事業「メイク・イン・インディア（Make in India）」のシンボルだった。一年余り前の選挙で誕生した当時のインド政府は、この事業を通じて、低迷する製造業に外国投資を呼び込もうとしていた。

会議が開催される数週の間に、各国の首相や大統領、華やかなグローバル企業の経営者らがムンバイを訪れることになっていた。市の新たなビジネス地区には、ムガル帝国時代のジャール（jaali）という石づくりの格子細工を模した金属製の透かし細工を組み合わせて、会議の会場となるパビリオンが建設され、期間中はそこに、それら最先端の製品がつくられる過程を紹介するブースが並べられる。これらの透かし模様はかつて石材に手彫りされ、中世の砦の長く曲がりくねった通路に、光や新鮮な空気を取り込むために利用された。それを通して流れ込む日光が、繊細な影を投げかける効果もある。

二月一三日には、ナーレンドラ・モーディー首相がイベントの開始を宣言する予定になっていた。オープニングセレモニーでは、ステージ上の巨大スクリーンに現れたライオンが、それが象徴するこの国のように生き生きと跳躍してスクリーンの外に躍り出て、ホログラムとなって国際的な投資家たちが集まる会場を練り歩く。その姿はまさに、目を覚ましたグローバル経済大国インドを象徴するものとなるはずだった。

ところが、あと数週間で会議が始まるというときに、ごみ山の放つ煙が金属製の透かし細工のすき間から浸み込み、まだ建設途中のパビリオンに悪臭ふんぷんたる影を投げかけていた。それはまるで、見捨てられた原始の都市がこの新装された都市へと漂い着き、堂々たるライオンの歩みにつきまとっているかのようだった。主催者たちは、この古い残骸がもたらす煙のなかで新たな製品の将来性をどう売り込めばいいのか、この有害な大気のせいで客が引き上げてしまうのではないかと不安になった。

私は、市街県で実際に目にしたものや、息苦しそうにしている裕福な友人から聞いた話が気になり、ごみ山の麓に行って、われわれの財団から融資を受けている人たちがどうしているのか見てくることにした。すると、煙の雲が市全体を覆っているのに、ごみ山の麓だけは煙が晴れているかのようだった。戸口に座って友人たちと雑談をしていたハイダル・アリを見つけ、話を聞いてみると、こんな言葉が返ってきた。こんなのは別に珍しいことでもない。二〇年ほど前にごみ山で働くようになってから、何度も火事を見てきた、と。炎を鎮めるために銀粉をまいたこともあったという。

ファルザーナーはどうしているのかと尋ねると、友人のところにいるはずだと陽気に答える。そして最近はいつもそうだと言葉を継ぐと、自分がかつて見た火災について滔々《とうとう》としゃべり始めた。ふと前を見ると、ファルザーナーがいっぱいになったごみ袋を抱え、こちらへ歩いてくる。その後ろには妹のファルハーもいる。ごみ山に行っていたんだな、とハイダル・アリは特に驚いた様子もなく言うと、娘が持ってきたものを見ようと腰を上げた。ファルザーナーは袋を開け、まだ熱を帯びた鉄くずを見せている。

私たちはそれからまた、私が新聞で見た火災の写真について話を始めた。「そんな写真はどこでも撮れる（Ye to kahin bhi liya rahega）」とハイダル・アリは言う。雑談をしに立ち寄ったほかのくず拾いもこう語っていた。このごみ山ではいつだって火が燃えている。今回の火事だけがニュースになったのは、海風のせいで煙が高級住宅地に流れ込んだからだ、と。こうした話には、確かに事実もあった。だが、ハイダル・アリやその友人たちが自分にそう言い聞かせている部分もないわけではなかった。燃えるごみ山でも仕事を続けられる、あるいは子どもに稼いでもらえると思いたかったのだろう。

ファルザーナーやサハーニーら子どもたちは、一日中この燃えるごみ山のなかを歩いていた。「風が吹くほうへ煙が流れると、私たちはそのあとを追うの（Hawa jahaan daudti thi, vahaan dhuaan daudta tha, aur uske peeche peeche ham)」とサハーニーは言う。ファルザーナーが斜面を上ると、サンダルを通じて激しい熱が伝わってくる。そのせいでサンダルは使いものにならなくなった。斜面から立ち上る煙は、目やのど、胸をひりひりさせる。ファルザーナーはやがて、そこで見つけた黒いひも靴を履くようになった。麻袋を振ると多少煙が薄れ、いまだに絶えず列を成してやって来るごみ収集車が見える。ますます濃さを増す煙のなかで道を探しながら近づいてくるそのヘッドライトを追い、そのあとをついていくとやがて、まだ火の手が及んでいないごみ山のいちばん端にたどり着く。そこでごみを物色するのである。

タットヴァの警備員はすでにこの地区を去り、その代わりに警察官が来て消防士の支援をしていた。警察官たちは、炎を上げる斜面や荷下ろしをするトラックからくず拾いを遠ざけようとしたが、熟練のくず拾いたちは警察官の目をかいくぐって仕事を続けた。トラックがいっぱいに詰まったビニール袋を熱のこもった斜面に捨てると、ほとんど消えかけていた火がそこでまた燃え上がった。

ファルザーナーのような「プラスチック屋（Phugawalas)」はそれまで、フォークで斜面のごみをかき分けながら、炎を免れたプラスチックのかけらをゆっくりとしたペースで探していた。プラスチック屋になったきっかけを尋ねると、ファルザーナーはこう答えていた。「いろんな種類があって、いつでも何か見つかるから。白いのとか、黒いのとか、青いのとか、水の色（透明）のとか（Itne tarah ka tha ki kuch na kuch to mil hi jata tha. Safed, kala neela, paani）」。だがいまは、それらすべてが溶けてしまっており、その代わりに金属があらわになっていた。ごみ山で見つかるもののなかではもっとも手に入れにくい、もっともお金になるごみである。

ファルザーナーは、先に磁石をつけた棒で斜面をなぞっている「磁石屋（chumbakwalas）」の姿を見て、いまは磁石屋のほうがいいと考え、その仲間に加わることにした。九〇フィート・ロードの市場で磁石を買うと、それを長い棒の先にくくりつけ、燃えるごみ山の斜面のトでその棒を振った。すると、煙や灰のなかに隠れていた釘や硬貨、電線、機器の部品などが、自家製の金属探知機にくっついてくる。こうして手に入れた金属はまだ熱く、古い厚手のスカーフにくるんで磁石から取ってごみ袋に入れる。ファルザーナーはなるべく長く仕事ができるよう、斜面で売り歩きをしている商人から水やワラー・パーヴ（ムンバイで人気のポテトバーガー）を買い、一日中磁石でごみ山を捜索していた。のちに、炎や煙が怖くないのかと尋ねてみると、別にと言う。気分が悪くなったりしないのかと尋ねても、どうして気分が悪くなるのかと返す。当時よく咳をしていたのに、覚えていないのだ。火事のおかげで以前より稼ぎが増えたとも言っていた。

ハイダル・アリのような「端切れ屋（chindiwalas）」は、斜面での仕事がほとんどなくなっていた。そのためこうした人たちは、市街地の仕立て屋から直接端切れの束を回収し、家でそれを仕分けしていた。だがハイダル・アリは、彼らと同じように家にはいたが、彼らと違ってほとんど働いてはいなかった。

ファルザーナーはごみ山の上から、市当局の車や警察の護衛車がごみ山にやって来る様子を眺めていた。火事が猛威を振るっている間に、タットヴァとの契約は終了していた。タットヴァはごみ山地区を去り、数日後には三億六一九〇万ルピーもの未払金の請求書を市当局に送付していた。[7]ごみ山の管理は、市職員の手に戻りつつあった。ファルザーナーが下の様子を眺めていると、やがてブルドーザーが、ごみ山の入り口に密集していた家屋や店舗を破壊し始めた。消防車を入りやすくするためだ。ファルザーナーは間もなくそちらに背を向けると、自家製の金属探知機を振り、売りものになる金属でさらに袋を満たしていった。

新聞記事によると、市当局が招集した専門家や科学者は、燃えるごみ山に化学物質を散布してはどうかと提案していたようだが、ごみは化学物質がとても届きそうにない奥深くの層で燃えていた。消防局には毎日、遠く離れたさまざまな地区の住民から苦情の電話が舞い込んだ。海風により煙がその地区に流れ込み、被害を及ぼしていたからだ。消防車は煙の向きを変えようと、さまざまな角度からの放水を試みていた。ファルザーナーには、その煙が人間のような姿になって立ち上がり、空中に浮かんでいるように見えた。

ヤースミーンにも火災の話をしてみると、それはラフィーク・ナガルの向こうの火事のことかと驚いたように聞き返された。ヤースミーンは火事を見ておらず、アシュラーの激しい咳がこの火災と関係しているとも思っていないようだった。だが、何度も通ううちに、床の上にうつ伏せに寝転がっているシャリーブの姿を見かけるようになった。最初は寝ているのかと思ったが、ときどき姿勢を変えている。よく見ると、足の裏が赤や紫に変色したり、黒くふくれあがったりしている。ごみ山の斜面でやけどを重ねたためだ。これらの水ぶくれからは汁がにじみ出ている。ヤースミーンの話によれば、シャリーブは立って歩くのがやっとだという。それでもヤースミーンに急かされると体を起こし、水ぶくれから出た汁がこびりついたサンダルを履き、足をひきずりながら仕事へと向かう。この数カ月間、ヤースミーンは借金と絶望が入り交じった混乱に陥っていた。シャリーブは、少ないながらも安定した稼ぎをもたらしてくれる唯一の収入源だ。火災のせいでその収入を途絶えさせるわけにはいかない。そのためヤースミーンは夜になると、ひまし油を温めてシャリーブの足裏に塗ったり、路地に伝わる秘伝の薬をあてがったりした。それさえあれば大丈夫らしい。

ごみ山の火災が、この家に響きわたっている咳の原因なのではないか？　私がもう一度そう尋ねると、「神様のおかげで私の子どもたちはとても丈夫だから（Uparwale ne mere bachon ko bahut taakat di hai）」とヤースミーンは答える。当初は、医師に処方してもらった咳止めシロップをアシュラーに与えていたが、いくら飲んでも効果がないことがわかると、薬を買い与えるのをやめてしまった。家計を枯渇させるだけだからだ。ヤースミーンは火事を受け入れようとしなかった。火災が引き起こす不調を顧みようとしなかった。路地に暮らすほかの人々も、煙のなかで必死に働くばかりで、まったく火事を見ようとしない。火災が体内のあちこちをひりつかせているのに、その感覚に目を向けようとしない。

市職員や消防士は何とかこの事態を打開しようと、普段は泥やごみをかき集めるのに使うフォークリフトに放水ホースをつなぎ、煙をかき分けて燃えるごみ山の奥へと向かった。前が見えないほどの煙のなかを進む際には、アーラムギールらくず拾いが、がたごと揺れるフォークリフトの上に座り、赤熱光を放つごみ山の深部へと運転手を案内した。やがて運転手は彼らを降ろすと、フォークリフトをごみ山に突っ込み、周囲のごみを掘り返して、その奥深くで燃えている炎を明るみに出す。するとそこへ放水車がやって来て、これらの火に水や冷却剤を散布する。その後フォークリフトが、燃えていない場所から持ってきた瓦礫や砂利でその場を覆うのである。あとでアーラムギールに、有害な煙のなかはどうだったかと尋ねると、フォークリフトの上に座って煙の少し上にいたから平気だったと語っていた。

火災は数日間、煙によりムンバイ空港への着陸が困難になると航空当局が懸念を表明していたほどだったが、「メイク・イン・インディア」会議まであと数日というころに、ようやく煙が市街県から消えた。州首相は早速、マハーラーシュトラ州はインドでもっとも開発や産業化が進んだ、投資に最適の州だと売り込みをかけた。

やがて無数の外国人投資家や国内の産業界の大物たちが、投資の機会を見出そうと、ゴルフカートに乗って格子細工のパビリオンへやって来た。職員は彼らに、インドは世界有数の消費者市場だと訴えた。この会議の数カ月前には、間もなくインドの携帯電話利用者数が世界第二位になるのを受け、同州内でのアイフォーン製造に五〇兆ドルを投じる計画が発表されている。[8]二月の涼やかな夕べに、ムンバイのビーチでのボリウッド映画〔主にムンバイで制作されるインド映画のこと〕フェスティバルや、豆電球で装飾された植民地時代の海軍工廠《こうしょう》の散策会、同州自慢の手織りの繊維製品《テキスタイル》を紹介するファッションショーなどが続々と催された。

　そのころハイダル・アリは家の外に座り、まだ路地に残っている友人たちと雑談をしながら日々を過ごしていた。一部の友人は路地を離れ、市外の友人や親戚の家に移っていた。体内をむしばみ、心を曇らせ、目から涙を滴らせるあの煙から逃れるためだ。高価な薬を買う友人もいたが、いくら飲んでもひりひりする胸の痛みは癒えなかった。

　ハイダル・アリは認めようとしなかったが、この火災はそれまでに経験したいかなる火災とも違った。聖職者がかつて語っていた地獄の炎のように、市街地で廃棄された欲望が燃えていた。彼らの話によれば、煙の精霊《ジン》や悪霊《シャイターン》はそこから現れるらしい。ハイダル・アリは家の外で、ファルザーナーら子どもたちが熱を帯びたごみや、ごみ山で交わされる新たな噂話を携えて夕方に戻ってくるのを待っていた。

　実際ハイダル・アリは、このごみ山が間もなく永久に閉鎖されるという話や、瞬きする黒い目のようなカメラがその頂の上を飛び交うようになるという話、ごみ山が市外へ移動になるという話を聞いた。そのなかには本当の話もあれば、そのころ自分の上に浮かんでいた煙のようにはっきりしない話もあった。ハイダル・アリの体は次第にやせ細り、その目は落ちくぼんでいった。髪は白くなったかと思うと、すぐに目の覚めるようなオレンジになった。あとで聞いた話では、突然白髪になった短髪を隠すため、化学薬品入りの安いヘーナー〔毛染めなどに使われる染料〕で染めたのだという。

九　裁判

　火災はすでに、会議に支障が出ないほどには弱まっていた。だが数日すると、いまだくすぶり続けていた遠く離れた場所で、また火の手が上がった。この炎は、入り江沿いに二万平方メートルほどの面積にまで広がったが、消防車はなかなかそこまでたどり着けない。市の事務所に詰める技官たちは、琥珀《こはく》色に染まる夜空を不安げに見上げていた。ところが驚いたことに、二月のある晩に雨が降った。これにより、その夜に予定されていた会議の戸外イベントが中止になる一方で、火災を抑え込むことができた。雨が降らなければ、この火災が数日間は荒れ狂っていたことだろう。[1]
　火災が最初に勃発し、市職員や政治家、テレビ局の撮影班がごみ山に押し寄せるようになる数週間前、白髪交じりの小柄な男性ラージ・クマール・シャルマーが、ごみ山地区の壊れた境界壁のそばを歩いていた。ハイウェストのぶかぶかのズボンを穿き、首からはカメラをぶら下げている。そして壁のすき間からなかに滑り込むと、ごみ山を撮影した。そこにはくず拾いが無数にいるばかりで、警備員の姿はほとんどなかった。シャルマーはそこで、作動していない市の監視カメラの写真を撮る一方で、作動しているギャングの監視カメラにその様子を撮られた。[2]そのほか、麻薬常用者に占拠された無人の監視詰所《つめしょ》を撮影するなど、ごみ山地区の荒廃ぶりをひたすら記録した。この写真は、また別の形でごみ山地区の問題を市街地に持ち込み、その問題の解決を図らざるを得ない新たな事態をもたらした。

シャルマーは一九五〇年代以来、デオナールのごみ山地区から数分のところにある広々としたベランダつきのアパートに暮らしていた。ほころびはあるが穏やかな魅力に満ちたチェーンブール地区の、緑豊かな路地沿いにあるアパートである。この通りの先には、インドの映画産業における傑作をいくつも世に送り出したRKスタジオがある。[3]シャルマーのその住まいはかつて、RKスタジオお気に入りの女優ラリター・パヴァールが所有していた。ガラスのような瞳を持ち、毅然とした態度を示しながらも、ときおり美しい心の内をうかがわせる演技で有名な女優である。

シャルマーの家族はもともとこのアパートを借りていただけだったが、パヴァールの仕事が減り、RKスタジオに出向く機会も少なくなると、彼女からその住まいを買い取った。シャルマーの幼年時代の記憶では、チェーンブールには果樹園がたくさんあり、星空のもとでよくピクニックを楽しんだものだった。ところが夜になると、デオナール地区へ向かう無蓋のカチュラー列車が通過する音とにおいとがした。ごみ山はどんどん巨大化していくばかりだった。だが年老いて白髪になったいま、シャルマーには事態を改善に向かわせる巧妙なアイデアが無数にあった。解決策を求めてごみ山を歩き、国内を旅したのちに、市当局を相手に裁判で解決を迫ろうと、この地に戻ってきたのだ。

シャルマーの写真や請願書が判事のもとに届き、その後に火災やそのニュースが続くと、アバイ・オーカー判事やC・V・バダング判事は審理を再開せざるを得なくなった。いまだくすぶり続けるごみ山が切迫した暗い雰囲気を醸《かも》し出すなか、審理が始まった。裁判所の一階のかくかくと曲がりくねった廊下沿いに、木材の梁《はり》が見えるひときわ大きなオーカー判事の法廷がある。そこでシャルマーは、ごみ山を閉鎖する日程を改めて設定するよう要請した。ところが市側の弁護人は、現状をもう少し維持すべきだと主張した。シャルマーが求めているようにごみの流れを制限すれば、市街地にごみがたまるばかりになり、住民が迷惑するという。

オーカーは、この裁判所に在籍する七〇人の判事のなかで、四番目に長い経歴の持ち主だった。つやつやとした黒髪を横分けにしてきちんとなでつけ、歯ブラシのような口ひげをたくわえ、いつも満席の威厳ある法廷で堂々たる存在感を示している。たいていは、昼休みを挟みながら、一日に六〇件以上の訴訟を審理していた。これほど仕事をこなせるということは、弁護士が時間を稼いだり責任を避けたりするためによく使う曖昧な表現にも遠慮なく切り込めるということだ。オーカーはよく、口ひげを動かしていたずらっぽい笑みを浮かべると、手のひらに頬をあずけながら、請願書のあるページのある段落を見るよう弁護士に要求した。するとそこに、その弁護士の主張とは矛盾する内容が記されていたりする。その日の午後も、オーカーは市側の弁護人を威圧した。

判事はこう指摘した。市当局は一〇年前、デオナール地区に代わる現代的なごみ集積場として、入り江の反対側にあるナヴィ・ムンバイ市のカルヴァーレー村の土地を選定していたのに、ごみ収集車をそちらへ向かわせる手続きを進めていない、と。だが市側に言わせれば、その理由は、この土地に部族の居留地が点在していたからだった[4]〔植民地期に「トライブ」と総称された、行政上の「指定部族」のこと。インドには特定のカーストや少数部族を対象とした「留保制度」があり、公的雇用、議席数、高等教育許可数などにおいて、一定の優先枠が設けられている。部族の全人口に占める割合は八パーセントほどとされる〕。土地の所有者たちは、その土地を売ることも、その土地から離れることも拒否していた。市職員が土地の購入価格を決めるため測量に出向くと、所有者たちから攻撃を受けた。警察に護衛を頼んでも、土地の測量ができない。そのため市側の弁護人は、現状をもう少し維持する必要があると訴えた。

審理が立て込んでいる法廷では、オーカーが苛立っているのが手に取るようにわかった。市当局は一五年以上もの間、法令や過去の裁判所命令を守ってこなかった。そこでオーカーは、市当局には責任をもってごみを管理する法的義務があると述べた。オーカーがのちに下した命令には、辛辣にこう記されている。法令の「順守は穴だらけ」であり、デオナールへのごみの廃棄は違法である、と。

オーカーはシャルマーの請願書から、ごみ山にはびこる無法状態や逸脱状況を抜き出し、それを法廷で紹介した。火災が勃発したときには、監視カメラがわずかしか設置されておらず、そのいずれもが作動していなかった。境界を示す壁は壊れ、ごみ山地区の端々はギャングの縄張りと化している。警備員はこの地区のどこにも見当たらない。弁護人が現状維持を主張しているいまも、ごみ山は燃えている。オーカーはそう指摘した。デオナールのごみ山はまだ市街地のごみを受け入れられるという弁護人の主張は、容易には信じられない。ムンバイ市街は外へと広がり、北へと伸びる一方だというのに、その暗部を受け入れるスペースをどうつくればいいというのか？　オーカーの表情はそう語っているかのようだった。

二〇一六年二月二六日、オーカー判事は裁判所命令を発表した。そこにはこう記されている。市当局は、増大するごみの流れや、それが廃棄される悪臭ふんぷんたる地区のことなど一切考慮することなく、ムンバイ市での無謀な建設や開発を認めてきた。こうして市街地やごみ山地区の成長に拍車をかけるなかで、憲法により保護された住民の生存権を侵害してきた。その生存権には、汚染のない環境で暮らす権利も含まれる。そこで、市当局がデオナールのごみ山を閉鎖し、市内のごみを管理する計画を策定するまで、新たな建設を禁止する。ただし、スペース不足の市内の建設工事の大半を占めている古い建物の取り壊しおよびその再建については、継続を認めるものとする、と。[5]

オーカーは、デオナールへのごみ廃棄の停止期限を、一年半後の二〇一七年六月三〇日と定めた。そしてこの命令を確実に実行するため、元行政官、警察官、科学者およびシャルマーから成る委員会を設置した。廃棄物について市当局を監視する委員会である。

ごみ山でも、この地区の閉鎖を求める裁判が行なわれているという話をくず拾いたちから聞いてはいた。だが、私が数年前にそこへ出かけるようになって以来、ごみ山はずっと拡大を続けるばかりだったので、そんな裁判所命令はいずれ、ごみ山の威勢を突き崩せなかった数多くの公式計画と同じ運命をたどることになると私も思っていた。ところがやがて、新たな建設を禁止する命令に関する報道を目にすると、こう思わずにはいられなくなった。富やあこがれが不動産の目まぐるしい成長に反映され、その巨大な富が摩天楼を通じて生み出されるムンバイで新たな建設を中止すれば、この都市の心臓部に動揺を引き起こすことになるのではないか、と。この裁判所命令は最終的に、ごみ山の問題を市街地に持ち込み、ムンバイ市民やその廃棄物を、遠くで炎や煙を噴き出しているごみ山と結びつけることになった。

二〇一六年三月一九日、またしてもごみ山が炎の赤い輝きに包まれ、市街地へ向けて濃煙を吐き出し始めた。炎はごみ山の全域に広がり、市街地は朝になると、デオナールから襲い来るもはや見慣れた煙とその強烈な焦げ臭いにおいに包まれていた。あるテレビ局のニュースでは、この都市が再び「経帷子のようなスモッグ」に覆われたと報道された。ごみ山の麓では医師たちが、長蛇の列を成す息苦しそうな患者への対処や、重症患者への人工呼吸器の確保に悪戦苦闘していた。のちの新聞報道によれば、このとき呼吸困難に陥った幼児が、蘇生の努力の甲斐もなく命を落としたという。[6]

消防車がこの火災を抑えようと懸命に努力していたころ、すでに一月に一週間以上休校となっていたごみ山周辺の学校は、再び休校となった。そこから遠く離れたほかの学校でも、校庭での遊びが禁止され、マスクの着用が義務づけられた。だがそれは、ムンバイの致死性の煙から身を守るにはあまりにこころもとない盾でしかなかった。

この火災にうんざりした市当局は、陰謀論を持ち出した。これほどの猛威を振るう制御不能な火災が、偶然に起きるはずがない。当局はそう考え、自分たちがタットヴァに退去を求めたにもかかわらず、タットヴァは炎を上げるごみ山地区と多額の請求書を残して立ち去ったと主張し、すでに抱いていた怒りをさらに募らせた。オーカー判事の裁定により市当局の過失と判断された問題の多くが、タットヴァのせいに違いないと見なされた。結局のところ、火災が発生したときにごみ山を管理していたのはタットヴァなのだ。

火災がいまだ収まらないなか、最古のくず拾いであるヴィーターバーイーはある噂を耳にした。インドの環境大臣プラカーシュ・ガーヴデーカルがごみ山地区を訪問するという。ヴィーターバーイーは大臣に会おうと、長男のナーゲーシュを連れて市の事務所へ行った。そして、ナーゲーシュの白髪交じりの長い巻き髪のあとを追い、大臣の到着を待つ群衆の前列に陣取った。

真昼の太陽が頭上から照りつけるなか、ヴィーターバーイーは心のなかで、この忘れられたごみ山での生活を回想した。その話をガーヴデーカルに聞いてもらいたかった。薄くなった傷跡のこと、当初はごみ山のにおいに胃がむかつき、ワラー・パーヴを四つ食べても収まらなかったことを思い出した。ナーゲーシュは、がりがりだった一〇歳のころから一緒に斜面で仕事を始め、いまでは白髪交じりのぶざまな中年になっていた。友人のサルマー・シェイクは夫に死なれたのち、まだよちよち歩きだった長男のアスラムを連れ、生後一〇〇日しかたっていない赤ん坊の次男ラフィークをサリーで背中にくくりつけて、ごみ山に通っていた。そして、トラックから落ちた乾いた葉でつくった即席の小屋に子どもたちを置いて仕事をした。アスラムはおぼつかない足取りでその小屋から出てきてはごみを拾い、やはりこの斜面で中年にまで成長していた。

またヴィーターバーイーは、ガーヴデーカルにこう伝えたかった。自分のようなくず拾いは、このごみ山で生活を営んできた。だから、周囲で飛び交うニュースが伝えているように、自分たちがごみ山を燃やすはずがない。ごみ商人の手下たちが金属ごみを求めて、夜な夜な火をつけているのだ。「閉鎖なんてされたら私たちは死ぬしかない（Ani amcha maran）」。自分はこのごみ山の最初期の住人の一人として、数十年間も市街地のごみの後片づけをしてきたのだ、と。さらに、ヴィーターバーイーには夢があった。ごみの後片づけをする正規の職に就き、違法集団から合法的な労働者となった証となる、市の身分証明書を手に入れることだ。その証明書があれば、市の職員に脅されたり、賄賂を要求されたり、侵入者として拘束されたりすることもなく、自由に仕事ができる。

やがて、護衛車を何台も引き連れた公用車が到着した。外で待っていた群衆はそわそわと身を動かした。焦げ臭い強烈なにおいと新たな火災の不安が、周囲に重苦しく漂っている。だが公用車は、照りつける太陽のもとで待っていたヴィーターバーイーやナーゲーシュを置き去りにして引き返していった。車から降りてくる者は誰もいなかったのだ。群衆は意気消沈して家に帰った。デリーに帰ったガーヴデーカルは、記者たちにこう語っていた。火災により契約請負業者の不注意が明らかになった。デオナールを訪れている環境省の調査チームが、火災の原因を調査することになるだろう、と。

その数週間後、ファルザーナーが前屈みになって自前の金属探知機を振りまわしていると、またしてもごみ山に警察官が集結していた。どうやら、野党の政治家であるラーフル・ガーンディーが来ているらしい。ファルザーナーはサハーニーと一緒にくず拾いたちのあとを追い、市の事務所に行ってみた。すると、ガーンディーがごみ山のあちこちを歩く様子をカメラマンが撮影している。白い服に身を包んだガーンディーは、日焼けした肌に泥だらけの服を着たくず拾いに囲まれ、顔を紅潮させているように見えた。ファルザーナーは知らなかったが、この写真はのちにポスターに印刷されて市内全域に貼られ、州政府や市当局の過失を伝えることになる。

そのころ路地では、くず拾いたちが尋問のために呼び出され、なかにはそのまま逮捕される者もいた。デオナールの副管理官の話によれば、ごみ山に作動している監視カメラは一つもない。[7]しかも煙で調査ができない。そこで警察はくず拾いを一斉検挙して、ごみ山の火災やその闇の世界について尋問することにしたのだ。警察は、火災に至る数日の間に怪しげな出来事がなかったか問いただした。こうして、長らく秘密のベールに包まれて育ったごみ山やその住人たちが、突如として目に見える存在となった。そのベールは薄く引き伸ばされ、裂かれようとしていた。

一〇　立入禁止

オーカー判事の裁判所命令と終わりの見えない火災の相乗効果により、大半のごみ収集車は、ムルンドにあったごみ集積場や、新たにカーンジュールマールグにつくられたごみ集積場に向かうようになった。カーンジュールマールグでは、ごみを脱水して堆肥に変えるという。こうしてデオナールにやって来るトラックが減ってしまっても、ファルザーナーやその姉妹はこれまでの仕事を続けた。アティーク・カーンの縄張りだと言われているところまで歩いていき、その縄張りを守っている手下にジャハーンギールの妹だと告げて入れてもらい、「汚れもの《ガンダー・マル》(ganda maal)」と呼ばれるもので腹を満たす資金を手に入れるのである。

姉妹たちは、加熱処理された人肉から立ち上るにおいを避けるためハンカチを顔に巻き、切断された手足や壊疽《えそ》にかかった指を脇へどけた。そして、加熱殺菌されたばかりの注射器（再充塡できないよう後ろ側がカットされている）や生理食塩水バッグ、水差し、血まみれになった長いガーゼや綿を集めた。三袋をいっぱいにして、それを手下に手渡せば、四つ目の袋を自分用に持ち帰ることができる。ファルザーナーは一心不乱に袋を満たした。よくわからない血に服を汚され、注射器の針に指を刺され、割れたガラスびんに肌を切られても平気だった。のちにサハーニーから聞いた話によると、注射器にはよく刺されたが、あまり痛みを感じることはなく、傷口のまわりに何かを巻きつけるだけで仕事を続けたという。それは、市のごみ収集車を追いかけるよりも割のいい唯一の仕事だった。

　袋がいっぱいになると、姉妹たちは歩いて家に帰ったが、加熱処理された人間の遺骸のにおいからは逃れられなかった。そのにおいはいつまでも残り、洗ってもとれない。「目にしたものがこびりつくの（Koi hadsa dekha to man mein reh jaata hai）」とサハーニーは言う。姉妹たちは、もう二度とあそこへは行かないと、数年前から繰り返してきた決意をする。だが数週間後には、いつものようにあそこへ戻っていく。ごみ収集車の数は減るばかりだった。

「おれはおまえをやっつけたふりをするから、おまえは泣かされたふりをしろ」というマラーティー語の古いことわざがある。ごみ山を管理するある市職員は、それを引き合いに出してこう説明している。市当局はごみ山の問題に対処する「ふり」をしていただけで、結果的には市の残骸がデオナールで陰鬱な余生を送る状況を放置していた、と。市の契約書には、タトッヴァが境界壁をつくると記されていたらしい。だが実際には、その壁にすき間がつくられ、夜な夜なトラックがビルの残骸を積んで入ってきては、瓦礫の山をつくりあげていた。また、市当局からタットヴァへの書簡には、壁の修復はタットヴァが行なうとあり、壁の内側には警察の詰所が設置されていた。[1] ところが実際には、何年間も詰所は無人のままであり、壁は壊され、トラックが流れ込んできていた。カーン兄弟やそのライバルたちはそれを利用して、ビルの残骸や人間の死骸、ホテルの残飯などを集めていたと言われている。市の上下水道や送電線は、ごみ山の周囲に延びる路地の手前までしか届いておらず、そこで暮らすにはこうしたギャングの援助や慈悲に頼るしかない。くず拾いたちは窒息しそうな生活をしていた。だが火災により、忘れられたごみ山地区や、そのなかに広がるギャングたちの縄張りが白日のもとにさらされたいま、市当局も警察もこの問題に対処しないではいられなくなった。ごみ山は、目に見えない違法な住人の足元から揺らぎ始めていた。

警察官のマノージ・ローヒヤーは、警視総監からこの秘密の世界を明るみに出す任務を命じられ、まずは中間報告書を、次いで最終報告書を提出した。そこにはこう記されている。工場建設の失敗により、ごみ山のなかにメタンガスが閉じ込められたままになるとともに、それがごみ山から染み出し、ごみ山を覆う空気中に漂っている。二〇一六年一月のあの夜に起きた火災は、ごみ山のいちばん奥まった区域（カーン兄弟の縄張りだったと言われている）から始まった。そこへ海風が吹きつけて炎が勢いを増し、ごみ山の内部や空へと広がり、制御不能となった。さらに消防車の到着が遅れ、火災の影響が市街地にまで及んだ、と。

やがてカーン兄弟の起訴に向けて動きだした警察は、ごみ山の斜面で調査を始め、ファルザーナーらがずっと暮らしてきた世界を知った。裁判所に請願したシャルマーが述べていたように、ギャングによって分割統治されたごみ山は、カメラや照明に囲まれていた。そのカメラが誰かの姿をとらえると、縄張りを守るために手下どもがやって来た。設置されはしたが作動していない市のカメラとは大違いである。

ごみ山の医療廃棄物区域に広がる縄張りが確立されたのは、市当局が二〇〇七年にごみ山のいちばん奥まった区画を切り離し、そこに医療廃棄物用の焼却炉をつくってから間もなくのことだった。市のトラックが都心の病院をまわって廃棄物を回収し、それを焼却炉に持ち込むようになると、アティーク・カーンは小型トラックを購入して都心の大手私立病院をまわり、非公式にその廃棄物の行き先をこの地所に変更したのだという。そこでくず拾いたちに廃棄物を分別させ、手下どもに売らせるのである。ファルザーナーが、ごみ山の平地にいた自分たちを避けてこの地所に向かうトラックの運転手から話を聞くと、その病院のなかには、市内で最高クラスの病院の名前もいくつかあった。[2] その積荷は、くず拾いたちのためにごみ山にばらまかれるようなごみではなかった。それでもファルザーナーにしてみれば、それを見逃すのはあまりに惜しい。生理食塩水バッグに使われる厚手のビニール、薬を入れる袋、ガラス容器はいずれも高く売れる。そこでファルザーナーはこのトラックを追ってその縄張りの端まで行き、入れてくれと嘆願したのだ。だがその年の夏、警察がごみ山の斜面で調査を始めると、この地所にやって来るトラックの数も減ってしまった。一方、焼却炉にたどり着いた廃棄物は大気中に有害な煙を噴き出していたが、くず拾いたちはそれにほとんど気づかなかった。[3]

警察はやがて、廃棄物をめぐる衝突をきっかけに、ギャングたちがライバルの財産を焼き払ってしまおうと、夜に相手方の縄張りに火をつけていたことを突き止めた。州首相や警視総監らに宛てた書簡によれば、あるライバル組織はカーン兄弟のことを「泥マフィア（Matti

Mafia)」と呼んでいたという。カーン兄弟はさらに路地の生活までも支配しようと、別種の権力闘争も引き起こしていた。ファルザーナーの暮らすバンジャーラー・ガッリーは、この地区の有力なギャング二つの支配を受けていた。ごみ山での生活はカーン兄弟が支配し、家での生活は、奇しくもカーン兄弟と同じアティークとラフィークという名前を持つシェイク兄弟（サルマー・シェイクやハイダル・アリ・シェイクとは無関係）が支配していたのだ。

バーバー・ナガルでは、カーン兄弟が衛星テレビ放送を提供していたが、バンジャーラー・ガッリーでは、シェイク兄弟（特にその兄のシャフィーク）のもとで働いているという子分たちが電気料金を徴収している姿をよく見かけた。アティークでないのは、その顔写真が掲載された警察の「指名手配」ポスターが路地のあちこちに貼られていたからだ。ファルザーナーの家族はほかの大半の家族同様、公式記録となる請求書をためるためにのみ、合法的な電力を利用していた。それがあればいつか、自分たちが合法的な住人だと証明するのに役立つかもしれないと考えてのことである。だがふだんは、違法な電力を購入してコストを低く抑えるとともに、路地を巡回するギャングたちを敵にまわさないようにしていた。その代わり、料金の支払いが遅れれば、電力の切断や脅迫、暴力といった被害を招く事態になりかねない。ファルザーナーがまだ幼かったころは、くず拾いたちが創意工夫を凝らして路地の電力を確保していた。だが、私が路地に出向くようになった二〇一三年以降になると、電気料金を徴収するこうした歩兵に必ず出くわすようになった。警察が何度か違法ネットワークを摘発していたが、効果はなかった。

ごみの転売やくず拾いの家の支配から商売を始めたシェイク兄弟は、のちにこの世界から足を洗い、実業界や政界で華々しい経歴を築きあげた（その一方で、無数の犯罪で訴えられてもいた）。ラフィークの三番目の妻ヌールジャハーンは、市政機関の一員に選ばれており、この地区の問題を役所に提起する権限があった。その一環として、市内のごみが延々と投棄されるごみ集積場を囲む路地を代表して、ごみ山周辺の路地のごみが回収されない問題を訴えたこともある。[4] また別の機会には、ラフィークが泥の混じった水道水を入れたびんを持ってきてそれを空け、地区の代表者や市職員に、飲める水さえ満足に提供できていないことを証明してみせたこともあった。このようなごみ山のボスからの援助、市からのわずかばかりのサービス、ギャング間抗争の残りものなどを通じて、ファルザーナーが暮らす路地の生活は成り立っていた。そしてまた、それらのもつれ合いのなかで、その生活は行き詰まりから逃れられない状況にあった。

さらに、シェイク兄弟の縄張りの端、ファルザーナーの暮らす路地がつながる九〇フィート・ロード沿いでは、カーン兄弟の手下が車の駐車料金を徴収していた。くず拾いたちがごみから離れた生活を築くため、稼ぎを貯めて買った小型トラックやオートリクシャー、タクシーなどの駐車代である。これらの車の所有者が警察に語ったところによれば、駐車料金を払わなければ脅迫や恫喝や暴行を受けたり、車を押収されたりするらしい。[5]

そこで警察と市当局は、目を背けている間に錯綜とした社会を形成してきた、この忘れ去られた一画の再生に乗りだした。やがてムンバイ市の行政長官が、この地区を立入禁止区域にすると宣言した。ごみ山の斜面で市職員以外の人間を見かけた場合、火災を引き起こす危険があると見なし、拘留もしくは罰金を科すという。これは、ごみ山の恵みにより成長してきた不安定な違法経済を窮地に陥れた。ファルザーナーが知っていた警備員に代わり、新たな警備員が配置され、かつてなかったほど頻繁にごみ山の巡回が行なわれるようになった。また、ごみ山の麓の端々に建設作業員が配置され、ほとんど壊れていた境界壁をもう一度修復し、その上に有刺鉄線を張り巡らせた。

　やがてファルザーナーは、ごみ山から離れていくくず拾いたちの話を聞くようになった。警備員の巡回や、間もなくごみ山の監視を始めたカメラを避けるため、夜明け前に仕事に出かける友人もいた。市街地からの光が、ごみ山を覆うベールを貫き、この世界を端から損ない、その生活を抑圧し、その未来を揺るがそうとしていた。ファルハーは警備員がいない時間を待ってごみ山に入り、仕事をした。ハイダル・アリは家の壁から突き出した棚に腰かけ、そこでよく午後を過ごした。ときにはごみ山の端まで出かけることもあったが、ごみを拾うためではなく、くず拾いたちが持ち帰ってくる話を聞き込むためだった。ハイダル・アリは彼らの不安までも吸い込み、見るからにやせ細っていった。

　ある晩、ファルザーナーが帰宅すると、ほっそりとしたサルマー・シェイク〔ヴィーターバーイの友人〕が家の外に座り、ハイダル・アリにその日の出来事を伝えていた。花柄のオレンジ色のサリーを肩に羽織ったサルマーは、まるでごみ山に押しつぶされたかのように意気消沈していた。ファルザーナーが近づき、サルマーが指でなぞっていたものをのぞき込むと、プラスチック製のネックレスだった。のちに聞いた話では、あるごみ袋から回収したものだという。その姿は、優雅ではあるが疲れ切った雰囲気を醸し出していた。サルマーはささやくような声で、ごみ山で四〇年間ため込んできた不満を新たな警備員たちにぶつけた。話を聞いているハイダル・アリはとまどっているようだった。

サルマーの話は次のようなものだった。一四歳になる孫のアーリーフが、最近では警備員を避け、夜明け前に仕事をするようになっていた。ある日の朝、ごみを拾い続けていると、空が墨色からバラ色になり、やがて黄金色になった。すると警備員がやって来て、ペットボトルが半分ほど入った袋を手にしたアーリーフを見つけた。警備員は激しく警棒を振りながら追いかけてきた。アーリーフは、父親のアスラムからうつされた結核のしつこい咳や熱に苦しみつつも、足場の不安定な坂道をよろめきながら懸命に走った。警棒を振りまわす警備員に捕まらないようにと必死だった。

そのとき、足の裏に突き刺すような鋭い痛みがあった。アーリーフは膝から崩れるように、干上がったごみのなかへ倒れ込んだ。足の裏を見ると、さびた釘が薄いサンダルの底を貫通しており、深い切り傷ができている。日差しを受けて温まったくしゃくしゃのビニール袋や光を反射する錠剤の包装の上に、血がほとばしる。痛みに苦しみながら斜面にうずくまっていると、やがて警備員が近づいてきた。

警備員は、二度とごみ山に立ち入るなと警告すると、アーリーフを解放してくれた。サルマーはアーリーフを病院へ連れていき、抗破傷風薬を注射してもらい、足をひきずらなくてすむようにガーゼの包帯を巻いてもらった。サルマーはアスラムについて、ハイダル・アリにこう語っていた。「息子はもう棺桶に片足を突っ込んでるよ（Beta kabr mein ek pair hila ke aaya）」。つまりアーリーフだけが頼みの綱だったのだが、いまや自分一人で稼ぐほかない。

穏やかに語られる警備員への不満がやむと、ハイダル・アリはこう提案した。身分証明書を提供してくれる非営利組織に頼んで、アーリーフを追いかけた警備員に抗議してはどうか、と。だがサルマーは、くず拾いが自ら子どもたちをごみ山に送り込んでいる以上、彼らに何ができるのかと言い返した。あなた方はごみ山に送り込むために子どもを産んでいるのかと言われるだけだ、と。サルマーも、アーリーフがごみ山から離れた生活を送れるよう支援しなければならないことはわかっていた。だが、自分が知っているのはごみ山だけであり、息子や孫に譲れるものはそれしかなかった。

私はやがて、優雅ではあるが苛立ちに満ちたこのサルマーの言葉のなかに、このごみ山での生活が凝縮されていると思うようになった。ごみ山は、その重みで彼女を押しつぶし、その柔らかい声に硬い響きを添えた。だがそれでも、あのささやくような柔らかさを奪い去ることはなかった。彼女の声にはいつも、自分にときどきまとわりつく紙くずのように、茶目っ気がまとわりついていた。

サルマーの話によれば、アーリーフをウェイターか皿洗いの仕事に就かせようとしたこともあったという。だが、不健康そうな顔に欠けた歯をのぞかせ、やせ細っていたアーリーフは、一四歳よりも幼く見えた。そのため仕事に就けるのは、大規模な結婚式がある数日間だけだった。そんなときには、仕出し屋も人手が足りなくなるうえに、アーリーフも、しわくちゃの白いシャツに擦り切れたちょうネクタイを身につければ一八歳に見えなくもないと、自分に言い聞かせることができる。それ以外の大半の日は、日が昇る前にこっそりとごみ山へ仕事に出かけ、結局は警備員に打たれ、警告され、拘留される日々を繰り返していた。

また別の夕方にファルザーナーが帰宅すると、ハイダル・アリが家の戸口で、薄い口ひげを生やした結婚したばかりのくず拾いとこんな話をしていた。ある朝早く、小用のためごみ山に出かけたとき、ふと見上げると頭上を黒い目が飛び交っていた。自分は以前、最近ごみ山の端をうろつくようになったテレビの取材班が、監視の目をかいくぐって騒然たるごみ山を撮影するため、小型の飛行カメラを使用しているという話を聞いたことがある。自分が放尿している姿を収めた映像がいずれ、生まれ故郷に暮らす妻の親族のもとに届くかもしれない。その親族には、自分はオフィスで働いていると伝えている。あの映像がテレビのニュースで流れれば、親族たちは、あいつはムンバイのどこで何をして暮らしているのかと思うに違いない。そうなれば自分のイメージはがた落ちだ――。男はそんな心配をしていた。

男が去ると、ハイダル・アリは家のなかに入り、テレビのスイッチを入れた。カーターショップで購入して修理を施し、壁の上のほうに掛けて使っていたテレビである。ファルザーナーが外で袋を空け、その日集めたごみをより分けていると、ハイダル・アリがチャンネルを変えている音が聞こえた。ごみ山のニュースを探しているようだったが、その大半は、警察の捜査報告書が漏洩したというニュースばかりだった。くず拾いたちがごみ商人であるボスの命令を受け、夜中に火をつけていたという内容である。逮捕されるカーターショップの店主やくず拾いはますます増えつつあった。ファルザーナーはそんなニュースを聞きながら、持ち帰った袋を空け、注射器や生理食塩水バッグ、ガーゼや綿、食事用トレイを分別していた。またあの医療廃棄物がたまった地所へ戻らざるを得なくなったのだ。

一一　傷

二〇一六年四月、ごみ山地区は相変わらず熱を帯びていた。逆巻《さかま》く炎と迫り来る夏が、その熱を生み出していた。ごみ山の斜面には、消防車やフォークリフト、作業員が散らばっていた。そのほか、市職員やさまざまなコンサルタントがごみ山に出向し、警察官がその周囲の路地を監視していた。いずれも、延々と北に広がり続ける都市の開発を思いがけなく突然に凍結させた、このごみ山の騒然たる混乱を終息させるためだ。くず拾いたちの秘密の世界がついに明るみに出され、撤去されつつあった。

私はそのころ、数週間にわたりサルマーを探していたが、ある日の午後、バンジャーラー・ガッリーをのんびりと歩いている彼女にたまたま出くわした。話を聞くと、火災のためしばらく入院しており、ようやく退院したのだという。だが、入院に至ったさまざまな症状の原因は、「死の恐怖《ガブラーハト》(ghabrahat)」としか呼べないものであり、大気汚染に直接関連している症状は一つもなかった。きっかけは血圧の急上昇だった。サルマーは病院へ行き、すでに病気を患《わずら》う息子のアスラムや孫のアーリーフを心配させないように、こっそり薬を飲んだ。ところが、気分が多少よくなったその週に、またもや火災が勃発した。すると血圧が以前に増して上がり、目のなかの血管が破裂した。何もかもがぼやけ、世界が違って見えるようになり、手術が必要になった。のちに彼女はこれを、白内障の手術だったと言い張ることになる。

　夏の暑気が高まると、ごみ山は収縮する。ムンバイの焼けつくような蒸し暑さが、内部に残ったあらゆる湿気を追い出し、ごみ山をしぼませる。数年にわたりごみ山の管理に携わり、誰よりもごみ山を熟知している市の技官マダン・ヤーヴァルカルは、マラーティー語で書かれた市の火災調査報告書のなかで、このごみ山の季節的な吸入と発散について、こう記している。[1]「季節風の猛威が高まると、ごみ山に雨水が浸み込んで膨張するが、夏になると日差しにより湿気が追い出され、収縮する」。その年の夏、私が路地を歩いていると、ごみ山の運勢もしぼみつつあるような気がした。

　ファルザーナーも、警備員からよく追い払われた。こっそりごみ山に忍び込んでも、これまで経験したことがないほど、ごみ収集車の姿をほとんど見かけない。そのため、風がなくうだるように暑い午後を、ごみ山の平地でトラックを待ちながら過ごした。これまではいつも、ごみ山の上に吐き出され、斜面を転がり落ち、マングローブ林に絡まり、入り江に流れ込んでいたごみの絶え間ない流れがあり、見捨てられた所有物の滔々たる奔流があった。それがいまでは、わずかな滴り程度にまでごみが減少している。わずか数カ月の間に、このごみ山に捨てられるごみの量は三分の一も減っていた。デオナールのごみ山の火災が収まり、コンサルタントがその改善計画を立案するまでの間、大半のごみ収集車は、市が管理するムルンドの小規模なごみ山か、カーンジュールマールグに新たに生まれつつある現代的なごみ集積場へ向かうことになる。

ファルザーナーはたいていファルハーと仕事に出かけ、おしゃべりをしたり遊んだりしながら、太陽が頭を焼き、熱を帯びたごみが足を焼く、果てしなく続く午後を過ごした。ほっそりとしたいちばん上の姉ジェーハーナーと一緒に過ごすときには、その一日がさらに長くなった。ジェーハーナーは、境界壁に立てかけたブリキ板づくりの小屋に、夫や六人の子どもとともに暮らしていた。二人は、いまだにごみのなかから立ち上る巻きひげのような煙に揺らぐ斜面をずっと見つめていた。長い沈黙のなかで、そよ風が吹くのを、あるいは、下のでこぼこ道をトラックが上ってくるのをひたすら待った。

トラックの姿が見えると、二人はすぐに立ち上がり、トラックがごみを空ける平地へと駆けていった。やがてそこに、静かだったごみ山のあちこちからほかのくず拾いが殺到して、それまでため込んでいたエネルギーを発散して新たなごみに襲いかかる。こうして一時的に、死に物狂いの熾烈なごみの争奪戦が勃発する。ときどきファルザーナーは、かつてはギャングの縄張りだったが、いまは競争相手も誰もいない平地を見つけた。そのころには警察の監視が厳しくなり、ごみ山におけるカーン兄弟の支配権は揺らいでいた。かつて彼らの地所にのみ捨てられていたごみが、いまではごみ山のほかの場所でも見られるようになっていた。

ファルザーナーがそんな場所で長いフォークを使い、ごみをかき集めていると、使用済みの医療用手袋が出てくる。彼女はこれを「血まみれの手」と呼んでいた。ごみ山の恵みのなかで、ファルザーナーが唯一見るのも触れるのも嫌がっていたものだ。硬くこわばった血まみれの白い指を見ると、気分が悪くなる。そのため顔を背け、目の端でそっとうかがい見るようにしながら、長いフォークの先に引っ掛けてごみ袋のなかに入れた。そのほかにも、空の生理食塩水バッグ、チューブ、医療用のびん、梱包材がある。医療用の分厚いビニールやプラスチックがあれば、警備員に追い払われて仕事ができなかった数日間を埋め合わせられる。

あのゆったりとした午後、ファルザーナーとファルハーが医療廃棄物を積んだトラックを追いかけてジンガー（エビ塚）まで行ったのは、ごみ山が燃えていたそんな数カ月の間のことだった。そのときにファルザーナーが、小さなガラスびんがいっぱい入っているに違いないと思ってビニール袋をひっくり返すと、死んだ三人の赤ん坊が詰まった大きなガラスびんが出てきたのだ。その三人の赤ん坊は、腹のところでつながっていた。明滅する生命のなかでつながり、死のなかでつながっていた。夕暮れどきにごみ山地区の端まで行き、その柔らかい砂のなかに赤ん坊を埋葬すると、その話を聞いたジャハーンギールにひっぱたかれ、こう言われた。「おまえたちはこういう問題に首を突っ込むな。そんなことをしたって何もいいことはない（Padne ka hi nahi yeh sab mach mach mein. Kuch achha nahi hota is sab se）」。するとサハーニーがこんな疑問を口にした。ここへ捨てるのなら、どうして産むんだろう、と。

もうすぐ何もかもよくなる。ファルザーナーはジャハーンギールにそう伝えたかった。その年になってからずっと猛威を振るっていた火災も収まりつつある。自分の誕生日である六月二日が来るころには雨季になり、ごみ山は水浸しになって熱も冷めるだろう。それに、一八歳になれば、ジャハーンギールにぶたれることもなくなる。ファルザーナーはそう思って涙をぬぐった。成人になる日が近づくと、境界壁のすき間からこっそりごみ山に忍び込んでは、さらに仕事に励んだ。お金を貯めてジーンズを買い、成人を記念するパーティを開かなければならない。だが夏がゆっくりと深まるにつれ、ファルザーナーが必死に集めたごみを警備員に袋ごと取り上げられ、うなりをあげて進むブルドーザーの前に捨てられ、家に追い返される機会が増えた。いつまでもごみ山に残っていたためにぶたれるくず拾いの姿も目にした。

厳しくなる監視に困り果てた年配のくず拾いたちは、新たな作戦を試してみることにした。自分たちの存在を知らしめる作戦である。ファルザーナーが暮らす路地にはやがて、市街地での抗議デモを呼びかけるポスターや横断幕が掲げられた。くず拾いたちは仕事を続けたかった。身分証明書をもらい、正式な市民として暮らしたかった。すると、環境省の役人がごみ山を訪れ、ヴィーターバーイーらに会うこともなく立ち去ってから数週間後、こうした彼女の声が届いたのか、政府は廃棄物に関する新たな法令を発表した。それによればくず拾いは、市街地のごみの分別・仕分けに従事することになるという。だが、ヴィーターバーイーもサルマーも、間もなく合法的なくず拾いや仕分け作業員になろうとしていたのに、当人たちはまだそれを知らなかった。その法令がごみ山地区に届くことはなく、警備員はいまだに彼らを締め出していた。ごみ山から追い出され、生計の手段を奪われる機会が増えると、くず拾いたちはますます、突然の火災により損なわれたこの冥府から姿を現し、その存在を訴えようとした。

実際ヴィーターバーイーは抗議のため、何度かバスに乗り、長い時間をかけて都心に出かけていった。マハーラーシュトラ州の若き首相、デーヴェンドラ・ファダヌヴィースに会いに行ったくず拾いもいたという。だが、ごみ山地区に群がる警備員は増えるばかりだった。ヴィーターバーイーは、不安定ではあれごみ山で築きあげてきたこれまでの生活が崩れていくような気がした。

ある日の午後、サルマーと私は、ヴィーターバーイーが路地でごみ袋を空けているところへ出くわし、そこで話を始めた。ヴィーターバーイーが、持ち帰り用の料理の容器やビニール被《ひ》覆《ふく》の電線（ビニールをナイフで削り取る）を分別していると、それらのごみのなかに、カメをあしらった金属製の指輪があった。ごみ山で見つけたものを身に着けると悪運を招くことは、ヴィーターバーイーも知っていた。聞いた話によると、都会の人々は幸運をもたらすものとしてカメの宝飾品を身に着けるらしい。そのためときどき、そんな宝飾品がごみ山にもやって来るのだ。ヴィーターバーイーは、どんな効果があるのか確信が持てないままこの指輪をいじくりまわし、カメがもたらす幸運と、ごみ山でそれを見つけた不安とをはかりにかけていたが、やがてそれをするりと指に通した。それを見ていたサルマーは、肩をすくめてこう言った。「どうせいつかは死ぬんだから、好きなものを身に着けて死んだほうがいいよ（Marna to hai hi ek din. Pehen ke marein）」

だがごみ山での運は逃げていくばかりだった。壁の外での生活に行き詰まったヴィーターバーイーはやがて、友人たちの家を訪れ、家の掃除をしてくれる人を探している裕福な家庭の電話番号を尋ねてまわるようになった。そして、かつてごみの最初の使用権を売ってくれるトラック運転手の電話番号を収集していたように、裕福な家庭の電話番号をいくつか手に入れると、バスに乗って長い時間をかけて都心に向かい、掃除の仕事を一日休みたい友人に代わって掃除をした。それが、長続きする仕事につながるのではないかと願ってのことだ。

私は、ヴィーターバーイーよりもサルマーによく出くわした。サルマーの血圧は相変わらず高いままで、働けるときには働いていたが、それ以外のときは、別の息子の家で壁に体をあずけていた。アスラムとアーリーフに面倒をかけないようにと、そちらの家に身を寄せていたのだ。働くといっても、ごみ山の壁の外で、どうすることもできずにただ待っている場合がほとんどだった。

火災や警備員のため、あるいは何もかもがぼやける視界のため何もできなくなったサルマーは、この一世紀も前から存在する恵みの山から離れ、新たな生活をどのように始めようかと悩んだ。四時間電車に乗ってスーラトへ行き、有名な織物卸売市場でサリーを買い、それをこの路地で訪問販売しようかと考えたこともあった。だがこれまでにも、ヴィーターバーイーの息子のナーゲーシュなど、サリーを袋詰めにして持ち帰ってきた者がほかにもいたが、まるで売れなかった。この路地には、サリーを買えるほど余裕のある人間がいないのだ。結局ナーゲーシュもほかの人たちも、ローンの支払いができなくなった。ナーゲーシュはバンジャーラー・ガッリーからもごみ山からも姿を消し、携帯電話の電源も切った。私たちの財団の融資担当者がヴィーターバーイーに尋ねると、ナーゲーシュは村に引っ越したという。だが近隣の人々は、夜にナーゲーシュの姿を見かけたような気がすると語っていた。

　サルマーは、借金を踏み倒して姿を消した人について尋ねられると、鼻で笑ってこう答えた。「誰からもお金を借りているような人に、ほかに何ができるっていうの？（Sabko paisa dena hai to aur kya karega?）」。新たにやって来た隣人たちのなかには、刺繡や仕立てといった繊細な技術を磨く者もいたが、くず拾いとして何年も過ごしてきたサルマーの傷だらけの手には、そんな技術が身につくこともなかった。サルマーやヴィーターバーイーの生活は、四〇年にわたりごみ山と結びついていた。二人ともごみ拾い以外何も知らず、ほかに行くあてもない。サルマーは早くごみ山に戻れることを願い、高血圧と監視が和らぐのをいまかいまかと待っていた。


　アスラムの咳が夜通し家のなかに響きわたるようになって以来、サルマーは一年以上もの間ほとんど一人で仕事をしていた。そして咳止めシロップがなくなると、都心の奥のほうにある無料の慈善病院に息子を連れていった。くず拾いたちがしつこい咳に悩まされるようになると、そこへ行くと聞いていたからだ。やがてサルマーは仕事に戻り、病院通いはアスラムの意思に任せるようになった。アスラムは一時間ほどバスに揺られて、老朽化の進む密集した旧市街へと向かい、そこで外の通りやその上を走る高架道路から聞こえるクラクションの音にいらいらしながら診察を待った。

　この病院の裏の通りには、特売品を狙う人々がごった返していた。このあたりの迷路のような路地は、まとめて泥棒市場（Chor Bazaar）と呼ばれていた。ムンバイの古い大邸宅が取り壊されると、まだ価値のある物品がここに持ち込まれ、そのほかのものがデオナールへ向かうのである。その物品とは、擦り切れた家族写真、特大のシャンデリア、ボリウッド映画の手書きのポスター、さびついた飛行機の模型、がらくたやごみの底に埋もれていた壊れた鉄製品などだ。裕福な買い手たちは、こうした家庭廃棄物のなかに隠れた逸品を探しに来た。いわば、サルマーがデオナールでしていたのと同じである。そこには、次から次へと新たな物品が追加された。わざと細工して古く見せているものもあれば、古いものを磨いて新しく見せているものもある。それらが一緒に並べられ、ごみ山で稼いでいたサルマーやアスラムには想像もできないほどの大金を店主たちにもたらしていた。ときにはくず拾いたちが、ごみ山で見つけたズボンを洗って継ぎ《パッチ》をあて、そこで売ることもあった。

　サルマーがごみ山で長い昼を過ごしたのちに帰宅してみると、アスラムは家の壁にもたれかかるように座っていた。いつも着ている鮮やかな青のTシャツがもはや、日に日にやせ細っていく体にかろうじてぶら下がっているだけのように見える。アスラムは暗い影に覆われていた。いまではほとんど歩くこともなく、ひげもたまにしか剃らない。その咳は、がりがりのアーリーフにもうつった。だがそんなアーリーフと一緒に、サルマーは自分たちよりも大きいのではないかと思えるほどのごみ袋を引きずって帰ってきた。その袋にはペットボトルがぎっしり詰まっていたが、サルマーの体の大きさに匹敵するほどの量があったにもかかわらず、わずか五〇ルピー（五〇セント少々）にしかならない。アスラムの薬を買い、八人家族（ほかにアスラムの妻、その三人の息子、三歳になる娘がいる）の生活を維持するためには、それだけの袋がいくつも必要になる。そのため、アーリーフの咳の治療はもう手遅れなのではないかと心配しつつも、まだ間に合うと願いながらアーリーフを働かせ続けるしかなかった。アスラムがすでに薬を飲むのをやめ、遠方の無料の病院へも通っていないことをサルマーは知らなかった。

そのころ、迫り来るラムザーンの間に需要が急騰することを見込んで、ある花商人からサルマーに仕事の依頼があった。ムンバイの花卸売市場で仕入れてきた新鮮な花を使って、花飾りをつくってほしいという。それを商人が都心で販売するのである。ある日の午後、私が会いに行くと、サルマーは薄暗い灯りがともった細長い部屋で、家族の所有物を入れて積み重ねたトランクに背をもたせかけ、甘い香りを放つゲッカコウやバラ、ジャスミンといった花の山の間に座って仕事をしていた。針に糸を通すときには、前屈みになって手元に太陽の光をあてている。指を針で何度も突き、手を花の香りに浸しているうちに、サルマーは複雑な模様の花飾りをつくれるようになっていた。たとえば、都心にある聖人の優美な霊廟にかける花のブランケットをつくった。これは信者が願いごとをかなえてもらうために使用するものだ。また、結婚式で花婿と花嫁が恥ずかしがりながらお互いに掛ける花綱《ガーランド》や、死者の足元に置く花輪をつくった。なかでも多くつくったのが、女性の髪を飾る花の組みひもである。料理や魚を販売している女性でも、これをつければ、まとわりつく商品のにおいを追い払い、男性を陶然と酔わせるジャスミンの芳香をまとうことができる。

いまではアスラムは、サルマーのそばに座り、そのやせこけた顔に小さなクリスタルが放つ光を反射させながら別の仕事をしていた。長いピンクの裾布《すそぬの》に、そのクリスタルをペイズリー柄模様に並べていく仕事である。この裾布はのちに花嫁衣装に縫いつけられ、ムンバイの市場で販売されるという。サルマーとアスラムは、この仕事でそれぞれ三〇ルピーずつ稼いでいる。家族全員に最低限の食事を与えられるぎりぎりの額である。しばらく前からアスラムは、都心にある国営のGT病院で結核の治療を受けており、家の外に出て、空の医療用段ボール箱でつくったフリスビーで遊ぶこともあった。

サルマーが働いていると、幼い孫娘が花の山を跳び越えてやって来て、二ルピーをねだった。サルマーが前屈みになって手元に太陽の光をあてていると、その光を遮ってサルマーの注意を引き、「飴《トフィ》を買いたいの（Toffee lena hai）」とせがむ。だがサルマーは、ジャスミンを拾い上げようと震える針先でその細い茎を刺しながら、手を振って孫を追い払う。

孫娘がサルマーの視界に入るように屈み込むと、サルマーは半分できた花飾りから糸を引き出しながら言う。「おばあちゃんは木を植えているんだよ（Ek jhaad lagaya hai）」。その木は、花と一緒にお金を咲かせる。お金が咲いたらすぐおまえにあげるよ、と。その意味がよくわからず、孫娘が外へ遊びに行ってしまうと、また日差しが家の奥にまで入ってくる。サルマーは再び積み重ねたトランクにもたれ、花飾りをつくる仕事に戻る。

毎週金曜日は大忙しだった。金曜日は、都心にある乳白色の大理石でできた聖人の霊廟を信者が訪れる日なのだ。楽の音《ね》や群衆のにぎわいが高まるにつれ、そこに埋葬された聖人への祈りの声も大きくなっていく。信者たちは聖人の機嫌をとろうと、墓石の上に花のブランケットをかける。墓石に向かって身を屈め、それを錦や花でくるみ、香をたいては、願いごとをささやく。聖人がその声に耳を傾け、願いをかなえてくれることを期待しているのだ。

だがサルマー自身には、バスに乗って都心まで行けるほどの金銭的余裕がなかった。それでも、自分がつくった花のブランケットのご利益で、家族が病から解放され、ごみ山が警備員やドローンや監視カメラから解放されると信じていた。間もなくラムザーンが始まる。サルマーは、自分の祈りがそのブランケットを通じて、奇跡をもたらすムンバイの聖人たちに届いてくれるよう願っていた。


ファルザーナーは頻繁にごみ山に出かけていたが、どのようにして警備員の目を盗んでいるのかは誰にもわからなかった。そして長い間トラックを待ったのち、袋をごみで満たして帰ってくるのだった。そのなかには、高値で買い取ってもらえるプラスチックや電線やテレビ、多少はお金になるつぶしたペットボトル、わずかなお金にしかならない薄手の買い物袋などが詰め込まれている。だが、この仕事も日増しに厳しくなりつつあった。ときにはファルハーととも に手ぶらで家に帰ってきて食事をすませ、家の隅に取りつけた長い厚板《あついた》の上にはい上がり、待ちくたびれて疲れきった体を横たえて早々に眠りについた。

ある日の夜中、ファルハーは悪態をつくファルザーナーの声を聞いて目を覚ました。誰かを威嚇するように声を荒らげている。ファルハーは暗闇のなかでファルザーナーに声をかけ、いったい誰に話しているのかと尋ねたが、ファルザーナーは悪態を続けている。ファルハーがさらに大きな声で呼びかけ、ファルザーナーを起こすと、ファルザーナーは混乱しているかのように、自分は誰とも話していないとつぶやいた。二人はやがてまた眠りについたが、ファルハーはそのとき、ファルザーナーは夢のなかでも警備員に追われているのではないかと思った。

二〇一六年の四月の終わりごろ、ファルザーナーは昼食後にサハーニーと七番目のごみ山へ出かけ、ペットボトルを集めていた。しばらくして一休みしようと顔を上げると、茶売りがやかんを抱えて歩きまわっている姿が見えた。この時期の日没までには、少なくともまだ一時間はある。そのときふと、麓のほうを見ると、カーン兄弟の倉庫のまわりに群衆が集まっている。警察官がそこに閂《かんぬき》を掛けて閉鎖していた。そのほか、現場の写真を撮影している者もいれば、市のごみ山地区内に兄弟が勝手につくった縄張りに有刺鉄線を張っている者もいる。

その数日後には、これらの縄張りを支配していたギャングのメンバーが、やって来たごみ収集車を停止させ、ごみ山地区の別の場所に誘導していく姿が見られた。ファルザーナーとサハーニーはその様子を見て、警察の目を逃れるために作戦を変更したのだろうと思った。だが、それから一週間ほどのちに二人は、ギャングたちの姿を見たあの日の午後に、カーン兄弟が逮捕されたという話を耳にした。マハーラーシュトラ州組織犯罪防止法（MCOCA; Maharashtra Control of Organised Crime Act）という厳しい法律に基づき、起訴されたのだ。これにより、保釈の認められない長期拘留が可能になる。[2] その後、ジャーヴェード・クレーシーも逮捕された。

ジャハーンギールも呼び出されて尋問を受けた。ほかのメンバーは、細い路地の奥に姿を消したり、気づかれないよう生まれ故郷の村に帰ったりした。[3] 警察は、ジャハーンギールの縄張りも含め、ごみ山地区に勝手につくられた縄張りをすべて閉鎖した。当時のジャハーンギールは落ち着きなく家を出入りし、ごみ商人に出会うと狂喜乱舞して、買い取ってくれそうな誰にでもごみを手渡していた。

ムンバイの夏は目の前に広がり、ゆっくりと進んでいた。太陽に照りつけられたある日の午後、ファルザーナーはファルハーとごみ山の上のほうで仕事をしながら、海風が吹き寄せ、ごみ収集車が姿を見せるのを待っていた。二人の足は、ごみ山がいまだに放つ激しい熱から身を守るために履いていた靴下やひも靴のなかで、じとじと汗ばんでいた。

ファルザーナーは、ジャハーンギールに手渡すガラスを探していた。だがそんなことをしても、ジャハーンギールに怒られるだけだった。兄の話では、トラックの荷台を満たして市街地に売りに行くには、ガラスが全然足りないという。それでも、ほかに何をすればいいのかわからず、ファルザーナーもファルハーもさらにガラスを集めるほかなかった。二人は急勾配の斜面を登っていった。するとそのとき、ファルハーがぬかるみから突き出していたごみの靴につまずき、自分が持っていたごみ袋の上に背中から倒れた。

太陽の熱で猛烈に熱くなっていたガラスがごみ袋を突き破り、ファルハーの背中に長いヘビのような切り傷をつけた。袋のなかのガラスの破片が血に染まっている。ファルハーは悲鳴をあげた。ファルザーナーはアーラムギールを呼び、けがをした妹を家に連れ帰った。近所の人々もその叫び声のあとを追い、ハイダル・アリの家までやって来た。背中の裂傷を治すには縫う必要があるが、娘をリクシャーに乗せて病院まで連れていくだけのお金さえない。そこでハイダル・アリは、自分や妻がかんでいるタバコの粉を傷口にまいた。背中に焼けるような痛みが走り、ファルハーの悲鳴がさらに高まった。ハイダル・アリによれば、「遠くのほうからずっと叫んでいた（Ye to door se chilla rahi thi）」という。

ファルハーの背中の傷はゆっくりとふさがり、やがてタバコの粉が詰まった、黒々とうねる傷跡となった。それを見てファルザーナーたちは、ファルハーを「ヘビ女」と呼び、ごみ山がファルハーの背中に幸運を彫りつけてくれたのだと考えるようになった。というのも、ごみ山の富が減り、監視が強化され、市当局の管理が進むなかでも、ファルハーには、ごみ山からガラスなどの貴重品をたぐり寄せることができたからだ。ごみ山では絶えず運勢が変転していたが、この幸運だけはファルハーのもとにずっと留まることになる。

一二　シャイターン

二〇一六年の夏の間、ファルザーナーとファルハーはごみ山で種々雑多なコンサルタントを見かけた。彼らはごみ山に穴を開け、そこに管を入れては、ごみ山内部でいまだ猛威を振るっている炎を調査していた。二人が聞いた話によると、こうした穴の一部はそのままごみ山の内部に残され、内部の炎や煙を逃がす役目を担うという。またコンサルタントたちは、廃棄物を利用した発電所を建設する用地を確保するため、ごみ山地区の地図を作成していた。それから一年以上のち、私がごみ山の高さに関する情報を市の固形廃棄物管理部に問い合わせると、その地図が送られてきた。その夏、ファルザーナーの頭上を低空飛行していたドローンで撮影された映像をもとに、きめ細かく作成された地図である。*

ある長く暑い日の午後、シャキマンは次女のサハーニーと並んで、ごみ山の縁にしゃがんで

* 本書の巻頭の地図を作成する際には、インド情報公開法（RTI; Right to Information Act）に基づいて取得したこの地図を参考にした。

いた。やがてファルザーナーが端切れを集めてやって来ると、破れたジーンズ（格好よく破れているものも、修復不可能なほど破れているものもある）の仕分けを二人に任せて、さらに端切れを集めようとごみ山の斜面へと戻っていった。曲げた膝の上から両腕を垂らして座っていたシャキマンは、二人の話し声が届かないところまでファルザーナーが離れてしまうと、数十年前に生まれ故郷の村から携えてきた快活な方言で、サハーニーにそっと話しかけた。「ファルザーナーの夜中の様子が変なんだよ（Raat mein ajeeb harkatein karat hai）」。シャキマンは心配していた。ごみ山の混沌や毒が、寝言や奇妙な行動となって娘からあふれ出している。ファルザーナーはこのごみ山で生まれて、その姿を見ながら心身ともに成長してきた。だがいまでは、そのごみ山に捕らわれているように見える。ごみ山が彼女のなかに巣食っている。

以前、近所の女性がその子どもたちと一緒に、ファルザーナーを市街地へ連れていってくれたことがあった。その女性は夕方に戻ってくると、もう二度とファルザーナーを連れていかないとシャキマンに文句を言い、こんな話を始めた。ファルザーナーが市街地でめまいを起こし、フライドポテトを所望した。だが甘いフライドポテトはなく、塩味のものは塩辛すぎた。そのため何も食べられず、帰りのバスの乗り場にまで歩いていけないほど力が出なくなり、全員がしばらくの間立ち往生してしまったという。サハーニーの記憶でも、最近のファルザーナーは元気がなかった。いつも頭痛や腹痛を訴えていた。文字どおりいついつもである。

ほかの家族も、夜中にファルザーナーが何かしゃべっているのを耳にしていた。だが彼女は、眠りから覚めると、何も言った覚えはないと言い張った。当時、同じ路地の数軒先に、モハンメド・サラーフディーンという人物が暮らしていた。つい先ごろ引っ越してしまったのだが、しばしば戻ってきては、祈禱や儀式でくず拾いたちの悪運をはらっていた男である。そこでファルザーナーにも祈禱をお願いしてみた。ところが、サラーフディーンが祈りの言葉を唱え始めると、ファルザーナーは立ち上がってどこかへ去ってしまう。サハーニーがつかまえようとすると、もう家のなかにはいない。外を見ると、すでに姿を消している。ハイダル・アリはその様子を見て、「シャイターンのしわざ（Shaitani harkat）」ではないかと主張した。シャイターンが、数カ月前からごみ山で燃えていた欲望の廃棄物から立ち現れたのだ、と。

ハイダル・アリは試しに、ファルザーナーを祈禱の場に連れ戻してみたが、ファルザーナーは祈禱の間じっと座っていられなかった。そこで、サラーフディーンに頼んでお守りに念を込めてもらい、それをファルザーナーの腕にくくりつけてみた。このお守りや、ラムザーンの間に行なわれる断食により、彼女にとりついたシャイターンが去ってくれることを願った。おそらくそれは、斜面に打ち捨てられているあらゆる残骸の幻影に違いない。ハイダル・アリはまた、これらの防御効果をさらに高めるべく、アーラムギールの妻であるヤースミーンにコーランの朗読授業を行なわせた。いずれにせよ、ファルザーナーは間もなく結婚適齢期になる。その際にコーランの詩句をいくつか暗唱できれば、夫を見つけられる見込みも高まる。

そこでヤースミーンは、ファルザーナーとファルハー、いちばん下の妹ジャンナトを集めると、慎み深くスカーフで頭を覆わせた。そして、自分がピンクの壁に描いたメッカ〔イスラム教最大の聖地〕のバター色のモスクに向かって座らせると、コーランの詩句を読みあげた。

神が雲を動かし、それを一つに合わせ、層状に積み重ね、その真ん中から雨を降らせているのを知らないのか？　神は天から、雹《ひょう》を充満させた山のような雲の塊を下界へ送り込み、ご自身が望む者の上に雹を降らせ、ご自身のお気に入りの者から雹を逸らす。また、稲妻の閃光によりほとんどの視界を奪い、夜と昼を交代させる。まことここにこそ、見識ある者にとっての教訓がある。[1]

すると、ヤースミーンの幼い息子フェイザーンが、シャキマンの腕のなかからはい出し、母親に抱かれようとする。そこでヤースミーンが赤ん坊をあやしていると、その間にファルザーナーはこっそりその場を去ってしまう。ヤースミーンが、ファルザーナーはコーランを手に持とうともしないと残念そうに言うと、ファルザーナーは、教えてもらいたがっている人に教えればいいと口答えする。実際、このコーランの授業は、ファルザーナーよりもファルハーに向いていた。ファルハーはこの授業を楽しみ、コーランの詩句が燃えるごみ山を洗い浄め、不快な煙やにおいを追い払ってくれるものと信じていた。一方のファルザーナーは、路地に出ると、乾いた夏の風に吹かれて細い路地を飛んでいく色のついた端切れを追いかけ、ゆっくりと大きく踏み出した足で端切れを押さえつけながら、ごみ山へと歩いていった。

そんなときには寄り道をして、暗くひんやりとしたモハンマド・カリールの家のそばを通ることもあった。カリールはサンジャイ・ナガルの古老の一人で、ごみ山からココナッツだけを集めていた。ヒンドゥー教の儀式はまず、ココナッツを割って幸運を呼び込むところから始まる。私はよく、都心で新たな需要が急速に高まっているかどうかは、ごみ山に届く割れたココナッツの殻の量で判断できるのではないかと思うことがある。カリールは私たちの財団でローンを組み、結婚式の会場や自動車のショールーム、新たなマンションや寺院からも、ココナッツを買い集めていた。ローンの申請に来るときにはいつも、ビニールケースに入れた預金通帳を見せてくれるのだが、その口座は、使用済みのココナッツだけでそんなに稼げるのかと思えるほどの貯金でふくれあがっていた。カリールはこの貯金を使って、生まれ故郷の村で娘たちのために盛大な結婚式を開くつもりだと語っていた。その村の親戚や友人たちは、そのお金から使用済みの幸運のにおいがすることに気づかないだろう。

カリールは、自分の家の周囲を囲むように、竹の棒で自前のベルトコンベアをつくり、そこに乾燥させるココナッツの殻をたくさん並べていた。マットの原料として、そのビロードのような外皮も売るつもりなのだ。それらのおかげでこの家は、うっとりするような強烈なにおいに満たされていた。寄り道をしたファルザーナーは、その家の外に立ち、乾燥させたココナッツのにおいを吸い込んでから、仕事に向かうのだった。

ある日の午後、ファルハーと一緒にまたごみ山のある頂に座っていると、照りつける太陽に苛立ちが沸点に達したのか、ファルザーナーの身に何かが起きた。その日の朝にはハイダル・アリから、警備員に賄賂を渡して見逃してもらおうにも、そんな金銭的余裕はないと言われていた。そこで朝食も食べずに出かけたのだが、警備員が通り過ぎるのを待ってから斜面にたどり着いたため、昼食も食べそびれていた。

やがて二人は、曲がりくねったでこぼこ道を進んでくる二台のトラックを見かけた。早速追いかけようとしたが、そのトラックが二手に分かれ、それぞれ異なるごみ塚へと向かったため、どちらのトラックを追うべきかで言い争いになった。最近ではトラックの数が減り、その積荷も一瞬にしてなくなってしまう。姉妹はどちらも、それを取り逃してしまうのではないかと心配していたのだ。そのうちに、その日ずっと煮えくりかえっていたファルザーナーの怒りが収まらなくなった。ほかのくず拾いたちがごみ山のあちこちから現れ、トラックに向かっている間も、二人は声を荒らげていた。

すると間もなく、ファルハーが姉に近づいてフォークを振り、トラックのほうへ向かうようせきたてているのに、ファルザーナーは斜面の上に倒れ込んでしまった。ファルハーが呼びかけ、体を揺すってみても、びくともしない。微動だにしない顔を太陽が照りつけている。ファルハーはどうすればいいかわからず、ジャハーンギールやアーラムギールの姿を探した。もう一度ファルザーナーの体を揺すってみたが、やはり身動き一つしない。やがて空になったトラックが、市街地へと帰っていくのが見えた。それでもファルザーナーは廃棄物のなかに倒れ込んだままだ。

サハーニーの夫イスマーイールとその弟サッダームを連れてファルハーが戻ってくると、ファルザーナーはごみ山の頂で日差しに体をほてらせながら、気を失って寝転がっていた。周囲には小さな人だかりができている。イスマーイールがファルザーナーを抱きかかえてゆっくりと斜面を下り、家に連れ帰って床に寝かせると、シャキマンは取り乱し、甲高い声で祈りの言葉を口走った。イスマーイールはすぐにサラーフディーンを呼んだ。サラーフディーンが水を満たした鉢《ボウル》に祈りを唱え、その水を顔にまき散らすと、ファルザーナーはようやく意識を取り戻した。そして周囲の人だかりを眺めると、イスマーイールの頬をひっぱたいて言った。どうして家に連れ戻したの？　すぐにごみ山に戻って、あそこに置き忘れてきたごみ袋をいっぱいにしないといけない、と。そこでシャキマンは、家に残って自分の刺繍の手伝いをしてほしいとファルザーナーに頼んだ。軽やかな赤いチュールの袖に、薄いバラ色の光を放つ小さなクリスタルを縫いつける仕事である。

　その日の夕方、ジャハーンギールは帰宅すると、ごみ山の斜面で妹がシャイターンに足をすくわれたという母親の話を聞き流し、近くの医師のもとへファルザーナーを連れていった。その医師は、まぶたの縁の内側が青白くなっているのを見て、体力がかなり落ちていると診断した。暑い日差しのなかで働いていたため、めまいを起こして気を失ったのだろうという。ジャハーンギールは医師から処方されたマルチビタミンをファルザーナーに与え、食事を絶対に抜かないよう念を押した。そして以前から何度も言っているように、もうごみ山で働くのはやめて家にいるよう命令した。だがファルザーナーは、翌日にはごみ山の斜面に戻っていた。

　一方、ファルザーナーの病気に対して独自の診断を下していたシャキマンは、それに見合った治療法を探した。聞いたところによると、九〇フィート・ロードの向こう側にヒーラーがおり、自分の上に女性の影がかかることさえないほど高潔な存在なのだという。それほどの修養を積んだ人物なら、何でもできるに違いないとシャキマンは思った。そこでヤースミーンに頼んで、札にファルザーナーの名前を書き、この娘がごみ山の悪霊《カーディー・カ・シャイターン》（Khaadi ka Shaitan）にとりつかれているという説明を入れてもらった。そしてハイダル・アリと、自宅の屋根裏に暮らしていたいとこのバドゥレー・アーラムにこの札を持たせて、香《こう》のかおりが満ち嘆願者があふれ返るその人物の家に行かせた。すると二人は、護符《ターヴィーズ》（taveezes）をもらって帰ってきた。

サハーニーの話によれば、そのころは、ごみ山の斜面でファルザーナーに出会い、それまでと同じように一緒にくず拾いをすることもあれば、それまでとは違って午後にファルザーナーを家で見かけることもあった。そんなときファルザーナーはよく、何やらぼそぼそとつぶやいたりわめいたりしていた。「最初はシャイターンが妹のなかにちらちら現れるだけだったけど、だんだん妹からあふれ出るようになった（Andar andar tha. Baad mein bahar nikalne laga）」と言う。

サハーニーが夫のイスマーイールにファルザーナーの病状を伝えると、昼下がりの時刻に働かせればそうなる、と言われた。彼がのちに私に説明してくれたところによると、シャイターンは昼は午前七時から午後二時まで、夜は深夜から午前二時半までの間に現れるらしい。「だからおれは、その時間のあとにしか働かない。シャイターンの影がおれにかからないようにね（Iske liye main uske baad hi kaam pe jata tha. Unka saya pade hi na）」

ごみ山の悪霊がファルザーナーにとりついたという噂が路地に広がると、近所の人たちがその病状に関する自分の診立てを伝えようと、ハイダル・アリの家にやって来た。たとえばある女性は、不安を抱くシャキマンにこう語った。ファルザーナーは冬の間ずっと、有害な煙に包まれたあの燃えるごみ山で過ごしていた。ごみ山では数多くの不幸が起きる。あのころはごみ山がどこもかしこも燃えていた。だからファルザーナーは、何か悪いものを吸い込んだに違いない、と。だがサハーニーから見れば、どんな治療が必要かは考えるまでもなかった。もっと強力なヒーラーが必要なのだ。そこでファルザーナーを、イスラム神秘主義の聖人、ハズラット・シャー・ジャラルディン・シャーの霊廟に連れていくことにした。その霊廟では毎週木曜日に、目に見える病気も目に見えない病気も取り除いてくれる儀式を執り行なっていた。

木曜日になると短時間バスに揺られ、すぐ近くのチェーンブール地区のいちばん奥へと出かけた。ムンバイの都市と同じぐらい古いと言われているその霊廟まで歩いていく途中には、デオナール地区のごみ山と同じように有害な煙をまき散らしている石油精製所があった。そのあたりにはイギリス人が建てた石油精製所が立ち並び、霊廟を取り囲んでいた。だがその霊廟に埋葬されている尊師《バーバー》ジャラルディンの威光により、石油精製所も霊廟にまでは手を出せなかったと言われている。

かつて、ごみ山の縁に移住者が増え、新たにやって来た人々が、ベッドのシーツでつくったみすぼらしい二階建ての家を次々と建てるようになると、やがてその家が市の道路に迫り、列車の線路にまで押し寄せてきた。そこで市当局は、この地に安アパートが並ぶ町をつくり、その人たちをそこへ送り込んだ。この町はごみ山が発する有害な煙のそば、石油精製所が発する有害な煙のなかで、発展を続けた。するとバーバー・ジャラルディンはやがて、有毒な化学物質や病気の王国を取り仕切る「チェーンブールの帝王（Shahenshah-e-Chembur）」と呼ばれるようになった。[2]

その日の夕方、シャキマンとサハーニーはファルザーナーを連れ、その霊廟の中庭にやって来た。そこには、古木や煮えたぎる料理用の深鍋、並外れて大きな太鼓がずらりと並んでいる。シャキマンとサハーニーは、ガラス張りされた銀色の内壁に張り巡らされた、ちらちら光を放つ緑の格子細工に引き寄せられるように、前へと進んでいった。ふと振り返ると、ファルザーナーが戸口の階段でつまずき、倒れている。すると、アクバル・バーイーが出てきて手を貸してくれた。彼女たちはこのヒーラーに会いにここまでやって来たのだ。この男にサハーニーはこう伝えた。ファルザーナーはごみ山地区で働いているが、最近になって睡眠中に何やら話をするようになり、先日はついに気を失った、と。するとヒーラーは、「この娘に不浄な霊がとりついている（Gande saye ne pakda hai）」と答えた。

太陽が中庭から退き、次第に空気が冷えていくなか、サハーニーとシャキマンが見守っていると、その場は痛みや苦しみを訴える人々でいっぱいになった。六時になると、霊廟のスタッフが太鼓を鳴らし始めた。次いで、互いに足を鎖でつながれた人たちやそうでない人たちが現れ、バーバー・ジャラルディンの墓に向かって腰を下ろす。シャキマンとサハーニーとファルザーナーは、群衆のなかに立って様子を見守っていた。霊廟のヒーラーたちが太鼓の音を通じて霊を呼び起こし、外へ出るよう促すと、ますます速まる太鼓のリズムに合わせ、その人たちのほどいた髪や体の輪郭がぼやけるほどの速さで揺れ出した。そして、やはり太鼓の音に合わせ、地面に体を叩きつけては身を起こす。やがて空が暗くなり、照明がついて太鼓がやむと、激しく律動していた体は、力を失ったように地面に倒れ込んだ。その後アクバル・バーイーはシャキマンに、一一週続けて、木曜日にファルザーナーをここへ連れてくるようにと告げた。そうすれば尊師がシャイターンを追い払ってくださる、と。

自宅に帰るとシャキマンは、家の外壁にとりつけた厚板の上に腰を下ろした。ハイダル・アリがそこに腰掛け、バンジャーラー・ガッリーの人の往来を眺めるためにつけた厚板《ベンチ》である。やがてサハーニーが口を開き、もう二度とあの霊廟には行けないと言う。体が揺れたり倒れたりする光景が怖かったのだ。すると、その二人の間に割り込んでベンチに腰を下ろしに来たふくよかな老婆ブリーが、自分が代わりに行ってもいいと申し出た。綿菓子のような銀色の髪、ふっくらと柔らかそうな体格をしたブリーは、しばらく前から暗くなると現れるようになり、このベンチがつくられてからは、そこで寝るようになっていた。シャキマンは、すでに人があふれていた自分の家にこの老婆を迎え入れることにした経緯を、こう説明している。「この人の世話をする人が誰もいなかったからね（Usko dekhne vala koi nahi hai na）」

その年、私たちの財団は引っ越しを行ない、驚くほど静かで緑豊かなムンバイの小道沿いにある建物の、使われずに放置されていた広い地下室へと事務所を移した。だがラムザーンが近づくと、この広い事務所でさえ人でいっぱいになり、例年のようにローンの申請が急増した。

ラムザーンは断食と祈禱の月であり、信者を神の道へと導くことを目的としている。だがローンの借り手たちは、その資金を利用して果物やジューサーを買い、断食の合間に飲食品を買える屋台を開業したり、歩道にシーツを敷いてアクセサリーや衣料品や靴を売ったりする。私はローンを申請に来る人たちによく、節制や浄化の期間に贅沢品への散財が伴うのはどういうわけなのかと尋ねてみた。すると彼らは、ささやかな楽しみがあるからこそ長い間節制ができるのだと答えた。

ある日、雑踏のなかでハイダル・アリに出くわしたときに、新たにローンを組めたら何をしたいか尋ねると、こんな言葉が返ってきた。金糸刺繡《ザーリー》（zari）の工房を復活させたい。女性はイード（日の出から日没まで断食するラムザーンが明けたあとの祭り）のときにいちばんいい服を着るのを知らないのか、と。私は、この工房の見通しに確信が持てなかったため話題を変え、ファルザーナーの容体を尋ねてみた。するとハイダル・アリは明るく、「様子がどうだって？元気だよ（Vo kaisi hogi? Theek hai）」と答えた。

その後、バンジャーラー・ガッリーのほかの借り手から、ファルザーナーにシャイターンがとりついたので、毎週木曜日にバーバー・ジャラルディンの霊廟に通っているという話を聞いた。その借り手の女性の話によれば、シャイターンを追い払えるのはそこのヒーラーだけだという。そのときは、それだけ聞くとローン申請の話へと話題を移した。しかしこの女性が去ったあと、その霊廟の近くの安アパートに暮らしている財団のボランティアの一人、ローシャン・シェイクに電話して、ファルザーナーの様子を尋ねてみた。するとローシャンは、なぜフアルザーナーがその霊廟に連れていかれるのかと私が尋ね終わる前に口を挟み、それは髪をほどいて立ち尽くしていたあの少女のことに違いないと言い、こう続けた。あの子はそんな話をまったく信じていないようだが、それでもそこに行ったほうがいい、と。

というのも最近、ローシャンと同じ建物に暮らす若い女性が、やはり目に見えない有害な霊につきまとわれ、バーバー・ジャラルディンに追い払ってもらったことがあったからだ。その女性の家族は、追い払ったシャイターンにまたとりつかれることのないように、すぐさま彼女を市外の男性と結婚させてしまったという。

ローシャンは、最近の女の子ときたら香水をつけ、髪に花を挿し、悪霊が潜んでいそうなところへ平気で出かける、と心配そうに語った。その少女もそうしてとりつかれたに違いない、と。私は、ファルザーナーの名も、彼女がデオナールのごみ山で働いていることも言わなかった。それでもローシャンは最後にこうつけ加えた。「シャイターンは少女たちと恋に落ちるの(Shaitan aashiq ho jaate hain)」

一三　十八歳

二〇一六年六月二日の朝、一八回目の誕生日を迎えたファルザーナーは、数カ月前から貯めていた貯金箱を空け、ロータス市場へ向かうと、自分にジーンズを一着買った。結局、すべてはそのためだった。彼女もとうとう大人になったのだ。ラムザーンに向け、雑然と長く伸びる通りに沿って電飾が吊り下げられている。くず拾いたちが、歩道や車道の上、あるいはその両方にまたがる折り畳み式テーブルの上に、祈禱用の帽子や靴、果物の山を慎重に積み上げている。あと数日で断食が始まる。その後ファルザーナーは、混み合う菓子屋に入った。ふだんはそこで、周到に貯めたお金を使い、雲のようなクリームを浮かべた甘いミルクを買うのだが、その日はケーキとウェハース、チョコレートを買った。

家に戻ると、この地区に迫り来る廃船のように目の前にそびえるごみ山に、薄い灰色の雲がかかっていた。午後になると、姉妹や姪《めい》や甥《おい》が誕生日のお祝いを言いに来た。だがファルザーナーは、家に買い物袋を置くと、その日も仕事に出かけていった。サハーニーが私によく言っていたように、この姉妹はみな、子どものころからそうだった。一日でもごみ山を歩きそびれると、熱が出て体の節々が痛んだ。ファルザーナーも休めない体になっていたのだ。

夜になると、ファルザーナーは買ってきたジーンズを履き、やはり新調した、黒字に色とりどりの模様が入った長めのトップスに着替えた。耳には金色の輪形《わがた》のイヤリングをつけ、顔にもメイクを施す。家は徐々に、シェイク家の兄弟姉妹、その夫や妻や子どもたちでいっぱいになった。ただし、最年長のジェーハーナーだけは来られなかった。彼女が仕事場でほかの男と一緒にいるのを見たと夫が思い込み、くず拾い用のフォークを彼女の頭に叩きつけ、長く深い切り傷を負わせた。そのうえ、その夜は夫が自宅の戸口に陣取り、ジェーハーナーが出かけないよう見張っていたからだ。ハイダル・アリの家では、ほかの親族に囲まれたファルザーナーが、白い砂糖シロップで名前の書かれた四角いケーキを切っていた。

ケーキを切り分けてふるまい始めると、早速イスマーイールがからかいだした。おまえももう結婚する歳だが、いったい誰と結婚するんだ？　するとファルザーナーは「あなたより格好いい人がいい！（Tere se acha dikhna chahiye!）」と言い返した。それを聞いたイスマーイールが彼女に何かを投げつけると、混雑した部屋で二人の追いかけ合いが始まった。二人は誰彼となくぶつかりながら相手を追いまわしていたが、そばをはっていたアーラムギールの生後九カ月の息子フェイザーンにだけは足を引っかけないよう注意していた。

ハイダル・アリの隣に座っていたジャハーンギールは、数カ月前からこの家を出ていく準備を進めており、話をしながら将来のことを考えていた。ジャハーンギールは自らごみビジネスを立ち上げ、モーターバイクも所有している。いったいおまえはなぜ自分の家族だけと暮らし、自分のお金を家族のなかだけで分け合おうとするのか？　ハイダル・アリが辛辣にそう尋ねても、ジャハーンギールは何も答えない。そのころには、ジャハーンギールと妻のラキラー、その三人の子どもたちは、食事こそこの家でしていたが、夜になると、最近すぐそばに借りた家で寝ていた。間もなくこの家族は家を出る。アーラムギールも、ごみ収集車を運転する新たな仕事を見つけ、兄のあとを追おうとしている。そうなれば、ファルザーナーがこの家庭にお金を持ってくる最年長の子どもになり、家計が苦しくなる。

ジャハーンギールは、結婚によりごみ山の麓の生活から脱け出した唯一の姉妹であるアフサーナーのほうを向くと、ファルザーナーに夫を探してやってくれと頼んだ。ごみ山で暮らしている男性ではないほうがよかった。そんな男性と結婚したら、ごみ山が閉鎖された場合にどうなるかわからない。

ファルザーナーはとげとげしくイスマーイールに背を向けると、「結婚なんかしたくない！(Mujhe karna hi nahi hai bhai)」と言い放った。ここにいたい。一緒に家にいたい。そう言い募る彼女のメイクを施した顔に、涙が伝った。

その三日後、太陽が雲の後ろに隠れると、次第に雲が大きくなってきた。ファルザーナーがそよ風に吹かれながら、夢中でごみ山の頂で仕事をしていると、知らない間に雲の色が暗くなっていく。やがて日没の少し前に、今年の雨季初めての通り雨が襲い、ファルザーナーはびしょぬれになった。その夜は、雷の音に何度も目を覚ました。ラムザーンは、その夜明け前から始まった。外に出てみると路地は、新たに吊り下げられた無数の銀色の垂れ布に覆われ、夜明けの光を受けて輝いている。すでに断食を始めていたファルザーナーは、早くも空腹を感じていた。

雨により炎が消えると、発電所建設計画が本格化した。市当局はコンサルタントに、廃棄物を三〇〇〇トン処理できる発電所の設計を依頼していた。毎日ごみ山に届く廃棄物の半分以上の量である。裁判所委員会のミーティングに参加した専門家たちの話によれば、それほど大規模な発電所を即座に稼働させるのは無理であり、段階的に工事を進めたほうがいいのではないかという。だが、オーカー判事が定めたデオナール地区へのごみ廃棄の停止期限まで、あと一年しかない。それに、冬の間ずっと燃え続けていたあの火災を、誰もが懸念していた。数十年前からぼんやりと現れては消えていったプロジェクトはこうして、突然切迫感に満ちたものになった。

ファルザーナーは相変わらず仕事を続けていた。ごみ山の外側の斜面は、初めてそこで働き始めたころと同じように、またしても草が芽吹いてエメラルド色になった。溝にたまった雨水のなかでは、ハスが花を咲かせては消えていく。そのなかでファルザーナーは、火災により炭と化し、雨によりぐちゃぐちゃになった古いごみをフォークで掘り返した。その数週間前までは、シャキマンに連れられてバーバー・ジャラルディンの霊廟に通っていた。そのときには、アクバル・バーイーが呪文で悪霊を追い払う際に、悪霊が髪に絡まって脱け出せなくなることのないように、長い髪をほどいていた。だがファルザーナーは、トランス状態に陥った群衆のなかでただ一人、高まる太鼓の音に合わせて身を揺することも動かすこともなかった。するとヒーラーから、悪霊はすでに彼女の体から立ち去っていると言われた。一一週かかるはずだったのに、五週ですんだのだ。シャキマンは胸をなで下ろして家に帰った。

だが、夜明け前に目覚め、ごみ山の麓へと小用に出かけた友人たちはやがて、暗闇のなかでファルザーナーの姿を見かけるようになった。これまではいつも姉妹の誰かと一緒だったのだが、いまでは薄暗い斜面を一人で歩いている。友人たちは彼女のことを「ごみ山の幽霊《カーディー・カ・ブート》（Khaad-ka Bhoot）」と呼んだ。そのころのファルザーナーは、誰よりも早く起き、たいていは食料を買うお金を持って、夜明け前に斜面へと出かけていた。警備員を出し抜くために、早くから仕事をしているのだという。そして夕暮れどきに、昼間に仕事をしているほかのくず拾いたちと一緒に帰ってくる。シャキマンが昼食に戻ってくるよう伝言を届けても、斜面をうろついている売り子から食料を買い、そのまま斜面に留まっている。実際サラーフディーンは、ごみ山の悪霊はそう簡単には去らないと言っていた。

ある日の午後、ファルザーナーとファルハーがごみ山の頂で何時間も待っていると、一台のトラックが舗装されていない曲がりくねった道をこちらへ向かってくるのが見えた。二人は泥を跳ね散らかしながらトラックと並んで走り、平地まで追いかけていった。ファルザーナーは、そのトラックがごみを空けるのを息を弾ませながら見守った。ファルハーが周囲に集まったくず拾いたちに体をぶつけながら、ごみに飛びついていく。だがふと目を上げると、ファルザーナーはまだ、そこにばらまかれたぐちゃぐちゃのごみを見つめているだけだ。ほかのくず拾いが残りものを狙い、ファルザーナーを押しのけていく。

　ファルハーはつぶれたペットボトルを集めながらその姿を見ていたが、ファルザーナーは相変わらず、ぽかんと口を開けたまま立ち尽くしている。声をかけても、聞こえているようには見えない。そばに寄って、フォークでおそるおそるファルザーナーを突いてみる。仕事しないの？　ファルハーは何時間もトラックを待っていたのにと思い、そう尋ねた。二人の周囲でくず拾いたちがごみを必死に集めている。するといきなりファルザーナーが、姉の自分に喧嘩を売るつもりなのかと腹立たしげに言い返した。ファルハーはそれに、「仕事をしないのなら、喧嘩するしかない（Akdi nahi uthaegi to ladna padega）」と答えた。

　ファルザーナーが、ファルハーに向けてフォークを振り上げた。ファルハーが驚いて身をすくめ、よろめきながら離れると、ファルザーナーがフォークを手に追いかけてきた。「姉をぶつつもり？（Badi behen ko maregi?）」。ファルハーが斜面を下って逃げていくと、そう繰り返すファルザーナーの声が聞こえる。ファルハーは走りながら笑った。そのうちに立ち止まり、脇腹を押さえ、一息つきながら斜面の上に座り込んで、二人笑い合うのではないかと思ったからだ。しかしファルハーが振り返って見ると、ファルザーナーは怒りで目を血走らせ、フォークを振りまわしている。ファルハーは逃げた。ファルザーナーはよく固まっていない斜面に足を取られながらも、しつこく迫ってくる。ファルハーは胸が焼けるほど必死に走った。空気は雨をため込んでいて重く、息を吸うのもままならない。だが、ファルザーナーのフォークが背後に近づいている。ファルハーはよろめきながら走り続けた。

周囲のくず拾いたちも、仕事の手を止めてその様子を見ていた。そのなかの誰かがファルザーナーにやめるよう叫んだが、それでもファルハーを追いかけてくる。アーラムギールがファルザーナーに呼びかける声も聞こえたが、ファルザーナーの足音が背後から離れない。

するとまもなく、ファルハーの耳に取っ組み合う音が聞こえた。振り返って見ると、アーラムギールが背後からファルザーナーを羽交い絞めにして、斜面の上に引き倒していた。ファルザーナーは、荒い呼吸に合わせて折り曲げた長い手足を上下に揺らしていた間も、フォークを握り締めたままだった。やがてアーラムギールが、その手からフォークをもぎ取り、妹を腕に抱きかかえた。兄弟姉妹のなかでいちばん背の高いアーラムギールは、やせ型のジャハーンギールとは対照的に筋肉質だった。ファルハーが息を切らし、とまどいながらも、アーラムギールのあとについていくと、この斜面では最近の湿気のせいで導火線が短くなっていると言う誰かの声が聞こえた。ファルザーナーは疲労のあまり、兄の腕のなかで眠っている。アーラムギールはファルザーナーを家まで運んで床に寝かせると、ファルザーナーを起こさないように小声で、妹が怒りにとらわれた経緯をシャキマンに話して聞かせた。ごみ山の悪霊は、まだ立ち去ってはいなかったのだ。

ごみ山に対するムンバイ市の取り組みが新たな緊急性を帯びてきたように、シェイク家の人々もまた、娘からごみ山の悪霊を追い払う取り組みをさらに強化する必要があると考えた。そこでシャキマンは、悪霊払いについて親戚や友人に尋ねてまわった。すると、家族がごみ山の悪霊にとりつかれたという話をする人がけっこういた。イスラム神話の精霊カービースを見たというヒンドゥー教徒もいた。サハーニーも一〇代のころ、ヒンドゥーの女神にとりつかれたことがあると信じていた。そんな人たちのなかに、ファルザーナーをミーラー・ダータールの霊廟に連れていくことを勧める者がいた。ミーラー・ダータールとは、悪霊払いをしたムンバイの守護聖人である。[1] 一五世紀に活躍したこの少年の聖人は、隣接するグジャラート州に埋葬されており、心の内を支配する悪霊から人々を解放する力を有していたとされる。その力が伝説となり、その霊廟から遠く離れたムンバイの広大な港湾地区のそばにあるにぎやかな通りに、緑の別院が創建されると、この別院でも同じ悪霊払いの儀式が執り行われるようになった。そこでファルザーナーもその別院へ出かけ、ガラス製の緑の腕輪をその霊廟の壁に糸で結びつけて――緑の腕輪をつけてマハーラーシュトラ州の各地からこの都市にやって来る花嫁らと同じように――穏やかな生活を送れることを願った。

ところがサハーニーがシャキマンから聞いた話によれば、その三日後には、ファルザーナーは夜通し何かをわめき、ごみ山の悪霊に苦しめられていたという。それから数週の間に、シェイク家を訪れるヒーラーはさらに増え、当人の腕に結びつけられる護符の数も増えた。だがファルザーナーは夜明け前に仕事に出かけていくばかりで、それらの儀式を何一つ覚えていなかった。覚えているのは、何時間もかけてチャーリースガーオン〔マハーラーシュトラ州の都市〕の霊廟に出かけたときのことだけだった。

そのころ市街地では、建設事業者協会が、新規建設を中止するオーカー判事の命令を不服として上訴していた。市当局のごみの管理不行き届きや計画の失敗により、自分たちの仕事を奪われるのはおかしいとの主張である。だがオーカー判事は動じなかった。ごみ山の問題への対処がなされるまで、市街地での新たな建設は認めないという。そこで建設事業者協会は、インドの最高裁判所に訴えた。

　市当局のコンサルタントを務めていたターター・コンサルティング・エンジニアズは、ごみ山地区の回復のため、廃棄物を利用した世界中の堆肥工場や発電所を見てまわった。[2]同社はこれまでのほかのコンサルタント同様、ムンバイ市のごみにはプラスチックやビニール、紙、布や木の廃材が十分に含まれておらず、焼却炉の燃料にあまり適していないことを懸念していた。ごみ山地区に届くごみの半分近くはぐちゃぐちゃの生ごみであり、そこに雨季の雨水が浸《し》み込めば、容易には燃えない。そのため発電所をつくっても、特定の季節に限って間欠的に稼働させることしかできないのではないか、と。

　だがその年の五月、市当局が国立環境工学研究所（National Environmental Engineering Research Institute）に依頼していた新たな報告書が届いた。それによれば、ムンバイ市のごみの発熱量はほかの都市よりも高く、それを燃やして発電することも可能だという。[3]というのは、そのころになるとムンバイの生活習慣が変わっていたからだ。最近の市民が出すごみは、稲わらやココナッツの外皮、高品質のプラスチックやビニール、紙が増えており、それらが高い発熱量を生み出す。以前よりごみの可燃性が高まっているのだ。当初は稼働できないかもしれないと思われていた発電所が、いまなら稼働できるかもしれない。

ファルザーナーにとりついた悪霊は、祈禱を受けるたびに立ち去ったように見えたが、結局はまた戻ってきた。するとさらに、こんな忠告があった。ファルザーナーは、ほかのくず拾いたちのように、ごみ山の斜面を屋外の浴室のように使うべきではない。欲望から立ち上る精霊は、思いがけないときにとりつく。欲望とはそういうものだ。それは私たちをつかみ、つまずかせ、いつまでも離れない。

ヤースミーンの母親はシャキマンに、マーヒーム湾沿いにあるマクドゥーム・シャー・バーバーの霊廟にファルザーナーを連れていくよう勧めた。この聖人は、ムンバイもその一画を占める「コーンカン海岸の輝ける星（Qutub-e-Kokan）」と呼ばれており、市内全域はおろか市外の地からも、痛みや苦しみを取り除くことができたという。そのため霊廟の周囲の路地は、何かにとりつかれた人々やよりどころのない人々、身体に障害を持つ人々、都市で使い捨てにされた人々でひしめき合っていた。

学者でもあった聖人マクドゥーム・シャー・バーバーは七世紀前に活躍し、のちにマーヒームの警察署となる場所で法廷を開いたと言われている。この聖人を祝う毎年の祝祭ではまず、その警察署の警部に率いられた行列が練り歩き、マクドゥーム・シャー・バーバーの威光を高める。それから楽師が屋形船に乗って現れ、音楽を奏でる。それに伴い市《いち》も開かれ、霊廟の裏に広がる砂浜にまで店があふれ、マーヒーム湾を明るく照らすとともに、曲げた指のような形をした市街県の交通を毎年麻痺させるのだという。このマーヒームの霊廟であれば、ファルザーナーに居ついたシャイターンを間違いなく追い払ってくれるのではないか。シャキマンはそう思った。

　ある日の午後、私はローンの申請に来たバンジャーラー・ガッリーの住人から、シャキマンとファルザーナーがマーヒームの霊廟を訪れたという話を聞いた。だが、デオナールの市場に屋台が林立するイードに向けてローン申請を処理するのに忙しく、それ以上ファルザーナーについて尋ねることはできなかった。だが私が聞いたところでは、例年なら、そのころになるとごみ山の周囲の市場で、毒々しいほど赤いあぶり肉の甘美な香りやハロゲンランプの灯りに満ちた祝祭的な雰囲気が見られたのに、その年は市場にもあまり人気《ひとけ》がなかったらしい。くず拾いたちは、そこで何かを買えるほどのお金も持っておらず、顔色も悪く、疲労しきっていた。

　ローン申請者の波が過ぎ去ると、私はボランティアのローシャンに電話を入れ、どうしてファルザーナーには何をしても効果がないのかと尋ねた。私が耳にした薬や護符や儀式はすべて、何の役にも立っていないようだったからだ。すると彼女はこう答えた。「シャイターンは、自分が追い払われようとしていることを知っている場合がある。そんなときには、とりついている人から脱け出してそばに身を潜め、しばらく難を逃れたのちにまた戻ってくる（Kabhi kabhi usko pata chal jata hai, Hazri ke liye ja rahein hain, to vo thodi der ke liye bagal mein baith jata hai)」

一四　闇ビジネス

イードの時期が近づくにつれ、バンジャーラー・ガッリーのモーハッラム・アリの家にもかぐわしい香りが漂ってくるようになり、その妻ヤースミーンもイードのことで頭がいっぱいになった。だが彼女には、その香りを放つ食べ物を手に入れるために払えるものが何もなかった。その食べ物を売っている人たちに借金があったのだ。ヤースミーンは彼らに、断食のせいで頭痛がするから、夜はずっと寝ていなければならないと言っていたが、実際には夜も断食しているわけではなかった。

モーハッラム・アリは火災の間もずっと、ごみ山での仕事を続けていた。数カ月後に会ったときに話を聞くと、軽快かつ優雅にこう語っていた。バンジャーラー・ガッリーに煙が充満して空気が変わったせいで、路地での生活が不安定になったのではない。確かに、ごみ山の空気は誰にでも「合う」わけではない。だが自分は、人生の大半をそこで過ごしており、多少の煙ぐらいではびくともしない、と。つまり、事態が変わったことも、ごみ山の空気がもはや自分の家族には合わなくなったことも、認めようとしなかった。警備が強化されるにつれ、モーハッラム・アリは夜中に家族の家に忍び込み、自分があわてて逃げだした際に残していったというお金を持ち出すようになった。ヤースミーンが試しに、イードの出費を工面してもらおうと電話をしても、電話に出ないか電源を切っている。モーハッラム・アリにお金を貸している友人たちが、お金を返してもらおうと家のまわりをうろうろしていたが、その姿を見かけることは一切なかった。無敵の幸運に恵まれたシャイターン・シン（ミスター・トラブルメーカー）の伝説は、もはや跡形もなく消え去り、家族を苦しめるだけだった。

イードの始まりを告げるチャーンド・ラート（新月後に三日月が最初に現れる夜）には、一晩中市場が開かれ、黒々としたごみ山を背景に、そのあたりだけは燦然《さんぜん》と輝いていた。くず拾いたちは月光を浴びながら市場に出かけ、なけなしのお金で買い物をしたり食事をしたりした。腕輪や染料のヘーナー、プラーヴに混ぜるスパイスの包み、お菓子に載せる食用の銀箔などを売る屋台を設け、ごみ以外のものでお金を稼ごうとする者もいる。ハイダル・アリの話によれば、シャイターンは暗闇に潜む生き物だから、この夜の灯りには近づかないという。

その日の夜、モーハッラム・アリがヤースミーンに電話を返してきた。そこでヤースミーンはこう告げた。息子の友人たちはイードの礼拝に新調した白いクルターを着ていくのに、息子たちにごみ山で拾ったものをまとわせるわけにはいかない。それに、借金が重なってモーハッラム・アリが家を出てから数カ月の間に、メーハルーンとアシュラーの服も寸足らずで窮屈になり、もう娘たちに合わなくなっている、と。するとモーハッラム・アリは、自分が娘たちを連れて新たな服を買いに行き、ヤースミーンにも一セット贈ると答えた。ヤースミーンは、父親に腹を立てているシャリーブに、息子二人には何も買い与えられないことをどう伝えればいいのかわからず、友人の家へ金策に出かけた。

メーハルーンとアシュラーは、市場でモーハッラム・アリと待ち合わせをした。市場は、電飾や宝石で飾った買い物客で光り輝いている。メーハルーンは、ヘーラーやシャリーブから父親についてさまざまなことを聞いていたので、不機嫌そうに黙っていた。一方、アシュラーは父親の手を握り、おしゃべりを続けていたが、その声は周囲の騒音にかき消されて、ほとんど父親の耳に届かなかった。三人は、客のいない肉屋の前を通り過ぎた。そこには、骨のついた長い肉の塊が一部をそぎ落とされ、数日前から吊り下げられていたが、ハエを引き寄せているだけだった。また、歩道に積まれた果物の山の前を素通りした。その果物は荷車の上で腐り、廃棄されるしかなくなっていた。やがてアシュラーは、ハロゲンランプのもとでスパンコールを輝かせて並んでいるドレスに魅了され、それらを指差した。竹竿で吊り下げられていたが、やや硬めのタフタ〔光沢感のある平織の絹織物〕生地のため、誰かがなかに入っているかのように見える。その値段を聞くと、モーハッラム・アリの顔が曇った。

そこで父親は、輝きもなく積まれているもっと安い衣服にアシュラーの目を向けさせようとしたが、娘は頑として首を横に振る。アシュラーが優しく光を放つ妖精のようなドレスに顔を輝かせているのに、モーハッラム・アリの表情は歪む一方だ。それを見たメーハルーンは、自分は新しい服を買ってもらわなくていいと伝えた。するとアシュラーはすぐに、金のスパンコールで埋め尽くされたクリーム色の長いレースのドレス（長いスカートとズボンとセットになっていた）を手に取った。こうしてメーハルーンとアシュラーは、特大のバッグを抱えてサンジャイ・ナガルに帰っていったが、モーハッラム・アリは空の財布をラフィーク・ナガルに持ち帰ることになった。

ヤースミーンはその少しあとに、返す必要のない二〇〇〇ルピー（二七ドル少々）を持って帰ってきた。ラムザーンの最後の夜にもらえる義援金《フィトゥラ》（fitra）である。翌朝、シャリーブと弟のサミールは体を洗い、新調した白のサルワール・クルターを着て礼拝に出かけた。母親からすれば、背が高くたくましい二人の息子は、ごみ山の塵や埃を拭い去ると、どの友人よりも立派に見える。二人は友人たちの家をまわり、イードの際にもらえる祝儀《イーディー》（eidi）を受け取り、その家を芳香で満たしているごちそうを食べた。アシュラーは、金色のドレスとスカートを身に着け、メーハルーンに髪を編んでもらい、友人の家へ向かった。ヤースミーンは、子どもたちがこれほどこぎれいにしていれば、この家ではイードの日にかまどの火も入れないことに誰も気づかないだろうと思い、安堵した。

これまでの数年間、この祝祭のあとは、ごみ山やその周囲の路地が空になった。くず拾いたちが市街地に繰り出し、祝祭を延長したバースィー（「気の抜けたイード」を意味する）を満喫していたからだ。そんなときには、遠方の霊廟や植民地時代の記念館、岩壁の海岸などを訪れるのが常だった。ところがその年は、イードが終わっても路地が空になることはなかった。ごみ山はたちまち暗闇に覆われ、債権者たちがヤースミーンの家の戸口に戻ってきては、以前よりも執拗に返済を迫った。

そのためヤースミーンは頻繁に外出した。ヤースミーンがいないときには一二歳のメーハルーンが借金取りに対応したが、お金がないため黙っているしかない。ヤースミーンはおそらく、子どもが相手では借金取りも帰ると思ったのだろう。だがある日の午後、ヤースミーンが路地に帰ってきたときに、かつてモーハッラム・アリが持ち逃げしたお金の債権者とばったり出くわした。そこで彼女はいつものように、モーハッラム・アリが戻ったらお金を返すと言おうとすると、債権者はそれを遮るようにこう言い返した。あなたのもとにお金がないのなら、夜にでもメーハルーンをモーハッラム・アリの家に行かせて借金を払わせろ、と。

モーハッラム・アリのほかの子どもはみな、背が高くたくましそうだったが、メーハルーンだけは、すぐにも壊れてしまいそうなほどはかなげだった。目は薄茶色で、透き通るように白い肌をいつも赤らめている。家にいても存在感は希薄で、ほとんどわずかな視線だけで会話をすませている。モーハッラム・アリもヤースミーンも、彼女は自分にそっくりだと語る。特にヤースミーンは、「あの子は私の子どものころそのものだよ（Mera bachpan hai ye）」と言っていた。モーハッラム・アリが失踪して以来、この家庭はそれまでの状態を維持できなくなり、父親がメーハルーンやアシュラーのためにごみ山から拾ってきた人形の姿が消え、メーハルーンが家族の衣服を縫うために使っていたミシンが債権者に奪われた。私がこの家族の家で長い午後を過ごしていたときに、メーハルーンはこう語っていた。「私は、あれが人形で、自分は人間なのだと思ったことがない（Kabhi socha hi nahi ki vo gudiya hai aur main insaan）」

ヤースミーンはやがて、家の戸口をずっと施錠しておくようになった。私はそのころ、モーハッラム・アリが失踪し、ほかの地区に再び姿を現してから間もなく、ヤースミーン自身も姿を消したという話を聞いた。路地に暮らすほかの女性に尋ねると、ヤースミーンはもうそこには住んでおらず、家にも鍵がかけられているという。そのため私は路地の人々に、もし彼女に会ったら、私はお金を請求しに来たのではなく、彼女の窮状について尋ねたいだけだと伝えるようお願いしておいた。するとある日、「私を探しているの？（Dhoondh rahe ho?）」という声が聞こえた。ふと見上げると、そこにヤースミーンがいた。彼女は家の鍵を開け、私をなかに招き入れてくれた。見ると、驚いたことにメーハルーンがいる。ヤースミーンは恥ずかしそうな笑みを浮かべ、「最近は私もこうして家のなかにひきこもっているの（Aaj kal aise hi rakhti hoon）」と述べた。

ヤースミーンの話によると、彼女はいま、メーハルーンやアシュラーを債権者や借金にまつわるトラブルから引き離すため、二人を孤児院か宿泊施設に入れようとしており、そのためのお金が必要だとのことだった。ヤースミーンの頭には、債権者の言葉が絶えず再生されていた。そんなときに友人から、ある代理店に関する話を聞いた。その代理店は、裕福だが子どもに恵まれない夫婦に代わって出産してくれる女性を募集している。路地にもこの代理母に申し込んでいる女性がおり、数十万ルピーの報酬を得られることもあるらしい。ごみ山が閉鎖の危機に直面しているなか、路地で高収入を得るにはこれしかない。そう思ったヤースミーンは三七歳ながら、ドリームズ・モール（近くにある郊外のショッピングモール）にあるその代理店のオフィスに出かけ、応募者の列に並んだ。その後、同意書に署名して検査を受けたが、代理母に選ばれることはなかった。

だが、家賃の支払い期限も数日前に過ぎている。そこでヤースミーンは、入り江の向こう側にある病院へ出かけた。そこで医師が代理母を探しているという話を耳にしたからだ。その病院は、これまで見たことのあるどの病院とも違っていた。淡い光に照らされたベージュ色のロビーに病人の姿はなく、あの病院独特のにおいもしない。ヤースミーンは、隣に座ったブルカを着た女性に話しかけてみた。するとその女性はこんな話をしてくれた。若い女性たちがみな失格にでもならないかぎり、自分たちが代理母に選ばれる可能性はまずない。だから自分はもう代理母をあきらめ、臨床試験へと切り替えている。臨床試験なら、数日間薬を飲んで検査を受けるだけで数千ルピーもらえる、と。ヤースミーンはこの女性に、自分も一緒にその試験に連れていってくれと頼んだ。

すると、それから数日後に電話があり、ムンバイから四〇〇キロメートルほど北にあるヴァドーダラー市で行なわれる臨床試験に参加することになった。ヤースミーンはメーハルーンとアシュラーをモーハッラム・アリに預け、シャリーブとサミールにはカーターショップで寝てもらうよう頼むと、電車で五時間かけて北へ向かい、数日後には数千ルピーをもらって帰ってきた。そしてそのお金でまた改めて同じ家を借り、いくつかの返済をした。その一週間後には、また電話があった。今度は、試験センターで出会った女性からである。別の「研究」があるが参加する気はあるかと言われ、駅で待ち合わせして一緒に行くと答えた。こうしてヤースミーンは、悪臭を放つごみ山の支配から逃れる一方で、臨床試験という闇の地下世界へと滑り込んでいった。

試験センターでは、空調がきいた静かな部屋に案内された。貧血や低血圧と診断された女性は家に送り返され、大半が涙ながらに帰っていった。ほかの女性たちは別の部屋へ連れていかれ、そこで法的な契約に関する長い説明を受けた。その契約書には、自らの意思でこの試験に参加したこと、試験で使用した薬により病気になったとしても会社の責任を問わないことが記載されている。だがヤースミーンは、ヒンディー語で書かれた文言を一語も読むことができず、言葉による説明だけを聞いて契約書に署名した。とはいえ説明の間はずっと、あまり熱心に耳を傾けないようにしていた［インドは多言語国家であり、いわゆる「国語」が存在しない。しかし北インドの広い範囲で使用されるヒンディー語が「中央政府の公用語」として定められている。なお、「準公用語」は植民地時代に使われていた英語である］。

それから数カ月の間に、ヤースミーンは私に、避妊薬やてんかんの薬、心臓病の薬などを使った臨床試験の契約書を見せてくれた。ヤースミーンの身に何かがあり、家族に報酬を支払わなければならなくなった場合の受取人には、メーハルーンの名前が記されていた。これらの薬は、国際市場向けに欧米の大手製薬企業が開発したものであり、たいていはその企業に代わってインドの会社が試験を実施していた。国際市場では、未承認薬を人体に適用する試験は禁止されている。だが人間を使って試験してみなければ、実際にその薬品に効果があるのか、あるいはどんな副作用があるのかがわからない。つまり、世界の創薬の未来は、ヤースミーンをはじめとするこれらの女性にかかっていた。

被験者の女性たちは数日間試験センターに滞在して、薬害がないか確認するため科学者や医師の監視下に置かれる。なかには嘔吐や頭痛、一時的なめまい、発熱に襲われる女性もいる。だがそのほかの女性は、寄宿舎の一室のような部屋のベッドで体を起こし、臨床試験に参加するに至った失望と苦労に満ちた人生の物語を語り合い、暗闇のなかで涙をぬぐった。

空調のきいた、不気味なほど静かな試験センターで眠りが訪れるのを待っている間に、ヤースミーンはある債権者との会話を思い浮かべた。その債権者には、この臨床試験に出かけることを伝えておいてもらうよう友人の夫に頼んであった。その会話によれば、この債権者は路地のほとんどの住人にお金を貸していた。だが返済を求めると誰もが、ごみ山でほとんど仕事ができないから、ヤースミーンに貸しているお金が戻ってきたら返済すると言っていたという。そのためヤースミーンに返済を迫ると、ヤースミーンは夫がいなくなってしまったからと言い訳をする。すると債権者は、自分も破産寸前であり、心苦しく思いながらもヤースミーンに返済を強要しなければならないのだと語っていた。

また、体が冷えて眠れないときには、孤児院を訪れたときのことを思い出した。そのときの話では、メーハルーンやアシュラーを孤児院に入れるには、夫と離婚もしくは死別していることを証明しなければならないという。だがモーハッラム・アリはいまだにときどき家に立ち寄ることがあり、離婚するよりも戻ってきてくれることを望んでいた。翌朝ヤースミーンが目を覚ますと、被験者に体力をつけさせるために提供される、手の込んだ料理に満ちた一日が始まる。女性たちは、報酬を手に入れて家に帰ったら、子どもたちにもその料理を食べさせてやろうと、レシピをいろいろと分析していた。

数日後に試験が繰り返され、薬に副作用がないことが確認されると、被験者たちは報酬を受け取って帰宅した。ただし、一カ月ほどのちに戻ってきて、薬に対する体の反応について最終チェックを受けるという条件つきである。

ヤースミーンはお金のほか、ときにはみやげを持って帰った。まずは妊娠しているヘーラーに、ギー［インドなどで使われる半液状バター］の缶詰を買った。次の機会には、箱入りの豆板《ピーナッツブリトゥル》［ピーナッツなどを砂糖で板状に固めたお菓子］を買った。子どもたちの大好物なのに、しばらく食べさせてやれなかったお菓子だ。バンジャーラー・ガッリーに戻ると早速、債権者たちがやって来た。彼らにお金を渡すと、子どもたちのざわめきを聞きながら、マットレスの上で体を丸めてうたた寝した。シャリーブとサミールはお金を貯め、そんな母親にゆで卵やビーツを買ってあげた。試験センターではよく、薬による貧血を予防するためビーツのサラダが出たと言っていたからだ。

シャリーブは、ヤースミーンが臨床試験から帰ってから数日間じっくりと考えたすえ、ある石工のもとへ弟子入りすることにした。もうごみ山へ出かけることもできないからだ。すぐに建築の仕事が見つかり、ローンを返済できるぐらい稼げるようになるから、もう試験に参加する必要はない。シャリーブはそう言ってくれたが、それまでの間はヤースミーンが、よくわからない金利がついてなかなか減らない借金の返済を続け、債権者に見つかるたびに、払えるだけのお金を手渡した。

モーハッラム・アリが立ち寄ったときにはいつも、このまま戻ってきてはくれないものかとヤースミーンは思った。だがいつも同じことの繰り返しだった。モーハッラム・アリはお金をいくらか受け取ると、何かしらうまい話をしてはまた姿を消してしまう。かつてその手に宝物を与えてくれたごみ山は、いまやこの男を押しつぶそうとしていた。モーハッラム・アリは、泥道や平地、風がうなり雨が叩きつける斜面を通り抜けようとしては、滑って転んだ。いまでは夜も警備員が巡回しており、暗闇のなかに潜むくず拾いを捕らえようと横長の円を描くように振られる懐中電灯の光が、昼間も頭にちらついた。

そのころ、ごみ山にいると、よくショウガのようなにおいがした。それが腐ったごみの悪臭と混ざり合って体に絡みつき、吐き気を覚えた。というのは、市当局がごみ山の悪臭を抑えるため、年間一五〇〇万ルピーもの契約を結び、ごみ山にハーブ由来の脱臭剤を散布していたからだ[1]。野党の政治家は、ごみ山を芳香で満たすのにこれほどの経費をかける必要があるのかと批判したが、契約は成立し、フォークリフトがごみ山のあちこちを動きまわっては殺菌剤や脱臭剤をまいていた。

一方ファルザーナーは、以前よりも頻繁にごみ山の斜面に出かけるようになっていたが、そのにおいには気づかなかった。ムンバイ市のごみ収集車がまたこのごみ山に戻りつつあり、それを追いかけるのに夢中だったからだ。ところがこれらの収集車は、お金になるようなごみではなく、泥やコンクリートを運んでくることが多かった。市は毎年、雨季が訪れる前に道路や橋の補修をする。また雨季に入ると、叩きつけるような雨により、古びた家や新築したばかりの家が押し流されることがあり、それらの瓦礫が市のあちこちにたまる。そのため数週間にわたって一日中、泥や砂利、かつての道路のかけら、コンクリートの塊がごみ山に運び込まれ、これまでのごみを覆い尽くすと同時に、それを下へ下へと押し込んだ。モーハッラム・アリが聞いた話では、金はすべて火災で溶けてしまい、もう二度と見つからないとのことだった。

一五　理想

イードから数日が過ぎた七月七日、夜遅くまで眠れないでいたファルザーナーがふと、同じ部屋で寝ていた家族に向かって、「私にかまわないで。迷惑はかけないから（Mujhe chod do. Main kuch nahi karoongi）」と泣きわめき始めた。その痛ましいむせび泣きが徐々に高まり、家全体を満たすと、家族全員が目を覚ました。

近所の人々も、喧嘩が見られるのではないかと期待しながら駆けつけたが、結局見られたのは、ハイダル・アリら家族がファルザーナーを囲むように立ち尽くしている姿だけだった。家族が当惑しながら見守るなか、ファルザーナーはマットレスの上に座り、「絶対に帰らない。放っておいて（Chod do. Main vapas nahi aoongi）」と叫んでいる。きっと夢のなかで警備員に追いかけられたのだろう、とジャハーンギールは思った。医者に言われたとおり、ファルザーナーを斜面に戻さないほうがよかったのだ。一方シャキマンは、シャイターンのしわざだと思い、すぐに悪霊払いの祈禱をブリーに頼んだ。ブリーは早速祈りの言葉を唱え、聖水をファルザーナーに振りかけた。家族は眠い目をこすりながら、祈禱の効果が現れるのを待った。だがファルザーナーに眠りが訪れる前に、ブリーのほうが力尽きて外のベンチへ戻ってしまった。

そこでシャキマンは、今年のうちにこの強情な悪霊を何としてでも追い払おうと決意し、イードが終わると間もなく、呪文や儀式、護符の収集を再開した。あるヒーラーは、ファルザーナーの周囲にゆっくり円を描くように、まずはレモンを、次いで卵を振りまわし、それらを床の上にまき散らして悪霊を追い払おうとした。また別のヒーラーは、コーランの詩句を暗唱しながら、湿り気を帯びた弱々しい炎でファルザーナーの髪の房を焼き、彼女に絡みついた悪霊を引き出そうとした。

シャキマンはファルザーナーを連れて、もう一度マーヒームの霊廟にも行った。そこで二人は、特大の料理用の深鍋のなかで煮えたぎる湯の蒸気に包まれた。マクドゥーム・シャー・バーバーは、この街の飢えた人々に食べ物を分け与えたことで知られている。そこで、脚のない人々が車輪をつけた木板の上に乗って二人の周囲をまわり、腰の曲がった老人たちが手を差し伸べ、バーバーの名のもとに食料を買うお金を求めると、裕福な庇護者からさまざまな料理を載せた皿が届けられ、周囲の騒々しい集団が離れていく、といった儀式が執り行なわれた。二人はそこで、以前来たときにも会った霊廟のムジャーヴァル（管理人）が、霊廟内の店先に座っているのを見かけた。ムジャーヴァルは二人を見ても驚いた様子はなく、再びファルザーナーに祈りを捧げたという。それから数日後、サハーニーが実家に立ち寄ると、ファルザーナーは一人で、泥で汚れた膝を引き寄せ、その上にあごを乗せて座っており、「男の人が見えるの(Vo dikhta hai)」と言う。サハーニーがファルザーナーの視線を追うと、台所の調理台をまっすぐ見つめている。ファルザーナーは「男の人があそこに座っている（Vo baitha hai）」と言うが、サハーニーには何も見えない。サハーニーはのちに、あのときは妹の頭がおかしくなったのかと心配になったと語っていた。

翌週の木曜日、マーヒームの霊廟のムジャーヴァルは、ファルザーナーを中庭に座らせた。そこは、悪霊からの解放を求める人々で埋まっていた。沈みかけた日の光が格子細工を通して差し込み、影が花のように見える。燃えるアンソクコウノキの樹皮から煙が立ち上り、霧の立ちこめた大気と混じり合う。間もなく煙が濃くなり、中庭の霧を追い払うと、太鼓の音がとどろき始めた。すると中庭に座っていた人々も、体を揺らし始めた。その動きは、最初はゆっくりだったが、太鼓の勢いが増すにつれて速くなっていく。太鼓の音に合わせ、うめき声をあげて苦しみながら体を旋回させる。やがて太鼓の勢いが弱まるころには太陽が沈み、中庭はムンバイの雨季特有の冷ややかな紫の光に包まれる。だがファルザーナーは、相変わらず平静を保ったままだった。

翌日もファルザーナーは夜明け前にごみ山の斜面に出かけ、友人たちにはちょっと出かける用事があっただけだと語っていた。そのころになると、ごみ山を縮小する市の計画が進み、ファルザーナーはくず拾いたちからよくこんなことを言われた。ごみ山の廃棄物を電力に変えるため、ターターがごみ山を引き取りに来るのを知っているか？　もうすぐそばまで来ている、と。私もくず拾いたちから同じような話を聞いた。私は、ターター・コンサルティング・エンジニアズのコンサルタントだけでこのごみ山を改善できるとは思えなかったが、インドでも最大規模の産業グループがかかわるのであれば、改善できるのではないかと思った。ジャハーンギールはそのころ、タータールの職員がすでに斜面からプラスチックやビニール、紙を採取し、それを利用して入り江の向こう側の施設で発電しているという話を耳にした。その事業がうまくいくようなら、ごみ山のプラスチックやビニールはタータールの施設に向かうことになり、プラスチックやビニールの値が上がる。そこでジャハーンギールはファルザーナーに、カータールショップに持っていってもたいしたお金にはならないが、タータールの施設でなら価値のある薄いビニール製の買い物袋を集めるよう命じた。ジャハーンギールの心のなかに、また楽観主義が芽生え始めた。

だがいくらマーヒームに通っても、ファルザーナーにとりついた悪霊は一向に立ち去ろうとしなかった。やがて年老いたムジャーヴァルはこう語った。シャイターンは群衆の視線のなかでは姿を現さないが、それでも欲望そのもののようにしっかりとまとわりついている。次回はとばりのなかでシャイターンをうまくだまして、周囲に誰もいないと思わせよう。そうすれば正体を現し（parda hazri）、追い払うこともできるだろう。そこには、自分とファルザーナー以外誰もいないのだから、と。

翌週の木曜日の午後、サハーニーとシャキマンが距離を置いて見守るなか、ムジャーヴァルがファルザーナーを霊廟の裏の部屋へと連れていった。そしてしばらくのちに、勝ち誇ったような表情で戻ってくると、あれはごみから生まれた悪霊であり、もう立ち去ったと述べた。するとサハーニーはそれを遮るようにうなずき、それに間違いない、ファルザーナーはくず拾いなのだから、と答えた。今度こそムジャーヴァルがきちんと決着をつけてくれたのだ。ムジャーヴァルはさらにこう続けた。「もう大丈夫でしょう。悪霊がとりついたところへは二度と行かせないでください。悪霊はそのあたりをうろついていますから(Ab vo theek ho jayegi. Bas vahaan vapas jaane mat dena. Unka saya rahta hai)」

ジャハーンギールも、ファルザーナーを家に留めておくことに賛成した。ただし、悪霊の存在を信じたからではなく、ごみ山のせいで妹の健康が害されたという医師の診断を信用したからである。ファルザーナーはごみ山の斜面で働くのを禁じられ、家族と一緒に中二階で寝るよう命じられた。ジャハーンギールが監視できるようにするためだ。その一方でシャキマンは、友人たちにファルザーナーの結婚相手を探してくれるよう頼んでいた。結婚するまではファルザーナーを家から出さないようにして、その間に料理を教え込むつもりだった。

それでも朝になり、家族がお茶を飲みに下りてくるよう呼ぶと、ファルザーナーはたいていそこにいなかった。ファルザーナーがいつ階段を下りて玄関の扉を開け、外に出ていったのかは誰にもわからなかった。玄関口につないであるヤギさえ鳴いていない。友人たちの話では、夜明け前に斜面で「ごみ山の幽霊」を見かけたという。実際ファルザーナーは、ごみ山の売り子からワラー・パーヴやサモサ、お茶を買ったり、市の事務所の近くにある食堂で食事をしたりして、一日中外にいた。

シャキマンは、ジャハーンギールやアーラムギール、サハーニーなど、そばにいる誰かをつかまえては、ファルザーナーを連れ戻してもらおうとごみ山へ行かせた。だがファルザーナーは、彼らが聞いていた場所にはまずいなかった。荷台を空にしたごみ収集車とともにその場を去り、ごみが平地に運ばれてくる前に平地にいた。彼女が身につけている護符は、ますます増えるばかりだった。家族の誰かがどこかの霊廟に行くたびに、護符をもらって帰ってきたからだ。するとそのころから徐々に、ファルザーナーが一晩中眠り続けるようになった。年齢を重ねたごみ山がこの都市から消えていくペースと同じぐらいゆっくりとではあるが、シャイターンはファルザーナーから離れつつあった。

二〇一六年七月二七日、ターター・コンサルティング・エンジニアズのコンサルタントが、ムンバイ市行政長官アジャイ・メーヘターに、ごみ山地区の縮小計画を提出した。彼らは四月から五月にかけて、市の職員とともにごみ山の斜面の踏査《とうさ》やサンプルの収集を行ない、ごみ山の実態や、その周囲に暮らす人々に浸透しつつある有毒ガスの状況を明らかにする報告書を作成していた。[1] それを受けてさらに、ごみ山を規制する法令を調べ、市の申立書を検討したのちに、ごみ山を縮小しながら市に電力を供給する発電所の計画を策定したのである。

その報告書によれば、ごみ山の一部はすでに三六・六メートルの高さに達している。また、コンサルタントが市の大気質監視局（Air Quality Monitoring Laboratory）から収集したデータを見ると、ごみ山の有毒ガスは以前より厚みを増している。硫化水素（腐った卵のにおいがすることで知られる可燃性の有毒ガス）はメタン同様、二〇一〇年から二〇一五年までの間に三倍以上に増え、絶えず起きる火災の原因になっている。[2] さらに、頭痛やめまいの原因にもなる一酸化炭素は五倍も増えている。報告書の冒頭には、「くず拾いにまつわる健康上の危険は混沌とした状態にある」とあり、裂傷や消化不良、かすみ目などの病気が列挙されている。私はそれを読みながら、ファルザーナーのことを思い出した。ファルザーナーにも、失神や錯乱、めまい、調理台に腰掛ける目に見えない精霊への呼びかけなどの症状があった。

コンサルタントはその計画書のなかで、一・三二平方キロメートルに及ぶごみ山地区の一部を撤去し、最終的にはそこに設置した発電所で、ごみ収集車が毎日運んでくる五〇〇〇トンの廃棄物の半分以上を処理することを提案していた。まずはそこでごみを分別する。最初に金属製のふるい、次いで磁気性のふるいにかけて、大きな廃棄物の塊を除外する。その後、残ったごみを焼却炉の床に広げ、下から熱風を浴びせる。計画書には、「ごみを液体のようにぶくぶく沸騰させ、ごみと燃料との親密な相互作用を引き起こすとともに、乾燥と燃焼を促す」とある。その熱が電気を生み出し、市に供給されるという。ただしその電力は、私が見たところ、市の申立書にあった二五メガワット（数千世帯分の電力に相当）に満たない場合が多かった。

さらに、焼却炉はごみ山やその周辺地区の上空に煙を吐き出すため、それを吸収する三列の樹木で工場を囲う予定であり、その樹木の写真が計画書に添付されていた。これらの樹木は、発電所から排出されるアンモニアを半分以上削減するとともに、焼却炉が吐き出す塵の大半を吸収する。花木に囲まれた工場は、「デオナールの美観を向上させる」一方で、二酸化炭素などの温室効果ガスを二〇年間で八〇〇万トン以上削減してくれる。それがなければ、二〇二一年までにムンバイ市は、廃棄物を収容するために、ごみ山地区の規模を倍増させなければならなくなる、と計画書にはある。

コンサルタントが提示した未来はバラ色であり、眼前にその光景が浮かんで見えるほど間近にあった。それによりごみ山は縮小し、有毒ガスは樹木に吸収され、路地の人々にはこれまでよりも安定した発電所の仕事が与えられる。ごみ山のせいだと思われるくず拾いたちの病気も、これで一掃されるだろう。

この計画書が提示されると間もなく、市の職員やシヴ・セーナー党（ムンバイ市議会の与党）の政治指導者たちは非公式に、インドの大手電力会社の幹部連との会談を始めた。デオナールに計画している廃棄物発電所は世界最大級の規模になるだろう。その建設契約は国際入札にかけられ、多大な関心を呼ぶことになる。外国の大手廃棄物発電会社はこのプロジェクトに乗り気だ。職員たちは電力会社の幹部にそう伝え、入札に参加させようとした。ムンバイで仕事をしているのなら、この都市やその大気を浄化する発電所を建設する道義的責任があるとも訴えた。

彼らは数週間で入札の準備をする予定だった。入札に成功すれば、この都市もついに、ごみ山やその有毒ガス、そこに巣食う悪霊から解放される。

ファルザーナー（著者撮影）

一六　惨事

インドの独立記念日である二〇一六年八月一五日は、アーラムギールの息子フェイザーンの一歳の誕生日でもあった。ファルザーナーは自分の誕生日が過ぎるとすぐに、そのための貯金を始めていた。夕方になってあたりが薄暗くなると、ファルザーナーは毎年しているように、ファルハーと一緒に九〇フィート・ロードに立ち、バイク乗りたちが旗を振りながら通り抜けていくのを見守った。そして、彼らがばらまくチョコレートなどのお菓子を集め、通りに設置された拡声器から流れる愛国的な歌に身を浸したのちに、各家庭から小さく漏れてくる同じような歌を聞きながら、いつもの路地を歩いて帰った。

帰宅後ファルザーナーは、濃い緑の縁取りがついた白いレース編みの長いクルターに着替え、深紅の口紅を塗っておしろいをはたき、長いほつれ毛を後ろにピンで留めた。それから近所の写真屋に出かけ、フェイザーンを抱いて写真を撮った。若葉色のカーテンを背景に、幼児の丸々とした頬を指で突いているポーズの写真である。笑みを浮かべなければいけないというプレッシャーから、かえって二人とも、食い入るように見つめているような表情になってしまった。フラッシュがたかれると、フェイザーンはびっくりして泣きだした。

その翌朝、前夜からの雨は弱まっていたが、空は雲に覆われたままだった。ファルザーナーは目覚めると、明るい青のレギンスを穿き、鮮やかな緑のクルターの上に黒い上着を羽織り、頭に白い大きなハンカチを巻いた。そしてゴム長靴を抱え、グラスに半分ほど入っているお茶をゆっくりと飲んでいる両親に気づかれないようにこっそり家を脱け出すと、途中で姉の家に立ち寄り、ジェーハーナーと一緒にごみ山へと仕事に出かけた。午前一〇時の少し前で、太陽は灰色の雲の向こう側でゆっくりと空を移動していた。まだら模様の空だった。

火災のあと、市当局はジンガー（エビ塚）の奥の入り江に面した場所に、新たなごみ山をつくりつつあった。そこは、正式には「ループ・ワン（第一の塚）」と呼ばれていたが、くず拾いたちは「ニュー・ループ・ワン」と呼んでいた。そこにごみを空けに来るトラックは次第に増え、くず拾いたちはトラックを追って、次第に高くなるその斜面へと向かった。間もなく、その塚は滑りやすく不安定だという評判が立ったが、それでもくず拾いたちは仕事を続けた。やがてごみが締まり、がたがたの斜面も歩きやすくなるだろうと思っていた。

その朝は、いかにもまた土砂降りに見舞われそうな雲行きだった。ファルザーナーとジェーハーナーは、くず拾いができるいまのうちにごみを集めるなら、ニュー・ループ・ワンがいちばんいいだろうと考えた。二人が斜面を上っていくと、灰色の空を背景に、黄色とオレンジのブルドーザーやフォークリフトが断続的に騒々しい音を立てて作業をしているのが見えた。トラックはすでに到着しており、くず拾いたちが仕事をしている。そのなかには、ファルザーナーと同じような黒い上着を着ている者も数名いた。

　二人が見ていると、新たなトラックがゲートを潜《くぐ》り、市の事務所のそばを通り過ぎた。車体をきしませながらゆっくりと、ぬかるんだ坂道をこちらに向かってくる。トラックが平地に到着すると、くず拾いたちがそこに群がってきて、すぐに仕事を始める。ファルザーナーも耳にイヤホンを装着すると、ブルドーザーがやって来てごみを斜面に押し流してしまう前に、ごみの採取に取りかかった。やがて、ブルドーザーが平地をまた平らにするためバックで戻ってくると、ファルザーナーは音楽や機械のリズムに合わせて身を揺らしながら、その場を離れた。のちに彼女に聞いた話では、仕事中に聞いているのはいつも、これまでほとんど見たことがないヒンディー語の映画に使われている不倫の歌なのだという。この凝ったダンス・ミュージックに夢中で、空がごろごろ鳴っていても、見上げることはほとんどない。激しいごみの争奪戦のなかで一時間余りが過ぎると、袋はペットボトルでいっぱいになるが、ファルザーナーにはそれほど時間が経った気がしない。

　新たなトラックがやって来ては、くず拾いたちの争奪戦のなかに飛び込み、電線やどろどろの紙、どぎつい色の端切れ、野菜くずなどから成るごみのなかから、つぶれたペットボトルを見分け、それに絡みついたごみと一緒に袋に入れる。ファルザーナーは、もう少し集めたら家で仕分けをしようと思った。ジェーハーナーはすぐ近くで仕事をしている。そのとき、荷を空けたトラックがごみ山を下りていこうとして、泥道にはまり込んで動けなくなった。騒々しくエンジンを吹かし、何とか前へ進もうとしている。ファルザーナーはふと顔を上げ、奮闘しているトラックの姿を見たが、すぐにごみを集める作業に戻った。トラックは依然として立ち往生したままだった。

それからしばらくしてまた顔を上げると、斜面の下のほうにブルドーザーの姿が見えた。[1]平地へ向かおうと、バックで移動しながら斜面を上り、次第にファルザーナーのほうへ近づいてくる。だがくず拾いたちは気にすることなく、周囲でごみをかき集めている。ファルザーナーはもの憂げに運転手に手を振り、ごみを集める作業に戻った。

やがてまたブルドーザーのエンジン音が聞こえ、ファルザーナーは顔を上げた。ブルドーザーはいったん止まっていたが、また動きだし、後退しながら斜面を上り、彼女のほうへ向かってくる。数名のくず拾いが、その通り道からばらばらと離れていく。ファルザーナーも前へ一歩踏み出そうとすると、何かにつまずき、ぐちゃぐちゃのごみのなかに倒れ込んだ。驚いて足元を見ると、電線がくるぶしのところに絡みついている。足を地面に叩きつけて外そうとするが、電線はさらにきつく食い込むばかりだ。空中で足をよじっても、電線は離れようとしない。次第にブルドーザーが近づいてくる。ファルザーナーはその場に座り、足に絡みついた電線をほぐそうとするが、電線はいっこうに外れない。ブルドーザーはどんどん彼女のほうへ上ってくる。

ファルザーナーは足を気にしながら立ち上がり、自分が背後にいることを伝えようと、運転手に手を振った。電線にぶざまに足を引っ張られ、あやうくまた倒れそうになる。石を拾い上げて運転手に投げつけてみたが、そこまで届かない。バックするブルドーザーを止めようと声を張りあげたが、それでもブルドーザーはゆっくりと彼女に向かってくる。

間もなく平地にやって来るというのに、ファルザーナーはいまだ身動きできないでいた。大声をあげながら首を精一杯伸ばし、操縦席にいる運転手の視線を捕らえようとする。だがブルドーザーが近くまで来ると、運転手がイヤホンをつけているのが見えた。音楽を聞いているのなら、自分の声はまず届かない。ファルザーナーは狂ったように手を振った。ブルドーザーはさらに近づいてくる。運転手はサングラスをかけていた。これでは自分の姿も見えないかもしれない。

そのときファルザーナーは足を踏み外し、ぬかるんだごみ山の平地に倒れ込んだ。ハイダル・アリの話によれば、そのときシャイターンが娘にとりつき、娘を引き倒したのだという。そこへブルドーザーがやって来て、その場に横たわっていた彼女の左ももに乗りあげた。ファルザーナーは悲鳴をあげ、激しく体を揺らしながら、ブルドーザーの下から腹ばいに体を引きずり出そうとした。だがブルドーザーはそこでごみをすくい上げると、今度は前進を始めた。ファルザーナーはあまりの苦痛に再び倒れ伏した。

くず拾いのなかにも、運転手に身ぶり手ぶりで訴えたり、大声を張りあげたりする者がいた。ブルドーザーにひかれた黒い上着の人物が誰なのかわからず、さまざまな名前で呼びかけている。ブルドーザーが斜面を下りていくと、くず拾いたちは押しつぶされたのが誰なのかを確かめようとそばに寄った。だがブルドーザーは、斜面の下のほうにごみを捨てると、また後退しながら斜面を上ってきた。運転手には、その周囲で懸命に手を振る人々の姿がまるで見えていない。

ブルドーザーはゆっくり戻ってくると、またしてもファルザーナーをひいた。今回は体の左側全体、足元から胸に近いあたりまで乗りあげた。ジェーハーナーらくず拾いたちは必死に叫び、運転手の注意を引こうとした。すると運転手はようやく騒動に気づき、ブルドーザーを停止させた。まばらに口ひげを生やした、やせこけた若い男が操縦席から跳び降りてやって来ると、タイヤの下に血まみれの何かが見える。するとそのすぐ手前に、ファルザーナーのふくれあがった顔が現れた。それ以外の体の大半は、ブルドーザーの下にある。いまにも顔から飛び出しそうな二つの眼が、ぎょっとしたかのように運転手を見つめており、耳からも鼻からも血が滴っている。運転手はすぐに背を向けて逃げだした。数名のくず拾いが、斜面を駆け下りる運転手を追いかけたが、恐怖に駆られた運転手の逃げ足は速かった。間もなくそのくず拾いたちも追跡をあきらめ、ファルザーナーの様子を見に戻ってきた。

ジェーハーナーたちがファルザーナーを囲むようにうずくまっていた。肉片や血、泥だらけのごみがはねかかった、ふくれあがった顔や押しつぶされた体を静かに見つめている。容赦ないごみの争奪戦はいつの間にか中断されていた。くず拾いたちはどうすればいいのかわからなかった。やがてジェーハーナーの耳に、これはジャハーンギールの妹だと言っている人々の声が聞こえた。彼らはジャハーンギールを呼んだ。しばらく前に、その近くでごみを買い取っているジャハーンギールの姿を見ていたからだ。

市の職員が騒動を聞きつけ、事務所から出てくるのが見えると、ジェーハーナーもジャハーンギールを探しに行った。ジャハーンギールは最初、自分の名前を呼ぶジェーハーナーの声を聞いたとき、いちばん下の弟のラムザーンがまた学校を休み、ごみ山でよからぬことをしているのではないかと思った。ジェーハーナーの声がする上のほうへ向かうときも、ラムザーンを家に引きずり戻してむちを食らわせ、二度とごみ山に来させないようにしようと考えていたという。だがジェーハーナーのまわりには小さな人だかりができていた。停止したブルドーザーの下を見ると、押しつぶされて傷だらけになった人間の体がある。黒い上着の下から、晴れやかな緑と青の服がのぞいている。さらに近づくと、だらりと垂れ下がった肉片や突き出た骨、血の筋がついたふくれあがった顔が見えた。血が周囲のごみに浸み込んでいる。右手にはいまだに、ペットボトルが半分ほど詰まった袋が握られている。ジャハーンギールはようやく、それがファルザーナーだと気づいた。

ジャハーンギールは操縦席に乗り込むと、ブルドーザーをファルザーナーの上から移動させた。やがてごみをあさる鳥が舞い降りてきて、ファルザーナーの引き裂かれた体の上に影をつくった。彼女の体の内側にあるものがごみ山の上にこぼれ出していた。脚からはミルクのように白い腓骨《ひこつ》が飛び出し、ふくらんだ目や耳からは血が滴り落ちている。ジェーハーナーはどうすればいいかわからず、ただじっと見つめるばかりだった。

ジャハーンギールは、ごみ山からさほど遠くないシャタブディー市立病院（正式名称はパンディット・マダン・モハン・マルヴィヤ・シャタブディー病院）に連れていけとくず拾いたちから言われ、たったいまごみを空けたばかりのトラックを呼び止めた。そして友人たちの手を借りながら、負傷したファルザーナーを慎重に抱き上げると、運転室の後部座席にその体を横たえ、ごみ山のぬかるんだ道を抜け、幹線道路に向かうよう指示した。トラックが去った直後にサハーニーが現場の平地に到着したときには、ファルザーナーがごみの地面に押しつけられたときにできた体の形のくぼみがまだ残っていたという。

そのトラックにはジャハーンギールの友人も同乗していた。その友人は後部座席のファルザーナーを見やり、左腕からあふれ出る血や裂けた肉を見つめながら、「あの腕を見ろよ、ジャハーンギールの兄貴（Uska haath dekh Jehangir, bhai）」と言った。するとジャハーンギールは、顔をしかめてこう返した。「腕どころか全部だよ（Usko dekho）」

シャタブディー病院に到着すると、ジャハーンギールは外でそわそわと待っている病人たちをかき分け、ファルザーナーを載せたストレッチャーを押しながら、救急診療部へと通じる裏口から入った。何とか呼び止めた医師たちは、ファルザーナーの姿を見てたじろぎ、この患者が助かるとは思えず、こちらでは大したことはできないと伝えた。この病院には、これほどの重傷患者に対処できる設備がなかったのだ。そのためジャハーンギールに、サーヤン病院（正式名称はロクマニャ・ティラク総合病院）に連れていくよう勧めた。市内では最大の規模を誇り、利用者数もきわめて多い公立病院である。

ジャハーンギールは治療をなるべく早く始められるように、救急車での搬送を願い出た。医師たちは救急車を手配すると、搬送に向けてファルザーナーを緩く包帯でくるんでくれた。ジャハーンギールが外で、両親や救急車の到着、あるいは治療に必要なお金が届くのを待っている間、ファルザーナーの命は風前の灯火だった。

ジェーハーナーが帰宅して家族にことの顛末を伝えると、ハイダル・アリはシャイターンの仕業だと思った。シャイターンは何カ月も前からファルザーナーにつきまとい、ブルドーザーが迫ってきたまさにその瞬間にファルザーナーを捕らえ、つまずかせたのだ。そのときも「あいつは娘に害を及ぼすためにやって来て、いまそれを成し遂げたんだ(Vo uska nuksaan karne ke liye hi aaya tha)」と言ったという。友人や隣人から急いでお金をかき集め、シャタブディー病院に向かったが、そこへ着いたときにはまだ、ファルザーナーをサーヤン病院へ搬送する救急車が到着していなかった。ファルザーナーの家族や近所の人たちは一緒になって、病院の医師やスタッフを責めたてた。

ようやく救急車が到着しても、幹線道路は渋滞しており遅々として進まない。小雨のなか、午後の道路は渋滞していた。医師の言葉を聞いていたファルザーナーは、「私はもう助からない(Bhai mein bachoongi nahi)」とジャハーンギールにつぶやいた。呼吸が苦しそうだ。兄は、心配するな、心配するな、と繰り返していた。

サーヤン病院に到着すると、ジャハーンギールはストレッチャーを押して、混乱する救急診療部へと入っていった。医師たちはすぐさまファルザーナーの周囲にカーテンを引き、小さな診療室をつくると、酸素マスクを装着した。わずかな空気でも得ようと苦しそうに長い呼吸をしているところから見て、空気でふくらんでいた肺がブルドーザーに圧迫されて破裂していると思われたからだ。

左腕と左脚は、骨折や開いた傷だらけだった。左脚からは腓骨が突き出していた。左のももからは、黒く凝固した肉の塊があふれ出している。医師が記した診察記録によれば、右足のふくらはぎも負傷していたらしい。腕は左右両方とも数カ所で骨折していた。体内をスキャンしてみると、肝臓と腸が損傷を受けていることも明らかになった。腹部には内出血により血がたまっていた。背骨と骨盤も骨折している。記録を見るかぎり、ファルザーナーの体にまともな骨はほとんどなかった。

医師がファルザーナーの目に懐中電灯をかざしてみた。光をそばに寄せると、右目は光を追うが、左目は動かない。シャタブディー病院の医師がいちばん心配していたのは、打撲《だぼく》傷と挫傷のあるふくれあがった顔だった。脳がふくれあがっているか損傷を受けているのではないかと思われたが、あまりにひどい重傷のため、どこから手をつければいいのかもわからなかった。だがサーヤン病院の医師はまず、肋骨《ろっこつ》の間にチューブを差し込んで、漏れた空気を吸い出すとともに、脳のスキャンを指示した。

間もなく医師は、泥がはねた服のまま診察室の外で待っていた家族やくず拾いたちにこう説明した。希望はあまりないが、治療にはベストを尽くす。これからの三日間が命運を左右する。脳のふくらみが収まりさえすれば、ほかの損傷の治療を始められる、と。

あの火災が発生して以来、ジャハーンギールはガラス事業も縄張り事業も停止に追い込まれていた。それでも家に帰ると、医療費として預金していたお金をすべておろした。次いでシヴアジー・ナガルの警察署に出向き、ファルザーナーの事故に関する告訴状を提出した。

ほかの兄弟姉妹は、涙を流しながらファルザーナーを取り囲んでいた。彼女のそばに屈み込むと、ファルザーナーは繰り返し、もう長くは生きられないとつぶやいた。また、これまでにさまざまな迷惑をかけたことを、ささやくような声で詫びた。ヤースミーンとサハーニーは、彼女のために祈りを捧げると約束した。サハーニーはさらに、確信は持てなかったものの、「きっとよくなる（Tu theek ho jayegi）」と泣きながら耳元にささやき返した。

集中治療室の外の廊下は、泥だらけの服にぶかぶかのゴム長靴という姿の数百人ものくず拾いで埋まっていた。彼らが歩くと、病院の床に足跡が残った。そのなかには、隣人や友人もいれば、誰が治療を受けているのか知らない者もいた。というのは、誰も他人事とは思えなかったからだ。この人たちの生活は、ごみを空けるトラックと、そこにやって来てごみを運び去っていくブルドーザーとの間の一瞬のすき間にこそあった。ごみ山で働く人はみな、ファルザーナーが起こしたような事故を不安に思いながらも、その危険をあえて考えないようにしていた。だがこの事故により、そんな危険な瞬間の記憶が蘇ってきた。彼らは、トラックの下に潜り込み、動く車両に跳び乗り、ごみをすくいにやって来るブルドーザーやフォークリフトをよけながらごみを拾っていた。トラックの傾斜した荷台にしがみついたこともあれば、すんでのところでブルドーザーから身をかわしたこともある。なかには、指をつぶしてしまった者や、トラックが近づいてきたときに逃げ遅れ、足をひきずって歩かなければならなくなった者もいる。

彼らはファルザーナーの様子が知らされるのを待ちながら、そんな九死に一生を得た話や、これまで口にしなかった悪夢について語り合った。

やがて医師は輸血と静脈内投薬を始め、ファルザーナーの反応を待った。その日の夕方、警察官がファルザーナーの調書を作成するために病院へやって来た。だが、警察の告訴状に添付するために医師が提出した医療記録には、けがの大半が重傷と記されている。そこで警察官は、ファルザーナーの代わりにジャハーンギールやジェーハーナー、シャキマンに話を聞き、その調書を作成した。さらにほかの警察官が、ごみ山の現場の平地を訪れ、ファルザーナーがブルドーザーにひかれるところを目撃したくず拾いたちから話を聞いた。そして、軽率かつ不注意な運転を行ない、過失により重傷を負わせた罪により、運転手に対する訴追請求を行なった。これで有罪になれば、最高で数年の服役および運転免許の剝奪となる。

警察は、その日の朝ごみ山のゲートを通過した車両の登録情報から、ブルドーザーのナンバープレート情報を入手した。それによれば、運転手はモハンメド・ハシム・カーンという人物だった。その日に彼を見たくず拾いたちの話では、視線の鋭いやせ型の若い男らしい。この男は偶然にも、警察署が最近移転してきたばかりのある広大な複合施設の一画に暮らしていた。その複合施設の入り口にある白い高層ビルが、まるごと警察署だったのだ。そのビルはエレベーターが動かず、近くに食事のできる場所もなかった。だがそれまで使われていた低層の警察署はごみ山の近くにあり、雨季になると膝までたまる雨水やしつこい悪臭に悩まされていた。警察署はここへ移転したことで、これらの問題からすっかり解放された。

複数の警察官が、ぎっしりと立ち並ぶワンルームのアパートビルの間を通り抜け、ハシム・

カーンのアパートへ向かった。この複合施設は、ごみ山地区と幹線道路との間の広大な敷地を占めており、路地のぼろ家より一段上の生活を提供していた。そのため、ムンバイの歩道や線路沿いに広がるぼろ家の集落から、初めてのコンクリートづくりの家や、初めての正式な住所を求めてやって来る人々が絶えなかった。警察官が目的のアパートを訪ねると、ハシムの兄が応対に出た。兄の話では、ナンヘー（「かわいいやつ」を意味する。ハシムは家でそう呼ばれていた）はその日まだ仕事から帰ってきていないという。警察は捜索隊を編成し、一晩中ハシムを捜索した。ところが翌朝になると、ハシムが一人で警察署に出頭してきた。

警察官はハシムの証言を記録した。それによるとハシムは、五年前に生まれ故郷の村から出てきて兄夫婦と暮らしており、現在は二六歳で、数年前からごみ山でブルドーザーの運転手として働いているという。その日はふだんどおり午前七時に仕事を始め、午前中ずっとごみ山の斜面にごみを運んでいた。正午を少し過ぎたころ、すぐ近くの平地でトラックがごみを空け、坂道を下りていこうとすると、雨でぬかるんだ道にタイヤをとられた。そこでハシムはブルドーザーをバックさせ、トラックが立ち往生しないよう道を整地しておくことにした。

しばらくの間、泥やごみの運搬を続けていると、くず拾いたちが手を振ったり叫んだりしている姿がバックミラーに見えた。騒動に気づいてすぐにブルドーザーを停め、降りてみると、少女がブルドーザーの下敷きになっていた。その少女はイヤホンをしていたので、近づいてくるブルドーザーの音が聞こえなかったのだろう。だからくず拾いたちが少女に手を振り、警告していたにもかかわらず、少女はその場に留まり、くず拾いたちにも近づくブルドーザーにも反応しなかったのだと思う。自分はすぐに操縦席に戻ってブルドーザーを前に進め、少女の体の上から重機をどかした。

だが、くず拾いたちがあまりに怖かったので、そこからごみ山のゲートがあるところまで走って逃げると、市の事務所の外にある古いバンヤンノキの根元に腰を下ろした。この地区の土地を固めて湿地からごみ山にした、あのカチュラー列車の線路の終点にあった木である。だが、一階建ての小さな事務所のなかの様子はいつもどおりで、自分を探している人間は誰もいない。そのため一息ついてから帰宅した。そしていま、自ら事件を報告しにやって来たのだという。こうしてハシムは警察に逮捕された。

ごみ山では、くず拾いの仕事が中断されていた。病院で徹夜する者もいれば、恐怖や怒りで何もする気になれない者もいた。仕事に出かけたくず拾いたちも、熱心に巡回する警備員に追い払われた。高齢のくず拾いたちは、身分証明書を提供してくれる非営利団体のスタッフに事情を伝えた。それまで市当局は、ごみの後始末を彼らに任せておきながら、その存在に見て見ぬふりをしてきた。そんな市に、くず拾いたちは数年前から怒りをくすぶらせてきたが、このファルザーナーの事故をきっかけにその怒りが沸点に達した。くず拾いたちは抗議活動を計画し、市の担当者に面会を求めてこう訴えた。自分たちの誰もが、あのファルザーナーのように、あるいは自分たちが拾うごみのように、つぶされたとしてもおかしくはない、と。そして、運転手の処罰やファルザーナーの家族への補償、ごみ山で働くくず拾いの保護を求めた。

だが、この事故は市の土地で起きていた。そもそもファルザーナーは、そこに入ってはいけなかったのだ。市当局はまた、警察に告訴状を提出したジャハーンギールが、ごみ山の一部を私物化していたことも知っていた。ジャハーンギールは補償よりもむしろ、処罰を受ける立場にある。くず拾いたちは、公認されていない影の世界で暮らしている苦しい現実を認めざるを得なかった。彼らは一般市民ではなく侵入者なのだ。ファルザーナーは、ごみ山をうろつき、そこの悪霊に捕らわれ、そこに満ちたガスに毒された目に見えない人々の一人でしかない。廃棄された貴重品を探しているうちに、そこのごみと一緒につぶされてしまったが、その姿が見えることも、その声が聞こえることもない。

実際には、ごみ山に駐在していた市の職員も、ファルザーナーがブルドーザーに押しつぶされるのを目撃していた。この事故に関するメモが職員の日誌に記載されているという話を聞き、そのメモの閲覧を要求したが、市は何カ月経ってもそれを開示しようとしない。ナンへー（「かわいいやつ」）以外の誰も、ファルザーナーの事故に責任を負おうとはしなかった。

その翌日、ハシム・カーンは裁判所に出廷した。だが兄が保釈金を支払ったため、帰宅を認められた。くず拾いたちが聞いた話では、家庭を訪問しては電気関係の仕事をしている兄のアーザードが、保釈金となる二万ルピーのお金を借りたという。ハシムはそのお金を返済するため新たな仕事を探すと約束したが、警察はハシムを立件した。

そのころファルザーナーの家族は、人生でもっとも長い三日間が無事過ぎるのを祈りながら待っていた。ハイダル・アリは、マクドゥーム・シャー・バーバーの霊廟を囲む繊細な意匠を凝らした白い回廊に座って祈りを唱えると、バラを一本持ち帰り、集中治療室にいるファルザーナーの枕の下に置いた。ジェーハーナーはずっとファルザーナーの枕元にいた。ほかの人たちも、外で心配そうに待っていた。ファルザーナーのふくらんだ眼球を収縮させるため、看護師が点眼薬を垂らしていた。

くず拾いたちはファルザーナーの運命を知ろうと、混雑するサーヤン病院の廊下に毎日押し寄せた。そのなかには、モーハッラム・アリの妻ヤースミーンの姿もあった。彼女は、空調の効いた集中治療室の扉が開き、冷風とともに医師が出てくるたびに、胃のあたりに不快な圧迫感を覚えた。そのたびに、ファルザーナーが死んだことを伝えに来たのではないかと考えずにはいられなかったからだ。

一七　ナディーム

問題の三日が過ぎたあと、家族は医師から、ファルザーナーの頭部の損傷が治癒しつつあり、頭部をスキャンした結果も良好だとの報告を受けた。そのためこれから、患者の体をもう一度つなぎ合わせる根気のいる長い作業にとりかかるという。ハイダル・アリは、マクドゥーム・シャー・バーバーが生者の地に娘を引き戻すようとりなしてくれたのだと思った。

手術が続いた数日間、ファルザーナーは朦朧《もうろう》とした状態になり、意識の狭間を漂っていた。ふくれあがった目が徐々に収縮して眼窩《がんか》に収まり、まぶたに覆われ、鎮静剤による眠りが訪れたときだけ、痛ましいうめき声が消えた。だがあっという間に目覚め、また金属製の冷え冷えとしたベッドで苦しそうにうめくのだった。

ときにはふだんどおりの意識を回復することもあったようで、そんなときには友人の様子を尋ねたり、冷たい飲み物を求めたりした。しかしそれ以外のときは悲鳴をあげていることが多く、それを聞いていたジェーハーナーは、ファルザーナーが悪霊の世界に迷い込んでいるのではないかと思った。ファルザーナーの足を引っ張り、ブルドーザーの下に引きずり込んだあの悪霊が棲《す》む世界である。あるいはファルザーナーの傷ついた体を見て、ファルザーナーがすでに、自分にはたどり着けない黄泉《よみ》の世界に滑り込んでいるのではないかとも思った。ファルザーナーの体のなかで、生者の世界と死者の世界が闘っているかのようだ。ジェーハーナーはそう考えながら、絶えずファルザーナーの毛布を直してやった。

ファルザーナーの記憶によると、ときには手術室につながる緑色の長い廊下で目を覚まし、そこで手術室が空くのを待っていたという。恐怖のあまり泣きながら一人で何時間も待ち、やがて看護師が現れて病棟に連れ帰るという日々が続いた。手術室ではあまりに多くの手術が順番を待っていたからだ。ファルザーナーはこうして数日間、手術室の外で待ちぼうけを食わされたのち、ようやく手術室に入ることができた。手術から目覚めるたびに、体を包む包帯の量が増えていく。胸は添え木で固定されていた。左脚も腓骨を元に戻すため、添え木があてられている。そのためほとんど身動きができなかった。

手術を続けるため、ジャハーンギールは自分の貯金にも手をつけた。自分のごみビジネス、自分の縄張りでの稼ぎ、ジャーヴェード・クレーシーの仕事などで数年にわたり少しずつ貯めたお金である。それでもお金が足りなくなると、路地での成功の証でもあるモーターバイクを売った。あっという間に生活は苦しくなったが、ファルザーナーのことしか考えられなかった。これは、私がごみ山の周囲の路地を歩くようになって以来、何度も目にしてきた光景である。ごみ山の麓では、ごみが提供する気まぐれな幸運以外に頼るものが何もないなか、愛だけは強烈な輝きを放っていた。くず拾いたちの不安定な生活のなかでも、愛だけはほぼ不変だった。

ジャハーンギールのお金が底をつくと、ハイダル・アリはファルザーナーの枕元へ歩み寄り、彼女が身に着けていたイヤリングをそっと外して売りに出した。のちに私にこう語っている。「生きられないのなら金に何の価値がある？（Jab ladki hi nahi bachegi to sona leke kya karenge?）」

ごみ山では、一時的に仕事をやめたり、警備員に追い払われたりしていたごみ拾いたちが、ファルザーナーへの支援金を手に入れるため、および自分たちの存在をアピールするため、至るところで抗議活動を展開していた。近くに暮らす市政機関の職員が、ファルザーナーをひいたブルドーザーの所有者だという話を聞きつけると、その事務所の外で抗議のデモを行なったが、その職員はその場にいなかった。のちに、この職員はブルドーザーなど所有していなかったことが判明すると、くず拾いたちはまた新たな標的を見つけては抗議活動を継続した。彼らはこれまでの数十年間、市当局にとっても、警察にとっても、市街地の住民にとっても、トラックやブルドーザーにとっても、目に見えない存在でしかなかった。だが、一連の火災や警備の強化、そしてファルザーナーの事故により何かが変化していた。いまや彼らは、目に見える世界に戻るために闘っていた。その姿を見せるために闘っていた。姿を見せる相手とは、すぐそばにいながら彼らを避けてきた人々、くず拾いをひき殺す事故に責任を負うべき人々である。

そのころ市庁舎では、職員たちが悪戦苦闘していた。発電所建設スケジュール（オーカー判事が設定した最終期限に間に合わせるために作成された）では、入札説明会を二〇一六年九月に実施することになっている。[1] およそ二カ月後の一〇月下旬に予定されている最初の入札に向け、関心のある企業と打ち合わせを行ない、その提案を受け入れる場である。コンサルタントたちは以前、入札への参加は、大規模な廃棄物発電所を建設した経験を何年も積み重ねた企業だけに限定するべきだと提案していた。しかし、デオナールの発電所がインド最大の規模になるのなら、これまでにそれほどの規模の工場を建設した経験のある企業などどこにもない。すると八月から九月にかけて、市の職員が中国や韓国、ブラジルの会社の幹部と会談したという噂が流れた。その噂によれば、これらの企業がインドの会社と提携することになるという。

だが実際の説明会では、企業の幹部たちは口をそろえて、この工場もタットヴァの二の舞いになるのではないかとの懸念を訴えた。焼却するごみも、借地契約も、工場建設資金や市当局の支援もないまま、タットヴァのときと同じように、このプロジェクトも座礁してしまうのではないか、と。失敗した過去のプロジェクトの亡霊や、いまだ続く市当局との調停騒動がこの企画につきまとい、企業の関心を低下させていた。一方ごみ山でも、くず拾いたちの不満が高まっていた。ブルドーザーの所有会社《オーナー》を探していた彼らは、やがてそれを見つけたが、その会社はハイダル・アリにこう言うだけだった。そもそもファルザーナーはごみ山に入ってはいけなかった。それに、ブルドーザーは家ほどの大きさがあるというのに、それが近づいてきたときになぜファルザーナーは逃げなかったのか？　頭がおかしいのではないか、と。確かにくず拾いたちは、彼女の頭がおかしいという噂を耳にしていた。

サハーニーが聞いたところによると、複数の所有会社が市の担当者に、ブルドーザーにひかれた人間に補償を支払わなければならないのなら、ごみ山での仕事はもう引き受けないと主張したらしい。これまでのように市街地から来るごみ収集車を受け入れ、そのごみをごみ山に圧縮する作業を進めるためには、ブルドーザーを稼働させ続けなければならないことを知っていたのだ。それらの会社は市の担当者に、これはわれわれの問題ではないとまで告げたという。市当局は非公式に、ブルドーザーの所有会社がシェイク家にファルザーナーの治療費をいくらか支払ったと述べたが、ハイダル・アリはこれは否定している。

ハイダル・アリはやがて、病院での付き添いをジェーハーナーに任せ、ほかの家族はファルザーナーの治療費を稼ぐため仕事に戻すことにした。それでも自分は相変わらず病院に居座っていた。だが、娘の傷ついた体を見ては泣いてばかりいるので、間もなくジェーハーナーに病院から追い出されてしまった。

何度目かの手術ののち、ファルザーナーは痛みで意識が朦朧とするなか、集中治療室からE病棟へ移った。病棟には女性の患者が三〇人以上おり、その病気のにおいが充満していた。ジェーハーナーはその患者の姿を見て、冷ややかに「ぞっとする（bhayanak）」と述べていた。みな、事故で負傷したり火傷を負ったりした患者だ。

とはいえ、ファルザーナーのように悲鳴をあげる者は誰もいなかった。ファルザーナーは、医師が数日おきに朝の回診にやって来て包帯を替え、傷の手当てをするたびに悲鳴をあげた。長いガーゼの包帯がほどかれ、かろうじてつなぎ合わされたファルザーナーのピンク色の肉があらわになると、ジェーハーナーは目を背けた。医師は傷口が乾燥しているかどうかを確認すると、何かの粉を振りかけ、軟膏《なんこう》を塗り、新たな包帯を巻いた。ジェーハーナーはあの手当ての日々について、口を歪めて笑いながらこう回想している。「部屋の患者全員の目や耳が、ファルザーナーに向けられているようだった（Poora kamra sar pe utha leti thi）」

医師が去ると、ファルザーナーはたいてい疲れたように深い眠りに落ちた。ジェーハーナーはその間に薬を取りに行ったり、検査結果を聞きに行ったりした。ほかの患者の家族と話をすると、なぜファルザーナーはあんなに包帯をぐるぐる巻きにされているのかと尋ねられもした。そして睡魔が襲ってくる夜になると、決まってファルザーナーが目覚め、痛みにうめくのだった。ジェーハーナーはやせていて地味な存在ではあったが、九人きょうだいの最年長であり、六人の子どもの母親でもあったため、力強い雰囲気も備えていた。ごみ山ではよく、怖れを知らず抑えのきかないファルザーナーを、わずかばかりの言葉で制していた。だがこの病院では、暗い病棟でうめいたり悲鳴をあげたりするファルザーナーを見守ることしかできなかった。いつものように、ファルザーナーを我に返らせることは彼女にもできなかった。

のちに語ってくれたところによると、ジェーハーナーは当初、ファルザーナーがブルドーザーにひかれ、ようやく悪霊から解放されたと思っていた。だが、その後の終わりの見えない夜を経験するにつれ、シャイターンがいまだファルザーナーのなかで悪さをしているのではないかと考えるようになった。病棟の灯りが消えると、ファルザーナーの周囲にもやが流れているような気がした。それに、こんなことがあった。ファルザーナーが眠ろうと目を閉じると、あの日の朝、雲に覆われた灰色のごみ山の上で、ブルドーザーの後ろにいる自分の姿が見えたらしい。彼女は、運転手にバックをやめるよう訴え、後ろを見てと叫んでいる。

近づいてくるブルドーザーを遠ざけてくれるよう母親にも神にも呼びかけてみたが、それでも迫ってくるブルドーザーを見て、全身に汗が噴き出す。ファルザーナーはそんなさなかに、リヤーズという人物の名前を叫んだことがあった。ジェーハーナーはそれを聞いて、ファルザーナーが自分の目には見えない誰かを見ているのではないか、彼女のなかに巣食う悪霊が、彼女の眠れない目を通じて誰かを見て、語りかけているのではないかと思った。ファルザーナーがのどの渇きを訴えるので、ジェーハーナーがビニール製の容器に入ったフルーツジュースをもらってくると、ファルザーナーはその冷たいジュースをむさぼるように飲んだ。そして、長い手足を折り曲げるのに苦労しながら、留め具や傷を引っ張ることのないよう注意しながら眠った。間違った方向に体を曲げたり、あまりに素早く体を動かしたりすると、痛みのあまり何時間もうめき続けることになる。ジェーハーナーは床に敷いたシーツの上で寝ながらそっと涙を流し、ファルザーナーに眠りが訪れるのを待ったが、妹が眠りにつくのはいつも夜明けごろだった。

ある日の午後、ジェーハーナーのすぐ下の妹サハーニーが面会にやって来た。ファルザーナーが眠っている間に二人が世間話を交わしていたとき、ジェーハーナーはふと、リヤーズという人物を知っているかとサハーニーに尋ねてみた。するとサハーニーはこんな話をしてくれた。自分たちが暮らしているあの路地に以前、リヤーズ・シェイクという同じぐらいの年齢の少年がいた。父親が手をけがしてもう働くことができなくなると、学校をやめてごみ山へ働きに出るようになったが、ここ数年は姿を見ていないという。

サハーニーが帰ったあとジェーハーナーが様子をうかがうと、ファルザーナーはすでに目を覚ましていた。そこで尋ねてみると、眠っている間にリヤーズに呼びかけたことも、ブルドーザーの運転手に叫んだことも覚えていないという。だが、リヤーズについて詳しい話を教えてくれた。リヤーズを知ったのは、自分がごみ山の斜面で一日中過ごすようになる数年前のことだという。彼もまた、毎日午後にやって来てはごみを拾い、たいていはほかのごみ拾いが帰ったあともそこに残って仕事をしていた。

だが二〇〇九年八月のある嵐の朝、姉妹で一緒に斜面を上っていくと、ごみ山のある頂のあたりに小さな人だかりが見えた。くず拾いたちが、ほとんど膝まで泥に浸かり、雨に打たれながら立ち尽くしている。ジェーハーナーとファルザーナーがそばまで行って見ると、リヤーズがごみの地面に押しつけられ横たわっていた。顔も体もぺしゃんこにつぶれ、その上に太いタイヤの跡がある。市が雨季の間に使用している特大のブルドーザーが、リヤーズをひいていったのだろう。くず拾いたちはリヤーズをラージャワディ病院に連れていったが、病院に到着したころにはすでに体が冷たく、死んでからかなりの時間が経っていた。おそらく夜の間ずっと、雨に打たれながらごみのなかに横たわっていたのだ。

ファルザーナーの聞いた話では、彼の母親シャキールがその朝ずっと、ぬかるんだ斜面を歩きながら息子を探していたという。きっとリヤーズは、十分なごみを見つけられないうちに暗くなってしまったので、夜どおしそこにいたのだろう。そして、ごみ拾いにも疲れ、空のごみ袋を持って帰る気にもなれず、ホテルから貴重なごみを満載してやって来るトラックを待とうと、斜面で寝ていたに違いない。そこで母親はくず拾いたちに、ごみのなかで寝ている息子を見かけなかったかと尋ねてまわった。息子は茶色のズボンを穿いていたから、泥だらけの斜面に溶け込んでしまっているかもしれない。やがて、茶色のズボン姿の誰かが病院に運ばれたという話を聞き、母親は病院へ向かった。死亡診断書には事故死とあった。つまりあのとき、ファルザーナーの目に、その日の灰色の朝の光景が浮かんだのだ。眠ろうとしたときに、ぺしゃんこにつぶされ、顔にタイヤの跡がついたリヤーズの姿が見えたのだ。ファルザーナーはそうジェーハーナーに告げた。

リヤーズの父親はそれからの数カ月間、一日中息子の墓のそばに座っていた。母親もバンジャーラー・ガッリーをさまようように歩いていた。二〇一三年に私が初めて会ったころも、半ば死んでいるかのようであり、幽霊のようにやせ細り、いつも涙で顔を濡らし、小さな店を維持するためローンを組みに来るとき以外に路地を離れることはなかった。生まれ故郷の村で結婚式があったときや、母親が病気になって死んだときでさえ、路地から離れたことはない。「ここに息子を残していけないだろ？（Usko yahaan chod ke kaise jaoon?）」。そのころ彼女は私にこう語っていたが、死後一〇年が過ぎてもこう言っていた。「息子が私を探しに来たらどうする？（Mujhe dhoodne aaya to?）」。リヤーズは、ファルザーナーの心からも離れることはなかったようだ。

ファルザーナーが生者の世界と死者の世界との間を苦しそうにさまよっている間、ジェーハーナーは心労の重なる看病を続けた。そんな日々が続くなか、毎日夕暮れどきになると、アーラムギールの友人の一人が、外で輝きを失いつつある黄金の太陽よりもやや淡い色の髪をきらめかせながら、病棟へと面会にやって来た。くず拾いたちの人だかりはまばらになっていたが、それでもこの青年だけは毎日やって来た。そのためジェーハーナーはよく、鎮静剤を取りに行ってもらったり、ファルザーナーの頭を枕に載せる手伝いをさせたりしていた。青年は頭の両側を刈り上げることで、上部の髪のふくらみを大きく見せ、身長を数センチメートル高く見せようとしていた。そして、足りない身長や昼間の不在を埋め合わせでもするかのように、大股でせわしげに病室に入ってくるのだった。

この青年は、ファルザーナーの影法師になった。包帯を巻かれて動かせない彼女の腕となり、食事を口元へ運び、眠れるまで頭や腫れた脚をマッサージした。痛みでうめき声をあげることのないよう優しく包帯を直した。また、まだ砕けたままの脚となり、飲み水や毛布を持ってきた。そしてベッドの上に座り、ファルザーナーに何ごとかをそっと耳打ちした。ジェーハーナーにはその内容は聞こえなかったが、そんな折にはファルザーナーの顔に弱々しい笑みが浮かぶこともあった。

路地の住人が病院の廊下にあふれていた最初のころ、この青年はくず拾いの群衆のなかにいた。顔を知っている路地の住人の大半がそこにいたので、そのころはジェーハーナーも、ジャハーンギールやアーラムギールの姿を探しながらそばを通っても、青年の存在にほとんど気づかなかった。だがやがてファルザーナーが病棟に移ると、最初はアーラムギールの友人として、アーラムギールと一緒に現れるようになり、その後一人でやって来るようになった。

毎日太陽の光が色あせ、電灯がつくころになると、ファルザーナーはベッドの上でそわそわと身を動かし始める。すると仕事で泥だらけになった青年が、髪のふくらみを揺らし、額《ひたい》に垂れかかった髪で顔に金色の縞模様をつくりながら、ファルザーナーのベッド脇に座る。そして二人で、ささやかな口論や話を始める。ジェーハーナーは、自分がそこにいていいのかよくわからなかったが、青年は自ら進んで、なくなった薬や食堂のジュースを取ってきてくれた。そのため次第にファルザーナーの看病を青年に任せ、自分はベッド脇から離れてしばらく休憩させてもらうようになった。

ジェーハーナーが病室の外の廊下を歩いていると、夜勤の看護師がベッドのシーツやウールのナイトキャップを抱えながら、忙しそうに通り過ぎていく。ジェーハーナーはその日初めて自分の子どもたちのことを考え、その食事の心配をした。ここ数年は夕方になるといつも、子どもたちのために食料をかき集めることばかりを考えていた。だがいまは、そんなことをほとんど考えない。ジェーハーナーもかつては夫を働かせようとしたことがあった。だがごみ山の周囲にはカードゲームやゴシップ、アルコールやドラッグがつきものであり、夫はそのような場でありもしない疑惑や嘘を吹き込まれ、ジェーハーナーに食ってかかる一方だった。ジェーハーナーがいつもほかの誰かと一緒にいると思い込んでいたのだ。夫は散発的にトラックを追いかけ、自分のへそくりのためにお金を稼ぐだけだった。あるいは、ごみのなかから宝石色のびんに入ったアルコールを注意深く探し出し、夜遅くまでごみ山の平地に残っては、そこで酸っぽくなった残りかすを飲み干していた。

夫は、髪をジェルで後ろになでつけ、目をコールで縁取ったやせこけた友人たちと一緒に、ごみ山の上に遺棄された小屋を占拠していた。以前にファルザーナーたちが干からびたヤシの葉でつくり、パーティを開いていたあの即席の小屋である。ときどき私がごみ山を歩いていると、そんな暗い小屋のなかに、光沢のあるごわごわした髪や、ぼんやりとこちらを見つめるとろんとした目が並んでいるのを見かけることがあった。ふと遠方に生気のない彼らの姿を見かけると、日差しのなかでも背筋がぞくっとした。彼らは、そんな酩酊《めいてい》状態のなかで心身を萎縮させると同時に疑念をふくらませ、逆上や暴力の発作を起こした。そしてそのすべてを、身近な女性たちにぶちまけた。

ジェーハーナーは家計を維持しようとくず拾いに出かけたが、逆上した夫に何度も家に連れ戻された。自分が家を出ないよう夫が外で見張っているなか、何も置いていないコンロのそばで夕飯を考えなければならない長い夜のことを思うと、涙があふれ出た。やがて子どもたちから、ポテトチップスやビスケットを買うおこづかいをせがまれるようになったが、おこづかいならハイダル・アリの家でもらえと言うほかなかった。

そのためジェーハーナーは、ファルザーナーの看病で眠れないつらい日々を過ごしながらも、それにより家庭での食事に絶えずつきまとってきた不安から解放された。ファルザーナーの事故により、家庭問題以外に考えなければならないことが生まれ、そのおかげでそれまでの苦しみが和らいだのだ。ジェーハーナーは廊下を歩きながら、ファルザーナーがうめき声や悲鳴をあげる終わりのない夜のことを考えた。すると、ファルザーナーが夜のうわ言のなかで、「気の合った友」を意味する「ナディーム」という言葉を最近よく口にするようになったことに気づいた。それは、ファルザーナーの世話に毎日訪れる、金色の髪のふくらみで身長を高く見せているあの小柄な青年の名前でもあった。ファルザーナーの影法師となり、その手足となっていた青年である。

ナディームはやがて、毎晩シャキマンが料理した夕食を持ってくるようになった。だがファルザーナーは、それを見ただけで吐き気を催した。そこでジェーハーナーが、それなら自分が食べると言うと、ほとんど手をつけていない夕食をめぐって、二人の姉妹の間で口論になった。ナディームはその間に入って口論をしずめると、夕食を小さな塊に分けてファルザーナーに与えた。すると、数週間にわたり食事を見るだけで吐き気を催していたファルザーナーも、次第に抵抗を覚えなくなった。そうなるとある日突然、スパイスのきいた料理が食べたいと言いだした。そこでナディームはある晩、自分の家の夕食を持ってやって来た。母親にサーラン(saalan)をつくってもらったのだという。こってりとした羊肉のカレーである。

ナディームの訪問が遅れると、ファルザーナーは弱々しくすねて見せた。そんな日には、ナディームは一晩中彼女のそばに座り、彼女がうめくのを見守り、寝返りするのに手を貸し、眠れるまで小声で話し相手をした。ファルザーナーはほんのささいな動きでも、痛みで悲鳴をあげた。そして日の出の少し前にようやく眠りにつくと、ナディームはそのまま仕事に出かけていった。夜明けとともにごみ収集車に乗り込み、明るくなりつつある市内を巡回して各地域のごみを積み、ごみ山まで運んでいく仕事である。

一八　約束

ファルザーナーは二〇一六年九月下旬、雨季が終わるころに自宅に戻った。間もなく、焼けつくように暑い夏の太陽が戻り、温かく乾いた風が荒れ狂い、それが塵を吹き上げ、ごみ山の上にもやを生み出す。この風が、太陽の熱やごみ山のガスと作用して、再び火災を引き起こすおそれがある。そのため、塵にかすんだごみ山の斜面に、軍関係者が姿を見せるようになった。彼らは、ごみ山地区の取り締まりのため新たに設置された監視塔の上に立ち、その麓のあたりを双眼鏡で見張っていた。

ごみ山の麓に帰ってきたとはいえ、ファルザーナーの体はいまだかろうじてつなぎ合わされている程度に過ぎなかった。退院の日には、ジャハーンギールとアーラムギールが慎重に抱きかかえてこの細長い路地を運んでいき、家の床にそっと横たえた。それまでに医師の手術は終わっていたが、ファルザーナーの傷がまだほとんど癒えないうちに、治療費が底をついてしまった。そのため高額な費用や苦労を伴う通院もあきらめ、ヤースミーンとラキラーが家で包帯を替えることにした。ファルザーナーはいまだに、近所まで届くほどの悲鳴をあげた。シャキマンは娘の上に屈み込むように座り、路地で遊んでいるうちに迷い込んできた子どもたちを追い払った。子どもたちがクリケットやサッカーのボールを探しにやって来たり、ファルザーナーのいまだ癒えない手足をのぞきに来たりしていたのだ。

九月から一〇月にかけて、市の担当者は入札の可能性のある企業に、ごみ山の状況を改善して有害なガスを削減する計画を提示した。企業からの提案を聞き、それに従って計画を調整するとの申し出も行なった。だがこうした説明会の場には、タットヴァとのトラブルやその後の裁判沙汰が影を落としていた。火災を頻発させ、闇のくず拾いたちが斜面をうろつきまわり、汚れた過去を持つこの地区の再生を引き受けてくれる企業があるのか？　この地区の改善などできるのか？　市の担当者はそんな不安を抱いていた。

入札を始める日が近づくにつれ、それに対抗するかのように火災の不安も高まってきた。そのため数日前には市が、マハーラーシュトラ州治安部隊（MSSF; Maharashtra State Security Force）の出動を要請した。警察による訓練を受け、軍事施設や企業、富裕層の警備にあたる特殊部隊である。その目的は、ごみ山の保護にあった。

ハイダル・アリはごみ山の壁のそばに立ち、新たな警備員たちの活動を見守った。戦闘服に身を包み、野球帽をかぶり、サングラスをした彼らは、これまでごみ山を警備していた誰よりも大きく見える。ハイダル・アリは午後の日差しに目を細めながら、そんな彼らの巡回スケジュールの裏をかく方法を考えた。彼らはいつ昼休みをとるのか？　ごみ山の奥のほうの外縁まで巡回に行くときがあるのなら、その間にこっそり忍び込めないか？　シフトはいつ終わるのか？　だが、いつでも誰かが見張っているように見えた。新たな警備員たちは、ごみ山から過去の亡霊や火災、侵入者を排除し、新たな企業に引き継ぐ準備をしていた。

　ある晩遅く、ハイダル・アリが新たな警備員のすきのない巡回活動の追跡を終えて帰宅すると、ファルザーナーが立っていた。彼女が立てるように、ぎこちないながら数歩でも歩けるようにと家族が探してきた杖は、床の上に転がっている。代わりに彼女を支えていたのはナディームだった。ハイダル・アリはごみ山へ歩いていく道すがら、近所の住人がファルザーナーの話をするのを耳にしていた。あの娘はこれからずっと障害を負ったままなのか？　いずれ治るのか？　そして大半の人々がこう言っていた。あの娘と結婚する男がいるのか？　子どもを産めるのか？　骨がすべて砕けるほどの死の淵《ふち》から生還したと聞いたが、彼女の人生もそうなるのか？　ハイダル・アリはこの数カ月間、ナディームを避けてきた。この男がファルザーナーに会いに来る妥当な理由など何一つなかった。ファルザーナーはすでに、悪霊にとりつかれ、ブルドーザーにひかれ、死の瀬戸際にまで追い込まれていた。そのうえ、身内でもない者が夜な夜な訪れるとなれば、結婚の見込みがすっかり絶たれてしまう。それでもナディームは、ファルザーナーに再び命を吹き込みつつあった。

　その夜ハイダル・アリは、ナディームについてもっとよく知る必要があると考え、眠っているファルザーナーのそばで寝そべっていたアーラムギールを外へ呼び出した。アーラムギールが眠そうな様子でよろめきながら外に出てくると、ナディームも一緒に出てきて家へと帰っていった。アーラムギールの話によると、ナディームはパドマ・ナガルの住人だった。ハスが生い茂る湿地につくられた、ごみ山を囲む居住区の端にある地区である。父親は石工をしており、市街地がデオナール方面へ延びてきたころにはかなりの稼ぎがあった。そのためしばらくは、ごみ山の麓に暮らしながら、ごみとは縁のない生活をしていた。ナディームもその兄弟たちも、近所にある私立の英語学校に通っていたほどである。だが末っ子の娘が、心臓病を持って生まれてきた。複数の市立病院で治療を受けさせたが、やがて耳も聞こえず、口もきけないことが明らかになった。こうして借金がかさみ、やがて子どもたちが学校を休んでごみ山へ働きに出かけるようになると、当初は父親もそこから連れ戻していた。だがお金の工面ができず、しばらくすると子どもたちを市立の学校へ移した。その後間もなく子どもたちは学校を中退し、それ以来ずっとごみ山で働いているという。

ナディームの父親はがんを患い、二〇一六年四月にこの世を去った。その数日後ナディームは、治療費にあてた借金を返済するため、ごみ収集車に同乗してごみを回収する仕事を始めた。アーラムギールが運転するトラックに同乗することが多かった。二人は、市街地に夜明けの光が差し込むころに、誰もいない通りを走り抜けていった。徐々にごみが増えていくトラックから立ち上る悪臭も、早朝の微風が吹き払ってくれるためほとんど気にならない。二人はまず、郊外地区の中心地であるクルラーを巡回して、自動車修理工場や部品販売店が無数に並ぶ地区から出る汚れた廃棄物を積み込む。さらに、市内の靴屋から出る安手のゴム底の切れ端や、水生生物のペットショップから出る魚のエサを回収する。そして、街の低い地平線から立ち現れるショッピングモールや、湿地の向こう側から伸びている高層建築物を眺めながら、新たにできた光り輝く金融街を通過する。サーキー・ナーカーからポーヴァイーへ向かうと、湖畔《こはん》に並んでいた低層の家屋が、分譲マンションやコールセンター、IT系のスタートアップ企業、淡い照明のコーヒーショップへと代わっていく。ナディームはこうした仕事の合間に、自分やアーラムギールが売れるごみを確保した。アーラムギールが車を運転しているときには、身を乗り出してその様子を観察した。こうしてクルラーの旧市街やポーヴァイー地区のごみを回収してデオナールのごみ山へ運んでいく間に、二人は友人になった。

アーラムギールは、もやに覆われたごみ山の遠くの端まで曲がりくねった道を進んでいくため、昼間からヘッドライトをつけっぱなしにしていた。もやのなかから近づいてくるトラックにこちらの存在を気づかせるため、クラクションさえ鳴らしっぱなしだった。あの火災は、ごみ山での暮らしに壊滅的な打撃を与えていた。新たなごみが古いごみの上に捨てられると、たちまち黒焦げになった。だが燃えた層の下から、それまで隠れていた宝物が姿を現すこともある。そのころナディームは初めて、自分のトラックが空けたごみからペットボトルやガラス、電線を回収している、ほっそりとした背の高い少女を見かけた。その少女は美しかったが、ごみの奪い合いに忙しく、こちらに注意を向けることは一切ない。友人に尋ねてみるとこう言われた。それはきっとファルザーナーだよ。ジャハーンギールとアーラムギールの妹さ。いままで知らなかったのかい？

ジャハーンギールはジャーヴェード・クレーシーの仲間で、疲れ知らずの行動力と独特の舌足らずな口調でごみ山での地位を高めている。また、ナディームがいずれごみ収集車を運転する仕事につくつもりであれば、アーラムギールから運転技術を教えてもらわなければならない。そのためこの兄弟のどちらとも、もめごとを起こすわけにはいかないのだが、ファルザーナーはそのもめごとの原因になりかねない。それでもナディームは、この兄弟がそばにいないときには、ファルザーナーがごみの奪い合いに混じり、その人ごみのなかへ消えていくのを見守っていた。

ある日の午後、ナディームのトラックがごみを空け、市街地へ戻ろうと曲がりくねった坂道をゆっくり下っていると、眼下にファルハーと並んで立っているファルザーナーの姿を見つけた。そこで二人のそばにトラックを停めてもらい、乗せていってあげようかと声をかけた。ファルザーナーはすぐに、その青年がアーラムギールの友人だと気づいた。いつも半分開けたシャツから明るい色のメッシュのベストをのぞかせている、髪の長い若者である。だが、市の事務所の近くにあるカーターショップにごみを売りに行くというファルザーナーとファルハーを後部座席に乗せてしまうと、それ以上会話が続かない。姉妹はそばを通り過ぎていくごみの山をながめている。そのときは、二人を降ろしてそのまま別れた。

だが、それ以来ナディームは、ごみ山の平地でファルザーナーがこちらを見ているような気がしてならなかった。ある日の午後には、こちらを見ながら友人に話しかけ、何やらくすくす笑っている。ナディームの真っ直ぐに伸びた長い髪を指差しているようだ。その髪がどこか、感電死でもしたかのように見えるという。それを聞いてナディームはがっかりした。その数日後、トラックに乗って平地にやって来たナディームの髪型は、サイドを刈り上げ、上部にふくらみをもたせたものに変わっていた。ファルザーナーはそれを見て、それでいいと言うように大きくうなずくと、くるりと背を向け、そのトラックから放出されるごみのシャワーのなかへと潜り込んでいった。

そこでナディームは、同じ仕事をしている友人に頼んで、平地でごみを拾っているファルザーナーにこう尋ねてもらった。ナディームという友人があなたのことを好きだと言っているが、あなたは彼のことをどう思っているのか、と。するとファルザーナーは「考えてみる(Sochoongi)」と答え、ごみを袋に詰める作業に戻っていくと、ナディームのそばで行なわれているごみの争奪戦に潜り込んだまま出てこなくなってしまった。彼女はその後、その日の売り上げでチャイニーズベルを買った。ぱりぱりに揚げた麺を千切りにしたキャベツと混ぜ、辛いソースやインドのスパイスを絡めた料理である。舌をオレンジに染め、涙目になりながら、東洋の二つの文化を混ぜ合わせたこの料理を食べている間、ファルハーは何度もファルザーナーを小突いた。ナディームが二人の後ろ、道の向こう側に立っていたからだ。ファルザーナーはその視線が自分に注がれているのを感じていた。

やがて、ファルザーナーがどこにいようと電話がかかってくるようになった。家にいるときには、ジャハーンギールやアーラムギールに見つからないようその日に拾ったごみを仕分けしながら、ごみ山で拾って修理した電話をファルハーのかばんから取り出し、ナディームからの着信をチェックしては、それをまた隠しておいた。ときには、呼び出し音が鳴っている電話をファルハーが押しつけてくることもあった。ファルザーナーはそれを受け取ると、少しの間うきうきした様子で話をして電話を切った。こうしてナディームが気持ちを尋ねてから数週間が過ぎたころ、ファルザーナーは彼からの電話を取り、自分もあなたのことが好きだと伝えた。

ごみ山は燃え立ち、いまだごみ山地区を煙が覆っていた。斜面の上をドローンが飛び交い、テレビの取材班がやって来た。すると間もなく、ごみ山が門戸を閉ざし始めた。ファルザーナーが平地で待っていても、ナディームのトラックはムルンドのごみ山に向かうことが多くなった。また、ファルザーナーが警備員に追われて家に帰されたあとに、ナディームが彼女を探しに平地にやって来る場合もあった。二人は、ますます少なくなる出会いの機会を求めて懸命に努力を重ねた。ファルザーナーは、炎が上がっていても、煙に覆われていても、整備員に囲まれていても、ごみ山に出かけようとした。熱に浮かされたようなその姿を見てシャキマンは、シャイターンが娘にとりついたのだと思った。そのため腕は護符だらけになった。だが何をしてもファルザーナーを家に留めておくことはできなかった。

そのころになるとナディームは、夜ごとアーラムギールのカーターショップに出かけ、ごみの整理や計量、くず拾いたちへの支払いなどを手伝うようになっていた。だが火災により仕事は減っており、手伝うこともあまりない。そのため早々に店を閉め、アーラムギールの家に場を移して雑談をしていた。そんなとき、ファルザーナーはたいてい二人を無視してうろうろしていたが、時折口を突っ込むこともあった。警備員や殴られた友人、賄賂を払ってごみ山に入れてもらい夜に仕事をしているくず拾いについて、二人が話していることは間違っている。トラックの運転手にくず拾いの何がわかるのか、と。

だがごみ山の平地でうまく出会えたときには、二人は煙に隠れ、人目を忍んで散歩をした。そんなときには、太陽の暑熱《しょねつ》でファルザーナーの口はからからに干上がり、くすぶり続けるごみにより足の裏は火傷を負い、皮がめくれた。煙のせいで咳が止まらず、のどや胸がひりひりした。そのためナディームはやがて、彼女のために水の入ったペットボトルを持参するようになった。

ある日の午後、ナディームがごみ山にやって来ると、ファルザーナーが透明なビニールの小袋を持って待っていた。ナディームはまず、表情を輝かせている彼女の笑顔を見上げ、次いでその袋をいぶかしげに眺めた。そこには、ナディームへの贈り物が入っていた。生の米粒一つである。ファルザーナーは「よく見て（Dhyan se dekh）」と言い、「もっと（Zyada）」と繰り返した。ハージー・アリの霊廟で米粒の上に二人の名前を書いてもらったのだ。ナディームとファルザーナーは、この米粒の上で永久に結ばれていた。

ファルザーナーの一八回目の誕生日が過ぎると、雨が炎や煙を追い払い、ごみ山が雨を含んで再びふくらみ始めた。成人したファルザーナーは、家族全員が寝静まったあと、携帯電話が放つ光のなかでナディームに電話をかけ、両親に会って結婚の話をするよう急かした。そのころにはすでに両親が、娘の結婚相手を探し始めていた。それにファルザーナーは、ミーラー・ダータールの霊廟に緑の腕輪を奉納している。ナディームがすぐ両親に会いに来なければ、誰かほかの人と結婚させられてしまう。そう言うとナディームはファルザーナーの家にやって来たが、両親やジャハーンギールと話すのを避けている。というのもナディーム自身は、運転免許を取得し、新たな仕事につく日を待ったほうがいいと思っていたからだ。そうすれば、兄二人も認めてくれるに違いない。ファルザーナーはぐっすり眠ることができず、夜明け前には仕事に出かけた。

アーラムギールの妻ヤースミーンは、すでに二人の関係に気づいていた。ある日の午後には、いつも自分たちの家にいるあの小柄な青年について間接的に尋ねてみようと、ファルザーナーにこんなことを言ったりもした。「あの人の鼻って、パコーラー〔インド風の野菜の天ぷら〕の揚げ団子みたいね（Naak to uski pakode jaisi hai)」。アーラムギールにも尋ねてみようとしたがうまくいかず、ナディームはごみ収集車の仕事を始めたばかりであり、これから運転を覚えないといけないと言うだけだった。ファルザーナーに直接、ナディームはあなたのことが好きなのかと尋ねても、返事を引き出せない。鼻にしわを寄せて、「あの人じゃ、あなたには背が低すぎるよ（Naata hai vo)」とも言ってみた。ファルザーナーは六人いる姉妹のなかではいちばん背が高く、ナディームよりふさわしい相手がいるのではないかと思ったのだ。

ある日の午前、ナディームがトラックに乗ってごみ山にやって来た。足元には、水の入ったペットボトルが転がっている。ファルザーナーはその日も彼を待っていた。そのトラックが空けたごみを彼女が拾い終えると、ナディームは水を差しだした。のどが渇いていたファルザーナーは、水を長い首に滴らせながらごくごくと飲み、しゃべっては笑い、息をつく暇もないほどだった。その後ナディームはまた市街地の巡回に出かけたが、午後遅くに戻ってみると、フアルザーナーの姿はおろか、いつもトラックのまわりに集まってくる群衆の姿もない。あるくず拾いに話を聞くと、その理由を教えてくれた。ほかのくず拾いたちは、ブルドーザーにひかれて瀕死の状態で平地に残されていた誰かを病院に連れていったが、もうすぐ戻ってくるはずだ。きっと長くは生きられないだろうから、と。

ごみ山はそんな物語に満ちている。実際ナディームも以前、母親がごみの奪い合いに奮闘している間に、子どもがごみ山の野良犬に食い殺されたという話を聞いたことがあった。また、ギャングの抗争が激化して、誰もいないごみ山の頂で刺傷事件が起きたこともあった。その事件を起こしたメンバーは、廃棄されたカーペットにくるまって身を隠し、数日間警察の目を逃れたが、カーペットのまゆのなかで改心を果たし、やがて姿を現すと、近隣のモスクで聖職者になったという。ごみ山を満たすこれらの物語は、事実なのか嘘なのかよくわからない場合が多い。

だがやがて、ブルドーザーにひかれたのがファルザーナーだとわかった。ナディームは仕事の途中でトラックを放り出すと、数日間病院の廊下をうろうろしていたが、彼女に会うことはできなかった。友人たちが次第に仕事に戻っていくなか、ナディームはずっとスイングドアの外で待った。するとアーラムギールがやって来て、ファルザーナーが自分を呼んでいたという話を伝えてくれた。医師が悲惨な診立《みた》てを示していたころでさえ、ナディームの名前をつぶやいていたという。それからの数週間ナディームは、夜は病院で、昼はトラックで過ごし、朦朧としながら家計を支えた。母親もハイダル・アリも、ナディームが夜に自宅へ帰ってくれることを願っていた。だが、いつまで経ってもナディームは、夜になると病院の廊下へ、あるいは病棟へ、そしてしまいにはハイダル・アリの家へと戻ってきた。

その晩ハイダル・アリは、ファルザーナーが火災の間、煙が引き起こす発熱や咳に苦しみながらも仕事に出かけていたのはナディームに会うためだったこと、病院でもナディームの名前を呼んでいたことを知り、アーラムギールに頼んでナディームを呼び戻してきてもらうと、率直にこう尋ねた。どうしてきみは毎日ここへ来るのか？　ファルザーナーの体がずたずたにされたことも、いまだ傷だらけだということもきみは知っているはずなのに、と。するとナディームはこう答えた。ファルザーナーから離れたくない一心で、長い夜の間ずっと病院にかじりついていた。彼女と結婚させてほしい、と。ハイダル・アリの目に涙があふれた。

それからの数週間、ナディームは友人たちから、ファルザーナーは生涯不自由な体を抱えることになるかもしれないと言われた。問題はそれだけではない。以前から兄に、ごみ山の女には近づくなと言われていた。二人がごみ山の斜面で恋愛を始めると、「やめておけ（Bhai, tu door hi reh）」と警告されもした。だがナディームは、ファルザーナーとの約束を守り、ハイダル・アリとの約束を守った。ジャハーンギールも、ファルザーナーをごみ山から引き離してくれるような結婚相手を望んではいたものの、嫌な噂がすでに近隣に広まっているのを知っていた。身動きもできないだろうに、あんなファルザーナーと結婚する相手がいるのか、と。一方、当のファルザーナーもこう言うばかりだった。「あの人と結婚できないのなら死ぬ（Usse nahi karoongi to mar jaoongi）」

こうして結婚に向けた準備が進められていった。ナディームはハイダル・アリに、まずは母親を、次いで故郷の村からおじたちを連れてきて引き合わせ、ファルザーナーを妻として認めてもらう必要があると伝えた。おじたちは一緒に暮らしてはいないものの、一家の最年長者として、結婚を承認してもらわなければならない。そこでハイダル・アリは、結婚の申し込みをナディームの母親に伝える役目をアーラムギールに託した。漂い流れる煙のなか、絶えず姿を変えながら高さを増し続けるごみ山の上でなされた約束が、こうして揺るぎない永続的な儀式へと置き換えられていった。

そのころ市も、手に負えないごみ山の結婚相手を募集する準備に奔走していた。入札説明会における関心は、相変わらず芳《かんば》しいものではなかった。市の技官が私に話してくれたところによると、市の担当者たちは何度も、模範的な入札に関するセミナーに参加させられ、それを成功させるため、入札を引き出すためにはどんな条件を提示すべきかを学び、それをもとに今回の入札条件を作成したが、望ましい企業の関心を引き寄せつつ市のためにもなるようなバランスを見出すのが難しかったという。発電所を建設する企業は、発電所を正常に稼働させ続けることを約束する多額の保証金を支払うことになるが、それは五年後にしか戻ってこない。また、発電所の運営は国内の提携企業が行なうことになるが、これほど規模の大きな発電所を国内で稼働させた経験は過去に一度もない。企業は、市の提示する条件が厳しすぎるとの懸念を抱いていた。

入札に参加する可能性のある企業はまた、タットヴァとの厄介な問題にも不安を感じていた。市は以前同意した条件を履行していないとの申し立てや、いまだに続く調停の問題である。それに、ごみ山にはくず拾いの大群がいた。くず拾いを追い払うさまざまな取り組みにもかかわらず、くず拾いはいなくならない。発電所の計画に携わる市の技官も、「実際のところ、ごみ山の周囲に壁を築くこともできていない（Itkya varshaat amhi poorna bhint bandhu shaklo nahi）」と語っている。新たな企業との契約が成立しても、境界となる壁がなく、壁をつくるたびにそれを壊して入ってくる無数のごみ山の住人がいては、ごみ山の斜面で仕事などできるだろうか？　企業はそんな不安を口にした。そんななか、市は二〇一六年一一月八日にようやく、デオナール地区に廃棄物発電所を建設するための入札を告知した。ムンバイ市の次席行政長官サンジャイ・ムカルジーは楽観的に、「世界最大級の発電所になる」と記者に語っている。[1]

その数日後、ヒンドゥー教の祭りの季節が終わり、それまでよりも荒々しい乾いた風がごみ山に吹き始めた。間もなく植物は枯れ、ごみ山がまたしぼんでいくことになる。この風が斜面に吹きわたると、ごみ山が茶色に変わり、そこに浸み込んでいた雨が絞り取られ、ごみ山がまたしぼんでいくことになる。この風が斜面に吹きわたると、入札が行なわれているさなかにも、徐々に腐敗するごみから発生するガスや発火物、太陽で熱せられたごみが攪拌《かくはん》され、火災を誘発するかもしれない。そのため、警備は相変わらず厳重なままだった。ハイダル・アリはよく、斜面をゆっくりと上っていくくず拾いたちが警備員に囲まれ、警棒で叩かれ、追い返される姿を目撃した。そして、そんな不安をあおる話を集めては、夜な夜な自宅に立ち寄る友人にそれを伝えると、友人たちも自分が見聞きした話を教えてくれた。重苦しさが路地を満たしていた。

遠く市街地の端からやって来るくず拾いたちは、夜明け前にごみ山に入ると、警備の行き届いていない奥のほうで仕事をしていた。だが数日後には警備員に見つかってしまい、ごみをあさる新たな場所を探さなければならなくなった。こうして秘密の穴場はどんどんなくなっていった。やがてハイダル・アリのまわりでも、夜に仕事をして、朝になって警備員がやって来る前に帰宅する友人が増えたが、やがて警備員は夜も巡回を始めた。ハイダル・アリは家の外のベンチに座り、膝を引き寄せてその上にあごを乗せ、サハーニーとヤースミーンが調理のため廃材を使っておこした炎の跡、その銀灰色《ぎんかいしょく》に輝く名残りを見つめていた。この一家の生活は、ファルザーナーのけがとごみ山の色あせゆく運との間で苦境に陥っていた。もはや数週間前から、家のなかのコンロ用の料理油も買っていなかった。一日中メロドラマを垂れ流していたテレビも、いまは黙り込んでいる。ケーブルテレビの料金の支払いをやめたからだ。シャキマンのミシンやミキサーも鳴りを潜めている。サハーニーが持ってきたすりばちとすりこぎで挽《ひ》いたチャートゥネー〔インド料理に欠かせないペースト状の調味料〕を、円形に並ぶ青白い火の上で焼いたチャパーティー〔インドの平たい薄焼きパン〕と一緒に食べるだけだ。以前ハイダル・アリは私に、家屋税の請求書を見せてくれた。ここに暮らしていることを市が認める代わりに、家にかかる税金を払えというのだ。ハイダル・アリはそれを三年前から受け取っているが、一度も払ったことはない。「立ち退かせに来たら払うよ（Bhar doonga. Ayenge hatane to bhar doonga)」と言う。

市は二〇一七年一月に入札を締め切る予定だった。土木作業が始まるのは早くても四月ごろからであり、発電所の建設にはそれから三年近くかかる。オーカー判事が設定した二〇一七年六月という最終期限はもはや、ほとんど意味のないものになっていた。だが市の職員たちは、少しずつでも進展を見せることで、ほんの少しでも長くこのごみ山を使用し続けられるのではないかと期待していた。

一九　カネ

ナディームの母親シャヒーンは、数週間前から結婚の申し込みが来るのを待っていた。シャヒーンはすでに、ナディームが連夜家を空けるのは、友人の妹が事故にあって入院しているからだということを知っていた。病院食を好きになれないこの少女のために料理をつくってほしいと息子に頼まれると、その少女が将来の義理の娘になるのではないかと近所の人たちから言われた。また、壁に貼りつけた小さな鏡の前で延々と髪をいじっている息子の姿を見て、病院にいる少女に会いに行くためだろうと思った。

やがてアーラムギールが現れて結婚の話をすると、シャヒーンは、自分たちの家はハイダル・アリの家とは格が違うという話を始めた。実際に、ごみでできた家が立ち並ぶ路地では、レンガや石を土台にした初めての家であり、この居住区では比較的裕福な家庭だった。ごみ山を下って路地に流れてくる雨水に浸かることもない。確かに以前は、この土台の上まで雨水が上がってくることもあった。シャヒーンがまだ嫁《とつ》いできたばかりのころは側壁しかなく、雨季の風雨が家のなかに吹き込んできた。私がのちに聞いた話では、家に一人でいるときには、シャイターンをなかに入れないよう、扉のない玄関口に棒を持って座っていたという。だがナディームの父親が少しずつ玄関や後壁をつくり、床を高くしていった。しかも、話に聞いていたハイダル・アリの脆《もろ》い家とは違い、この家はすべてレンガづくりで堅固だ。つまりファルザーナーは、自分より地位が上の相手と結婚することになる。

シャヒーンは、数週間後にファルザーナーに会いに行く約束をした。ナディームのおじたちもたまたま祭儀のためそこに来ており、ナディームの父親の一周忌が終わったら結婚相手の承認に行くという。それを聞くとハイダル・アリは、ファルザーナーが相手の家族のお眼鏡《めがね》にかなうだろうかと不安になり、午後の間ずっとバンジャーラー・ガッリーをうろうろしていた。ファルザーナーは、ナディームのためにベッドから身を引きずり出し、苦しげに足を前へ運んでは歩く練習をしている。この青年とともに、無理だろうと思われていた結婚生活を手にいれようとしている。だがそれはみな、結婚の承認を得ることができればの話である。ファルザーナーは認めてもらえるだろうか？　ハイダル・アリはそれを心配していた。

その数週間前、路地に電飾が吊り下げられ、ハイダル・アリの家の前を過ぎてごみ山のほうまできらめきを放っていた。この電飾の行き着く先には、パルヴィーン・シェイクの家があった。小柄で気難しい、眼鏡をかけたパルヴィーンは以前から、くず拾いで貯めたお金で息子二人を高校まで通わせたことに誇りを抱いていた。そのころには毎晩息子たちのポケットをチェックして、お金や麻薬でギャングたちの仲間に誘われていないか確認していたらしく、「息子たちが育ち盛りのころは、心配で食べ物もろくにのどを通らなかったよ（Khaane se zyaada to maine fikar khayi hai)」とシャキマンによく語っていたという。一方シャキマンは、そう言われてもどう答えればいいのかわからなかった。いちばん下のラムザーンを除き、彼女の息子たちは学校に通ったことがなかったからだ。

パルヴィーンの上の息子イスマーイールは、携帯電話会社の料金を徴収する仕事をしており、下の息子は仕立て屋で働き、そこから出る端切れを母親に売ってもらっていた。数日前、パルヴィーンが夕飯をつくっていると、そのイスマーイールが花嫁を連れて帰ってきた。職場で知り合い、もう結婚届を出したのだという。パルヴィーンは、故郷の村で言いなりになる娘を見つけてくる夢こそ断たれたものの、家で花嫁と対面を果たすと、結婚式と披露宴を開く計画を立てた。路地に吊り下げられた電飾はそのためだった。

ファルザーナーはイスマーイールと一緒に育った。イスマーイールのほうがほんの数カ月年上なだけなのだ。そのためファルザーナーは、結婚式や披露宴にどうしても出かけたいと思った。それに、パルヴィーンがひそかに温めていた計画を台なしにした花嫁を一目見たかった。バンジャーラー・ガッリーでは彼女の噂でもちきりだったからだ。ファルザーナーは、両親より早めに出かけてすぐに帰ってくると言う。披露宴の会場はすぐそば、路地の入り口にある。ハイダル・アリはだめだと言う気にはなれなかった。

ファルザーナーが、金糸《きんし》の刺繍が施された長い青のスカートとトップスを選ぶと、それを着るのをサハーニーが手伝ってくれた。鏡を見て髪を直していると、のどが不格好にふくらみ、そのせいで顔が歪んだまま固まったように見えることに気づいたため、金の飾り房《タッセル》がついた青いドゥパッターを顔にしっかりと巻きつけて首を隠し、顔を明るく見せるおしろいをはたいた。やがて外に出てくると、ハイダル・アリは数カ月ぶりに、やせてすらりとしたかつてのファルザーナーの姿を目にした。

ファルザーナーがファルハーと一緒に、結婚式の会場へと路地をゆっくり歩いていくと、ハイダル・アリは紅茶の入ったグラスを手に、家から突き出たベンチに腰を下ろした。すると間もなくファルザーナーの悲鳴が聞こえた。ハイダル・アリは最初、最近いつも耳にしている悲鳴だと思ったが、悲鳴はますます大きくなる一方だ。グラスを脇に置き、首を伸ばして路地の先を見ると、ファルザーナーがファルハーの肩を借り、ゆっくりと足を引きずりながら戻ってくるのが見えた。涙のせいでおしろいをはたいた顔が汚れ、家を出るときに見せていたあの輝かしい喜びの表情が消えている。サハーニーが手伝ってファルザーナーを家のなかに入れ、床の上に座らせ、何やらドレスをいじくっている。

ファルハーの説明によると、路地をまだ半分ほどしか歩いていないところで、ファルザーナーのスカートに刺繡されていた扇形の模様から長い金属糸《きんぞくし》がほつれ、ふくらはぎを縫合していた糸に引っかかったのだという。ファルハーがしゃがんでそれを外そうとしたが、あまり引っ張ると、傷口がまた開いてしまうおそれがある。ファルザーナーの脚はずきずきとうずき、あまりの痛みに路地がぐるぐる回って見えた。

やがてファルザーナーと一緒にファルハーも泣きだした。手のひらは汗でべとべとになり、姉の皮膚の上を滑るばかりだ。やがてファルハーは立ち上がると、ファルザーナーの腕を自分の肩にまわし、よろめきながら家に連れ帰った。ファルザーナーの悲鳴が家中に響きわたるなか、サハーニーとファルハーは必死に、ふくらはぎに絡みついたスカートを外そうとした。ハイダル・アリはどうすることもできず、外で涙を流しながら、金属糸がほどけないからじっとしていて、と言う声を聞いていた。

やがて家のなかが静かになった。ハイダル・アリは、ようやく絡んでいた糸が外れたのだろうと思い、ほっとした。静かな状態はなおも続いた。ハイダル・アリはすでにぬるくなった紅茶をすすりながら、眠っているんだろうと思った。

すると突然、明るいピンクのサルワール・カミーズを着たファルザーナーが外に出てきた。もう一度髪を直し、化粧を整えており、出かける準備がすっかりできている。そして、結婚式にはもう間に合わないが、披露宴にはどうしても出席したいという。ハイダル・アリはその様子を見て、これこそ以前のファルザーナーだと思い、またバンジャーラー・ガッリーを歩いていく娘を見送った。

ナディームは夜ごとにやって来た。ファルザーナーはその肩に手を置いて、ゆっくりと足を前へ運ぶ練習をした。そんなとき、ヤースミーンはファルザーナーに聞いてみた。あなたのほうが背が高いから、彼の肩に手を置くとちょうど具合がいいんじゃないの？　するとファルザーナーは、自ら少し屈んで見せ、彼は私のために屈んでくれているのだと言った。こうして毎晩のように家のなかで歩く練習をしていたとき、ファルザーナーは足を止めてナディームのほうを向き、結婚の贈り物に何をくれるつもりなのかと尋ねてみた。それに対してナディームは、待っていればわかると言うだけだった。いまや結婚は目前にある。ファルザーナーはどうしてもそこにたどり着きたかった。

そこで彼女は、早く普通に歩けるようになろうと、路地で暮らす少女たちのために無料で開催されていたサッカー教室「クラー・アースマーン」に参加した。この教室に参加しているメーハルーンら少女たちは、午後までに料理や刺繍をすませ、水で空腹を満たしてから、狭い空き地に集まってサッカーを楽しんでいた。ファルザーナーは、自分が入ったチームがいつも負けてしまうため、コートサイドに座って見学しているようにとほかの少女たちから言われていた。それでも週に二回、試合が始まる前には必ず、「クラー・アースマーン」(「広々とした空」の意)と染め抜かれた淡い青のTシャツを着てその場に現れ、選手に選ばれるのを待った。医師に運動を勧められたから、とも語っていた。そして歩き、走ろうとしてはへとへとに疲れ、楽しげに家に帰ってくるのだった。

ファルザーナーはまた、路地に出て、最初は姉の家まで、やがてはさらに遠い友人の家まで歩く練習をした。そんな練習を重ねれば、シャヒーンが来る日までに普通に歩けるようになるかもしれないと思ったのだ。そんなある日の午後、友人の家まで九〇フィート・ロードを歩いていたときのことだった。途中で足を止め、下を向いて膝を伸ばしたあと、ふと見上げると、ブルドーザーがゆっくりと自分のほうに向かってくるのが見えた。しかしファルザーナーは、それが接近してくるのを見ていることしかできなかった。次第に高まる重機の轟音が耳にこだまするが、身動きができない。ブルドーザーはさらに近づいてくる。涙が頬を伝った。どこにも逃げ場はない。ファルザーナーはそう思った。夢のなかで何度も見たように、ブルドーザーがこちらに迫ってくる。

するとそのとき、バックしてくるブルドーザーの進行方向に立ち尽くして泣いているファルザーナーの姿を、近所の人が見つけた。ブルドーザーは、雨により道路に空いた穴を修復するため、バックしながら生《なま》コンクリートを押し固めているところだった。ファルザーナーは、その近所の人に自宅まで送ってもらうと、午後の間ずっとすすり泣いていた。その晩、家のなかで歩く練習をしていたとき、「あのときと同じだった（Vahi cheez thi）」とナディームに語っていたという。それでも彼女は歩く練習を続けた。

ナディームが帰っていくと、ファルザーナーは痛みや腫れを和らげるために膝をマッサージしながら思い悩んだ。結婚を望み、以前のように見たり歩いたりするのを望むのは贅沢なのか？　だがナディームは、毎晩やって来てはたわいもない話をした。すると、その優しい柔らかな声を聞いているうちにファルザーナーも気分が明るくなり、元気な声をあげた。ナディームは、立ち、歩き、体を動かすようファルザーナーを励まし続けた。

ファルザーナーはこれまで、何かにとりつかれていたという記憶もなく、悪霊に体を支配されていると思ったこともなかった。それでもシャヒーンの訪問日が近づくと、ハイダル・アリやヤースミーンにお守りを預けてそこに新たな祈りを込めてもらい、彼女の手を震わせ、彼女の足を引っ張っているという残りの悪霊を一掃しようとした。その日にはどんな服を着て、どのように座ればいいのか、手を震わせることなく紅茶を飲むにはどうすればいいのか？　ファルザーナーは、実物そっくりの小さなバラの花やつぼみ、明るい緑の茎や葉を刺繡したローズピンクのサルワール・カミーズに合うようにと、サハーニーに頼んで黄緑のガラス製の腕輪を買いに行ってもらった。シャヒーンが訪れる日にはその衣装を身に着け、ナディームの母親に、現在の自分ではなく最高の自分をみてほしかった。

発電所建設の入札を告知する市の広告が新聞に掲載されると、市の担当者は不安を抱きながらも、入札に参加する可能性のある企業が、広がりゆくごみ山やその問題を抱えた歴史に目を向けず、発電所の可能性だけに目を向けてくれることを願った。タットヴァとの問題が尾を引くことはなく、十分に利益を生み出せるという安心感を企業に与えるため、入札条件の内容も調整が施されている。あとは入札が入るのを待つだけだった。

担当者が裁判所委員会にこの計画を提示したとき、一部の委員からは、欲をかきすぎているのではないかとの不安の声があった。発電所を運営する権利が切れる二〇年後でさえ、発電所が利益を生む可能性はないかもしれず、最初はもっと小規模な発電所にしたほうがいいのではないかという。それに、焼却炉には乾燥したごみを供給しなければならないが、ごみ収集車が家庭から回収してくるのは、まったく分別されていないごみばかりだ。貴重なごみを出す裕福な家庭は、ごみ箱さえ備えていない場合が多く、処分したものがその後どうなっているのかをほとんど知らない。そのため、食品から靴、かみそりの刃、使用済みの電池、注射器、錠剤の包装、おむつまで、あらゆるものが混ざり合ってごみ山にたどり着く。調査によれば、ムンバイ市のごみのなかで、きちんと分別されているのは一〇パーセント未満だという。

過去の新聞を見ると、一九七〇年代ごろから市街地やデオナール地区に焼却炉が複数設置されており、なかにはごみ山より古い焼却炉もあったという。[1] だが、こうした焼却炉が曲がりなりにも稼働していたころでさえ、トラックでごみ山に運ばれてくるごみを分別していたのはくず拾いたちだった。彼らはごみ（cuchra）を、ほかの何かのため、ほかの誰かのために利用できる原材料《バンガール》（bhangaar）に変えた。プラスチック屋はプラスチックを、磁石屋は金属を、端切れ屋は布切れを探しまわった。それらは路地に運ばれて分別・売却され、再利用される。

そこで市は、家庭ごみを分別させるキャンペーンを展開した。ビルの管理人に、生分解性のごみは敷地内で分別・堆肥化し、デオナールやムルンド、カーンジュールマールグへ廃棄するのは乾燥したごみだけにするよう要請した。それを守れない場合には罰金を科すか、建築物の認可を剝奪するという。市のコンサルタントも以前から、発電所に適切なごみだけを提供できるように、くず拾いの代わりに、磁石を利用した分別機やふるいを設置してごみを分別する方法を提案していた。コンサルタントが作成した報告書には、それにより、目に見えない存在だったごみ山のくず拾いたちが職を失うことになるが、彼らには発電所やきれいになった路地でもっといい仕事を提供できる、ともある。市は、発電所建設の入札が入るのを心待ちにしていた。


サハーニーはそのころ、ファルザーナーが歩く練習をすればするほど、ますます足をひきずるようになっていることを、本人にどう伝えようかと悩んでいた。一二月初旬のある晩、私が家を訪れると、サハーニーがぐらぐらする金属製の階段の上にある屋根裏部屋へと案内してくれた。そこには、ベッドの上で目を開けたまま横になっているファルザーナーの姿があった。青いサルワール・カミーズを着ていたが、遠慮がちに顔を毛布で覆っている。サハーニーがその毛布をはぎ取り、だぶだぶのサルワールのすそを引き上げると、ピンク色になった傷が見えた。それはくるぶしの少し上のあたりから始まり、脚に沿って尻のあたりまで続いており、失われた肉の上を覆うように縫い合わされたため、そこだけくぼんでいた。両腕にも同じように長い手術痕《こん》がある。サハーニーはファルザーナーのふくらんだ膝やくるぶしを突つくと、目前に控えた婚約者の母親の訪問を心配してこう問いかけた。「こんな娘と結婚したがる人がいる？（Kaun isse shaadi karega aise)」

翌日、シャヒーンがファルザーナーに会いにやって来た。柔らかそうなふくよかな体をしていたのは、ごみ山で働いたこともごみを奪い合ったこともなかったからかもしれない。二人はほとんど話をしなかったが、お互いのことがわかるような気がした。ファルザーナーは重いものを持つことも、しゃがんで服を洗うこともできないとナディームが説明すると、「一緒に家事をしましょう（Mil ke ghar chalaenge)」と言ってくれた。そして階下へ降りてくると、ハイダル・アリに結婚を認める旨を伝えた。のちに私がそのときのことを尋ねると、シャヒーンは「認めてあげなければ、二人を悲しませることになるからね（Nahi to bachon ka dil tootta hai)」と語っていた。故郷の村のおじたちは、二〇一七年四月に行なわれるナディームの父親の一周忌にやって来たときに、最終的な承認を与えることになるという。

結婚が決まるとハイダル・アリは、結婚を解消することなく結婚式までの時間を先延ばしするにはどうすればいいかと考え始めた。話によると、シャヒーンの家族にとってこれは、自身の結婚式以来初めての結婚式だった。そのため結婚式には、遠い親戚も含め、かなりの人数が参加することになる。だがハイダル・アリは、結婚式の費用の半額さえ負担できるような状況ではなかった。これ以上お金を借りられるあてはない。治療費を率先して負担してくれたジャハーンギールには、なおさら頼めない。

ハイダル・アリは、ファルザーナーの結婚式の日取りを、およそ八カ月後の二〇一七年六月と決めた。どうしてもお金が必要だったが、ごみ山での仕事はいまだ制限されていた。しかも、数週間前にごみ山でお金が見つかるようになって以来、警備がさらに強化されていた。ハイダル・アリが聞いた話によると、紙幣がいっぱい詰まった麻袋を誰かが見つけたらしい。その噂が広まると、警察がやって来てそれを奪い、市中のほとんどの紙幣の価値がなくなったと告げた。急成長するインド経済がテロリストの偽造紙幣により損なわれるのを防ぐため、首相が高額紙幣の利用を禁止したからだ。その結果、数年間市内に隠匿《いんとく》されていた紙幣が、ごみ山にやって来るようになった。紙幣が突然、ごみと化してしまったのだ。くず拾いたちは当初、それを額面以下の値段で売っていたが、やがて警備員や警察官がごみ山への立ち入りを禁止してしまった。そのときハイダル・アリはこう思ったという。袋に詰まったお金が、この地区に届いたとたん使い物にならなくなるとはどういうことだ?

その一方でハイダル・アリは、ある晩、いとこのバドゥレー・アーラムと家で世間話をしていたときに、こんな話を始めた。「首相がおれたちに身分証明書を送ってくれるそうだ(Pradhan Mantri hamare liye i-card bhej rahe hain)」。そのため、身分証明書が届き、堂々とごみ山の斜面を歩けるようになったら、ごみ山で仕事をするという。首相がくれた身分証明書を持っていれば、警備員も追い払うわけにはいくまいと思ったのだろう。だがハイダル・アリは、ボランティアから聞いた固形廃棄物に関する新たなルールを誤解していただけだった。市の廃棄物の管理にくず拾いたちがかかわるようになるという話を、そのように理解したのだ。

そのころハイダル・アリは、バドゥレー・アーラムが家に立ち寄ると、ファルザーナーの結婚式の前に刺繡工房を復活させる話をしていたが、そんな決意をしていたにもかかわらず、昨日はごみ山へ仕事に出かけたとささやくように白状した。ごみ山での選択肢はもはや底をついていた。くず拾いたちは、われわれの財団の融資担当者に新たなローンを申請していたが、私たちは彼らの事業が次から次へと失敗していくのを見て、このあたりの路地への融資を中止していた。彼らは事業どころか、数週間分の家計費にお金を使ってしまい、期日ごとの返済に苦労していた。財団からのローンを返済するために、もっと威圧的な取り立てをする高利子ローンに手を出し、さらなる借金に滑り落ちていく人々も多く、借金を重ねたあげくに、モーハッラム・アリやナーゲーシュのように失踪してしまう。くず拾いのなかには、手押し車の生活から店を持つまでに成功したり、立ち上げた刺繡工房を発展させたりした者もいるが、ハイダル・アリのようにごみ山に戻ってきてしまう者もいる。[2] そんな人たちがローンからローンへと渡り歩いている姿を見て、財団はごみ山周辺での融資、次いでムンバイ市内での融資をやめ、代わりに農村地域での融資を始めた。そのような地域であれば、確実に事業を成功させる訓練を提供しながら融資を強化できる。

ハイダル・アリは、部屋の隅にある黒いごみ袋のほうを見ながら、昨日はつぶしたペットボトルを一〇キログロム回収したとバドゥレー・アーラムに告げた。いとこが訳がわからないという表情をすると、ハイダル・アリは降参するように両手を挙げてみせた。ファルザーナーの結婚式が遠い先のことではないというのに、ほかに何ができるというのか？

やがてその部屋に、一〇歳になる末っ子のラムザーンが入ってきた。ハイダル・アリはそのとき、一緒にいた私に「こいつはごみ山に行かせない（Isko kabhi nahi bhejoonga）」と告げた。目を輝かせながら、自分の子どものなかでもラムザーンだけは、朝一人で起きて紅茶をいれ、午前七時半に家を出て学校へ行くのだと言う。壁のフックには、ファルザーナーの背中を固定するバックブレースと一緒に、ラムザーンの学校のネクタイとかばんが掛かっている。ラムザーンが自分はごみ山に行くのが好きだと反論すると、ハイダル・アリがおおげさに驚いたふりをするので、「コウノトリをしとめに行くだけだよ（Bagule marne jata hoon）」と言って父親を安心させていた。「コウノトリをしとめる」とは、ウルドゥー語で「おしゃべりをする」という意味である。

その年の年末が近づくにつれ、ごみ山では紙幣をめぐる奇妙な混乱も収まり、ごみが補充されるばかりとなった。ピンクとオレンジの新札が市場に現れ、旧札の闇市場が縮小していったからだ。そのころになると警備が緩和されていたので、くず拾いたちはもう正規の身分証明書が届くのをあきらめ、またごみ山に戻ってごみを拾い集めていた。市の職員は火災の心配をして、いつでも鎮火できる準備を整えていた。発電所の入札の最終期限は二〇一七年一月五日だったが、まだ一件も入札はなかった。

布の切れ端を整理する女性（著者撮影）

二〇　選挙

そよ風の吹く一月のある晩遅く、ヤースミーンが臨床試験を終えて帰宅した。持ち帰ったお金で家賃を払い、試験に出かける前に空にしておいたあの家にまた帰ってきたのだ。子どもたちも、母親が不在の間カーターショップやほかの人の家に保管しておいた家財道具を持って戻ってきた。ヤースミーンがうたた寝している間に、メーハルーンが家事を仕切り、全員の衣服を畳んで金属製の戸棚にしまい、キッチンのカウンターに皿を並べた。

翌日の午後、私がバンジャーラー・ガッリーに出かけると、長い人の列がその入り口をふさいでいた。その列のなかにわれわれの財団から融資を受けている人がいたので話を聞いてみると、この路地の狭い入り口に無料診療所が開設されたので、そこで診察を待っているのだという。診療所の上には、緑と赤の地に自転車を描いた看板が掲げられている。社会主義政党のサマージヴァーディー党のシンボルである。インドはおろかアジアでもっとも裕福な都市と言われるムンバイ市では、市議会議員選挙が数週間後に迫っている。そう教えてくれた人物は、もう一つ耳寄りな情報を伝えてくれた。ヤースミーンが帰ってきたという話は聞いているかい？

ムンバイ市の選挙活動はあちこちの路地に広がり、きらめきを放っていた。だがその公約は、ヤースミーンの家庭にまでは届かなかった。この家庭はごみ山の暗い影に覆われ、いまにもつぶれそうだった。そんな状況のなか、いつも家にいたメーハルーンが早くも少女時代を卒業し、大人になろうとしていた。

その家に立ち寄ると、メーハルーンが蒸していた米のほのかに甘い香りが充満していた。ヤースミーンは、縁にピンクとゴールドの花模様を扇形に施した、ひまわりのように黄色いサルワール・カミーズ姿で、シャリーブやメーハルーンや私に臨床試験の様子を話してくれた。それによると、試験前の検査に合格できず、何もできないまま家に帰された女性もいたらしい。だが自分は、臨床試験の対象となる避妊薬を飲んでも何の異常もなかったと、笑顔で語っていた。数週間後には試験センターに戻って、薬の副作用がないか医師の検査を受け、来月分の家賃と家計費をもらってくるという。

そのときキッチンのカウンターが暗くなったので、メーハルーンがふと顔を向けると、二歳年上の兄サミールが、戸口をふさぐように立っていた。その背に太陽の光を受け、まるで体が金色に縁取られているように見える。その体はというと、ごみ山の乾いた泥に覆われ、まるでセピア色の写真のようだが、脚からは真っ赤な血が垂れている。メーハルーンが上の兄のシャリーブに食事を出すと、シャリーブは不機嫌そうな面持ちで顔を上げたが、それは妹に向けたものではなかった。

やがてシャリーブがことの次第を話してくれた。その日の午前、シャリーブがごみ山へ仕事に出かけると、悲鳴が聞こえた。そちらへ目を向けると、警備員たちがあるくず拾いを警棒でめった打ちにしている。くず拾いはその下で、長身の体を小さく丸めて必死に身を守っていた。警棒が振り上げられているすきに体を伸ばして呼吸しようとするが、警備員が腹を蹴りつけてくるので、痛みでまた体を丸めてしまう。斜面にいたほかのくず拾いたちは、周囲に立って眺めているばかりだ。シャリーブが固唾《かたず》を飲んで近づいていくと、警備員の動きが止まった。その下で、ようやく汚れた体を伸ばしている姿をよく見ると、弟のサミールだった。

シャリーブは警備員に頼んでサミールを解放してもらうと、もうここには来させないからと約束して、その場から連れ出した。二人は斜面を下りていったが、やがてサミールは帰り道かられそれ、足を引きずりながら市場へと向かった。ごみが収集されずにあふれ返っているごみ箱をあさるのだという。こうして血を滴らせながら、家に帰ってきたというわけだった。そんなサミールにヤースミーンは、血を拭いて金曜の礼拝とアラビア語の教室に行くよう命じた。彼女は臨床試験の報酬をもらって帰ってくるたびに、ごみ山から子どもたちを引き離そうとした。サミールはメーハルーンが出した米料理を食べ、メーハルーンが戸棚にしまった衣服をひっかきまわして上下ちぐはぐな黒い服を選ぶと、礼拝に間に合うぎりぎりの時間にシャリーブと一緒に出かけていった。

メーハルーンが戸棚を整理し、落ち着いたところで、長いサリーの縁に金の花模様をあしらう仕事を始めると、赤いサルワール・カミーズを着たヘーラーがやって来た。義理の母親と妹を連れている。服の上には、自転車のモチーフが描かれた赤と緑のドゥパッターを掛けており、その姿はまるで、診療所の上にあった看板を肩に担《かつ》いでいるかのようだ。義理の母親と妹はその日の午前中、あちこちの路地を歩いてまわり、サマージヴァーディー党への投票を呼びかけていた。

　サマージヴァーディー党の伝統的な選挙基盤は、ウッタル・プラデーシュ州のイスラム教徒やヤーダブ（インドの後進的なカースト制度のクシャトリヤ階級に位置づけられることが多い、田舎に暮らすヒンドゥー教徒）にあり、同州では政権を握っていた。その祖先は、くず拾いたちがごみ山に集まってきたころに、ごみ山の麓のあたりにも暮らしていた。そのため、同党にとってはそのあたりの路地が、ムンバイでは唯一の拠点となっていた。ちなみに、二〇年近くムンバイ市の行財政を支配してきた二大政党、バラティヤ・ジャナタ党（ＢＪＰ）とシヴ・セーナー党は、ほとんどこのあたりには姿を見せず、市街地で猛烈な選挙活動を展開していた。なかでもＢＪＰは、数年にわたり連立政権の従属的なパートナーに甘んじたのち、とうとう中央政府と州政府の主導権を手に入れ、今回はインド一裕福なこの巨大都市に狙いを定めていた。市内各所に設けられた選挙用掲示板では、マハーラーシュトラ州の若き首相デーヴェンドラ・ファダヌヴィースが笑みを振りまいている。同党がまき散らしている公約のなかには、廃棄物を利用した発電もあった。デオナールのプロジェクトに対する入札は一件もないまま期限を迎えていたが、相も変わらずそんな公約が飛び交っていた。

　一方、サマージヴァーディー党の議員は発電所建設に反対し、こう主張していた。発電所は、すでに何年も都市の残骸を吸い込んで弱っている有権者の肺をさらに痛めつけるばかりで、くず拾いたちが待ち望んでいる仕事を提供することはない。市議会を支配するシヴ・セーナー党とBJPは、目に見えないごみ山に廃棄物を運び続ける市を代表する存在であり、発電所を承認したのも彼らである。どこかの企業が入札しさえすれば、その発電所がごみ山にやって来ることになる、と。

ヤースミーンの家庭にも、都市の恵みが訪れないわけではない。だがそのなかには、公式のルートを通じてやって来るものもあるが、たいていは（堅苦しい官庁用語で表現されてはいるものの）非公式のルートを通じてやって来る。その日の午後も、女性同士で雑談を交わしている間、取り立て屋が戸口で待っていた。ギャングが非合法に接続し、路地の各家庭に提供している電力の料金を、徴収しようとしているのだ。やがてメーハルーンが対応に出て、しばらくしてからもう一度来てくれないかと頼んだ。その間に支払うお金を誰かに借りてくるから、と。

ヤースミーンはここ数日の間に、前回の臨床試験でもらった報酬をほとんど使い果たし、別の臨床試験へと出かけていた。そのころになると、シャリーブの背中にずきずきする赤い発疹《はっしん》ができ始めた。アシュラーの学校の近くで家の建設に従事していたのだが、日差しを受けて発疹は赤みを増して広がるばかりだった。それを見た上司が家に帰してくれたため、家で横になっていたのだが、痛みのあまり頻繁に体の向きを変えていた。

家事を任されていたメーハルーンは、市が無料で提供している水を持ち帰る仕事を中心に、日々の計画を立てていた。水を手に入れるためには、長い路地を歩いて九〇フィート・ロードに出て、市の給水車に群がる騒々しい狡猾《こうかつ》な人々のなかに滑り込み、水を入れた容器を運ぶのを手伝ってくれる人を探さなければならない。密かに上水道にパイプを接続している近所の人から水を買うこともできたが、それだけのお金がなかった。

午後はいつもずっと、何もないのに昼食は何かと兄弟たちに尋ねられることを心配しながら、女性服の袖に花模様の装飾を入れる仕事に没頭していた。するとヤースミーンが、思ったより早く帰ってきた。貧血の検査に引っかかり、臨床試験を受けられなかったらしい。お金が必要なので、何としてでも採用してほしいと懇願したが、交通費だけを渡されて追い払われてしまったという。メーハルーンが必需品を買いに行き、コンロに火を入れて料理を始める前に、冬の早い夕闇が降りつつあった。私は長い静かな午後の間、彼女がビーズを縫いつけるのを眺めていると、そのハシバミ色の目が次第に大きく、その顔が次第に細くなっていくような気がした。彼女が刺繡している金色のヒマワリが、その目や空っぽのおなかの上に反射していた。

メーハルーンが口にする一二歳の少女らしい話題と言えば、廃棄された人形を集めていたのだが、何度も同じ家への出し入れを繰り返すうちになくなってしまったということだけだった。私が、その人形がどうしてごみ山にたどり着いたのか考えたことがあるかと尋ねると、彼女はこう返事した。「きっと前の持ち主が飽きちゃったんじゃないかな。でもそれでいいの。そうやって私たちのところに来るんだから（Vo log ub jaate hain na. Theek hai. Tabhi to hamein mila）」。都市の恵みは、このようにしてこの家庭にやって来る。

路地に政党の旗が無数にはためくようになると、ヤースミーンは選挙関連の仕事を探し始めた。たとえば、ある友人に連れていってもらい、市街地での選挙集会にさくらとして参加した。そこで州議会議員がごみ山周辺の路地に水をもたらしたと主張すると、自分の家には届いていないと思いながらも、ちょうどいいタイミングで拍手をした。やがてヤースミーンは、選挙集会にさくらとして参加する報酬が八〇〇ルピー（一〇ドル余り）にまで跳ね上がっているという噂を耳にした。最初に参加したときに比べ、かなり値上がりしている。これなら数回選挙集会に参加すれば、一カ月は臨床試験に行かなくてすむ。だが、報酬の高い選挙集会は需要も高く、結局それ以上は稼げなかった。

ヤースミーンは、シャリーブの発疹に塗る軟膏のために最後のお金を使ってしまい、メーハルーンにはお金の代わりに刺繡の仕事を与えた。私はその日の午後遅く、最近よくそうしていたようにビスケットを一箱買って、ヤースミーン宅を訪れた。それを食べて雑談がてら仕事をしてもらおうと思ったのだが、メーハルーンは「おなかが空いていないから（Bhook nahi hai）」と頑なに背を向けて仕事をしている。そこで私が、どんな仕事をしているのか見せてほしいと頼むと、メーハルーンは立ち上がり、自分の身長よりも長い金色のサリーの縁飾りを広げて見せてくれた。それがきっとこの家の、夕飯のお金になるのだろう。

ヤースミーンは、複雑な縁飾りや袖の刺繡の仕事をメーハルーンに任せている言い訳をするかのように、臨床試験のせいで体が弱くなったと私に語った。路地の住人たちは、彼女がメーハルーンを家に閉じ込めて長い間留守にしていること、奇妙な時間に出かけては戻ってきて、不定期に謎の収入を得ていることを噂し合っていたが、彼女もそれには気づいていた。それが原因でモーハッラム・アリが出ていったのではないか、と思われていることも知っていた。

ヤースミーンはまた、サミールを麻薬依存症更生プログラムに参加させたいと思っていた。というのも、サミールがぼんやりしたり、時間のかかるたどたどしい話し方をしたり、気まぐれに頭を揺らしたりするのは、歯を黄ばませているかみ煙草（gutkha）だけが原因ではないのではないか、と疑っていたからだ。だがサミールは、彼女がどこにも仕事を見つけられないでいるときにお金を稼いできてくれる。そこでヤースミーンは、サミールの治療を先に延ばし、まずはメーハルーンをこの路地から救い出すことにした。メーハルーンはごみ山の影にはまり込むあまり、学校にも行かなくなり、食事や水を求めて必死に働いているうちに、日ごとに口数が少なくなり、透明になっていくかのようだった。そのうえ、債権者にもつきまとわれている。そんな娘を解放してやりたかったのだ。

ある日の午後、ヤースミーンはメーハルーンが以前通っていた学校へ出かけた。娘が授業に戻れるかどうかを聞くため、あるいは、ごみ山から遠く離れた学校へ入学させるために必要な退学証明書を出してもらうためである。二人は、頭を覆ったドゥパッターを胸元できつく握り締め、サンダルを履き、家を出て玄関の扉を閉めた。するとヤースミーンが、子どものようにくすくす笑いだし、「これじゃあ誰でも入り込める（Aadmi ghus sakta hai）」と言って扉を指差した。扉のいちばん下の板が外れ、穴ができていたのだ。空き巣が来ても扉が閉まっていることがわかるように、外れた板をゆるんだまま元の場所に戻すと、二人は路地を歩いていった。

オレンジと緑に彩られた新築の学校の校舎は、公園の向かい側にあった。広いロビーには国の指導者の写真が飾られていたが、メーハルーンにはそれが誰なのかほとんどわからない。ごみを散らかさないように、との注意書きがマラーティー語とウルドゥー語で記された階段を、二人して昇っていく。採石場で石を割っている子どもの写真と、仕事に行くよりも学校へ行こうという標語を掲げたポスターもあるが、メーハルーン同様、ヤースミーンにもそれらの意味はわからない。ヤースミーンも、中学までウルドゥー語の学校に通っていたのに字が読めなかったからだ。階段の踊り場に着くたびに、幾何学的な模様の格子窓からごみ山が見える。渋々ついてきたメーハルーンは、そのたびに家に帰ろうとせがんだが、ヤースミーンはどんどん階段を昇っていった。

五階に到着すると、メーハルーンは息を切らしながらもほっとしているようだった。その日は金曜日で、学校は休みだったのだ。メーハルーンは階段を降りながらヤースミーンに、一年以上前に学校へ行かなくなって以来、学校に来るのはこれが初めてだと語った。そのときには友人や先生に、私立の英語学校に転校すると伝えていたため、次に会うときは英語しか話さないのではないかとからかわれたりしたものだった。それ以来、友人たちは上の学年に上がり、ウルドゥー語や英語をさらに勉強している。「ばったり友人に会ったりしたら何て言えばいいの？（Main unse kya kahoongi?）」。メーハルーンはそう言わずにはいられなかった。

校舎の上から、手押し車や買い物客でにぎわっている路地が見えた。二人が校舎の外に出てその路地に入り、群がるハエをかき分けながら進んでいくと、拡声器から金曜の礼拝が響きわたった。眠る前に祈り《ナマーズ》（namaz）を唱えれば、一人で眠ることにはならない。神がそばについておられる。そう語る拡声器の声が、買い物客の騒音の上にこだまするなか、二人は家へと帰っていった。

数週間後に行なわれた市議会議員選挙では、シヴ・セーナー党が僅差でＢＪＰに勝利した。しかし、単独で市長を擁立できるほどの議席は確保できず、またしても両党が連立して、高まる市民の要望に応えざるを得なくなった。サマージヴァーディー党は予想どおり、その要望の残骸でつくられたごみ山の麓では勝利を収めたものの、ほかの地区ではほとんど勝負にならなかった。市街地とごみ山は、これからも別々の世界に留まることになる。

二一　オーカー判事

市のコンサルタントが作成したプロジェクト報告書に添付された、マス目が整然と並んだスケジュール表を見ると、二〇一七年三月は青いマスで埋め尽くされていた。これは、市が選定した企業が発電所の設計を終了させる期限を表している。この無数の青いマス目は、裁判所が設定した最終期限となる六月までに、市の廃棄物を焼き払う発電所の建設開始を示す緑やオレンジに変わる。この色の変化は、長大なスケジュール表に押し寄せる波のように進んできたが、それにもかかわらず発電所そのものの建設は行き詰まっていた。発電所を建設し、デオナール地区へのごみ投棄を終わらせ、その地区の状況を改善するための最終期限まであと二カ月余りに迫ったころ、市の担当者は再び出廷して、さらに四年の延長を求めた。[1]

活動家のラージ・シャルマーはすでに、請願書を裁判所に提出していた。境界壁や監視カメラの設置、建物の瓦礫の投棄防止など、オーカー判事がかつて要請していたことがほとんど実施されていないとの内容である。シャルマーは数カ月にわたり、壊れた壁を通り抜けていく人々を撮影し、建設廃材が増えていくさまを見てきた。そこには照明が一つもなかった。[2] 裁判所委員会のメンバーが聞いた話によると、ごみ山と路地との境界周辺の警備が厳しくなると、くず拾いたちはごみ山から集めたゴムやプラスチックでいかだをつくり、入り江のほうからごみ山に侵入するようになったという。そのため委員会は、入り江の岸に並ぶマングローブ林に沿って有刺鉄線か壁を設置するよう要請していたが、それもいまだ設置されていない。[3]市の期限延長の要請を受け、シャルマーはそれに反対した。そこで法廷は、両者の申し立てを聞く日時を設定した。デオナールへのごみ廃棄の停止期限となる、六月三〇日のわずか数週間前である。

この審理は第一三号室で行なわれた。オーカー判事が新規建設の禁止を言い渡し、最終期限を設定してから、およそ一年半が過ぎていた。今回は判事二人が担当し、オーカー判事のほかに、新たに任命されたヴィバー・カンクヴァーディー判事も参加している。私は最初、後方の座席から様子を見守っていたが、ほとんど内容が聞こえないため、次第に前方へと席を移動していった。これまで傍聴に来た経験はほとんどなかったが、オーカー判事が満座《まんざ》の注目を集めながら指定された席についたときには、これでようやくごみ山に変化が訪れるのではないかという雰囲気があった。

シャルマーの請願書を含め、公益のために提出された請願書が、意匠を凝らした座面の高いオーカー判事の椅子の前に置かれた。それらはいずれも、ムンバイ市民の痛みや傷、生まれたとたんにつぶれた夢を生き生きと表現していた。請願内容はさまざまだ。狭苦しい刑務所に関する訴えもあれば、祭日に日夜起こる総勢数百万人の騒音や、宗教上においをかぐことさえ禁じられている肉を料理する隣の住人、目に見えないごみ山から摩天楼に漂ってくる煙に関する訴えもある。オーカー判事は、ほとんど空間的余裕のないこの都市に無限に生まれる夢に、可能性を与える仕事に従事していた。

請願者や弁護人、多種多様な政府職員が互いを押しのけ、これら数年越しの問題をオーカー判事に説明していた。法廷を埋める人々にとって唯一の慰めは、空調設備だった。一〇年以上前、チャンドゥラチュール判事がデオナールのごみ山の運命を裁定していたころに設置された、あの空調設備である。やがてどさりという重々しい音とともに、デオナールの公判資料がオーカー判事の机の上に置かれた。数年にわたり蓄積され、ごみ山の目に見えない住人たちを火つけ人とのみ表現している資料である。

オーカー判事はまずこう尋ねた。廃棄物法では、全国のごみ集積場の状況を改善するまでの猶予を二年しか与えていないのに、ムンバイ市のごみを、あのごみ山にさらに四年投棄し続ける理由はどこにあるのか？　この問いに、長らくごみ山問題に関する市の弁護人を務めていたアニル・サークレーはこう答えた。オーカー判事が設定した目標や廃棄物法の趣旨を達成する取り組みには前進が見られる。その進行を妨害しているのはシャルマーのほうだ、と。

それを聞くと、だぶだぶのシャツにハイウェストのズボンという姿で弁護団の後ろに立っていた小柄なシャルマーは、弁護人を突ついて反論を促した。自分はごみ山を視察するよう要請しただけだ。それでも市の担当者が視察しようとしないため、自ら出かけて写真を撮影し、裁判所への報告書を作成し、オーカー判事の命令がごみ山に届いていないことを指摘したのだ、と。オーカー判事は、シャルマーとその弁護団にごみ山の記録を開示するよう市に要請し、次回の審理の日取りを六月二九日に決めた。デオナールへのごみ廃棄を停止する最終期限の前日である。

シャルマーが法廷から列柱《コロネード》の並ぶ回廊に出ると、市の技官が近づいてきて日の当たる中庭へとシャルマーを連れ出し、愛想よく話を始めた。その技官は、入札企業がなかったことや、入札期限が延長されたことには一切触れず、デオナールの廃棄物発電所に関する今回の計画はうまくいくと語った。ムンバイ市のごみは、十分な電力を生み出せる。焼却する前に何度か乾燥させ、水分を取り除きさえすればいい。技官はごった返す裁判所のなかで、湯気を立てるやかんを持ち、ズボンのポケットに小さなグラスを詰め込んで紅茶を売り歩いている男を見かけると、シャルマーに紅茶を買ってやった。

技官は意気込んで話を続けた。「私たちはここで生まれ、ずっとここで生きてきた。ムンバイではどうすればうまくいくかわかっている（Ham idhar hi paida hue, idhar hi bade hue. Hamko pata hai idhar kya chalega)」。さらに、これから起こることはほかのどこでも見られないと言い、紅茶の残りを飲み干しながら、このプロジェクトにより市街地やデオナール地区がどう変わるのかを滔々と説明した。廃棄物管理の改善により賞を獲得した近隣の都市プネーを見習うよう主張する人々は、それを「プネー・モデル（Pune model)」と称賛するが、ムンバイがもっと巨大で複雑なことを知らない。技官はそう語ると、このプロジェクトを軌道に乗せるにはシャルマーの助力が必要だと訴えた。こうした訴訟は市職員のエネルギーを奪い、発電所建設を遅らせるだけだと言われると、シャルマーもうなずかざるを得なかった。

その数日後、シャルマーは弁護団とともに市の記録を調べ、ここ数カ月ごみ山に廃棄されているのは、生ごみより建設廃材のほうが多いとの結論に至った。[4] だが、市自身も過剰な量の廃材を投棄していたのに、ごみ山に違法に廃材を投棄したごみ商人が投獄されているのはなぜなのかがわからなかった。市職員の説明によると、廃材の投棄量は十分に許容範囲内であり、それでごみ山を覆えば火災を抑えることにもなるという。


次回の審理では、両弁護団がびくびくしながら待たされることになった。その前に行なわれていた別件の審理で、州政府の弁護人がオーカー判事の質問攻めにあっていたからだ。当時の新聞は、ムンバイのアルトゥール・ロード刑務所に収監されていた三八歳の女性囚人、マンジュラー・シェーッテーの死亡記事一色だった。彼女は一九九六年、義理の妹を殺害した罪により終身刑に処されていた。だが同房の囚人の申し立てによると、朝食として当然与えられるべき卵とパンを要求したところ、容赦なく打ちのめされて放置され、そのまま死に至ったという。

オーカー判事は眼鏡越しに視線を落とし、公判資料のあるページを見つけると目を上げ、ほんの数カ月前に出した市刑務所の改善に関する命令を読みあげ、担当者はこの命令を実行したのかと詰問《きつもん》した。それに対して弁護人が言うには、オーカー判事の指示に従い、刑務所のインフラを改善して各房の過密状態を緩和するための委員会が設置されたが（デオナールの場合と同じである）、その委員会が報告書を提出するのは数カ月後になるという。すると判事は声を荒らげ、その言葉を遮るようにこう言い放った。数カ月後であろうが進捗が見られるとは思えない、と。一瞬、その法廷にいた弁護団も請願者も、自分の公判資料から目を上げ、その怒りに身を震わせた。法廷ではいくらでも審理を引き延ばせるが、市内ではそのような遅れが突然、悲惨な事態を引き起こすことになる。ごみ山の火災がそうであり、シェーッテーの死がそうだ。審理の裏側で、曖昧なままにされた人生が突然変わり、事故や火災や暴力を通じて永遠に死や闇に包まれる。

やがてデオナールの案件の審理が始まり、弁護団が前に進み出た。オーカー判事はシャルマーの弁護人に、ごみ山を視察して裁判所に報告書を提出できる廃棄物管理の専門家の名前を提示するよう指示すると、次回の審理が行なわれる数週間後まで、閉鎖期限を延長した。

シャルマーはこの審理の数日後、ここ数年間ムンバイ市のごみの世界を渡り歩いてきた際に出会った廃棄物の専門家数名に電話をかけ、裁判所の指示に従い、ごみ山地区の視察を要請した。ところが一人残らず、市に不利な証言をするのを拒んだ。ごみ山に隠された市の秘密を暴こうとする者など一人もいないようだった。

市がいくらごみの管理を強化しようとしても、ごみはそこから漏れ、あふれ出てきた。ごみがどれだけあるのかは、誰も把握していないようだった。たとえばある報告書は、市街地は毎日およそ九〇〇〇トンの家庭ごみを生み出していると推計し、こう結論している。ムンバイ市民が郊外の理想郷《ユートピア》へと拡大を続ければ、ごみもそのあとを追うことになるため、今後二〇年間の市街地のごみの増加率は年間一パーセント程度に過ぎず、[5] デオナールはそのほとんどを吸収できる、と。これは、この集積場をさらに長期間稼働させ続けることは可能だとする市の主張と一致している。

だが、その少し前に実施された別の調査（廃棄物発電所の分厚い入札資料にも添付されていた）の推計では、市街地は毎日一万一〇〇〇トンの家庭ごみと、二五〇〇トン近い建設廃材を生み出しているという。[6]

総じて、市から委託を受けて作成された報告書はいずれも、デオナール地区を閉鎖しなければならないほど、あるいは市街地の建設を禁止しなければならないほど、ごみが多いわけではないが、発電所が十分に利益を生み出せるほどのごみはある、と述べている。不思議なことにムンバイ市のごみは、廃棄物を管理する心もとない計画に合わせて増えたり減ったりした。

そのころには、ごみ収集の請負業者をめぐるスキャンダルも勃発していた。そのきっかけは、ある請負業者が、報酬の支払いがなされていないとして市を提訴したことにあった。ところが、市が独自に調査してみると、その業者が運び、支払いを受けていたごみの一部が存在しないことが明らかになった。[7] ごみに泥を混ぜ、ごみの重量を増やしていたのである。業者はこのかさ増ししたごみを運んで報酬を受け取り、その一部を市の役人に手渡していた。数年前からこの役人が業者と結託して、かさ増ししたごみ運搬費の請求を行ない、過大な支払いを受けていたのだ。また、一月に火災を調査した際に作成されたローヒヤー報告書でも、ごみ山地区のごみ計量台〔地面と同じ平面に置かれ、その荷の重量を車両ごと量る台秤〕が、ごみの重量を一五パーセント多く表示するよう調整されていることが指摘されていた。やはり請負業者が過大な支払いを受けるためである。[8] 人為的にかさ増しされたごみにより、不必要な設備費用が投じられ、存在しないごみの運搬・処理費用が生み出され、不必要な支払いが行なわれていた。

　この事件を受け、ごみ収集車がごみを運び込む計量台に、カメラと自動計量装置が設置された。トラックから排出されているのは泥ではなくごみであることを確認するため、および違法なバスやリクシャーを締め出すためである。支払い記録も、厳重に監視されるようになった。だが、それでも問題がなくなるようには見えなかった。数年間デオナール地区や市街地のごみの管理を担当したのち高齢で退職した市の技官に、ごみ山の手に負えない状況について話を聞いてみると、こんな言葉が返ってきた。「家に暮らしながら、その家の修理ができるか？　デオナールには絶えずごみがやって来る。それなのにあそこをどうやって直す？　ごみの流れは今後も止まらないよ」

二二　結婚

二〇一七年四月、ナディームのおじたちがファルザーナーに会いにやって来た。その前日には、ハイダル・アリがあわててナディームに電話をかけ、ファルザーナーの体中のけがや満足に歩けない足のことをどう説明したらいいのかと尋ねてきた。だがナディームは、何も言わなくていいとハイダル・アリに伝えた。アーラムギールを通じて結婚を申し込んだことだけを話せばいい、と。実際おじたちがやって来ると、ナディームが万事うまく取り計らってくれたので、ハイダル・アリはようやく落ち着けた。ハイダル・アリとナディームのおじたちは、それぞれの家族や生まれ故郷、両家族がごみ山の麓に身を落ち着けるまでの経緯を語り合った。

ファルザーナーは部屋に入ってくると、目を伏せたまま彼らの前に座っていた。ピンクと金のクルターを着て、その長い袖で腕の傷を隠していた。また姉妹たちに、頭をドゥパッターで覆ってピンで留め、ずり落ちてこないようにしてもらっていた。ハイダル・アリはおじたちに、娘は家にいてアラビア語を勉強しており、コーランの詩句をいくつか覚えたという話をした。

ナディームのおじたちは結婚を承諾してくれた。ただし、自分たちが結婚式に出席できるよう、式の日取りを早めてほしいという。そこで、ラムザーンの断食が始まる六日前、二〇一七年五月二一日に行なうことに話が決まった。お金がないことを理由に、これ以上ファルザーナーの結婚式を遅らせるわけにはいかない。シャヒーンの話によれば、ナースィクから自分の家族が、さらに遠いアコーラーから夫の家族が、SUV車数台にぎっしり乗り込んでやって来るらしい。ハイダル・アリはシャヒーンに、招待する人をもう少し減らしてもらえないかと頼んでみたが、のちに折り返し電話がかかってきて、参加者の人数がむしろ増えたと告げられた。

ハイダル・アリは路地の入り口にある結婚式場の予約をすると、それからの数週間、ますます参加者が増える結婚式の資金を集めるため、死に物狂いの努力を重ねた。ジャハーンギールやアーラムギール、バドゥレー・アーラムとともに友人たちからお金を借り、夜もごみ山で働いた。ヤースミーンにも協力を依頼した。ヤースミーンには貸せるお金などなかったが、政治家にコネがある友人がいた。その紹介を受けて州議会議員に会いに行くと、その議員は秘書を通じて、ファルザーナーの嫁入り支度のための資金やドレスを提供してくれた。ハイダル・アリはその最後の数日間、これらのお金が総額いくらになるのかわからないまま金策に奔走していたが、結果的には十分な額になった。

結婚式当日、ファルザーナーはサハーニーやジェーハーナーに手伝ってもらい、金色の花を刺繍した赤いドレスを身に着けた。シャヒーンが贈ってくれたものである。そして頭の上に赤いドゥパッターを掛け、その上を乳白色のゲッカコウと緋色《ひいろ》のバラで覆った。顔を縁取る花々に手のひらで触れると、ひんやりと柔らかい感じがした。金色の宝石や花々をあしらった重い衣装のせいで、ファルザーナーの動きは否応なく制限されていたため、手の震えや足のひきずりが目立つこともない。ジェーハーナーに言われたように、始終にこりともしないで頭を下げていると、控えめだがかぐわしく輝かしい花嫁らしく見えた。結婚式場ではナディームが別室に座り、白と淡青《たんせい》色のサルワール・カミーズの上に、やはり花の覆《ブランケット》いをまとっていた。その額には三日月のアクセサリーが掛けられ、その下に花模様のベールが吊り下げられている。

その晩は、バンジャーラー・ガッリーのほとんどの住人が式場に集まっていた。ヤースミーンも子どもたちを連れてやって来た。アシュラーは、昨年のラムザーンのときに、市場でモーハッラム・アリに買ってもらったドレスとスカートを着ている。彼女らはそこで久しぶりに、隣人や旧友たちに出会った。新郎側の家族や親戚たちも負けてはいなかった。両家の招待客は一緒になって各部屋をいっぱいに満たすと（幸せな結婚式を示す最大の指標である）、テーブルに並んだ炎のように真っ赤な肉入りカレーを瞬く間に平らげた。

その夜の間ずっと、男性客はナディームのもとへ、女性客はファルザーナーのもとへ押し寄せ、そこでポーズを取って写真を撮影した。そんなときにはファルザーナーは顔を伏せ、新しい金色のハンドバックをカメラに向けていた。やがて婚姻契約書への署名がすむと、ナディームがベールを取り、ファルザーナーと一緒に招待客へ挨拶にまわった。金をちりばめたあの髪のふくらみをいつもより高く整え、背がさらに高く見えるようにしていたが、それでも花嫁のほうが少しばかり大きかった。のちに二人は、あれはファルザーナーが履いていたヒールのせいだと言い張り、その際にはファルザーナーが自分の肩のあたりを指差し、ナディームに対して自分の身長はそれぐらいだと語っていた。つまり、理想的な花嫁の身長である。

招待客たちは、ファルザーナーの嫁入り道具のまわりにも群がっていた。ジェーハーナーが贈った小児用ベッドの上に、シャキマンが衣服やサンダル、特大の料理皿などを並べておいたのだ。そこには、ファルザーナーが病院で意識を失っている間に耳から拝借したイヤリングの代わりにハイダル・アリが手に入れた、金色の飾りボタン《スタッド》もあった。友人たちはシャキマンに、自分たちの贈り物もそこに加えたいと言おうとしたが、とてもそんなことを言える状況ではなかった。ファルザーナーがのちに言っていたように、「お母さんはずっと泣いてばかりいた(Meri maa poori shaam roi)」からだ。シャキマンの子どものうち五人はすでに結婚していたが、ファルザーナーを手放すのは辛かったらしい。

その二日後、ファルザーナーとナディームは再び婚礼衣装に身を包み、ナディームのいとこやその妻、子どもたちを引き連れ、市街地へ一日だけの新婚旅行に出かけた。その際には、海に浮かぶ白大理石のハージー・アリ霊廟も訪れた。ファルザーナーが以前、米粒に二人の名前を刻んでもらったところである。両側から波が打ちつける、岩の多い狭い道を歩いていくときには、花嫁がよくそうしているように、常にナディームの後ろを歩くよう心掛けた。その道には物乞いが並んでおり、ささやくような声で経文《きょうもん》を唱えながら、お金を求めてきた。肘や膝の下に、切断された手足の名残りがぶら下がっている。彼らがにじり寄ると、ファルザーナーはあとずさり、顔を背けながらふと思った。自分もこうなっていたかもしれない、自分もここにいたかもしれない、と。

ナディームとファルザーナーは別の入り口から中へ入り、墓の上にかける錦織《にしきおり》の布と花々をムジャーヴァル（管理人）に手渡した。するとムジャーヴァルが、クジャクの羽根を振って二人の頭を軽く叩き、二人を祝福してくれた。日当たりのよい中庭を通り抜けると、波間から突き出た吹きさらしの岩場があった。ファルザーナーがそこに座ると、顔面に水しぶきがかかるほどだった。ナディームはいとこに、海に身を乗り出している姿を写真に撮ってもらっていた。やがて街に戻ると、写真館に立ち寄った。ファルザーナーは、まだ赤ん坊だったナディームの甥っ子を膝の上に乗せ、天井から吊り下げられた段ボール紙製の三日月の上に座ってポーズを取った。ナディームはその後ろ、背景に描かれた星々の間に立ち、三日月を吊り下げているひもをしっかり握っていた。

その数週間後の日が照りつける午後、ナディームがファルザーナーを連れてハイダル・アリの家へやって来た。ラムザーンは間もなく終わろうとしていた。雨季が始まっていたが、その日の午後の空気は生温かく、重く、湿気を含んでいるだけだ。もはやバンジャーラー・ガッリーには活気がなかった。ほとんどの住人が暑熱を逃れ、家のなかに引っ込んでいた。飢えにより体力を奪われていたのだ。

ちょうど私はそのとき、ハイダル・アリやシャキマンと一緒に、ヤースミーンの家で雑談をしていた。結婚式に出席できなかったので、ファルザーナーとナディームに会いにやって来たのだ。その雑談のなかでハイダル・アリが、娘にシャイターンがとりついていたという話をするので、私は当惑し、尋ねてみた。なぜあなたは、ブルドーザーが近づいてきたときにファルザーナーに悪霊がとりついたと思うのか、と。するとハイダル・アリは、「娘はあまりにきれいだからな（Vo khoobsurat thi na）」と言うだけだった。シャイターンさえファルザーナーを欲しがる。「娘に罠を仕掛けたんだよ（usne fasaya）」

やがてナディームとファルザーナーがそこへやって来ると、彼女がブルカに身を包んでいるのを見て驚いた。結婚後にシャヒーンからもらったのだという。ファルザーナーがそれを脱ぐと、手のひらにヘーナー（染料）で描かれたばかりの栗色の模様が見て取れた。ナディームの名前もそこに英語で記されている。前日近所の人がイードに備え、ヘーナーを持ってきてくれたそうだ。ファルザーナーは恥ずかしそうに、手のひらを丸めてそれを隠した。

ハイダル・アリはいまだ結婚式の余韻に浸り、こう語っていた。あのときは招待客が五〇〇人から二〇〇〇人はいた。ファルザーナーには自分から贈り物をあげることはできなかったが、ほかの人たちから衣服を三〇セットもらっていた、と。そこへシャキマンが甲高い声で口を挟み、いずれナディームも運転免許を取得して、収集作業員を卒業して運転手になれるだろうと言う。

ハイダル・アリはさらに、「ナディーム（Nadeem）」という言葉にかけ、二人の生活は運命《ナシーブ》（naseeb）の上げ潮に乗っていると語ると、表面がひび割れたスマートフォンを操作した。すると男性の低い声が聞こえ、ゆったりとしたペースの歌が部屋に響きわたった。ハイダル・アリの説明によれば、コーランの詩句に着想を得た歌だという。画面上の動画には、産毛のような薄い口ひげを生やした歌い手の姿が映っていたが、やがて、白い経帷子で覆われた死体が墓穴にゆっくり降ろされていく映像に変わった。ファルザーナーは目を逸らしていたが、それでもハイダル・アリは説明を続けた。この歌手は運命について歌っている。運命が人生の舵を握っているという歌だ、と。

またハイダル・アリは、「神は運命が導くところに私たちを連れていく（Upar vala pahunchata hai apne naseeb tak）」と妻に言い、韻を楽しむように「運命がファルザーナーを、その伴侶であるナディームのもとへ連れていった（Naseeb ne use Nadeem se milaya, shaaci karai）」と告げた。ほとんどお金がないのにあれほど盛大な結婚式を開催できたのも、自分やシャキマンが心配していた人生から逃れられたのも、ファルザーナーの運命だ。その運命が、料理が危うく足りなくなるほど大規模な披露宴をたぐり寄せてくれたのだろう。

ハイダル・アリは再びスマートフォンを操作し、またしても暗い墓場や掘ったばかりの墓穴を映した映像を画面上に出すと、運命や宿命に関する話を続けた。立派な邸宅に生まれた者もこんな場所に生まれた者も、誰もが土に返る。そのときには、手もとにわずか数メートル分の布切れしか残らない。それが運命だ。歌の歌詞を説明しながら、そう語った。そして、ヤースミーンの家の裏側にそびえるごみ山のほうへ骨ばった手を振り上げ、それでもごみ山を埋め尽くしているあらゆるものは、このまま残るだろうと続けた。ごみ山だけはここに留まり、絶えず大きくなっていくだろう、と。

その数週間前、私はニューヨーク市の外側に広がる海岸を訪問していた。そこにはいまだ、とうの昔にこの世を去った人々の廃棄物が散らばっていた。このジャマイカ湾の海岸は、一九五〇年代に市内のごみの大半を受け入れていた。半ば砂に埋もれているものをよく見てみると、配電盤やカップ、皿のほか、ベークライト製のものがいくつもある。ベークライトとは、容易に成形できる初期のプラスチックである。壊れず、電気や熱を通さず、安価に製品化できるため、市民はダイヤル式の電話から蓋《ふた》付きの器まで、欲しいものを何でも手に入れられるようになった。ところがこれらの製品は、壊れはしないものの、やがて流行遅れになると、新たな製品に買い換えられ、この浜辺へと廃棄された。私はそこで、砂が詰まった一対のストッキングを見つけた。そのころからオフィスで働き始めた女性の肌に、ちらちら輝く光沢を与えた被服である。やがてここにあった埋め立てごみはほかの場所に移されたが、ストッキングはまだそこにあり、ビーチの海草に絡まっている。伸縮性のあるナイロン繊維は、半世紀以上もつのだ。

私はよく、ムンバイ市の技官にこう尋ねてみた。一世紀にわたりそこに捨てられたすべてのごみのうち、何が残ることになるのか？　すると技官たちはこう答えた。動物の骨や金のかけらだけだ。古いごみの大半は生ごみであり、それらは腐って土壌を肥沃《ひよく》にしてくれるだろう、と。しかしながら、ごみ収集車がごみを空ける様子を私が見守るようになって以来ずっと、ごみ収集車はプラスチック製の持ち帰り容器や、かつては穀物を入れていた合成繊維製やビニール製の巨大な袋、牛乳やジュースを運ぶためのアルミ製やプラスチック製のケース、歯磨き粉やビャクダンの香りのするクリームが絞り出された柔らかいチューブを運んでいる。そのほか、錠剤をパックした金属製の包装（くず拾いがそれを使う）や、糖尿病を抑制するための家庭用注射器（くず拾いがそれでけがをする）など、絶対に土に返らないものがそこに捨てられている。デオナールのごみ山の最上層部に捨てられたこれらのものは、肥沃になった古い土壌の上で、永久不変に残り続けるのではないか？　まばゆいばかりの成長時代を謳歌するムンバイは、文字どおり不朽《ふきゅう》の足跡を残しつつあった。

私はニューヨークを訪れた際に、フレッシュ・キルズの埋立処分場にも足を運んだ。ジャマイカ湾の海岸への廃棄が中止されたのちに、市内のごみが送られてくるようになった場所である。そこは広大なごみの街と化しており、そびえ立つごみ山のなかを案内するために、ごみ収集車向けの信号まである。その地区の入り口には、バスルームの洗面台や浴槽の砕かれたかけらがあった。それらを日にさらし、乾燥させたのちに海底に沈め、その表面でカキを繁殖させるのだという。ちなみにフレッシュ・キルズという名称は、かつてこのあたりを流れていた水路を示すオランダ語にちなんでいる。ニューヨーク市公園管理部に所属するガイドの話によると、徐々に無害化されていくこのごみ山に再び水路をつくり、いずれはそこに魚を放つ予定らしい。また、そのあたりには分解されたごみの上に薄い土壌があるだけなのに、不思議なことに木が一本生えているという記事を見たこともある。[1] 私はそのときふと思った。デオナールのごみ山でも、木を生やし、魚を棲まわせ、カキを繁殖させることができるのだろうか？

私が想像するに、古い分解可能なごみは肥沃な土壌となり、絶えず運び込まれる新たな分解不可能なごみから成る分厚い層は、ごみ山をさらに大きくしていくのだろう。この新たなごみを新たな製品へと再利用するには分別が必要だが、その分別を引き受けてくれるのはくず拾いたちだけだ。それなのに、最近では警備員が、ごみ山で仕事をしようとする彼らに一〇〇ルピーを要求してくる。ハイダル・アリが一日働いても、それ以上の額はあまり稼げない。そのためほとんど家にいて、先ほど私たちに見せてくれたような動画ばかりを見ている。「まだあるよ。もっといいやつがね（Aur hain. Aur achhe)」。スマートフォンに保存した動画を選びながらそう言う。そして、そのメッセージを私たちに伝えながら、こう続ける。「何でも手に入れられるなんて言うけど、おれたちはこの世を残して去る運命にある（Vo bata rahe hain, kaise sab cheez jama karo par naseeb yahi hai ki jana akele hai)」

やがてナディームが気まずそうに体を動かした。午後のシフトに戻らなければならないという。そのときファルザーナーを一緒に連れていこうとすると、シャキマンが引き止めた。あとでアーラムギールをつかまえて送っていかせるから、ファルザーナーをもう少しここにいさせてあげて、と。しかしナディームは、ファルザーナーに帰るよう身ぶりで示した。そこでハイダル・アリとシャキマンが路地の端まで見送り、ヤースミーンは家に残って翌日のアルヴィダー・ジュンマー（ラムザーンの最後の金曜日）の準備をした。翌日の夜には、イードの始まりを告げる三日月が見られそうだ。一年でもっとも幸運な日をもたらす三日月である。

二三　変化

二〇一七年七月に行なわれた次の公判では、昼近くになってもデオナールの案件の審理が始まらなかった。ラージ・シャルマーは群衆が法廷に出入りするのを眺めながら、自分の聴取はすぐに終わるだろうと思っていた。というのは、すでに廃棄物の専門家を一人見つけ、ごみ山への視察を手配し、裁判所命令がごみ山に届いているかどうかを報告するよう話をつけていたからだ。ようやくデオナールの案件の訴訟番号が呼び出されると、オーカー判事は両弁護団に、専門家について検討したかどうかを尋ねた。すると市の弁護人はこう主張した。専門家を雇う必要はない。ごみ山地区はオーカー判事が設置した委員会の管理下にあり、その委員には科学者も含まれている。外部の助けを借りてごみ山を調査する理由はない、と。

これに対して、シャルマーの弁護人はこう抗弁した。裁判所が指名した委員会の議長は、すでに弱っていた心臓の状態がごみ山のガスにより悪化しているとの医師の診断を受け、数カ月前に辞職している。それ以来、委員会は議長不在のままであり、会合もほとんど開かれていない、と。すると、市の弁護人が口を挟み、新たな議長が選任されるまでは別の委員が代理を務めており、会合も開かれていると、まったく反対の答弁をした。ごみ山やその有毒ガスが宙ぶらりんの状態にあるなか、オーカー判事とそこに同席していたカンクヴァーディー判事は、二人の弁護人の言い争いのなかで、委員会が死んだり生き返ったりするのを、当惑しながら見守っていた。

両判事はやがて、ごみ山やその住人の上を漂い流れ、そこから一向に離れようとしない有毒ガスを減少させる取り組みを再開した。オーカー判事はまず、裁判所委員会（とりわけ委員を務める二人の科学者）に、ごみ山を視察してプロジェクトの進捗状況を報告するよう要請した。それを受けて市の担当者が委員を呼び出し、ごみ山視察の日程を決めた。その前日になって学者の一人が辞退を申し出たが、ほかの委員は予定どおり、廃棄物発電所の概要説明を受けると（市は最初の入札を呼びかけてから数カ月後のいまでも、入札企業が現れることを期待していた）、ごみ山の視察に出かけた。一行は、深い穴だらけの道や強烈なにおいのせいで吐き気を覚え、いちばん奥まで行くことはできなかったものの、両側にごみ山がそびえ立つ現場をまのあたりにした。その山は、雨季の雨や市街地で廃棄された残骸により灰色に染まっていた。もはや機能していない電柱が、ごみ山のごつごつした尾根と尾根とをつないでおり、雨季前の修繕作業により運び込まれたレンガやセメント、コンクリートのかけらが散らばっている。警備員たちがくず拾いを追い払っていたため、急降下してくる鳥や犬が、その日の午後にトラックから排出されたごみを好き放題あさっている。こうして見るとごみ山は、隔絶された考古学的遺物のようだった。ガラスや鋼鉄でつくられた新たな摩天楼に囲まれた、過去の欲望に満たされた遺物である。

ところがムンバイでは、野心が燃えあがっては衝突し合い、事態が動き始めて変化が生まれる寸前のところまで行くのだが、たいていは変化することがない。そんなムンバイで、この視察から数週間後、オーカー判事が一躍トップニュースの主役になった。

裁判所ではよく、無騒音区域（市内の騒音から隔絶された区域）への国内規制を守るよう要請する請願について、審理が行なわれていた。オーカー判事が、裁判所や病院、教育施設の周囲一〇〇メートルを無騒音区域とする裁判所命令を発表していたからだ。[1]だがあらゆるもの、あらゆる人がぎゅうぎゅうに詰め込まれたこの都市でそんな命令を実行すれば、市中で絶えず行なわれている祭事や行進、行列、抗議、あるいは絶えず鳴り響いている警笛やクラクション、音楽を抑制し、市民の不興を買うことになる。

視察の数週間後、国の新たなガイドラインにより、無騒音区域を選定する権限が州政府に与えられると、州政府はすぐさまオーカー判事の裁判所命令を撤回した。これで、間もなくやって来る騒々しい祭りの季節には、市内に特大の太鼓の音が轟《とどろ》きわたり、街路が拡声器の音に満たされることになる。ところがオーカー判事は、自身の命令の正当性を断固として主張した。州の弁護団は、偏見を抱いているとオーカーを非難し、辞任を要求した。その結果、オーカーに代わって首席判事が騒音公害訴訟を担当することになった。するとたちまち、テレビのニュースや新聞の記事にオーカーの写真が掲げられ、利害の対立による悪影響を一掃して市の前進を促そうとしていた判事を州政府が追い払ったとの報道が広まった。法曹団体は大規模な抗議集会を開いて、まれに見る屈強な判事を支持し、オーカーを騒音公害訴訟に戻すべきだと訴えた。すると州政府は、高等裁判所では異議を取り下げたが、この勝利にはそれ以上の代償が伴った。州政府が数日後に最高裁判所に上訴したのだ。その結果、オーカー判事の裁判所命令は破棄され、オーカー判事は以後、この問題に対する命令の発表を禁じられることになった。[2]

　オーカーは判事を一四年間、それ以前には弁護士を二〇年以上務めてきた。その年の初めに亡くなった父親シュリーニヴァース・オーカーは、隣のターネー市の地方裁判所で弁護人を務めており、オーカーは祖父や父が精力を注《そそ》いだ法律実務を引き継いできた。だが私が思うに、オーカーはこれまでずっと、法廷の場で成長や発展、正義、廃棄物発電所、清浄な空気をめぐるさまざまな訴訟を進展させ、もう少しで市を改善できるところまでたどり着きながらも、最後の最後でその流れが向きを変え、横に逸れていくのを見守るしかない経験を繰り返してきたに違いない。

　廃棄物法では、ごみ山を安定させて地滑りを防ぐため、ごみ山を土壌や建設廃材の薄い層で覆うよう要請している。そのため市の職員は、通常よりも多くの廃材を市街地から持ち込み、ごみ山地区の間をうねる穴だらけの道路を埋めていた。その廃材で凹凸《おうとつ》をならして、車両の移動可能な区域を拡大し、消防車が奥のほうまでたどり着けるようにしたのだ。それに、ごみ山を廃材で覆えば、その内部で燃えている炎を埋め隠し、ごみ山やその有毒ガスを見えないものにして、ごみ収集車を今後も呼び寄せることができる。

一般的にごみ山が目に見えるようになるのは、火災などの災害が起きたときである。裁判所委員会がデオナールを視察した数カ月前には、エチオピアのアディスアベバにあるコシェごみ集積場で、不安定だったごみが雪崩を起こした。市街地で使い捨てられた廃棄物が、そこで売り物になるごみを探していたくず拾いたちや、斜面に建てられた彼らの家を覆い尽くした。当局はごみ山のすき間に救急車や担架を入れるのにも苦労していたので、くず拾いたちがごみで即席の担架をつくり、負傷者や死者を運び下ろした。この地滑りにより、一〇〇人以上が死亡したと思われるが、このごみ山の斜面でどれだけの人が暮らし、どれだけの人が死んでいるのかは、結局のところ誰にもわからない。[3]

フィリピンのマニラにある、スモーキー・マウンテンと呼ばれる目がくらむほどのごみ山では、数年前から何度も地滑りが起こり、くず拾いたちを生き埋めにしていた。これを問題視した市はやがて、そこを整地して多目的のアパートを建設し、その観光ツアーを実施した。そのためくず拾いたちはプロミスト・ランドと呼ばれる別のごみ山に移ったが、そこでも年々斜面の勾配が高まり、地滑りや埋没死が続いていた。一方、ムンバイ市の技官の話によると、デオナールではこうした災害はないが、廃材のせいで有毒ガスが増えることになるらしい。それらの廃材は、焼却炉に入れても電力を生み出せるほどには燃えず、ごみ山のなかに炎を閉じ込める役目を果たすからだ。実際、その年の雨季が終わると、またしても火災が勃発したが、昨年の火災ほど激しくはなかった。

くず拾いたちは、ごみ山の幸運が急速に失われつつあることに気づき、もうごみ山とは縁を切ろうとした。だがほかに行く場所もなく、結局はごみ山に舞い戻ってきた。ジャハーンギールは再び仕事を求め、ごみ収集車にごみを積む仕事を紹介してくれるという手配師に会いに行った。その話によれば、最初は民間の斡旋業者に雇われるが、数年後には市の職員となり、正式な身分証明書や給与、定年までの仕事が与えられ、定年後は年金も支給されるという。このあたりの路地では十分に自慢できる仕事だ。

だが市は、すでにあふれるほどいる職員をこれ以上増やしても対処できないため、こうした斡旋業者にごみ回収作業員の雇用をやめるよう要請していた。実際、数年ごみ回収の仕事をしてもまだ市の職員になれない者たちが、訴訟を起こしていた。結局ジャハーンギールも、空取《から》引に利用されただけだった。そこでジャハーンギールは、市の仕事を待ちながら、一年以上前にカーン兄弟が手放した土地をこっそり利用してやろうと考えた。ジャーヴェード・クレーシーもカーン兄弟の犯罪組織の一員として逮捕されており、保釈されることはまずない。ジャハーンギールは九〇フィート・ロードの一画、カーン兄弟が管理していた場所のそばで駐車料金の徴収を始めた。ところが間もなく、見知らぬ男から電話がかかってきて、その一画で料金を徴収する契約を市と結んでいるのかと尋ねられた。カーン兄弟が市と交わしていた駐車料金徴収契約は数年前に期限が切れており、ジャハーンギールが新たな契約を結んだわけではない。その見知らぬ男は、カーン兄弟と同じようにいずれおまえも逮捕されるぞと脅しをかけてきた。

怖くなったジャハーンギールはトラブルを避け、結局その場を明け渡した。こうしてこの男もまた、非合法であれ合法であれ、ごみ山と縁を切る試みにことごとく失敗し、ごみ山でごみをかき集める仕事へ戻ることになった。

ファルハーは午後に仕事を終えると、よくファルザーナーに会いに行った。すると姉はたいてい、テレビで映画を見ながらその音声に浸っており、ますますくず拾いが絶望的になる日々を送るファルハーとは無縁な生活をしていた。そんな折、ファルハーはファルザーナーに、最近ジャハーンギールを見かけないという話をした。久しぶりに会っても「今回はどでかいことを考えているから、黙って見ていろ（Is baar kuch bada soch raha hoon, dekhna）」と言うだけだ、と。そのころにはファルザーナーも、実家にはほとんど帰っていなかった。ナディームはたいてい働いているから付き添ってもらうことができないうえ、一人で戸口から外には出るなと命じられてもいた。さもないと、いずれまたごみ山に向かい、再び危険に巻き込まれるおそれがあるからだ。

ナディームだからこそファルザーナーを家に置いておけるのだ、とファルハーは思った。姉のジェーハーナーもサハーニーも家族の食料を手に入れるために、ごみ山へと働きに出かけている。ファルザーナーはいつも、小さなバラのつぼみや緑の茎で装飾された淡紅《たんこう》色のサルワール・カミーズを着ていた。シャヒーンが実家を訪問し、結婚を承諾した晩に着ていたあの衣装である。そして慎み深く頭をドゥパッターで覆い、その端を首に巻きつけ、首が見えないようにしている。ごみ山の麓から離れた中流階級の女性は、こんな暮らしをしているのだろう。ごみ山の日差しを浴びて輝き、ごみ山の微風に吹かれていたファルザーナーはいまや、ナディームの家の淡いピンクの壁に包まれている。ごみ山がようやく彼女を解放したかのようだ。

ときどきファルザーナーのドゥパッターが滑り落ち、ふくらんだ首が見えることもあった。そのせいで顔もふくらみ、目を見開いているかのように見える。まるでパルヴィーンの息子の結婚式のために正装したときのようだ。あのときも首がふくらんでいた。その首は、ときには片側だけふくれ、顔の位置が首から少しずれて見えた。また、首のまわり全体がふくれて顔が縮んで見えることもあれば、ドゥパッターで隠されていたはずの腫れが収まって見えることもあった。

ファルザーナーの首のふくらみについては、シャヒーンも気づいてびっくりしていた。そのため、ファルザーナーを病院に連れていくようナディームに言うつもりだったが、最近のナディームは夜遅くにしか帰ってこず、まったく帰ってこないこともあった。一日に一〇時間、デオナールやムルンドのごみ山に市街地のごみを運ぶ仕事をしていたからだ。ファルハーが数週間後にまたナディームの家を訪ねてみると、ファルザーナーの首のまわりにはまた、でこぼこのこぶが盛り上がっていた。ファルハーはそれを見て、斜面で事故にあったときのけがが体内からまた頭をもたげ、皮膚の表面下でぶくぶくと泡立っているのではないかと思った。

雨季が去り、ごみ山地区にまた火災の季節が巡ってきた。数日にわたりごみ山から立ち昇った煙が路地を覆うと、煙が市街地に流れていくのを食い止めようと、消防車が炎に放水を始めた。だがいまだにくず拾いたちは、夜明けの数時間前に起きては、シャッターの下りた店舗や秘密の賭博場が並ぶラフィーク・ナガルの、暗く人気《ひとけ》のない迷路のような路地を通り抜けていった。そして眠い目をこすりながら、境界壁を壊して開けたすき間からなかへ滑り込むと、暗闇のなかごみ山の斜面を上り、トラックを追いかけ、懐中電灯を手に、ペットボトルや小型機器、電線を探すのだった。

オーカー判事が要請していた照明は、いまだ斜面に設置されておらず、カメラのランプがちらついているだけだった。くず拾いたちは、警備員がそばに来ると暗い陰に身を隠した。あるいは、夜が明けて巡回が始まるまで作業をした。夜明けの光が差し込むと、ごみでいっぱいになった袋を手に家へと帰る。そして太陽が昇ると、女性たちが一緒に座り、家の外の路地で袋を空けてごみの仕分けを行ない、泥や生ごみを拭いながら、それぞれ高さの異なるペットボトルやガラスの山を身のまわりに築いていく。だが、いまではそれを、遠く離れたカーターショップまで売りに行かなければならない。かつては境界壁沿いに、広々として奥行きのあるカーターショップが無数に並び、カーン兄弟が持ち込むごみで満たされていたのだが、いまではどの店も閉鎖してしまったからだ。

以前はカーン兄弟が、これらの路地にカメラを並べ、そのあたりを強権的に支配していた。だが女性たちは、そのころのことを懐かしそうに思い出す。ある女性は、価値のあるごみから泥を拭いながら言う。「あの兄弟は、警察沙汰になると私たちを助けてくれた。ほかに私たちの話を聞いてくれた人がいる？（Koi police ka matter rahega to vohi dekhte the na, nahi to hamari kaun sunega?)」。カーン兄弟はいつもすぐそばにいて、必要があればお金を貸してくれた。また、ごみを買い取り、子どもたちを雇い、数年にわたりケーブルテレビを各家庭に提供してくれた。

警備員がいつも巡回するようになり、境界壁が絶えず修繕されるようになったのは、カーン兄弟のせいではなく、あのファルザーナーという少女のせいだ、と女性たちは言う。ある女性はこんな話をした。「私はあの日、あそこにいた（Main thi na us din)」。雨が降ったあとだったので斜面がぬかるんでいた。ファルザーナーの足が何かに絡まり、動けなくなった。だが、ほんの少しブルドーザーにひかれただけだ。「ほんのちょっとだよ（Zara sa)」。その女性はそう言いながら、ファルザーナーにひかれた部分がわずかであることを強調するように、人差し指と親指を近づけて見せた。

しかもファルザーナーは結婚し、普通に歩きまわっている。「もう元気だよ（Ab to vo theek bhi ho gayi)」。そのせいでごみ山を閉鎖するなんておかしい、と。この女性たちは、ごみ山地区をめぐって訴訟が行なわれていることを知らないようだった。別の女性が甲高い声で、こんなことも語っていた。自分は子どものころからここで働いている。母親もくず拾いをしていた。「ほかにどこへ行けばいいの？（Ham kidhar jayenge?)」。市に何かを要求しているわけでもあるまいに。

私が女性たちとそんな話をしていると、そこへモーハッラム・アリが友人数名とともにひょっこり現れた。私がここへ来たのは、彼に会いたかったからだ。モーハッラム・アリは、バンジャーラー・ガッリーに住んでいたころからファルザーナーやその父親を知っていることをおくびにも出さず、そこに座って雑談に加わった。ラフィーク・ナガルの路地で暮らすようになってからはまだ日が浅いものの、その友人たちとはごみ山で夜勤をしていたころからの知り合いらしく、女性たちとも面識があるようだった。モーハッラム・アリが加わると、彼らはごみ山で経験したけがのエピソードを交わし合った。割れた蛍光灯がふくらはぎに刺さったことがあった、とモーハッラム・アリは声を立てて笑い、ズボンをずり上げてその傷を見せる。そのときは血を流したまま、足をひきずりながら家に帰り、その後病院で一五針縫った。覚えているか？　モーハッラム・アリは期待に満ちた目で友人や女性たちを眺めながらそう言ったが、覚えている者は誰もいない。男たちはズボンの裾やシャツの袖をまくっては、傷だらけのふくらはぎや腕を見せて笑い合った。そして最後に、警備員の巡回スケジュールに関する情報を交換した。日が昇って警備員がやって来る前に仕事をするのがいちばんいい、と。

私がこうしてモーハッラム・アリに会えたのは、彼を探して路地を歩きまわり始めてから数カ月後のことだった。以前ヤースミーンに聞いたときには、こう言われた。いまはどこに住んでいるのかわからない。電話をかけても出てくれない。ほんのたまに向こうから電話がかかってきたときの話では、もうごみ山では働いておらず、建設の仕事をしている。プネーやナヴィ・ムンバイ、あるいはもっと遠くの街に出かけては家を建てており、何日も帰っていない、と。だが、それからしばらくすると、ヤースミーンから連絡があった。店舗や家や積み重ねた手押し車で入り口が覆い隠された、境界壁のすき間のように細いラフィーク・ナガルのある路地から、モーハッラム・アリが出てくるのを見た人がいるという。知らないうちに、買い物客やくず拾いの雑踏のなかに紛れ込んでいたのだ。そこでヤースミーンがモーハッラム・アリに電話をかけ、それが本当に当人なのか尋ねてみると、モーハッラム・アリはこう答えた。建設の仕事の合間だけはごみ山で仕事をしているが、ここに長くいることはない。間もなく故郷の村に帰るつもりだ、と。ちなみに、ごみ山の路地で暮らすイスラム教徒や、ヒンドゥー教のカーストの最下層の人々には、一般的に故郷の村に土地などなく、帰ったところで何もない。[4]一〇代のころに何時間も列車に乗ってやって来たモーハッラム・アリ同様、何もない場所から長い旅を経てここへやって来たのだ。

　ところが、ようやくモーハッラム・アリを見つけてみると、やせたようではあるが、かつての魅力に満ちあふれていた。話を聞くと、やはりここにはほとんどいないという。この数カ月間は故郷の村で過ごし、父親から受け継いだ儀式を執り行なっていた。村人たちが、病気を治せるのはおれだけだと思い込み、病気を治してほしいと次から次へとやって来る。モーハッラム・アリは笑顔でそう語った。ある男などは、夜遅くに来て雌牛のところへおれを連れていき、陣痛の痛みで一晩中うなり声をあげていると訴える。そこでおれが祈りを唱えると、一時間もしないうちに子牛を産んだ。だがたいていは、トハナ（tohna）という霊験あらたかな儀式を行なう。カラシの鋭いにおいが部屋を満たすなか、祈りの言葉を唱える。すると、数分後ににおいが消えるころには、悩みの種も消えているのだ、と。しかしこの儀式は、ほとんどの問題を解決できたらしいが、モーハッラム・アリ自身の問題だけは解決できなかったようだ。妹の結婚式のための借金、および市街地のあちこちでの借金がたまり、村に買った土地もごみ山で見つけた金の鎖も売ってしまっていた。また、この妹が自殺をした。モーハッラム・アリは妹の夫が殺したのだと思い込み、警察に訴えたため、さらに借金がふくらんだ。そのためごみ山に戻り、都市住民がすでに拾い上げた貴重品をまた探していた。やはりここ以外に行く場所はなかったのだ。

モーハッラム・アリの話では、暗闇のなかでも背の高い自分の姿を警備員が見つけることがあり、警棒を投げつけてくる。警棒がスピードを上げて空を切り、ふくらはぎや膝の裏側に命中すると、痛みでその場に倒れ込む。そんなときにはよく、ファルザーナーがいなければこんな目にあわなくてすんだのに、と思うという。

寸断されながらもごみ山を囲むように長く伸びる境界壁の反対側の端、パドマ・ナガルでは、相変わらずファルザーナーがテレビの前にうずくまっていた。そのころになると、首のふくらみは顔にまで及び、目はどんよりと曇り、胆汁《たんじゅう》がのど元までこみ上げてきた。シャヒーンは心配になり、ナディームが午後に休める日を待って、ファルザーナーを近くのシャタブディー病院に連れていかせた。ファルザーナーがブルドーザーにひかれたときに、ジャハーンギールが最初に連れていった病院である。

二人は、混み合った廊下で一時間以上待たされた。ファルザーナーはブルカのせいで顔がほてり、むずがゆかった。ナディームは仕事のシフトに間に合わせようとあせっていた。ようやく医師の検査を受けて病院を出たが、帰り道にふと、首の症状について尋ねるのを忘れていたことに気づいた。そのため数日後、二人はしぶしぶまた病院へ行った。すると検査結果を見た医師から、ファルザーナーが妊娠していると告げられた。

ファルザーナーが家に持ち帰った医療記録には、既往症なしとあった。実際、混み合った検査室で、報告しなければならないような病気はしていないと医師に伝えていた。もはや自分の骨という骨からごみ山の悪霊が消えたと思っていたからだ。伝えるべきことは何もなかった。

二四　延命

二〇一八年初め、高等裁判所での審理がまた始まった。もはや、ごみ山の閉鎖を求める最初の請願書が提出されてから二〇年以上、オーカー判事がこの訴訟の審理を始めてから一〇年が過ぎている。デオナールの湿地の埋め立てが始まってから数えれば、およそ一二〇年である。その間、ごみ山を縮小しようとする市の取り組みは、ますます高さを増す柔らかいごみ山の斜面へと沈み込んでいくばかりだった。一月初旬のその日の午前、オーカー判事の机の上に積まれたますます高さを増す公判資料もまた、そのごみ山を彷彿させた。法廷には、ごみ山から離れない有毒ガスにも似た霧が立ち込めていた。

オーカー判事は公判資料に目を通し、州政府の弁護人に尋ねた。州政府が新たなごみ集積地区として市に提供を約束していた二カ所の地所は提供されたのか、と。すると、州政府の弁護人は首を縦に振って提供されたと言い、市の弁護人は首を横に振って提供されていないと言った。

市の弁護人の主張によれば、市はすでに、州政府に前払い金を支払っているが、一〇年以上前に提案されたナヴィ・ムンバイ市の土地を受け入れることはできないという。そこには数十年前から暮らしている住民がおり、立ち退きに応じようとしないからだ。オーカー判事は資料を見やると、州政府の意見が記されたページの第三段落の内容について州政府の弁護人に尋ねた。数年前にその土地が提供されて以来、そこに暮らす住人はむしろ増えているのに、市がその場所にごみの廃棄を始められるのか、と。そこには部族民が住みついており、市職員による土地の測量さえ妨害していた。

州政府の弁護人は、一五万三八〇〇平方メートルの地所のうち、住民が暮らしている場所はほんの二万平方メートルほどだと述べ、そこを柵で区切り、残りの部分を廃棄物の集積・処理場として市に提供するという。それに対してオーカー判事は、分厚い資料に記された意見の中ほどの行を参照し、「だが住民に不法侵入された場所はその地所の全域にある」と指摘した。そして、数週間後の次回の審理までに、住民の立ち退きか新たなごみ集積場の選定について調べておくよう、州政府の弁護人に要請した。

二月一一日に開催された次の審理では、市の弁護人が、その地所を横断するようにガスのパイプラインが走っている点を指摘した。法令によれば、パイプラインをごみ山で覆うことはできない。パイプラインを迂回させることはできるのか？　弁護団は議論を闘わせた。

オーカー判事はやがて、州政府が市に提案していたもう一つの地所、間もなく閉鎖されるムルンドごみ集積場の近くにあるムンバイ市内の一画に話題を移した。一部の市の地図では、そこはすでにごみ集積場と記されている。だが、市職員が数年前に調査に訪れてみると、中央政府の塩務《えんむ》管理局の局員に調査を妨害された。局員の話によれば、この土地には塩田が広がっており、管理局がそこを所有しているという。そのため州政府が、その土地を求めて数年前から裁判で争っていた。この訴訟に負ければ、州政府が市に提供を約束していたその土地を、塩務管理局が州政府に明け渡すことはないだろう。

オーカー判事が市内の新規建設を禁止してから間もなく二年となる三月一五日、最高裁判所が新規建設の再開を認める決定を下した。[1] ただし、オーカー判事の命令を破棄したわけではなく、「避けられない建設を認可する安全な方法を模索する」ために、六カ月の建設期間を設け、市の建設業者に一時的な救済をもたらしたのだ。そこでシャルマーと、まだ議長がいないままの裁判所委員会とが、「大気中への粒子の飛散防止」を監視することになった。ムンバイ市の建設廃材を満載したトラックを、デオナール地区ではなく、市のはるか外側にある採石場に向かわせるよう監督するのである。前の議長は、ごみ山のガスにより肺を患ったために辞職していた。だがオーカー判事は微笑みながら、「誰もがこの問題にさらされることになるが、視察しないわけにはいかない」と述べ、委員会に議長候補の名前を提示するよう要請した。

次いで判事は、二〇年近く続いているデオナール地区に代わるごみ集積場の選定に話題を移し、州政府の弁護人ラームチャンドラ・アープテーにこう尋ねた。「不法侵入された土地になぜこれほどこだわるのか?」。アープテーはこれに対し、州政府はカルヴァーレーの地所を不法に占拠する住民を退去させるとともに、まだ所有していない土地を購入し、間もなくそこを市に引き渡す予定だと応じた。するとオーカー判事は、その土地には七九の家屋があると記された一行に目を留め、「あなたの経験から見て、どれほどの訴訟が起こることになりそうかな？」とさらに尋ねた。立ち退きを命じられた住民からの訴訟は、解決までに何年もかかる。その間に裁判所のなかに立ち込める霧はますます深まり、資料の山もますます高まり、ごみ集積場の移転が遅れ、デオナールのごみ山の命がそれだけ引き延ばされることになる。

その数日後、デオナールのごみ山が暗い空を背景に炎や煙を噴き上げるおなじみの光景が、テレビ画面に映し出された。この二週間で二度目の火災である。一〇台を超える消防車が出動し、昼となく夜となく水をまいた。市が建設廃材でごみ山を覆っていたため、火の勢いは以前より弱まっていたが、完全に鎮まったわけではなく、腐りかけたごみのなかでいまだ渦巻いていたのだ。裁判所委員会の委員で、ムンバイにあるインド工科大学の環境工学教授でもあるアヌラーグ・ガルグ博士は、このごみ山の鎮火には水ではなく泡を利用すべきだと訴えていた。水を使うとごみ山のなかに浸み入り、有害物質を巻き込んで入り江に流れ込み、そこを汚染してしまう。だが消化泡を提供してくれる業者が見つからず、炎にまかれた水が絶えずごみ山から入り江へと流れ続けていた。[2]

六月二九日、雨季の暴風雨がムンバイを襲った。弁護団が訴訟資料の入ったかばんで頭を覆いながら、裁判所の露天の中庭を駆け抜けていく。法廷の奥に並ぶガラス扉を通じて、近くの運動場オーヴァル・マイダンの芝生が輝いて見える。

その日、少しの濡れも染みもない白い服を着た、背の高い白髪の請願者が陳述を始めた。「裁判官、私たちは目に見えない神を崇拝するあまり、目に見える自然を破壊しております」。この請願者が言っているのは、あと数カ月後に迫ったガネーシャ祭のことだった。ガネーシャ神の来臨《らいりん》を記念するこの祭りでは、ゾウの頭をしたこの神をかたどった無数の偶像が照明や装飾で彩られる。そして一〇日間の祝祭ののちにその像を、世俗の汚れを託すように海へ流す。

だが、幸運をもたらすと言われるその偶像が、年々数を増して海をふさぎ、徐々に手足が取れて分解・溶融し、焼き石膏《せっこう》を海に垂れ流している。また、つかの間市街地に幸せな雰囲気をもたらすつややかな化学塗料が、水面に長々と輝く有害な縞模様をつくる。毎年この偶像が海に流されると、ムンバイの海岸に死んだ魚やカメが打ち上げられる。それでも州政府は、水に浸かり手足のとれた偶像の写真の撮影を禁じている。そこで、合理主義者であり、ムンバイではよく知られた公益訴訟人でもあるバグヴァーンジー・ライヤーニー（バグヴァーンジーは「神」を意味する）が、偶像を流す儀式に関する国の規範に従っていないとして、州政府を侮辱罪で告訴したのだ。

この規範は、ライヤーニーの告訴を受け、一〇年前に裁判所の命令により制定された。だが、この勝利には何の効果もなかった。裁判所命令は、ごみ山地区に届かなかったように、神の偶像にも届かなかった。そこで、一〇〇件以上の公益訴訟の経験があるライヤーニーが、侮辱罪の訴状とともに法廷に戻ってきたのだ。これはまさに、ラーネー医師が一〇年後、ごみ山地区に裁判所命令を届けるために法廷に戻ってきたのと同じである。これを受けてオーカー判事は、州政府の弁護人に威圧的な態度で、その年の祭りで州政府がどのように規範を周知徹底させるのかを説明するよう求め、返答までに二週間の猶予を与えた。その一方で、この数年間何度も訴訟を担当したことのある、いつも多弁で自由闊達なライヤーニーには、「法令の順守に関してのみこの請願を受け入れる」と釘を刺した。その後法廷は、デオナールの審理に移った。

この数十年の間に、デオナールに関する訴訟は何度か解決しそうなところまで進んだ。オーカーが判事を務め、最終期限を設定し、その期限に間に合うかどうかを確認し、間に合わせるよう圧力をかける姿を見ていたときも、そう感じていた。これらの進展があるたびに、ごみ山がまさに移動しようとして揺れているかのように思えた。だが、市はまずはほんの数週間の延期を、次いで数カ月の延期を要請し、こうして計画が遅れるごとに、ごみ山の不安定な命は引き延ばされていった。ごみ山はまだそこにあった。私が聞いた話では、オーカー判事は高等裁判所を新築する用地を探す同様の訴訟も担当しており、まずは遠く離れた郊外の土地が、次いで新たな金融街の近くの土地が提示されていたが、やはりこの高等裁判所もまだ、これまでと同じ場所に留まっていた。[3]

それから次回の審理が予定されていた七月一一日までの間には、数週間にわたり雨雲が空っぽになるほどの雨が降り、市内が水浸しになった。そんなある日、じっとり湿ったコートを肩にかけたある弁護人が法廷を足早に通り抜け、オーカー判事の席までやって来ると、ムンバイ市の債権回収訴訟の改善を迫った。これは、倒産した企業からの債権回収の支援を求め、一九九三年に全国で起こされた訴訟の一つである。「裁判官、あれではまるでプールです。今朝はまさにプールにいました。膝まで水があったんですから。嘘だと言うんですか?」。弁護人はさらにこう続けた。この訴訟を担当する唯一の判事はまだ、この国の反対側にあるコルカタ〔西ベンガル州の州都〕にいる。というのも、ここに居場所を与えられていないからだ。前回審理のためここにやって来たときは、ホテル代を自分で支払っていた、と。弁護人はコートの大きなポケットのなかから、しわくちゃになったホテルの領収書を取り出して見せた。

それに対して中央政府の弁護人は、政府は法廷が機能してくれることを望んでいると答弁した。だが、コルカタに縛られている判事に代わる新たな判事を募集する広告を出しても、一切応募がないという。オーカー判事は笑みを浮かべながら、「こんな状況で誰が応募するのかね?」と言い、訴訟の担当者や法廷を刷新するための期限を定めた。[4] だが法廷では、これまでずっと期限が守られない日々が続いていた。そのためにムンバイ市の法廷が水浸しになり、判事がコルカタに留まり、神の偶像が天と地の狭間で身動きがとれなくなり、遠く離れたデオナールのごみ山がさらにふくらみ、大きさを増しているのだった。

そのころデリー市の広がりゆく市街地の端では、一部のごみ山の頂が、市内に張り巡らされた送電線に触れそうなほどの高さに達し、ごみ探しに夢中になっていたくず拾いたちがそれに触れて感電死した。また、ムンバイ市の法廷が水浸しになる数日前には、デリーのごみ山が雪崩を起こしてくず拾い一人が命を落とした。こうした事態を受け、最高裁判所も首都のごみ山問題を無視できなくなり、デリー市にごみ山の縮小と改善を要請していた。[5]

次にデオナールの審理が行なわれた七月二五日、オーカー判事はまず、州政府がその日の朝に提出した返答に目を通すと、あぜんとして顔を上げた。そこにはこう記されていた。ムルンドの候補地は民間の製塩業者に賃貸されている。業者はそこで製塩業を営んでおり、同じムンバイ市の高等裁判所で塩務管理局に対する訴訟を起こしている、と。この訴訟もまた、やたらと広いこの裁判所の建物のなか、オーカー判事の知らないところで、一〇年以上にわたり継続的に審理されていたのだ。判事はアープテーに、市がこの土地を獲得できる可能性はどれくらいあるのかと尋ねた。「見通しは暗いのか？　きわめて暗いのか？」

オーカー判事の圧力のためか、数年前にデオナール地区に代わるごみ集積場として提案されていたナヴィ・ムンバイ市のカルヴァーレー村の住民は、ほとんど姿を消していた。数カ月後に私が訪れてみると、そこはもはや緑が広がる野原となっており、水路や空き家以外に見えるものと言えば、上の丘にそびえるハージー・マラング霊廟の影しかない。ファルザーナーがサーヤン病院で現世と冥界の間をさまよっていたころ、アフサーナーは庶民の聖人と言われるこのハージー・マラングの霊廟を訪れていた。そこで腕輪を買って帰り、ファルザーナーの手首に結びつけたのだ。アフサーナーはいまでも、その腕輪がファルザーナーを生者の世界に連れ戻してくれたのだと信じている。

ファルザーナーは結婚式の直前、アフサーナーやその夫の家族とともに、岩だらけの崖の上にあるその霊廟まで登り、奇跡的に命が助かったことに感謝した。姉妹はその後、崖の端に座り、目の前に無限に広がる緑の野とそこにきらきらと光る細い水路を眺め、そよ風に吹かれながら、ファルザーナーの独身生活最後の時間を楽しんだ。そのときには、自分たちが暮らしてきたあの悪臭を放つごみ山や、そこに棲む悪霊がいずれ、この土地を埋め尽くすことになるとは知らなかった。

ファルザーナーがそんな巡礼を行なっていたころ、霊廟の下の小村では、住民たちがその代表者たちと相談していた。代表者たちは住民の家を守ると約束していた。住民たちは法廷闘争も視野に入れていたが、代表者たちはその必要はないと考えていた。市内を絶えず走っているごみ収集車は、わざわざでこぼこ道を二時間もかけて、ここまでごみを捨てには来ないだろうと考えていたからだ。それに彼らには、何年も弁護人を雇えるほどの余裕がなく、ここから法廷に通うことさえ難しい。だが、オーカー判事が市に繰り返し圧力をかけると、やがて代表者たちは約束を反故にした。その年の秋に私が訪れたころには、警察が住民を立ち退かせており、住民たちはいまや、その地所の端に並んだ蒸し暑いブリキ小屋に追いやられていた。

それから一年余りのちに私は、法科大学で開催されたオーカー判事の講演会を聞きに行った。[6] その講演のなかでオーカーはこう語っていた。およそ四〇年前になぜ法律の勉強を志したのかはよく覚えていない。当初は、優れた弁護人を雇う余裕のない人たちの訴訟、つまり勝てる見込みのない訴訟のみを引き受けていた。「そんな人たちと仕事をすると、人生がどんなものか学べる。判事になったあとで気づいたのだが、（中略）わが国の法制度が直面している真の課題とは、訴訟が爆発的に増えていることではなく、訴訟が排除されている点にある」。未解決の訴訟が無限に積み重なり、インドの法廷を圧迫しているという話をよく聞くが、それ以上に問題なのは、ファルザーナーのような人々、カルヴァーレーで暮らしていたような人々が、法廷ではいまだ目に見えない存在であり続けていることだ、と。

雨季が終わり、暖かい冬が腰を落ち着けたころになっても、市内のごみをファルザーナーが暮らすごみ山地区に運ぶか、カルヴァーレーの緑の谷が広がる小村に運ぶかの問題はいまだ決着がついていなかった。市の弁護団はもうしばらくの猶予を要請していた。クリスマス休暇の間に行なわれた審理の際に、市がごみ収集車のルートをデオナールから別の場所へ切り替えるまでには、少なくともあと三年は必要だと告げたのだ。デオナールの廃棄物発電所の入札は、すでに七回期限が延長されていたが、いまだ一件も入札はなかった。ターター・コンサルティング・エンジニアズが作成した資料によると、入札する企業がまったくない理由の一つは、どの企業も、高くそびえ立つごみ山があってはその地区の開発ができないと考えているからだ。ごみ山を移動させるにはかなりの費用や労力が必要であり、発電所の建設など無理だという。そこで市は、これまでの計画を撤回し、より小規模な廃棄物発電所を三つデオナール地区に建設することにした。だがその最初の発電所でさえ、準備が整うのは二〇二三年になる。結局法廷は、休暇が終わって審理が再開されるまで、デオナールのごみ山の命をまた引き延ばすことにした。

二五　大丈夫

二〇一八年の夏の間に、ファルザーナーの腹部がふくらんできた。その一方で、肥大化する首の上に乗る顔もまたふくらみ、熱が上がっては下がった。そのためファルザーナーは、朝ナディームが仕事に出かけると、たいていはテレビの前にベッドカバーを敷き、その上に横になってテレビを見ていた。やがて睡魔が訪れ、まぶたが落ちると、一九八〇年代のインドのアクション映画の音楽が素通りしていく。親友が死に、恋人同士が再び結ばれ、エンドロールが流れる。やがて目覚めるとチャンネルを替え、そのままテレビを見続けた。

シャヒーンはナディームに、二人でシャタブディー病院へ行くときにはファルザーナーの首も診てもらうように言《こと》づけていた。だがファルザーナーは、妊婦でいっぱいの病室に行くとなぜかいつもへとへとに疲れてしまい、ナディームにも早くシフトに戻らなければという焦りがある。そのため帰り道で、ふくれあがった首を診てもらうのを忘れたと気づくことが、続けて二度あった。その首は、余裕のある黒いブルカやドゥパッターで用心深く覆われていた。

腹部や頸部《けいぶ》がふくらんでいくにつれ、ファルザーナーはいっそう動かなくなった。首がこわばっているせいで、表情が不愉快で不機嫌そうに見える。腕も、注意深くつなぎ合わせた骨の上を覆う長いピンク色の縫い跡がむずがゆい。次に病院へ行き、医師の正面に座ったときには、ようやくブルカやドゥパッターを脱ぎ、ふくらんだ首を見せ、袖をまくり上げて腕も見せ、「ブルドーザーにひかれたんです（Bulldozer chad gaya tha）」とささやくような声で説明する。

医師はそれを見て茫然とした。そしてファルザーナーに、サーヤン病院での治療記録を持ってくるようにと伝えた。次の検診の際に、ハイダル・アリに頼んで送ってもらった分厚い資料を手渡すと、医師はそれにじっくりと目を通していた。臨月に近い女性がファルザーナーの後ろに立ち、光り輝く診察椅子が空くのを待っている。外に列をつくっているほかの妊婦も、診察室に頭を突っ込んでのぞいている。医師は資料を収めたファイルを閉じると、サーヤン病院へ戻るよう勧めた。ファルザーナーは、古傷の検査を回避できてほっとした。そして無意識に腕をかきながら、テレビの前のいつもの場所に戻るのだった。

出産のためファルザーナーを実家へ戻すには、ハイダル・アリがナディームの家族に贈り物をしなければならない。そのため、贈り物の資金を蓄えようとごみ山へ仕事に出かけてみたが、ごみ山での生活は以前のようにはいかない。ある日の午後、路地でたまたまヤースミーンに会うと、ハイダル・アリはそう語った。警備員たちは、車や重機でごみ袋をつぶしてしまうか、高額のお金を要求した。そんなお金を払えば、午前中仕事をしても何も残らない。ファルハーが数週間前ごみのなかから金の鎖を発見していたが、それについては何もヤースミーンに言わなかった。だが、のちにファルハーに聞いたところ、それは偽物だったらしい。最近ごみ山に来るのはそんなのばかりだ、と彼女は言う。

モーハッラム・アリはごみ山で貴重品が見つからなくなると、仕事を求めて遠くへ出かけては、誰もいない家へ手ぶらで帰ってきた。一緒に暮らしていた新たな妻は、いつまでも実現しない儲け話にうんざりして、すでに家を出ていた。そのころヤースミーンに電話をかけ、戻ってもいいかと尋ねてみたこともあった。だがヤースミーンはもはや、「また出ていくんじゃないの？（Phir chala gaya to?）」と問い返し、独り言のようにこうつぶやくだけだった。「もうあんたには期待していない（Meri usse koi ummeed nahi rahi）」

夏はゆっくり過ぎていった。ナディームは相変わらず忙しく、昼も夜もごみ収集車に乗って市内を巡回している。そのためファルザーナーの検診には、ファルハーが付き添うようになった。二人が病院に向かう途中、ところどころ壊れたごみ山の長い境界壁の外側に沿って歩いていくと、くず拾いたちが壁の裂け目からごみ山へ入り、斜面を上っていく姿が見えた。二人は、そこで子どもたちが繰り広げているクリケットの試合を見たり、乾燥したごみの上をうろつく水牛から逃げたり、ごみ収集車を追いかけたりして人生の大半の時間を過ごしてきたが、いまではファルハーが一人でごみ山へ仕事に出かけていた。

二人はまた、ジャハーンギールが手放した駐車場のそばを通り過ぎた。ファルハーの話によると、ジャハーンギールはいま、新たなビジネスのことで頭がいっぱいらしい。だがファルハーにわかっているのは、今回はごみ関連の仕事ではないということだけだった。以前から、何か違うことをするつもりだと言っていた。それに成功すればごみ山から脱け出せる、と。ジャハーンギールはそのころいつも、そのビジネスの仲間（女性のようだった）や手下たちと話をしていた。ごみ山の周囲にはジャハーンギール以外にも、ギャングのボスたちが違法に広げた縄張りの端々にかじりつこうとする者が、ほかにもたくさんいた。

ファルザーナーの出産が近づきつつあった。ハイダル・アリは断続的に働きながら、ナディームが娘を実家に連れてきてくれないかと期待していた。そんななか、七月八日にシャヒーンから産気づいたという知らせがあり、その日の夜遅くに女児が生まれた。ファルザーナーが眠気と痛みのなかでぼんやり目を覚ますと、姉妹たちが赤ん坊をのぞき込み、ナディームによく似ているなどと騒いでいる。シャヒーンは、ごみ山から回収された端切れを継ぎ合わせてつくったキルト布を赤ん坊にかけると、同情心に駆られ、ファルザーナーが病院からそのまま実家へ帰るのを許してやった。

シャキマンは白い布を二つに切り裂き、それぞれにクミンとターメリックを載せて上で結び、二つの小さな包みをつくると、一つを赤ん坊の手首に、もう一つをファルザーナーの手首に巻きつけた。これは、そのなかに悪霊を閉じ込めてくれるのだという。病気や鬱《うつ》、あるいは永久に支配されることになるかもしれない悪霊などにとりつかれやすいこれからの時期に、ファルザーナーと赤ん坊を守る盾になってくれるのだ。

新しい親子はいつも一緒だった。ファルザーナーは昼間から夜遅くまでずっと赤ん坊に話しかけていた。「guddi《グディー》（小さなお人形さん）」と「buddhi《ブッディ》（おばあちゃん）」の区別がつかなくなるまで延々と話しかけた。「聞こえる？　お人形さん。あなたが持っているもののなかに、あなたのものは一つもないの。一つも。全部お父さんのものだから（Tune suna, Guddi? Tera kuch bhi nahi hai. Kuch bhi? Sab there Abba se aaya)」。ファルザーナーはそうささやくと、赤ん坊の鼻や頬を突いた。やがて赤ん坊が泣きだすと、ファルザーナーは赤ん坊を抱え上げ、あやすように揺らした。

その数週間後にファルザーナーが自宅に帰ると、シャヒーンがまたごみ山の端切れを縫い合わせ、おくるみをつくってくれていた。手持ちのいちばん大きな布を、さまざまの色の端切れで覆ったものだ。その色のなかには、マラーティー語やムンバイのヒンディー語ではチョコレート色と呼ばれていたが、栗色とも、褐色とも、プラム色とも、濃い紫とも言えそうな深い色もあれば、雨季のあとにごみ山に生える草のようなエメラルドグリーンや、あまりにも濃いため紫と呼べそうなピンクもあった。さらにこのキルト布の端には、明るいピンクの細い縁飾りが施してあった。だがシャヒーンは、そんなことよりファルザーナーの姿に驚かずにはいられなかった。首があまりにふくれあがったせいで、顔が動かなくなっていたのだ。横を見るときには、目の端から見るほかなかったほどである。

数日後、ファルザーナーのもとへファルハーから電話があり、ニュースを見てと言う。「お兄ちゃんが出てる（Bhai hai)」。ニュース番組にチャンネルを替えると、スカーフに覆われたジャハーンギールの顔が映し出され、アナウンサーが氏名と年齢を報じている。警察が児童誘拐組織の五人（その一人がジャハーンギールだった）を逮捕し、身代金目的で拘束されていた子どもを救出したとのことだった。

　ごみ山の縄張りを失い、ビジネスにもたて続けに失敗を重ねたジャハーンギールは、ごみ山から決別すべく最後の大きな賭けに出たのだった。そのころ、同じ路地の友人からある女性を紹介された。その女性の義兄は、市街地で裕福に暮らすビジネスマンだった。そこでその女性が、身代金目的で義兄の息子を誘拐し、ジャハーンギールとその友人とで利益を山分けにする話を持ちかけたのである。[1]

　供述によれば、犯行日当日の夜、女性はターゲットの息子をジャハーンギールとその友人のもとへ連れていった。二人は、息子の顔をスカーフで覆ってリクシャーに押し込むと、始終泣き叫んでいる息子を、ごみ山の麓にあるカーターショップの倉庫へ運び、咳止めシロップと冷たい飲み物を与えた。身代金を手に入れるまで、そこに隠しておこうというのである。ところが、息子の顔を覆っていたスカーフを外してみると、それはターゲットの息子ではなく、一三歳になるその兄だった。これなら、要求する金額をさらに引き上げられると考えたジャハーンギールは、身代金を要求する電話の練習を始めた。しかしその電話をする前に警察がカーターショップに突入し、少年を解放するとともにジャハーンギールら一味を逮捕したという。

　サンジャイ・ナガルの路地は、ジャハーンギール逮捕の知らせを受けて騒然となった。くず拾いたちは、新聞やテレビ、あるいは携帯電話により路地中に広まったメールを通じて、スカーフで覆われたジャハーンギールの写真を見た。ハイダル・アリには、弁護士を雇うお金も、保釈金を支払う余裕もなかった。私はハイダル・アリに電話をしてみたが、このあたりの路地の携帯電話は、ごみ山に運ばれてくるごみと同調しており、めぼしいごみが来たときだけ充電される。そのためハイダル・アリの電話はたいてい電源が切れたままだった。だがある日の午後、私はハイダル・アリの家の外で、彼とばったり出会った。ハイダル・アリは、自分をじろじろ見ている私に気づくと、これから出かけるところだと告げた。ジャハーンギールの逮捕について尋ねても、「家のなかなら話ができるんだが（Ham hote to zaroor bataate）」と言うだけだった。私が一時間ほどそこで待っていると、やがてハイダル・アリが帰ってきて、私をバンジャーラー・ガッリーの外へ連れ出そうとしながら、「おれは何も知らなかったんだ（Hame:n kuch pata nahi tha）」と告げた。声が恥ずかしさで上《うわ》ずっている。私たち二人は黙ってバンジャーラー・ガッリーを脱け出した。

その数日後、シャキマンとハイダル・アリが、揺りかごを抱えてシャヒーンの家にやって来た。お金を貯めて、金属製のフレームにカラフルなリボンを巻いた揺りかごを買ったのだ。ハイダル・アリは、ファルザーナーが妊娠中に身を横たえて過ごしていた部屋の壁際に、それを置いた。だがファルザーナーは、もはやその部屋を占領しておらず、歩きまわっては育児用具をあちこちへ運び、義妹の汚れた衣服を集めて洗い、乾いた衣服を畳み、赤ん坊をあやして寝かしつけながら、こんなことをずっと子どもに話しかけていた。「お人形さん、わかる？　ねえ、あなたの鼻は誰に似てるの？　あなたの目は誰の目？（Guddi, tu samjhi na? Teri naak kiske jaisi hai? Teri aankh kiske jaisi hai?)」

私はジャハーンギールの逮捕から数週間後、のどのふくらみが顔にまで広がっていたファルザーナーを、ナイル病院のサティーシ・ダーラプ医師のもとへ連れていった。二年前、ファルザーナーの手術をした外科チームの責任者だった人物である。医師はすでに黄ばんだ治療記録に目を通し、現在の容体を尋ね、治療後の経過や、骨のなかに通された金属棒《ロッド》の様子などを調べた。

ファルザーナーは会釈をすると、ブルカを脱ぎ、赤ん坊を抱えたまま首を見せた。首まわりのふくらみをそっと押されたり突かれたりすると、痛みに顔をしかめた。医師の質問には、熱が出て痛みがあると答えた。医師の話では、なかの体液を抜いて検査してみないとわからないが、癌か結核の疑いがあるという。

数日後ファルザーナーは、その検査のため再び病院を訪れると、赤ん坊をファルハーに預け、医師に案内されて検査室へ入った。しばらくしてファルハーが呼ばれたので検査室をのぞいてみると、ブルカを脱いだファルザーナーが、黄色い軟膏を塗った首に血のにじんだガーゼを巻かれ、力なく静かにむせび泣いていた。頬から金属製のベッドを覆うゴムシートにかけてよだれが垂れ、手も足も細長いV字形にきつく折り曲げて体を丸めている。サテンで裏打ちされたピンクのレース編みのクルターが、その体を覆うように広がり、夕方の光を受けて輝いて見える。

ファルハーはその姿を見て、姉の腕に赤ん坊を滑り込ませた。ファルザーナーの涙が、まだ毛の生えそろっていない娘の柔らかな頭の上に転がり落ちる。「おばあちゃん、あなたの目が誰に似ているかわかる？（Buddi, teri aankh kiske jaisi hai?)」。ファルザーナーは涙を頬に伝わせながらも弱々しい笑みを浮かべ、そうささやくと、赤ん坊を強く抱きしめ、泣きながら乳を与えた。

やがてファルザーナーは、手のひらを開いてベッドをつかみ、体を起こすと、ブルカを着て赤ん坊を抱え、ファルハーと一緒に帰途についた。病院の向かい側にあるバス停でバスを待っていると、夕方の日の光がくすみ、次第に暗くなっていく。その日は、ガネーシャ神の偶像を海に流す、ガネーシャ祭の最終日だった。きらびやかなめでたい色に塗られた太鼓腹の偶像が、車やバスや重機の間をゆっくりと運ばれていく。目の前の道路では、ムンバイ市内の地下鉄線の工事のため、重機が狭い道路を砕いて粉々にしている。赤ん坊は賑やかな騒音に泣きわめいていた。特大の太鼓を打ち鳴らす音が、掘削機《くっさく》のうなりや車のクラクションの音を超えて響くかと思いきや、断続的にそれらの音が太鼓の音をかき消す。交通は工事のために停まり、工事は交通のために止まり、その両方が、偶然編成されたオーケストラが奏でる耳障りな舞曲に合わせてぎくしゃくと踊っている。ファルザーナーは赤ん坊を抱えたまま道路に身を乗り出し、自宅方面へ向かうバスを探した。すると遠くのほうに、渋滞につかまっているバスが見えたが、どのバスもゆっくりとこちらに進んできては、途中で向きを変えてしまう。

やがてナディームから電話がかかってきた。なぜまだ家に帰っていないのか？　まだ病院の近くにいるのか？　どうしてバスに乗るのにそんなに時間がかかるのか？　本当に病院に行ったのか？　ファルザーナーが帰宅したのは、もはや深夜近くだった。翌日ナディームは、前夜のことで不機嫌なままファルザーナーを実家へ送っていき、危険だからごみ山にもそこで働く人々にも近づくなと命じて仕事に出かけていった。ファルザーナーは実家で、赤ん坊を抱いたまま数日間横になっていた。ナディームの不安を和らげようと、目の前にそびえるごみ山にもほとんど近づかなかった。

ある日の午後、シャキマンがごみ山の端に座り、赤ん坊を連れて散歩するファルザーナーを見つめながら、私に尋ねてきた。「私はどうしたらいいのかね？（Kaam kaise karein?）」。息子は刑務所に入れられ、娘は病気に苦しんでいる。ビディー（bidi）というフィルターのないタバコを深く吸い、「心配でつぶれそうだよ（Fikar khaye jaa rahi hai）」と言う。ハイダル・アリをもう一度九〇フィート・ロードのヒーラーのもとへ行かせようかと考えながら、日の光がピンク色になり、ごみ山に落ちていくのを眺めている。

ファルザーナーが検査の結果を聞きに、赤ん坊を連れて一人で病院へ行くと、結核に感染していると告げられた。医師の話によると、薬を処方するが、この薬を毎日服用しないと結核菌が耐性をつけ、そのあとでまた服用を再開しても効果がなくなるという。それを聞くとファルザーナーはあわてて口を挟み、自宅の近くの病院で投薬治療を始めたいと申し出た。

くず拾いには結核がつきものだということは、ファルザーナーも知っていた。数カ月間実家の屋根裏で暮らしていたハイダル・アリのいとこバドゥレー・アーラムも、結核にかかってやせ細り、故郷の村へ帰っていった。それから二カ月以上音沙汰がなかったので、もしや死んだのではないかと心配していると、一週間ぐらい前にひょっこり戻ってきた。頰はふくらみ、表情も輝いている。話を聞くと、ヒーラーの祈禱と妻の看病のおかげで治ったのだという。だがファルザーナーは、誰もがバドゥレー・アーラムのように戻ってこられるわけではないことも知っていた。幼年時代の友人のなかには、両親が結核で衰弱したためにごみ山へ働きに出かけるようになり、そのまま飽くなき欲望が生み出したごみ山で仕事を続けざるを得なくなる者もいたのだ。

数日後、ファルザーナーは赤ん坊をくるみ、衣服やタオルを詰めたかばんを用意すると、アーラムギールと一緒にアルトゥール・ロード刑務所へ出かけた。ジャハーンギールに面会するためである。アーラムギールはこれまでも面会に行くたびに、ジャハーンギールから「ファルザーナーの世話を頼む（Farzana ka khayal rakhna）」と言われていた。そんなときにふざけて、ほかにも弟や妹がいるんじゃないのかと尋ねると、ジャハーンギールは声を途切らせながら、「いるんだけどな……（Hain ...）」と答えていた。それを受けてアーラムギールが、「兄貴がいちばん好きなのはファルザーナーなんだろ？（Par tu usko hi sabse zyada chahta hai?）」と尋ねたときに、「あいつをここへ連れてきてくれないか（Bhejna usko）」と言われたのだった。

ファルザーナーは、ガラスの仕切りのある部屋に通された。やがて仕切りの向こう側にジャハーンギールが入ってきて座った。ファルザーナーが仕切りのこちら側から電話越しに「元気？ 兄さん（Kaisa hai, bhai?)」と尋ねると、ジャハーンギールはうなずいて赤ん坊を見た。ファルザーナーが娘を抱え上げ、ガラスの仕切りに押しつけるようにして見せる。「おまえの娘か？（Teri beti hai?)」。ファルザーナーはうなずき、「かわいいの（Achhi hai)」と答える。兄と妹は互いに見つめ合った。ともに、もう少しでごみ山やその影から脱け出せるところまで行きながら、あの斜面につきまとわれては捕らえられ、絶えずそこへ連れ戻されてきた二人だった。やがて看守が入ってきて面会の終了を告げた。ジャハーンギールが最後に「おまえは大丈夫なんだな？（Tu theek hai na?)」と尋ねると、ファルザーナーはうなずいて見せた。

その数日後、ナイル病院から私に電話があり、ファルザーナーがきちんと薬を飲んでいるかどうかを尋ねられるとともに、彼女の銀行口座について聞かれた。結核患者には政府の助成金が下りるため、銀行口座がわかればそこに送金するという。そこで彼女の家を訪ねてみると、ファルザーナーは赤ん坊と遊んでいた。名前はアエシャ（「賢者」の意）にしたという。話を聞くと、ファルザーナーは少し前から薬を飲むのをやめていた。めまいがするようで、目の前が真っ暗になるという。サハーニーがのちに教えてくれたところによると、ナディームももう薬を買い与えていないらしい。

ファルザーナーの熱は上がり下がりを繰り返した。首はふくれあがっては縮んでいくように見えた。それでもファルザーナーは赤ん坊に夢中だった。赤ん坊は大きくなってますますふくよかになり、歯茎を見せて笑うようになった。「お人形さん、その笑顔はあなたのものじゃないの、わかる？（Guddi, Guddi, tujhe pata hai na, teri hasee teri nahi hai?)」。そう言いながらフアルザーナーが赤ん坊の鼻をくすぐると、アエシャはけらけらと笑った。ファルザーナーが話しかける言葉のなかで、アエシャは「お人形さん」になったり「おばあちゃん」になったりしたが、これからもアエシャのものは何一つないだろう。それはすべて、父親から受け継いだものであり、背後にそびえるごみ山から集められたものであり、市街地から絶えずごみ収集車で運ばれてきたものなのだ。

「わかる？　ねえ、あなたの鼻だってあなたのじゃない（Tujhe pata hai na, teri naak bhi teri nahi hai?）。おばあちゃん、おばあちゃん、あなたが持っているもののなかにあなたのものは一つもないの。そうね？（Buddhi, Buddhi, tera kuch bhi tera nahi hai, theek hai?）」

あとがき

二〇一九年の最初の週に、私は裁判所の大きな石づくりの階段を上って三階へ向かった。オーカー判事が審理を務める法廷の部屋番号が変更になったのだ。それに伴い、デオナールの案件を審理する部屋も移動した。

その途中、暗い踊り場にたどり着くと、そこに大理石の銘板があり、バール・ガンガーダル・ティラクの言葉が刻まれていた。一九〇八年にその奥にある法廷で、イギリス政府に対する扇動罪により有罪判決を受けた自由の闘士である。[1]「人間や国家の運命を支配する大いなる力というものがある。私が示した大義は、私が自由のままでいるよりも私が苦しんだほうが発展するというのが、神の意志なのかもしれない」。ディンシャー・ダーヴァル判事が有罪判決を下すと、ティラクはそう言ったという。

一八九七年、当時弁護士だったダーヴァルは、運命のいたずらにより、扇動罪で告訴されたティラクの弁護人を務めた。[2] 当時はボンベイ市や、ティラクが暮らしていたその隣のプネー市の全域で、疫病が猛威を振るっていた。イギリス軍による家庭や生活、個人への蹂躙が続き、住民の怒りが高まると、ティラクは自身の新聞『ケースリー（*Kesari*）』に、イギリス政府の疫病対策に対する攻撃をほのめかす記事を掲載した。そこで政府の法務官が、社会の緊張を高め、プネー市疫病委員会議長W・C・ランドの殺害を教唆した罪で、ティラクを訴えた。その結果、ティラクが懲役一八カ月の判決を受けると、両市の市民の怒りはさらに燃えあがった。ところがその数週間後、カチュラー列車が運行を始め、ボンベイ市街地のごみをデオナールの湿地へ運ぶようになった。すると疫病が収まり、繁栄が戻った。市は惜しみなくものを消費しては廃棄し、そのごみを遠くの湿地まで運んで捨てた。市街地の住民の目に見えないところで、湿地のごみは増えていった。

　こうしてごみ山が生まれてから一二〇年が経ち、この廊下の奥の部屋で、ムンバイ市のごみ山地区の問題に対処し、市街地にまで広がる有害なガスや、それにより生まれる疾患を抑制する取り組みが、曲がりなりにも進められていた。私は廊下の角を曲がり、オーカー判事の新たな法廷となった、がらんとしただだっ広い部屋へ入った。そこでは判事が、遠くから聞こえるくぐもったこだまのような声を響かせ、刑事事件を審理していた。「その人たちはどこで死体を見つけたのかね？」

　やがて、あのなじみのどさりという音とともに、判事の机の上にデオナールの公判資料が置かれ、オーカーが口を開いた。候補地だったムルンドの地所に関するあらゆる訴訟を報告しなかったあの弁護人たちは、すでに罰せられたのか？　新たに現代的なごみ集積場をつくるための用地は、いつ提供されるのか？　そして何よりも、デオナールのごみ山地区はいつになったら閉鎖できるのか？　すると市の弁護人は、オーカー判事がまた憤慨している様子を見て取り、もはや閉鎖されているも同然だと答えた。実際、いまでは大半のごみ収集車が、現代的なカーンジュールマールグごみ集積場に向かっていた。デオナール地区の外縁にあるごみ山の頂に立つと、入り江のはるか向こうにごみ山ができているのが見える。そのごみ山は五年前から徐々に高さを増していたが、来年には堆肥化されるという。

二〇一九年四月九日、オーカー判事は、デオナールのごみ山地区の使用を本年限りとするとの命令を発表した。[3] 二〇一九年一二月三一日以降、デオナールへの新たなごみの廃棄は禁止となる。これまでのごみ山は、徐々に沈下を始めるか、電力や堆肥に変えられることになる。判事はその翌日、隣のカルナータカ州の高等裁判所の首席判事へと異動になった。

私はその後もごみ山やその周囲の路地を訪ねた。そして、ごみ収集車がこのごみ山に来なくなり、廃棄物発電所の契約が公表され、新たなごみ集積場が稼働を始めるのを待った。だがごみ収集車の数は減ったものの、来なくなることはなかった。市の技官の話によれば、それらはすべて間もなく実現するという。

ごみ山で私は、偶然ジェーハーナーに会った。この地区が最終的に閉鎖されるという話を聞いているかと尋ねると、逆に、アシフの消息を知らないかと聞き返された。あなたはアシフを知っているはずだと彼女は言う。私はうなずいてみせたが、実際のところ、そんな名前の少年に会ったことがあったかどうか思い出せない。くず拾いたちの話によると、アシフは一四歳で、午前中は学校に行き、午後はごみ山で仕事をしていた。ところが一週間ほど前、警備員に見つかり追いかけられた。友人たちは自宅がある方向へ滑り下りていったが、アシフだけは入り江のほうへ真っ直ぐ走っていった。警備員はそのあとを追いかけたが、途中で見失ってしまった。

友人たちがラフィーク・ナガルに戻ってくると、アシフの母親のアフサーナーが、息子の居場所を尋ねた。友人たちは、じきに帰ってくると言う。おそらく警備員につかまったか、警備員が立ち去るまでどこかに隠れているのだろう。やがて夕闇が訪れると、母親は息子を探しに出かけ、一晩中探し続けた。警備員の詰所にも行って尋ねてみたが、アシフの姿は見ていないらしい。翌日、アフサーナーは警察に届け出た。警察官を連れて斜面を探したが、どこにも見つからない。警備員と警察官がそれから数日かけて捜索したが、やはり見つからない。いかだで逃げたのかと彼らが言うと、それはないと母親は言う。すると間もなく、母親の夢のなかにアシフが現れるようになった。アシフは微笑みながら母親に話しかけ、自分は近くにいると言う。私が母親に会いに行ってみると、母親は早く見つけてあげないといけないと語っていた。

アフサーナーは毎日朝になると、昼勤のくず拾いたちと一緒にごみ山に出かけては、夏の強い日差しを受けて葉を落としたイバラの茂みのなかをのぞいたり、もはやごみが空けられることもないかつての平地まで足を運んだり、ビニールが絡まったマングローブ林のなかを胸まで水に浸かったりしながら探しまわった。そして夜勤のくず拾いたちが働き始めたあとに、何の手がかりも得られないまま帰ってきた。

また、借金をしてボートを借り、ごみ山地区の入り江のあたりを捜索してもみた。アシフが岸辺の柔らかい泥にはまって動けなくなっているのではないか、水中に漂うビニールや木の根に絡みつかれて脱け出せなくなっているのではないか、あるいは、入り江へ流れ込む排水と一緒に遠くへ押し流されてしまったのではないかと思われたからだ。

やがてくず拾いたちが、アシフは警備員から逃れるため入り江に飛び込んだに違いないと言いだすと、それならもう岸に上がっているはずだとアフサーナーが反論した。ごみ山の周辺でよく噂されていたように、腎臓を狙っている臓器密売人に誘拐されたのかもしれないと言う者もいた。だが、アフサーナーの夢にはいまだアシフが現れた。アフサーナーは息子がそばにいるのだと思い、早く見つけてやらなければと思った。数カ月もの間、毎朝息子の写真を持って出かけ、暗くなるまで帰ってこなかった。私が見たその写真には、ベージュのサルワールのスーツを着たアシフが写っていた。いまだ頰がふっくらとした、絶えず笑っているような童顔である。

私はごみ山を歩くようになったこの数年の間に、ヒマワリの花が描かれた子ども用のサンダルや、途中で飽きてしまったのか半分ほど中身が残っている、贈り物らしいきらきら輝く香水びんを見つけた。そんなとき、私はふと、それらはかつての持ち主の生活のなかでどんな役割を果たしていたのかと考えた。それらのおかげで、ごみ山から遠く離れたところで人間関係がより深まったり、贈り物を受け取った人がより大切な存在になったりしたのだろうか？　アフサーナーはその日も、アシフの写真を持ってごみ山を歩いていた。アシフは相変わらず母親の夢に現れ、すぐそばにいると告げていた。母親は探さずにはいられなかった。

別の日にこの地区を訪れると、カーン兄弟の弟アティークに会った。三年服役したのちに保釈されたのだという。アティークはこう語っていた。自分はごみ山とも火災とも関係がない。手下どもが自分の名前を勝手に使っていただけだ。壁はいつも壊れていたし、火事なんてしょっちゅう起きていた、と。そしてさらに、自分や兄のラフィークについてこう訴えた。「おれたちは誰にも従わない。だからはめられたんだよ（Ham jhukte nahi na, to hame mohra banaya gaya)」

ファルザーナーは再び妊娠した。ときどきドゥパッターが滑り落ち、ふくれあがった首が見えたが、それ以外のときはずっと隠していた。あるいは、腫れがひいていることもあったのかもしれない。出産前の定期健診で、医師もこの首を診て結核の検査を受けるよう勧めたが、身ごもった男児を出産する目的以外で病院に行くことはなかった。

ジャハーンギールとは法廷でしか会えなかった。法廷には、まるで父親に会うのが祝い事でもあるかのように、メイクをしてふわふわの服をきた子どもたちも来ていた。ジャハーンギールはいつも法の抜け穴を探し、こう語っていた。「おれは電話をしていない。それなのに身代金要求の罪で有罪にできるのかい？（Maine phone to kiya hi nahi tha to phirauti kaise hua?)」

バンジャーラー・ガッリーを歩いていると、ときどき私の名前を呼ぶ声が聞こえたので、次に聞こえたときにすぐさま振り返ってみると、金髪の頭を横に傾けた人物がにこやかに笑いかけていた。ヤースミーンの下の息子サミールだ。太陽を遮るように路地に立ち、首を引っ込める独特の仕草で挨拶をしてくる。サミールは、この地区のあちこちであふれているごみ箱のなかから、わずかでもお金になるものを拾い集める仕事を続けていた。モーハッラム・アリはとうとう永久に姿を消してしまった。ヤースミーンは臨床試験へ出かける途中、駅で転倒してしまい、前歯を数本失うとともに、わずかに残っていた若さも失った。その後結核にかかり、臨床試験からも締め出されてしまった。結核についてはヘーラーも同様である。メーハルーンは結局学校へ行けないまま、二〇二〇年一一月に一七歳で婚約した。

ある日の午後、路地の角を曲がると、ジャスミンの香りに満ちた一画があった。サルマーが人だかりのなかに立ち、ある女性から花を受け取っている。その女性は、売りに出す花飾りをつくってもらおうと花を配っていたのだ。私はサルマーと一緒に、その足をひきずるゆっくりとした歩き方に合わせて、彼女の家へと歩きながら話をした。毎年冬になると目が腫れ、視界がぼんやりするという。息子のアスラムはどうしているかと尋ねると、そっと「二週間前に消えた（Vo to do hafte pehle off ho gaya）」と言う。「消えた」とは、ムンバイあたりの表現で「死んだ」ことを意味する。アスラムの体のなかには数年にわたり、結核やアルコール、あるいはごみ山にまつわる依存症が渦巻いていたが、それらから完全に解放されることはなく、最終的にはそれらの餌食《えじき》になってしまったのだ。

ヴィーターバーイーは市街地でいくつか掃除の仕事を見つけ、上司から借金をしては、子どもの病気の治療費や、屋根から落ちた孫の手術費用、壊れた家の修繕費をまかなっている。働いては借りを支払い、さらなるお金を借りなければならない運命なのだ。慌ただしい所作やきらきらと輝く目は、初めて会ったころと変わらないが、いまでは両手をだらしなくぶら下げ、揺れるようにゆっくりと歩いていた。

私はよく、散歩の終点にハイダル・アリの家を選んだ。そんなとき彼は、ごみ山で見つけたもので私をもてなしながら、お金を稼いでジャハーンギールを保釈させる計画を語っていた。一度などは、裕福な若い夫婦の家で使われていたと思われる、枕のように柔らかい黒革のソファに座るように言われたが、私はいつものように床に、差し向かいに腰を下ろした。ハイダル・アリの話によると、ジャハーンギールの弁護士を雇うため、この家を売るつもりだという。私はこの家に生まれては出ていった数世代の顔触れを思い出し、家族はその後どこで暮らすのかと尋ねてみた。するとそのとき、一六歳になるジェーハーナーの娘ムスカーンが体を折り曲げ、ぐずぐずした足取りで入ってきて、私のそばの床に体を丸めて横たわった。ハイダル・アリは私の質問に「どうなるかな（Dekhenge）」と答え、ムスカーンは結核にかかっているがだいぶよくなったと続けた。ファルザーナーの結婚式の写真に写っていたムスカーンは、背が高く、しなやかで、生き生きとしていた。

次にハイダル・アリの家を訪れたとき、ムスカーンは以前ソファが置いてあったところに寝ていた。ソファをどこへやったのかと尋ねると、ハイダル・アリは笑った。ソファから出てきたトコジラミが家中にはびこり、家族全員がその被害にあったため、処分せざるを得なくなったらしい。私が訪れると、ハイダル・アリはあるときには陶製のティーセットで紅茶を、またあるときにはクリスタルのグラスで水を出すよう家族に言いつけた。すると家族の誰かが、床の上で半睡《はんすい》状態か熟睡状態にあるムスカーンを跳び越えて、それらを運んでくるのだった。

またのちにこの家を訪ねてみると、今度はスチール製のタンブラーに入れた紅茶と水を出された。雨季の嵐で家の前面が壊れてしまい、家を売る計画は遅れていた。そのときにふと、三日前にムスカーンが死んだ話は聞いているかと尋ねられた。そのころになるとムスカーンは、この家まで来る力もなくなり、ごみ山の端にあるジェーハーナーの家で寝ていたが、自分にまとわりつくハエも追い払えないほど憔悴《しょうすい》していた。ジェーハーナーの話では、ある日の午後遅く、太陽の日差しが当たってのどが渇いただろうと思い、娘に水をあげようとして振り返ると、もう息を引き取っていたという。

ハイダル・アリは、一時的な仕事のため故郷の村へ出かけて戻ってくると急に、みんな自分の祖父の名前を忘れるな、と言い始めた。というのは二〇一九年一二月、インド政府が市民権改正法（CAA; Citizenship Amendment Act）を可決し、自分の市民権を証明できる書類を提示できないイスラム教徒の収容や国外追放を合法化したからだ。ファルザーナーが暮らす路地の外には、こんな横断幕が掲げられた。「政府はわれわれをインドから追い出すつもりらしいが、教えてほしい。われわれが自宅を放棄しなければならないのは、そこに幽霊が棲みついているからなのか？（Vo kehte hain, Hindustan chod dein ham. Batao, bhoot ke dar se makaan chod dein ham?）」

ハイダル・アリの家では、家の前面が元どおりに修繕され、家を売ってジャハーンギールを保釈させる計画が復活していた。ファルザーナーは自宅で、曾祖父の名前を繰り返し唱えていた。この家族には、合法的な市民であることを示す正式な書類があるのかどうかもわからなければ、それを証明するために、役人が訪ねてきたときにどんな情報を提示すればいいのかもわからなかった。そのため役に立ちそうな情報を覚え、ほんのわずかな失敗により違法な占拠者と見なされることのないよう尋問に備えていたのである。

それから数カ月が過ぎ、シャルマーは、ごみ山地区の閉鎖を確かなものにする審理がいまだ始まらないのを懸念していた。その間、この案件が最高裁の公判リストに再び登録されることはなかった。市街地に新規建設を認める六カ月の期間は、無期限に延長された。

二〇一九年一二月、ボンベイ高等裁判所で審理が再開された。新たにデオナールの運命を担うことになったのは、S・C・ダルマーディカーリー判事である。だがこの判事は、次のような主張を展開した。最終期限を定めるのは裁判所の仕事ではない。ごみ山地区の閉鎖に取り組んでいるのは市だ。廃棄物発電所のようなプロジェクトには時間がかかる、と。そして、二〇一九年一二月一九日の裁判所命令を通じて、ごみ山地区の延命を認めた。[4] 二〇二〇年一一月六日には、市議会が新たな廃棄物発電所の建設計画を可決した。しかしこの発電所は、デオナール地区の廃棄物六〇〇トンを消費するというが、それは当時運び込まれていた一日の廃棄物量の半分にも満たない。[5] しかも、発電所が完成するまでに三年はかかるという。

二〇二一年二月、インド政府は、「ごみの遺産《レガシー》」とも言うべきごみ山の縮小や建設廃材の管理を通じて大気汚染の悪化を抑制する取り組みに、四〇〇億ドルを投じる計画を発表している。

なお、不注意運転により重大な傷害事故を引き起こしたハシム・カーン（「ナンヘー」と呼ばれていたファルザーナーの事故の加害者）の公判は行なわれていない。ハシムはいまだ保釈中の身である。

謝辞

本書を執筆できたのは、バンジャーラー・ガッリーの住民がその家庭や生活に私を迎え入れてくれたからにほかならない。二〇一六年の初め、私がローンを提供するためではなく、ただ彼らの消息を聞くためにその路地に戻ってきた際に、サルマー・シェイクがこう言ったのを覚えている。「いくら話したって、このごみ山での生活を理解する助けにはならない。ビデオカメラを持ってきたほうがいい（Bolne se samajh mein nahi aayega, hum kaise jiye khaadi par. Video camera le ke aao）」。彼女もほかの人たちも、私をごみ山のあちこちへと案内し、それぞれの家庭や自分が訪れる病院、子どもたちが通っている学校、刺繍工房やカーターショップに連れていっては、さまざまな思い出や苦しい生活、ますます募る体の痛みについて生き生きと語ってくれた。

本書で取り上げた家族の方々には感謝の言葉もない。ほんのわずか登場しただけ、あるいは本書には書かなかった人たちからの支援にも恵まれた。シャッビール・パターン、ミヤー・カーン、リーラーバーイー・パワル、シャキール・シェイク、シヴァ・シェイク、ラウフ・シェイク、アクタール・フセイン・ムッラー、フセイン・シェイク、そのほか無数の方々である。

またギーター・アーナンドは、私が混乱した嵐雲《らんうん》にはまり込んでいるように見えるときでさえ、二週間に一度本書の草稿に目を通し、内容を整えてくれた。何よりも彼女は、バークリーに戻った直後、その混乱した草稿のなかでもひときわ輝いているのがファルザーナーだと教えてくれた。そして、ファルザーナーが言いにくいことを言えるように、あるいは私がそれらのことを尋ね、話を聞き、書くことができるように、遠方から私と彼女との間を取り持ってくれた。私の手でファルザーナーの物語を紡げたのも、ファルザーナーと友情を築けたのも、彼女のおかげだ。その恩に報いるには、一〇〇年を超えるデオナール地区の歴史と同じぐらいの時間がかかるかもしれない。

タラン・カーンは、私のなかで解《ほど》きがたいほどにこんがらがっていたがどうしても話さずにはいられない物語を見て、私の不手際やつまずきを毎日のように指摘してくれた。マヌ・ジョセフは、文章がもつれ、ムンバイを表現する比喩が混乱を来たし、出版が行き詰まったかのように見える状況にある私に、いつも光を投げかけてくれた。タランとマヌの揺るぎない支援のおかげで、本書執筆中に経験したいちばんきつい峠を越えることができた。

セシリー・ゲイフォードは、このプロジェクトを受け入れるとともに、私の意識や文章能力を向上させてくれた。自分にもそんな才能があったらと何度思ったことだろう。彼女は当初から、本書はファルザーナーの物語ではあるが、もっと多くの人々の物語でもあることを理解していた。本書の質が高まり、輝きが増したのは、上品で思慮深く、思いやりに満ちた彼女のおかげである。

私の著作権代理人ソフィー・スカードは、いつも冷静に、このプロジェクトを日増しに悪化する市場《マーケット》へと導いてくれた。彼女とアリソン・ルイス、ジョージナ・ル・グライスには、ごみに囲まれたバンジャーラー・ガッリーでの暮らしを、そこから遠く離れた世界の各地へと伝えてくれたことに感謝している。だがどこの地でも、欲望の残骸がごみ山やそこで暮らす人々を生み出していることに変わりはない。この作品が、欲望やその暗い成れの果てを縮小するプロジェクトを発展させる一助になることを願っている。

勇敢なR・K・シャルマーは、デオナールをはじめとする廃棄物の世界を旅する私にたびたび同行してくれた。何度も一緒にごみ山を歩き、廃棄物処理場を訪れ、公判を傍聴し、ごみ山の運命についてあれこれ議論しながらいつまでも紅茶を酌み交わした。ごみ山にとりつかれた私につき合ってくれたことに、深甚なる感謝を捧げたい。また、もやに包まれたごみ山の実態を理解するためデータや資料が必要なときには、ダヤーナンド・スターリンのお世話になった。スターリンは数年にわたり、情報請求の申請プロセスに手を貸してくれた。ごみ山の世界について生き生きとつづられた数千ページもの資料を入手できたのは、この人物のおかげである。

デオナールのごみ山の周辺で開業していたカーリッド・シェイク医師とカーリッド・オスワル医師（後者はカーリッド養護施設を運営している）は、本書の執筆に必要な研究資料の提供や背景事情の説明、連絡先の紹介など、さまざまな形で手を差し伸べてくれた。

デオナールに関する高等裁判所委員会の議長を務めた二人、K・P・ラグヴァンシとラーフル・アスターナーも、それぞれの知見を提供してくれた。

ジャイラージ・パータク、アジット・クマール・ジャイン、バールチャンドラ・パテール、ラジーヴ・ジャロータ、M・R・シャー、アミヤ・サフー、そのほか匿名を希望された退職後あるいは現役の市職員十数名は、ごみ山の生活について、あるいはごみ山の管理や刷新の難しさについて背景事情や詳細な情報を教えてくれた。ただし、彼らから情報を得たとはいえ、それに基づく分析は私自身による。チャンダン・シンは、ごみ山に関する数百件もの情報提供要請《RTI》を、辛抱強く、迅速かつ快活に処理してくれた。

NPO法人プラジャのジェニファー・スペンサー率いるチームは、ごみ山周辺地区の健康や教育に関するデータを提供してくれた。そのおかげで、どうしても知りたかったこの地区の発展が進まない事情を理解できた。本書を執筆中にこの世を去ったジョキン・アルプタムは、わがヴァンダナ財団を運営するだけでなく、ごみ山周辺にスラム街が生まれ、解体され、またつくられた経緯について重要な秘話も教えてくれた。彼の指導を受けることも彼の話を聞くこともできなくなったのは、大きな痛手である。この地区の市政機関の一員であるルクシャーナ・シェイクは、デオナールに関する情報のほか、生《バイオ》医療廃棄物の処理場に関する研究成果や知見の収集を熱心に支援してくれた。

R・K・シャルマーの弁護団の一人ヴィグネーシュ・カーマトは、数百時間に及ぶ公判の資料を提供し、私の記憶やメモを補完してくれた。ロヒット・デーとラーヘラー・コーラーキヴァーラーは、優れた著書や会話を通じて、ムンバイの裁判の仕組みを教えてくれた。

本書を執筆していたころ、スクルティー・イッサールはすでにオックスフォード大学を離れ、パリ政治学院の教授として活躍していたが、オックスフォード大学ボドリアン図書館での私の調査活動を支援してくれた。正規文書に記載された日付である一九二七年から一八九九年まで、デオナール地区の歴史をさかのぼる調査である。マハーラーシュトラ州議会図書館のニレシュ・ヴァドネーカルは、デオナールに関する議事録や新聞記事を探し出してくれた。

ムンバイを叙情的に報じてきた『デイリー・ヒンドゥスタン』誌の編集者サルファラージ・アルフは、本書の草稿を読んで意見を聞かせてくれた。A・D・サーヴァント医師は、ごみ山の有毒ガスやその健康への影響について、丹念に説明してくれた。アンジャリ・バンサル、デーヴィナー・パーレーク、タンヴィー・カント、シヴァージー・ニムハン、アブドゥル・ラウフ・シェイク、ビルジュ・ムンダダー、キショーレー・ガーイケー、プラッフラ・マルパクワールは調査面で、カニカー・シャルマー、アビジート・ラーネーは法律面で、計り知れない支援を提供してくれた。

ローンの回収を担当していた細身のサチン・タンベーは、私と一緒にごみ山周辺の狭い路地を歩きながら、くず拾いたちの居場所や頻繁に移り変わる家を探し、不安定な生活を追跡する作業を手伝ってくれた。ヴァンダナ財団のプラシャント・シンデーは、無限に続く書類申請の送付・追跡・まとめを手伝ってくれた。

ビヤース・サンニャールは、果てしなく見える調査の事実確認を援助してくれた。アシュレーシャ・アタヴァレーは、マラーティー語の資料を調べてくれた。どちらも、私の文章の不具合を取り除くためである。

また、さまざまな執筆奨励プログラムのおかげで、数年にわたり収集したインタビューや調査資料をもとに、デオナール地区の世界を紙面上に再創造することができた。ローガン・ノンフィクション・プログラムの奨励基金は二度、本書執筆の最初の時期と最後の時期に利用させてもらった。ロックフェラー財団ベラージオ・センターのピラル・ピラシア率いるチームは、執筆に最適な環境のほか、優秀な同業者との交友や、デオナールでは望むべくもない眺望を提供してくれた。またブルー・マウンテン・センターは、ムンバイ市民の私が経験したことがないような静けさや平穏を与えてくれた。そのおかげで、私の心のなかにゆっくりと立ち現れるデオナールの世界をとらえることができた。本書の執筆を始めたのはサンガム・ハウスだった。インドの伝統舞踊学校ヌリティヤグラームから聞こえる舞踊の拍子に合わせ、ノートにまとめた情報がパソコンにあふれ出し、留まることがなかったのを覚えている。また、ドーラー・マール・ハウスにも感謝の言葉を述べておきたい。パンデミックによるロックダウンで移動が制限されなければ利用する予定だったホテルである。いつかそこで仕事ができたらと思う。本書は、デオナール地区の世界に浸りきった私から生まれたものではあるが、これら現場から離れたプログラムがなければ執筆できなかったことだろう。ここに深く謝意を表したい。

これらのプログラムはまた、私よりもはるかに優れた著書を執筆しているライターとの貴重な交流の機会も与えてくれた。リサ・コーとキラン・デーサーイーは、一緒にベラージオやブルー・マウンテンをゆっくりと散策したり、カヌーやフェリーに乗ったり、長い食事を楽しんだり、慌ただしくメールをやりとりしたりするなかで、それぞれの経験を語ってくれた。スザンナ・レサード、エイドリアン・ルブラン、スージー・ハンセンは、筆者として目に見えない存在になることばかりを考えていた私に、一人称での語りについて貴重なアドバイスをくれた。リザ・ラヴィゾ・モーリーは、ファルザーナーがすでに治癒しているというのに、その悲惨な治療記録を読み解く手助けをしてくれた。パリナ・サムラー・バジャージも同様である。アビー・サイフ、メラニー・スミス、ジャスティン・カグート・ゴーは、文学や芸術、都市、やや異なる視点について遠方から助言をくれた。

ストックホルムにあるスウェーデン王立工科大学のマルコ・アルミエロは、イタリアの廃棄物危機について知見や逸話、知識を提供してくれた。ラジェーシュ・パルメーシュワランとマークリー・ボイヤーは、ニューヨーク市の埋め立て地やその廃棄物、そこから生まれた芸術の世界を探訪する私に同行してくれた。

さらに、マンディ・グリーンフィールドやグレアム・ホールなど、出版社プロファイルのチームに感謝したい。ムンバイから遠く離れていることをまるで感じさせないほど、入念な編集作業をしてくれた。シュヴェターシュリー・マジュムダールは、私が雑務に巻き込まれることのないよう気前よく面倒な仕事を引き受けてくれた。

そして両親と妹に、誰よりも感謝の言葉を伝えたい。父と私が財団を運営するなか、母と妹はそれをサポートし、借り手の悩みを改善できるよう毎日私の背中を押してくれた。本書を執筆している間ずっと、この家族の愛のおかげで、うまく書けずに落ち込んでも立ち直り、自分の至らなさを克服し、完全に行き詰まって画面をじっと見つめるしかなかったときでさえ、パソコンに言葉を注ぎ込むことができたのだ。

ごみ山で見つけた絵（著者撮影）

25 大丈夫

1 Jehangir に対する特別公判、ニュース報道、および警察の犯罪記録。

あとがき

1 Bombay High Court Archives. https://bombayhighcourt.nic.in/libweb/historicalcases/cases/1908%2810%29BLR848.pdf.

2 Bombay High Court で行なわれた扇動罪に関する最初の裁判。https://bombayhighcourt.nic.in/libweb/historicalcases/cases/ILR1898%2822%29BOM112.pdf.

3 2019年4月9日に Bombay High Court が発表した命令。https://bombayhighcourt.nic.in/generatenewauth.php?bhcpar=cGF0aD0uL3dyaXRlcmVhZGRhdGEvZGF0YS9jaXZpbC8yMDE5LyZmbmFtZT1DQUkyMjY5NzEzMDkwNDE5LnBkZiZzbWZsYWc9TiZyanVkZGF0ZT0mdXBsb2FkZHQ9MDcvMDUvMjAxOSZzcGFzc3BocmFzZT0xMDAxMjEyMzI2MTA=.

4 2019年12月19日に Bombay High Court の Justices S. C. Dharmadhikari and R.I. Chagla が発表した命令。同裁判所のウェブサイトで閲覧できる。

5 *Times of India*, 5 November 2020; https://timesofindia.indiatimes.com/city/mumbai/mumbai-bmc-panelgreenlights-rs-1100-crore-deonar-waste-to-energyplant-plan/articleshow/79053083.cms.

3 2017年7月15日の裁判所委員会議事録による（RTIに基づいて入手）。警察によると、マングローブ林がくず拾いたちの侵入を阻む天然の障壁となっているうえに、岸辺における建設は法令で認められていないという。
4 R. K. Sharmaの弁護団により行なわれた廃棄物到着資料（Justice Okaの命令により記録されていた）の調査による。
5 裁判所に提出された、All India Institute for Local Self-Governmentが作成した報告書。
6 2016年5月にNEERIが作成した報告書。デオナール廃棄物発電所のプロジェクト報告書に添付された。
7 Chore Committeeの報告書。2017年7月12日付の*Indian Express*に掲載されている。
8 Lohiya Committeeの報告書。

22 結婚

1 William Bryant Logan, 'The Lessons of a Hideous Forest', *New York Times,* 20 July 2019.

23 変化

1 2017年8月24日にBombay High Courtが発表した命令。
2 2017年9月4日にSupreme Courtが発表した命令。
3 https://en.wikipedia.org/wiki/2017_Koshe_landslide.
4 *Muslims in Indian Cities: Trajectories of Marginalisation*（HarperCollins, 2012）の冒頭に掲載されたLaurent GayerとChristophe Jaffrelotの論文に、National Sample Surveyのデータが引用されている。それによれば、イスラム教徒の毎月の平均支出はたった800ルピーであり、被差別民であるダリトや先住民族の末裔であるアーディヴァースィーと変わらないという。ダリトやイスラム教徒は、ごみ山の周囲で暮らす住民のほとんどを占めている。ちなみに、カースト上位のヒンドゥー教徒の平均支出は1469ルピーである。2004～05年のデータによる。

24 延命

1 2018年3月15日にSupreme Courtが発表した命令。
2 Court Committeeの議事録による。
3 Rahela Khorakiwalaの著書*From the Colonial to the Contemporary*による。高等裁判所を新築する用地を選定する訴訟については、新聞各紙でも報道されていた。
4 High Courtの命令には、Debt Recovery Tribunal（債権回収審判所）は適切な作業スペースを与えられるべきだとある。
5 2019年7月10日にSupreme Courtが発表した命令には、「ごみの山」が市を埋め尽くしかねない状況にあり、市政府はこの状況を改善する必要があると記されている。
6 2020年7月6日にNational Academy for Legal Studies and Researchの法学生向けに開催された講演会。

16 惨事

1 この章の記述は、Farzana の同意を得て Sion Hospital から入手した彼女の治療記録、警察の犯罪事件簿、および家族やくず拾い、市の職員などからの聞き取り調査をもとにしている。警察の犯罪事件簿には、Farzana の医療報告や Hashim の証言などが記されている。

17 ナディーム

1 Tata Consulting Engineers のプロジェクト報告書による。

18 約束

1 https://indianexpress.com/article/cities/mumbai/deonar-tenders-floated-for-waste-to-energy-project-4365155/.

19 カネ

1 1897 年の市行政長官の報告書によると、市内に Garlic 社の焼却炉があったが、カチュラー列車が運行を始め、ごみをデオナールへ運ぶようになると解体され、スクラップとして売られたという。

2 MIT Poverty Action Lab の Abhijit Banerjee、Cynthia Kinnan、Esther Duflo が行なったランダム化比較試験によると、マイクロファイナンスは事業投資の増加を促すが、すでに多大な利益のある事業の利益を増やすだけだという。ハイダラーバード〔インド中南部、テランガーナ州の州都で IT 産業が盛ん〕で実施された調査でも、融資を受けた人々は自身の事業の成長に投資するが、大きく成長できるのはすでに利益をあげている事業だけだとの結果が出ている。私自身も、彼らが生み出したわずかばかりの利益が、突然の病気や結婚式、葬式、故郷への帰省などで消えてしまうのを見てきた。Hyder Ali や Moharram Ali らも、わずかな利益をあげては緊急事態のためにそれを失うというこのサイクルにはまり込んでいる場合が多い。

21 オーカー判事

1 2016 年（7 月）に Tata Consulting Engineers が作成したデオナール廃棄物発電所プロジェクト草案。公判に関する記述は、私自身のメモによる。私は数百時間にわたり公判を傍聴するなかで、その内容をよく聞くため、次第に後方から前方へと席を移していった。のちに読んだ Dr Rahela Khorakiwala の著書 *From the Colonial to the Contemporary: Images, Iconography, Memories and Performances of Law in India's High Courts*（Hart/Bloomsbury 2020）によると、これを「聴覚自閉症（Auditory autism）」と言うらしい〔聴覚情報処理障害のことと思われる〕。ちなみに、このメモの内容はのちに、法廷にいたほかの人と再確認している。

2 R. K. Sharma が Bombay High Court に提出した請願書による。

次いでBombay High Courtで審理されたが、この命令には、ごみ山においてKhan兄弟が果たした役割に関する警察や兄弟の報告や陳述、保釈の否認の説明がある。ただしKhan兄弟は、数カ月後に保釈されている。https://bombayhighcourt.nic.in/generatenewauth.php?bhcpar=cGF0aD0uL3dyaXRlcmVhZGRhdGEvZGF0YS9jcmltaW5hbC8yMDE4LyZmbmFtZT0yQkEzMDIwMTcwMTEwMTgucGRmJnNtZmxhZz1OJnJqdWRkYXRlPSZ1cGxvYWRkdD0yMi8xMS8yMDE4JnNwYXNzcGhyYXNlPTExMDEyMTE2NTA0NA.

3 私がのちに確認したところによると、Lohiya Committeeの報告書（2016年4月11日に提出）のなかにJehangirの証言がある。そのなかでJehangirは、Javed Qureshiの証言に同意し、若いくず拾いは仕事を続けるために麻薬を利用していたと述べている。また、銅を採取するためによく電線を燃やしており、その火が手に負えなくなるほど広がることもあったという。

12 シャイターン

1 よく知られたAbdullah Yusuf Ali訳のコーランによる。

2 2019年9月、Bombay High Courtは、これらの石油精製所の有害な煙に覆われた二つの地区に定住させられた都市住民をほかの地区に再定住させ、賠償を行なうべきだとの裁決を下した。その採決の際に参照された医学調査や環境調査によると、この地区の大気環境は石油精製所や周囲の工場が増えるにつれて悪化している。ある調査では、これらの村で88.67 Mu/m^3のベンゼンが検出され、がんの発症リスクや健康問題を悪化させているとの結果が出た。ちなみにそれ以前の調査によると、デオナール地区では286 Mu/m^3のベンゼンが検出されている。

13 十八歳

1 グジャラート州にあるMira Datarの霊廟の歴史や伝説、そこで行なわれている儀式については、Beatrix Pfleidererの著書*Red Thread*（Aakar Books, 1994）が参考になる。

2 Tata Consulting Engineersが作成したDraft Project Reportおよび環境浄化文書による。

3 Tata Consulting Engineersが作成した環境浄化に関するプロジェクト報告書による。http://forestsclearance.nic.in/DownloadPdfFile.aspx?FileName=0_0_5114123712111AdminAppA-III.pdf&FilePath=../writereaddata/Addinfo/. 同社の広報担当者は、メールでの質問に答えてくれなかった。

14 闇ビジネス

1 RTIに基づいて入手した情報による。

15 理想

1 廃棄物発電所に関するTata Consulting Engineersのプロジェクト報告書による。

2 プロジェクト報告書に引用された、市のAir Quality Monitoring局のデータによる。2015年以降の大気質データは、RTIに基づいて入手した。

9 裁判

1 *Business Standard,* 14 February 2016.
2 2016年1月に提出されたRaj Kumar Sharmaの請願書。
3 RKスタジオという名称は、そのスタジオを支えた俳優・監督・製作者Raj Kapoorにちなんでいる。
4 2016年2月に発表された裁判所命令による。https://bombayhighcourt.nic.in/generatenewauth.php?bhcpar=cGF0aD0uL3dyaXRlcmVhZGRhdGEvZGF0YS9qdWRnZW1lbnRzLzIwMTYvJmZuYW1lPUNDQUkyMjY5NzEzLnBkZiZzbWZsYWc9WSZyanVkZGF0ZT0zMC8wMy8yMDE2JnVwbG9hZGR0PTExLzAzLzIwMTYmc3Bhc3NwaHJhc2U9MTAwMTIxMjMyNjEw.
5 裁判所命令にはこうある。市内のあらゆる建設計画のうち、新規開発は18.7%だけであり、これを禁止する。残りの81.3%は古い建物の再開発であり、これは継続を認める（2014年1月1日から2015年9月30日まで）。
6 Press Trust of Indiaより。この生後6カ月の幼児の両親の話によると、幼児は1月に火災が始まって以来息切れに苦しみ、3月の火災で死亡した。そのときのAQIは319で、「非常に悪い（very poor）」だった。一方、当局の話では、幼児は出生時から呼吸障害を抱えていたという。
7 Achrekar Committeeの報告書に記された、Deonar Dumping Groundの副管理官Dayanand Naikの証言による。ほかの証言によれば、設置予定のカメラ40台のうち、実際に設置されたのは4台だけであり、そのいずれもが作動していなかったという。

10 立入禁止

1 Tatvaからムンバイ市政府に宛てた書簡。ごみ山のいちばん奥の壁が壊されていた件について記されている。
2 Lohiya Committeeの報告書。
3 Pollution Control Boardの調査によれば、医療廃棄物は標識のない車に積まれて定期的に到着し、必要に応じて4台ある焼却炉のうち1台だけを稼働させているという。この調査はさらに、混雑する路地の真ん中への焼却炉建設を認可すべきだったのかという疑問も提示した。RTIに基づいて入手した文書によれば、それにより工場は1日閉鎖されたが、コンプライアンス要件を満たしたのちに再開されている。
4 都市行政に関する調査を行なう非営利機関Prajaが作成した記録による。
5 警察の犯罪事件簿による（Atique Khanに聞いた話によれば、警察があまりに高い賄賂を要求したためもう利益が得られなくなり、その駐車スペースでもうけるのはやめたという）。

11 傷

1 Achrekar Committeeの報告書に掲載されたMadan Yavalkarの記事。
2 2018年10月1日にBombay High Courtが発表した命令。この事件はまずは特別法廷で、

7 不運

1 2015年1月に提出されたS. K. Goel Committeeの報告書。

2 この発電所への懸念を示した市行政長官オフィスでの会合に関する文書は、以下に掲載されている。http://forestsclearance.nic.in/DownloadPdfFile.aspx?FileName=0_0_5114123712111AdminAppA-III.pdf&FilePath=../writereaddata/Addinfo/. 1週間以上にわたる火災の詳細については、以下を参照。https://scroll.in/article/728135/why-are-fires-breaking-out-in-mumbais-garbage-dumping-grounds.

3 Tatvaとの契約に関する終了通知。これは、Tatvaと市との間で進行中の調停の対象になったが、それについては複数の文書のなかで言及されている。たとえば、2016年2月1日に市行政長官が命じた火災の調査に関するAchrekar Committeeの報告書に記載がある。

4 非営利団体のPrathamおよびMITのPoverty Action Labが実施した調査によると、教師はカリキュラムに沿って教えているが、生徒たち（大半が学習を始めた第1世代）がついていけなかったという。この調査はTeaching at the Right Level（TaRL）と呼ばれ、ムンバイのAshraが住んでいた地区などで実施され、教師が子どものレベルに合わせた教育に時間を割くよう奨励していた。この方式はその後、インド全国および諸外国で採用された。

8 火災

1 副管理官Rajan Anant Patilの証言による。MCGMのAchrekar Committeeの報告書に、2016年1月の火災に関する調査の記録がある。

2 Achrekar Committeeの報告書に記されたDeepak Ahireの証言。ほかの市職員は午前8時30分ごろだったと述べている。また消防局の調査報告書には、午後12時58分に電話を受け、午後1時35分に現場に到着したとある。

3 地区消防事務官M. N. Dhondeが2016年1月に実施した火災調査の報告書による。報告書はRTIに基づいて入手した。Tatvaにもコメントを求めるメールを複数送ったが、返答はなかった。

4 Achrekar Committeeの報告書に記されたDeepak Ahireの証言。

5 System for Air Quality and Weather Forecasting and Research（SAFAR）のAQI測定による。

6 Maharashtra Pollution Control Boardが測定し、2016年4月11日に提出されたLohiya Committeeの報告書に引用された数値。

7 *Hindustan Times*, 11 February 2016に掲載されたTatvaの請求書。

8 *Mint* newspaper, 13 August 2019の記事による。この記事には、Appleのスマートフォンの委託製造会社であるFoxconnが、5年間で50兆ドルを工場に投資し、Appleの工場のなかで2番目の規模を誇る中国工場を再現するとある。だがこの計画は数年間放置され、中国軍とインド軍がラダクで衝突した2020年に正式に破棄された。

12 Municipal Corporation of Greater Mumbai, *Human Development Report*, Oxford University Press, 2009.

13 2009年5月8日にBombay High CourtのJustice D. Y. Chandrachudが発表した裁判所命令による。https://bombayhighcourt.nic.in/generatenewauth.php?bhcpar=cGF0aD0uL3dyaXRlcmVhZGRhdGEvZGF0YS9vcmlnaW5hbC8yMDA5LyZmbmFtZT1DT05QVzI2MDgwODA1MDkucGRmJnNtZmxhZz1OJnJqdWRkYXRlPSZ1cGxvYWRkdD0mc3Bhc3NwaHJhc2U9MTMwMTIxMTU0NjA5.

5 壁

1 2009年5月8日にBombay High Courtが発表した命令。Jairaj Phatakのデオナール訪問にはDr Raneも同行した。彼らはそこで牛やくず拾いを見たが、くず拾いを取り締まるには警備員の人数が足りないうえに、高い支柱に設置された数少ない電灯もほとんど点灯していなかった。https://bombayhighcourt.nic.in/generatenewauth.php?bhcpar=cGF0aD0uL3dyaXRlcmVhZGRhdGEvZGF0YS9vcmlnaW5hbC8yMDA5LyZmbmFtZT1DT05QVzI2MDgwODA1MDkucGRmJnNtZmxhZz1OJnJqdWRkYXRlPSZ1cGxvYWRkd-D0mc3Bhc3NwaHJhc2U9MTAwMTIxMjIyNDIw.

2 Tatvaは、ヒンディー語では「要素」、マラーティー語では「原理」を意味する。

3 Public Private Partnershipsに関するAjay Saxena Committee作成の報告書。

6 ギャング

1 2015年3月19日に、TatvaによるBombay High Courtへの調停要請を受けて発表された裁判所命令による。https://bombayhighcourt.nic.in/generatenewauth.php?bhcpar=cGF0aD0uL3dyaXRlcmVhZGRhdGEvZGF0YS9qdWRnZW1lbnRzLzIwMTUvJmZuYW1lPU9TQVJCQVAyMjY4MTMucGRmJnNtZmxhZz1OJnJqdWRkYXRlPSZ1cGxvYWRkdD0yNC8wMy8yMDE1JnNwYXNzcGhyYXNlPTEwMDEyMTIzNDYzOA.

2 2016年に提出された、Atique KhanおよびRafique Khanに対する警察の告訴状による。そこには、ごみ山地区のいちばん奥にあった破壊された壁の写真がある。その隣には「立入禁止区域」という看板が見える。Atiqueが私にしてくれた話では、兄のトラックは合法的に正門から入っていたという。

3 Atique Khanの話によれば、Rafiqueのトラックは市と契約しており、許可された分の残骸だけを積み、指示された場所に運んでいたという。だが警察は、ごみ山のいちばん奥の壁を破壊した罪、および不法に廃棄物を運び込んだ罪で、Rafiqueを告訴した。

4 2015年3月19日に、TatvaによるBombay High Courtへの調停要請を受けて発表された裁判所命令による。

5 2013年4月3日のMaharashtra State Assemblyの議事録。

6 2015年3月19日に、TatvaによるBombay High Courtへの調停要請を受けて発表された裁判所命令による。

4　管理不能

1　2009年7月7日にBombay High CourtのJustice D. Y. Chandrachudが発表した裁判所命令による。https://bombayhighcourt.nic.in/generatenewauth.php?bhcpar=cGF0aD0uL3dyaXRlcmVhZGRhdGEvZGF0YS9vcmlnaW5hbC8yMDA5LyZmbmFtZT1DT05QVzI2MDgwNzA3MDkucGRmJnNtZmxhZz1OJn-JqdWRkYXRlPSZ1cGxvYWRkdD0mc3Bhc3NwaHJhc2U9MTAwMTIxMjIyNDIw.

2　1996年にShanti Park / Sorentoの住民が、Municipal Corporation of Greater Mumbai（MCGM）に対して提出した請願書による。Right to Information（RTI）Act〔インド情報公開法〕に基づきMCGMから入手した。

3　1994年にNational Environmental Engineering Research Institute（NEERI）が実施した調査によれば、ごみ山の周囲の路地で24時間のうちに、Suspended Particulate Matter（SPM）が1,431 Mu/gm^{3}も観測された。ちなみにNational Air Qualityの基準では、24時間で200 Mu/gm^{3}が許容範囲とされている。この調査結果は、Shanti Parkの住民がMCGMに提出した請願書に引用されている。

4　請願者たちは裁判所への宣誓供述書に、ごみ山の大気の鉛含有量が許容範囲の2.5倍に及んでいることを示す市の調査結果を引用している。

5　Shanti Park 'Sorento' Coop Housing Society Ltd and Others v. MCGMの請願書など。警察や消防車、放水車の巡回による火災の抑制や、夜間に煙が増加したときに訴えられる電話窓口の設置を求めている。

6　間質性肺疾患に関する詳細は、呼吸器専門医のDr Kumar DoshiがDr Sandip Raneに宛てた手紙による。この手紙は、Raneが侮辱罪で告訴した際の請願書に添付されている。ごみ山付近の路地で開業している有名な呼吸器科医Dr Vikas Oswalによると、この路地には市内のどこよりも間質性肺疾患が多く見られ、自分の患者の半数が呼吸器疾患で来院するという。ほかの医師もこれを追認している。

7　イタリア・カンパニア地方の違法な埋め立て地のそばでは、肝臓がんで死ぬ男性が10万人中35.9人もいる（そのほかの地域では10万人中14人）。肝臓がんで死ぬ女性は、10万人中20.5人である（そのほかの地域では10万人中6人）。2004年9月に*The Lancet*に掲載された研究記事'Italian "Triangle of death" linked to waste crisis'による。https://www.thelancet.com/journals/lanonc/article/PIIS147020450401561X/fulltext.

8　1050億ルピー規模の埋め立て地改修プロジェクトについては、入札書類による。

9　Right to Information Actを通じて取得したこのプロジェクトおよびその入札資料のなかに、そのような内容の書簡がある。

10　高レベルのホルムアルデヒドの発見については、2009年3月に裁判所命令により、NEERIからDr Raneに伝えられた。死因については、以下に引用された調査結果による。https://www.downtoearth.org.in/news/gas-chembur-2658.

11　Dipanjali Majumdar and Anjali Srivastava, 'Volatile Organic Compound Emissions from Municipal Solid Waste Sites: A Case Study of Mumbai, India', NEERI, 2012.

ら引きずり出して殺すことに残忍な喜びを感じているのではないかと思われていた。われらが主権者たる女王が、自身の銅像になされた侮辱に立腹し、その怒りをなだめるためにボンベイ住民500人の肝臓を要求したとも言われていた。さらに、こう言う人たちもいた。『あなたがたは私たちを狂犬のようだと考え、狂犬のように殺そうとしている』と」

11 Snowの報告書による。カーラ・タラーヴで57人を収容していたこの部屋は、縦33.8m、横5.64mしかなく、風通しはまったくなかった。

12 Snowの報告書のなかの「Desire to Wander in Delirium」項による。

13 市行政長官の報告書にはこうある。新たな疫病対策を課した1週間後の10月14日に、「有力な市民一同」が書簡を送ってきた。そこには、この対策が実施されれば、「さらに多くの住民がボンベイから逃げ出すだろう」と記されていた、と。

14 Weirも、外に群衆がうろつくなか、Snowとともに警視総監と会った夜のことをこう記している。警視総監も衛生官も「清掃人は暴徒と協力するだろうという見解を抱いていた。これほど群衆が激しく怯え、苛立っているときに、ボンベイ警察の治安活動がどれだけ役に立つのかはわからなかった」

15 市行政長官の1897～98年の報告書に記された技監の記事。

16 市行政長官の1899年の報告書に記された技監の記事。

17 市行政長官の報告書に記された技監の記事によれば、この堤防は1901年12月15日に完成した。

18 市行政長官の報告書に記された技監の記事。

19 *Times of India* Proquest Archiveより。1960年代初頭にさかのぼる記事のなかに、ボンベイ中心部のVitabaiの家の近くにあったチャール（chawl）と呼ばれる共同住宅の住人の話がある。それによれば、市当局はこの共同住宅の扉や窓枠、屋根瓦をはぎ取り、電気や水道を断ったが、それでも住人たちはデオナールへ移住せず、そこに留まるために法廷で争った。だが結局、法廷は住人に移住を要請している。

20 Lisa Björkman, *Pipe Politics, Contested Waters: Embedded Infrastructures of Millennial Mumbai*, Duke University Press, 2015より。Björkmanは、ごみ山の周囲のスラム街が計画的かつ合法的に生み出されたのちに解体された経緯を明らかにしている。*Times of India*のアーカイブ記事にも、同様の記録がある。

21 https://www.livemint.com/Money/f0Rtetble3Chhd5PoAZ2KJ/Loan-approvals-depend-on-borrowers8217-address.html.

22 Shalini Nair, 'Gases Spook Comps in IT Park Built on Dump', *Times of India*, 2 April 2007. 同様の内容は、National Solid Waste Association of Indiaの創設者Amiya Sahuとのインタビューにもある。Sahuは、新たにつくられた会社のオフィスに、ごみから発生したガスが漂っていることを検証・確認している。

3 子どもたち

1 Municipal Solid Wastes (Management and Handling) Rules (2000).

原注

1　ファルザーナー

1　ごみ山地区の面積については、公式文書により1.09㎢から1.32㎢までさまざまな数値が提示されている。一説によると、火災のあとに市当局が土を入れたため、それにより地区はさらに入り江のほうへ広がった。財産所有記録によれば、その面積は1.27㎢である。

2　市の委任を受けたTata Consulting Engineersが作成したプロジェクト報告書には、ごみ山のいちばん高い頂の高さは36.6mとある。この数値はドローン測量による。

3　私はごみ山を調査していた間ずっと、ごみ山の山腹に出没する幽霊や精霊の物語を聞いたが、自分ではそれを確認できなかったため、そのような話をする人々が置かれた信じられない生活状況、あるいは山腹にただよう有毒ガスのせいである可能性が高いと考え、彼らにはそう強く思える感情的理由があるのだと理解することにした。

2　最初の住民

1　1896年のボンベイ市行政長官の年次行政報告書に記された、衛生官の記事のなかの「Other Phenomena」項による。

2　Gyan Prakash, *Mumbai Fables*, HarperCollins, 2011より。Prakashはさらに、その後数カ月にわたりボンベイから脱出する住民の様子を記録している。ボンベイはこの疫病およびその撲滅対策により「死の街」と化した。

3　Myron Echenberg, *Plague Ports: The Global Urban Impact of Bubonic Plague 1894–1901*, NYU Press, 2007.

4　ボンベイ市行政長官P. C. H. Snowは、報告書のなかでこう述べている。「疫病の蔓延の原因究明に取り組むDr Weirは、疫病に侵された地区からの人間の移動が原因だとする見解を抱いている」

5　'Bombay Plague Visitation', British Library; https://blogs.bl.uk/asian-and-african/2020/07/bombayplague-visitation-1896-97.html.

6　Snowの引用によれば、Dr Weirは隔離を推奨してこう述べている。「名称はどうあれ、交通の調査と連絡の制限が推奨される。ボンベイに入るすべての人間の厳重かつ入念な検査、およびあらゆる物品の徹底的な殺菌が必要だが、それにより期待できる効果はまったくわからない」

7　1896～97年の市行政長官の報告書。

8　市行政長官の報告書に記された衛生官の記事。パールスィー教徒の女性たちがヒンドゥー教徒の少年を囲み、少年が病院に連れていかれるのを阻止したという。

9　1896年の市行政長官の報告書に記された「Escape from Ambulance. A pitiful case」による。

10　市行政長官の報告書のなかでSnowはこう述べている。「衛生局の職員は、病人を家か

著者　ソーミャ・ロイ　Saumya Roy
ムンバイを拠点とするジャーナリストで活動家。2010年、ムンバイの最も貧しい零細企業家の生活を支援するヴァンダナ財団を共同設立し、デオナールに依存するコミュニティに出会う。『フォーブス・インディア』『ウォール・ストリート・ジャーナル』『ブルームバーグ』などに寄稿。アジア最大のスラム街に関するエッセイ集 *Dharavi: The Cities Within*（HarperCollins, 2013）にも原稿を寄せている。

訳者　山田美明（やまだ・よしあき）
英語・フランス語翻訳家。訳書にエマニュエル・サエズ＋ガブリエル・ズックマン『つくられた格差——不公平税制が生んだ所得の不平等』（光文社）、ジョセフ・E・スティグリッツ『スティグリッツ PROGRESSIVE CAPITALISM』（東洋経済新報社）、トム・バージェス『喰い尽くされるアフリカ——欧米の資源略奪システムを中国が乗っ取る日』（集英社）、『ホロコースト最年少生存者たち——100人の物語からたどるその後の生活』（柏書房）、他多数。

翻訳協力　株式会社リベル
言語監修　小磯千尋（亜細亜大学国際関係学部教授）

デオナール　アジア最大最古《さいだいさいこ》のごみ山《やま》
くず拾《ひろ》いたちの愛《あい》と哀《かな》しみの物語《ものがたり》

二〇二三年九月一〇日　第一刷発行

著者　ソーミャ・ロイ
訳者　山田美明《やまだよしあき》
発行者　富澤凡子
発行所　柏書房株式会社
東京都文京区本郷二−一五−一三（〒一一三−〇〇三三）
電話　（〇三）三八三〇−一八九一［営業］
（〇三）三八三〇−一八九四［編集］

装丁　コバヤシタケシ
装画　阿部海太
組版　株式会社キャップス
印刷　壮光舎印刷株式会社
製本　株式会社ブックアート

ISBN978-4-7601-5530-9